페로몬
부티크

관능의 집과
저주받은 능력자들

강지영 장편소설

씨네21북스

contents

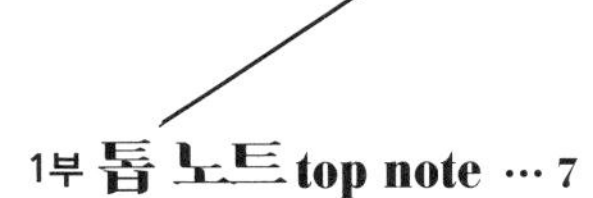

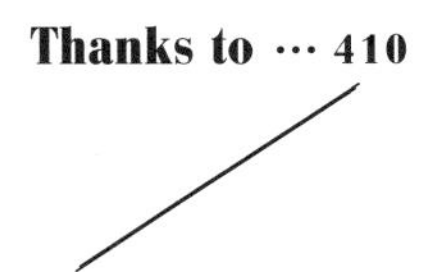

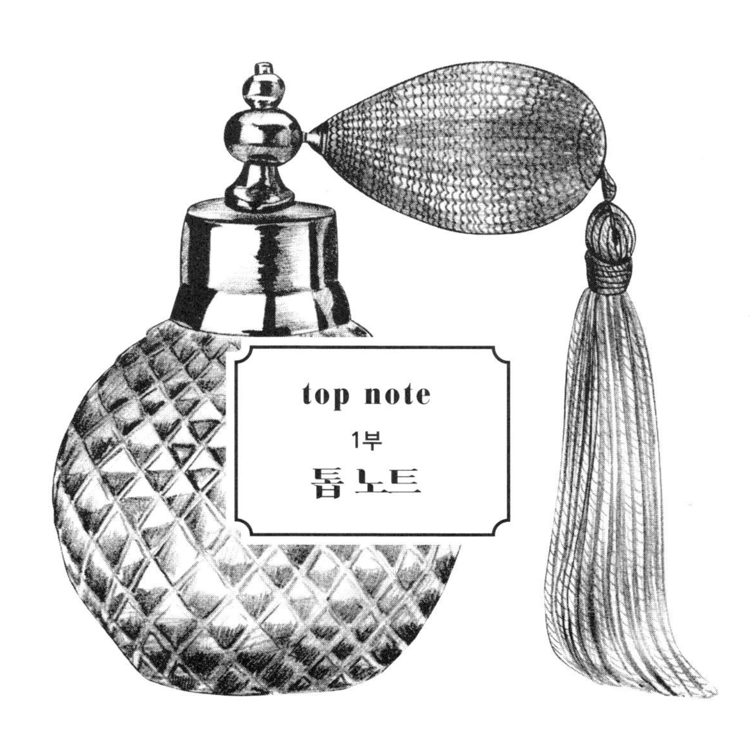

top note

1부

톱 노트

사나흘쯤 방치한 수염과 어둡고 창백한 피부, 가르마를 타 포마드로 붙인 머리에 또렷한 눈동자, 날카롭게 내달리는 콧대의 사내가 파리 샤를 드골 공항에 들어섰다. 그의 곁에는 허리까지 내려오는 플래티넘 블론드헤어에 미러선글라스를 쓴 여자가 매달리듯 붙어 걸었다.

"타신, 저 아줌마 한국인 같지 않아? 봐봐, 갤럭시노트 들고 있잖아. 방금 카메라로 우리 쪽 찍은 거 같은데?"

타신이라 불린 사내는 대꾸 없이 레더재킷 소매를 걷어 올려 시간을 확인하곤 걸음을 재촉했다. 줄곧 자신과 타신 주위를 맴도는 아주머니의 시선이 께름칙했던 여자가 걸음을 멈추고 검정색 플로피햇을 눌러썼다. 핸드폰을 만지작거리던 아주머니가 의자 위에서 나부대다 초콜릿 아이스크림을 바닥에 메다꽂은 아들을 향해 광둥어로 짜증을 냈다. 홍콩인이었다. 머쓱해진 여자가 선글라스를 고쳐 쓰고 타신이 앞서간 방향으로 종종걸음을 쳤다.

타신이 먼저 도착한 곳은 14번 게이트 앞이었다. 그는 대기 중인 포터에 수하물을 넘기고 개인 체크인 라운지로 향했다. 직원에게 티켓을 내밀고 뒤도 돌아보지 않은 채 보안검색대로 성큼성큼 걸어갔다. 여자는 마음이 조급했지만, 최대한 시크하고 느긋한 걸음으로 타신의 뒤를 따랐다.

"손님, 표 좀 보여주십시오."

직원이 여자를 불러 세웠다. 그녀가 고개를 돌려 선글라스를 코끝까지 내리고 직원을 바라보았다.

"표는…… 저분이 보여줬을 텐데."

하지만 타신은 이미 검색대를 통과한 뒤였다.

"아닙니다. 저분께선 한 분 표만 보여주셨어요."

직원의 차분한 대답이 돌아왔다.

여자는 호주머니에서 핸드폰을 꺼내 타신에게 전화를 걸었지만 받지 않았다. 이윽고 인천행 에어프랑스 탑승을 알리는 안내방송이 울렸다. 검색대에서 돌아온 수하물 포터엔 그녀의 캐리어만 달랑 실려 있었다.

"손님!"

직원이 순서를 기다리고 있는 다른 승객의 편의를 위해 그녀를 불렀다.

그 시각, 타신은 퍼스트클래스 라운지에 들어섰다. 등받이가 낮은 소파 구역엔 열 명 남짓한 승객들이 태블릿으로 신문을 보거나 두런두런 대화를 나누었고, 테이블이 있는 구역엔 서너 명의 승객들이 주전부리와 함께 커피를 마셨다. 그는 바에 혼자 앉아 있는 아담한 체구의 흑인 여자에게 다가가 인사를 건넸다. 그러고는 가볍게 숨을 들이마시며 여자의 체취를 빨아들였다. 불과 10분 만에 둘은 농담을 주고받을 만큼 친해졌다.

"농, 즈 느 브아 페흐손느(아니, 나 요즘 만나는 사람 없어)."

타신의 말에 흑인 여자가 입가에 미소를 머금고 "께스 끄 쎄 보!(완전 좋은데!)"라고 속삭이며 자신의 명함을 건넸다. 그가 흠집 한 가닥 없는 보나스트레 더플백을 열어 자신의 명함을 꺼내려 할 때 포켓에 꽂아둔 핸드폰이 진동했다. 여자였다.

"어디예요?"

전화를 받자마자 날 선 여자의 목소리가 타신의 귀뺨을 후려쳤다. 그는 아무렇지 않은 척, 흑인 여자를 바라보며 우아하게 다리를 꼬았다.

"왜 대답이 없어?"

"내가 화장실 앞에서 핸드백 들어주는 남자였으면 좋겠어? 생일, 100일, 1년 꼽아가며 자동차 키 갖다 바치고 놀이공원 전세 내줄 남자들은 네 팬클럽 호구들 중에 널리고 널렸잖아. 네 이중적 취향이 문제야. 나 같은 남자한테 순정까지 바라면 안 되지."

흑인 여자가 싱긋 웃으며 "아 비앙또(또 봐)"라고 인사하며 자리에서 일어섰다.

"당신이 그렇게 말하면 내 꼴이 뭐가 되는 줄 알아요? 벌써 인터넷엔 아이돌 윤봄이 화보 촬영하러 파리에 출국했다 일주일째 연락두절이라고 난리가 났어요. 열애설, 우울증, 약물중독설, 팀 내 왕따설 별별 억측이 난무하는데, 내 체취에 취했다면서 먼저 꼬드긴 남자가 이제 와서 나 몰라라 하시겠다?"

스르르 눈을 감고 여자의 앙탈에 까딱까딱 고개를 끄덕이던 타신이 빙그레 웃으며 자리에서 일어섰다.

"열애설 빼고 나머진 다 팩트네, 뭐. 자기 어리광 더 들어주고 싶지만 나 이제 탑승하러 가야 돼. 자기도 오늘 안에 파리 뜨려면 서둘러 티켓부터 구하는 게 좋을걸."

타신은 라운지를 떠나는 흑인 여자에게 손을 흔들어주며 나지막하게 비아냥거렸다.

"티켓부터 구하라니 그게 무슨 말이에요? 당신이 내 티켓 갖고 있는 거 아니었어?"

14번 게이트 앞을 서성거리는 여자가 악을 썼다.

"잘 들어, 아가씨. 우린 데이트를 즐긴 거야. 며칠간 즐겁게 먹고 마시며 서로를 탐색했을 뿐이라고. 마음에 드는 상대라면 집까지 에스코트해줄 수 있겠지만 그쪽은 내 타입이 아니야. 체취가 좋은 건 사실이지만 그것도 이제 내 코엔 무뎌졌어. 집에 돌아가고 싶으면 지금 당장 티켓부터 사라고."

타신의 말에 여자가 끔뻑, 눈을 감았다 떴다. 검은 눈물 한 줄기와 함께 실리콘으로 들어 올린 콧대가 발그스름하게 달아올랐다. 잿빛 서클렌즈가 눈동자 위를 빙그르 겉돌며 결막에 성에 같은 실핏줄이 번졌다.

"나, 표 못 사. 회사에서 카드 다 막아놨단 말이야!"

타신이 짧은 한숨을 내쉬며 걸음을 멈추었다.

"좋아, 집까지 데려다주진 못해도 택시비 정도는 챙겨줄게. 신사답게."

타신은 지나가는 포터 기사에게 100달러짜리 지폐 여섯 장을 꺼내 밖에 서 있는 금발의 동양 여자에게 전해달라 말한 뒤 그의 셔츠 호주머니에 50달러를 꽂아주었다.

"나 지금 당신이 한 말 다 들었어. 고작 600달러 주겠다고? 비즈니스석 타란 얘기야?"

울음을 참느라 턱이 복숭아씨처럼 울록불록해진 여자가 다시 목소리를 높였다.

"아니, 그걸론 러시아항공 이코노미석밖에 살 수 없을걸."

"이코노미? 당신은 퍼스트클래스잖아!"

결국 흐느끼기 시작한 여자에게 포터 기사가 다가가 지폐 여섯 장을 건넸다. 한국인 배낭여행객 한 무리가 그녀를 알아보고 우는 모습을 카메라에 담았다.

"이봐, 아가씨. 부자와 잤다고 부자가 되는 건 아냐. 그런 게 가능하다면 난 열여덟 살 때부터 매춘부였겠지."

타신은 일방적으로 전화를 끊고 탑승 게이트를 빠져나갔다.

다시 핸드폰 진동이 울렸지만 비행기 모드로 돌려놓고 좌석에 앉았다. 승무원이 타신의 더플백을 받아 수납하고 웰컴 드링

크를 서비스했다. 그는 승무원에게 음료수 대신 식전주부터 가져오라고 주문했다. 잠시 후, 차가운 샤블리 프리미에 크뤼 한 잔, 구운 호박과 적양파 콩피로 감싼 페타 치즈가 테이블에 놓였다. 타신은 천천히 와인을 들이켠 뒤 나무 포크로 페타치즈와 적양파 콩피를 집어 혀 위에 올렸다. 혀에 남아 있던 와인의 산미와 담백한 치즈는 조화로웠지만 양파를 조려낸 레드와인의 향이 너무 강해 타신의 예민한 후각을 자극했다. 그는 남은 와인을 한 입에 털어 넣은 뒤 다시 승무원을 호출했다.

"비즈니스클래스 에피타이저는 뭐죠?"

어슷하게 가르마를 타 흐트러짐 없이 단정하게 쪽을 진 승무원이 오랜 애인처럼 다정하게 미소 지었다.

"토마토 크러스트 새우구이와 2013년산 게뷔르츠트라미너입니다. 입에 안 맞으신 분들을 위해 캐비어도 준비되어 있습니다."

무엇 하나 마뜩지 않은 타신이 그녀의 말이 끝나기 전에 고개를 흔들었다.

"됐어요. 셰프라는 작자가 마리아주라는 건 일절 고민 안 하고 메뉴를 짠 모양이네. 하이네켄이나 갖다줘요. 내가 잠들 때까지 한 시간에 세 캔씩. 제발 밥 준다고 부스럭거리지 말고요."

타신은 승무원이 가져온 하이네켄과 수면제 두 알을 입에 털어 넣었다. 술에 취하든, 약에 취하든 열두 시간 동안은 잠들어야 했다.

*

머리를 바짝 당겨 묶었던 고무줄을 풀고, 재경이 리클라이너 소파에 누웠다. 곧이어 풍덩한 검은 원피스 차림의 중년 최면사가 다가왔다.

"지난번에 어디까지 기억해냈죠?"

최면사가 가습기를 틀며 재경에게 물었다.

"책상 위에 형과 함께 찍은 사진이 있다는 것까지요."

최면사가 재경을 향해 부드럽게 웃어 보이며, 각뿔 모양의 추가 달린 가느다란 체인을 자신의 검지에 감았다.

"재경 씨는, 다시 그날로 돌아갈 겁니다. 행복빌라 301호에서 남자친구와 함께 있던 9년 전 여름으로요. 추를 바라보며 천천히 호흡하세요. 그리고 추가 멈추면 눈을 감는 겁니다."

재경이 몸에 힘을 풀고 최면사가 흔드는 추를 물끄러미 바라보았다. 긴 호선을 그으며 활기차게 움직이던 추가 잠시 후 그녀의 미간 사이에서 멈추자 재경이 스르르 눈을 감았다.

"이제 당신은 사건이 있던 그날로 돌아갔습니다."

최면사의 목소리와 함께 재경의 눈앞에 푸르스름한 연기가 뭉게뭉게 피어오르는가 싶더니 곧이어 부윰한 젖빛이 스며들며 서서히 사위가 밝아졌다.

"재경 씨, 뭐가 보이나요?"

재경은 날개가 회전할 때마다 타탁, 타탁 소리가 나는 낡은 선

풍기 앞에서 라면을 먹고 있었다. 남자친구 인석이 얇은 포켓북으로 그녀의 목덜미에 부채질을 해주고 있었다.

"남자친구요. 기분이 좋아요. 이제 빈 냄비를 들고 일어나요. 설거지를 하네요."

라면 냄비를 건조대 위에 뒤집어놓은 인석이 재경에게 차가운 보리차를 건넸다. 재경은 보리차를 홀짝거리며 인석의 방으로 들어갔다. 책장도 없이 한쪽 벽면을 가득 채운 책과 일인용 앉은뱅이책상이 전부인 방이었다.

"지금은 어디에 있나요?"

최면사가 물었다.

"책상에서 남자친구와 형의 사진을 보고 있어요. 둘이 닮았다고 하니까 남자친구가 하나도 안 닮았다며 웃고 있어요."

인석은 다섯 살 터울의 형이 아버지 같다고 했다. 자신을 경찰대에 합격시키고 뒷바라지해온 형을 위해서라도 좋은 경찰이 되어야 한다고, 인석이 혼잣말을 했다. 재경은 속 깊은 인석이 더없이 사랑스러웠다. 최면사에게는 말하지 않았지만, 재경은 웃고 있는 인석에게 다가가 양쪽 뺨에 한 번씩 입을 맞추었다. 그러자 인석이 답례하듯 재경의 뺨을 양손으로 감싸고 입술에 입술을 포갰다.

"곧 형이 돌아올 시간이라고 해서 저도 집에 갈 채비를 하고 있어요."

재경이 백팩을 등에 메고 현관으로 앞서 나갔다. 인석이 재빨리 허리를 굽혀 재경의 흰색 컨버스화를 신기 편하게 돌려놓았다.

“내일 1교시 경찰경무론 시간이지? 내가 먼저 가서 자리 맡아 놓을게.”

인석이 재경을 가볍게 포옹하며 머리를 쓰다듬었다. 재경의 가느다란 손가락이 인석의 손가락 사이를 파고들어 깍지를 꼈다. 여름방학 마지막 날, 헤어지고 싶지 않은 밤이었다.

“집에 잘 들어갈게. 걱정 말고 일찍 자.”

재경의 말에 아쉽다는 듯 인석이 천천히 깍지를 풀어주었다. 그녀가 현관 문턱에 걸터앉아 컨버스화에 발을 끼워 넣었다. 한 치수 크게 산 탓에 신발은 툭 하면 끈이 풀어졌다. 매번 다시 신을 때마다 재경은 컨버스화 끈을 검지에 말아 바짝 당겨 야무지게 매듭을 지었다. 그리고 핸드폰 벨소리가 울렸다. 인석의 책상 위였다.

“내일 봐. 못 바래다줘서 미안.”

전화를 받으러 뛰어가는 인석의 뒷모습, 그 반듯한 어깨와 말끔한 뒷목이 재경의 눈에 선명히 보였다.

“남자친구가 통화하는 소리를 들으면서 계단을 내려가고 있어요. 복도 전등을 켜야 하는데 어디 있는지 모르겠어요. 온통 캄캄해요.”

재경이 벽을 짚으며 조심조심 계단을 밟아 내려갔다. 그때나 지금이나 재경은 어두운 게 싫었다. 인석을 불러볼까 했지만 아직 통화 중일지 모른다는 생각에 재경은 손을 휘휘 저으며 천천히 2층으로 내려갔다. 2층에 다다라 재경이 어둠 속에서 팔을 휘젓던 순간, 무언가 그녀의 손등을 스쳤다. 미지근하고 축축한, 그리고 탄력이 느껴지는 누군가의 피부였다.

"그놈이 내 손에 닿았어요. 내가 겁먹은 걸 알고 있는 거 같아요. 움직이진 않지만 숨소리가 느껴져요."

재경은 자신과 스친 상대가 인석의 형일지도 모른다고 생각했다. 먼저 비켜주어야겠다는 마음에 벽에 몸을 붙였다. 그러자 재경의 백팩에 전등 스위치가 눌리며 복도 천장의 전등이 푸득거렸다. 그제야 한 걸음 앞에 서 있는 키 큰 남자의 실루엣이 드러났다.

"불이 켜졌어요."

쌔근팔딱 가슴이 뛰고 숨이 가빠왔다.

"민재경 씨, 이제 그 사람 얼굴이 보이나요?"

최면사가 다급함을 숨기며 물었다.

"키가 커요. 180은 훌쩍 넘는 것 같아요. 어깨가 넓고 단단한 체구예요. 검정색 캡 모자를 썼고, 검정색 긴팔 티셔츠에 블랙진을 입었어요."

기억이 일시정지하며 놈과 맞닥뜨린 상황이 캡처되는 것처럼 하나씩 재경의 눈에 들어왔다. 201호 현관 옆 반쯤 열린 수도계량함, 202호 문짝에 붙은 풍림교회 마크, 누군가 바닥에 뱉어놓은 분홍색 풍선껌, 계단참에 묶어놓은 어린이용 스포렉스 자전거, 어디선가 풍겨오는 감자 탄 냄새.

"이제 천천히 고개를 들어 용의자의 얼굴을 확인하세요. 두려워할 것 없어요. 그 사람은 당신을 해칠 수 없으니까요."

최면사가 시키는 대로 재경은 고개를 들어 놈의 얼굴에 시선을 맞추었다. 그런데 얼굴이 있어야 할 자리엔 시커먼 어둠만이 소용돌이치고 있었다.

"안 보여요. 다른 건 전부 사진처럼 또렷한데 놈의 얼굴만 시커매요."

리클라이너 소파에 누운 재경이 식은땀을 흘리며 고개를 빠르게 휘저었다. 심박이 거세지고 숨이 차올랐다. 비명을 내지르고 싶을 만큼 지독스런 두통이 밀려왔다. 재경의 관자놀이가 툭툭 뛰는 게 최면사의 눈에 보일 지경이었다.

"재경 씨, 이제 종소리가 들리면 당신은 푹 자고 일어난 것처럼 몸과 마음이 가뿐하고 상쾌한 상태로 눈을 뜨게 됩니다. 제가 셋을 외치는 순간 종소리가 들립니다. 하나, 둘, 셋."

댕—.

최면사의 말과 달리 재경은 물 먹은 솜처럼 눅진한 몸을 부들부들 떨며 간신히 눈을 떴다. 이번에도 놈은 그녀의 기억의 방 가장 깊숙한 곳으로 도망쳤다.

"잠깐 쉬었다 일어나는 게 좋겠어요. 물 한 잔 줄까요?"

최면사가 보조의자에서 일어서며 재경에게 물었다.

"괜찮습니다. 서에 들어가 봐야 해서요. 매번 감사합니다."

재경이 힘껏 주먹을 쥐느라 저릿저릿한 팔을 주무르며 리클라이너 소파에서 일어섰다. 최면사가 정수기에서 뽑아낸 얼음을 종이컵에 가득 담아 그녀에게 건넸다.

"모든 게 재경 씨 마음에 달렸어요. 용의자를 두려워하는 마음을 이겨냈을 때 얼굴이 선명하게 보일 거예요. 두려움이 사라진 순수한 증오는 어떤 감정보다 순결하고 강하니까요."

종이컵에 담긴 얼음이 차갑게 빛을 내며 곁에 있는 다른 얼음들과 달라붙기 시작했다. 물끄러미 얼음을 바라보던 재경이 최면사에게 목례를 하고 최면실을 나왔다. 그러고는 종이컵을 기울여 얼음을 한 입에 털어 넣고 와득와득 씹었다.

9월이었지만 여전히 무더운 날씨였다. 재경이 선글라스를 쓰고 차를 몰아 도착한 곳은 하서경찰서였다. 엘리베이터를 타고 5층에 도착해 표적수사대 사무실 문을 열었다. 피곤한 얼굴의 장 형사가 쇼핑백에서 양말을 꺼내 신으며 신세한탄을 하고 있었다.

"팀장님, 우리가 옛날 선배들 하던 짓거리대로 덥석덥석 뇌물을 주워먹길 합니까, 조폭 뒷배 봐주며 다달이 삥을 뜯길 합니까. 마누라한테 인간 대접받는 길은 오직 월급 아니면 보너스, 보너스 아니면 몸빵밖에 없어요. 근데 난 이제 몸빵도 못 해. 왜? 집엘 못 들어가니까! 왜? 그놈이 자꾸 지랄을 하니까! 안 그래요? 이러다가 우리 경감님은 총각 귀신 되게 생겼어. 그 새끼 때문에."

장 형사의 건너편엔 재경의 경찰대 선배이자 표적수사대 팀장을 맡은 두현이 씁쓸하게 웃으며 앉아 있었다.

"저기 처녀 귀신 후보자도 왔네."

두현이 자리에서 일어나 재경을 향해 걸어왔다.

"뭐 좀 알아낸 거 있어?"

나직한 목소리로 두현이 재경에게 속삭이듯 물었다.

재경에게 실력 있는 최면사를 소개해준 건 두현이었다. 그는 인석을 살해한 놈과 지금 표적수사대가 쫓고 있는 연쇄살인사건의 범인이 동일인일 거라 확신했다.

"진전 없었습니다."

재경이 풀죽은 목소리로 대답하자, 두현의 표정도 일순 어두워졌다. 아이스커피가 든 캐리어를 들고 막내 오 형사가 들어왔다. 표적수사대는 팀장인 정두현 경감과 민재경 경위, 그리고 공식적인 첫 사건이 일어난 7년 전부터 놈을 추적해온 베테랑 형사 장석진, 탐문수사를 나간 이정훈 형사와 이름 오덕수보다는 별명 덕후로 불리는 다섯 명이 한 팀이었다.

덕후가 책상마다 커피를 한 잔씩 올려놓고 두현에게 남은 잔돈 500원을 건넸다. 곧이어 불곰처럼 커다란 덩치에 동그란 뿔테 안경을 쓴 이 형사도 현장에서 돌아왔다.

"건진 건?"

땀으로 흠뻑 젖은 이 형사를 안쓰러운 표정으로 바라보던 두현이 에어컨 온도를 낮췄다.

"오늘이 정유일, 진토 식신이 유금에 합거되어 발이 묶이니 가는 데마다 허탕 치고, 괜히 돈만 나가고. 일진 꽝입니다."

경찰이 되기 전 명리학 공부에 심취했던 이 형사는 사주와 관상에 능통했다.

"인마, 알아듣게 말을 해. 사주쟁이 되다 만 게 뭐 자랑이라고 말끝마다 한자 써가며 듣는 사람 골 때리게 하냐?"

장 형사가 아이스 아메리카노를 빨대로 휘휘 저으며 불뚝성을 냈다. 이 형사가 안경을 벗어 셔츠 자락으로 렌즈를 닦고는 커피를 한 모금 빨았다.

"건진 게 없다고요. 원룸 주인은 다달이 월세만 받고 건물 청소랑 관리는 업체에 맡긴 모양인데, 보안 시스템 자체가 없어요. CCTV도 다 모형이고요. 블랙박스 영상이라도 찾아보려고 뒤져봤는데, 길이 좁아서 우리 차도 공영주차장에 세워놓은 마당에 뭐가 있겠어요? 주차 요금만 바가지 썼죠."

두현이 이 형사에게 다가가 어깨를 토닥였다.

"과학수사대 감식 결과는?"

"6차 사건 때랑 같대요. 머리카락 한 올, 비듬 한 톨 안 나왔답니다. 부검 결과는 내일 나오는데 목에 난 액흔으로 봐선 질식사로 추정된대요. 입에서 한 뭉텅이 나온 종이는 한자 사전이고요."

일명 수험생 연쇄살인사건은 매번 같은 패턴이었다. 범인은 가난하지만 근성과 야망으로 똘똘 뭉친 수험생들만 골라 뒤에서 끈으로 목을 졸라 살해하고, 입 안에는 책이나 사전을 찢어 물려놓고 사라졌다. 주로 보안이 취약한 고시촌이나 원룸촌 등지에서 벌어졌다. 범인은 지문 한 점, 머리카락 한 올 남기지 않는 용의주도한 놈이었다. 9년 전, 인석의 죽음도 유사했다. 차이점이라면 그는 이미 경찰대에 합격해 수험생이 아니라는 것뿐이었다.

인석과 헤어진 이튿날, 재경은 학교에 가서야 동급생들을 통해 인석의 죽음을 전해 들었다. 수업 시작 전 조교인 두현이 강의실에 들어와 잠시 묵념의 시간을 갖자고 했을 때 비로소 재경은 인석의 죽음을 실감할 수 있었다. 그녀는 도망치듯 강의실을 벗어났다. 손으로 입을 틀어막고 복도를 달리는데 두현이 그녀의 팔목을 잡았다. 그의 눈이 재경의 검지에 닿았다.

"어제 너 인석이 만났어?"

재경은 울음을 참느라 구겨진 턱을 주억거리며 두현의 손을 뿌리치고 다시 뛰었다. 그러고는 기숙사로 돌아와 인터넷 뉴스를 검색하기 시작했다. 경찰대 1학년생 김모 군이 자신의 자취방에서 살해되었다는 짤막한 뉴스 몇 개가 검색되었다. 사망 추정시각은 밤 9시에서 10시 사이. 재경이 인석의 집을 떠나온 시간과 절묘하게 맞물려 있었다. 그건 재경이 범인이거나 마지막 목격자라는 걸 뜻했다. 그러나 전화는 아무에게도 걸려오지 않았다.

재경이 떨리는 손으로 112를 누르려는데, 전화벨이 울렸다. 두현이었다.

"너, 가만있어."

두현의 첫마디였다. 인석과 재경의 관계를 아는 건 조교인 두현뿐이었다.

"선배, 내가 마지막 목격자인데 어떻게 가만있어요?"

두현이 담배 연기를 내뿜는지 한숨처럼 긴 숨소리가 수화기에 섞여서 들렸다.

"검찰 근무하는 선배한테 물어봤더니 아직 용의자를 특정 못 했대. 아무 증거가 없다는 거야. 귀신이 저질렀다고 해도 믿을 만큼 깨끗하대. 그 집에서 확보된 지문 중에 다른 사람 건 한 점도 없다고."

"그렇다고 어떻게 모른 척을 해요. 그건 내 양심이 용납하지 않아요."

두현이 다시 긴 숨소리를 냈다.

"네가 나서는 순간, 너는 유력한 용의자가 될 수밖에 없어. 인석이의 입에서 구겨진 책이 한 움큼 나왔대. 네가 지난 학기에 교양으로 신청한 공직윤리 교재. 인석이는 이번 학기에 신청했고."

재경은 교재를 빌려주는 핑계로 인석의 집에 처음 놀러 갔다.

"내가 안 죽였는데, 그게 무슨 증거가 돼. 살해 동기가 없잖아요. 난 아니야……!"

"알아, 네가 안 죽였다는 거 나는 안다고! 그렇지만 교재엔 네가 메모해놓고 밑줄 친 장도 있겠지. 인석이 몸에서 유일하게 타인의 흔적이 남은 건 그것밖에 없어. 그리고 네 양쪽 검지에 남은 붉은 자국, 왜 생겼는지는 모르지만 끈을 잡아당긴 흔적이라고밖에 볼 수 없어."

핸드폰을 든 재경의 손이 바들바들 떨렸다.

"선배, 난 이해가 안 돼. 고작 그런 걸로 내가 용의자가 된단 말이에요?"

"벌써 형사 만나서 그 교재는 내가 너한테 받아서 인석이한테 빌려준 걸로 진술했어."

재경이 눌러두었던 울음을 왈칵 터뜨렸다.

"왜 그런 거짓말을…… 혹시 친형이 용의자는 아닐까요?"

두현은 대답이 없었다. 두 사람은 그저 훌쩍이거나 긴 숨을 내뱉으며 핸드폰을 내려놓지 못했다.

"학적 기록상 인석인 혼자야."

"그럴 리 없어요. 나 인석이가 형이랑 같이 찍은 사진도 봤는데요?"

"고등학교 때 부모님과 함께 친형도 사망했어. 유일한 생존자가 인석이었지. 네가 본 그 사진은 아마 친형이 맞을 거야."

재경의 기억 속에서 그날의 일들이 하얗게 지워진 건 그 순간이었다.

"그럼, 용의자가 후견인이라는 얘기예요?"

재경이 어젯밤 계단참에서 마주친 키 큰 남자의 얼굴을 떠올리려고 했지만, 이미 그의 이목구비는 어둠보다 더 어두워진 뒤였다.

"인석이의 후견인이 바로 나야."

두현이 피우던 담배를 변기에 던져 넣고 붉게 충혈된 눈을 끔뻑 감았다. 재경은 인석과 두현이 여느 선후배보다 훨씬 친하고 긴밀하다는 걸 알고 있었다. 늘 조용하고 무리에서 겉도는 인석에게 점심을 챙겨주고 선배들이 쓰던 교재를 빌려준 것도 두현이었다. 유일하게 그들의 교제 사실을 스스럼없이 털어놓은 사람 또한 그였다.

"인석이 아버지가 우리 아버지 운전기사였어. 열등감 심한 형하곤 다르게 인석인 나를 잘 따랐지. 학창시절 내내, 그 녀석은 내 교복과 운동화를 물려받았어. 가족이 사고로 사망한 뒤 인석이의 진로를 결정하고 후원한 것도 우리 아버지였고."

재경도 두현도 송화기를 틀어막고 훌쩍거렸다.

"혹시 선배도 의심받고 있어요?"

"아니, 난 알리바이가 확실해. 그 시간 교수님과 학교에 있었으니까."

두현이 코 먹은 소리로 대답했다. 재경이 낮게 안도의 한숨을 내쉬었다.

"범인은 만만한 놈이 아니야. 현장에서 증거가 될 만한 모든 걸 깨끗이 지워냈어. 원한 관계라고 하기엔 살해 방법이 너무 심플하고 능숙해."

둘은 긴 호흡을 주고받으며 서로를 위로하다 전화를 끊었다. 그리고 며칠 뒤, 통화 기록을 확인한 형사가 재경을 찾아왔다. 형사는 두 사람이 연인 사이임을 짐작하고 그녀에게 그날 어디에서 무엇을 했느냐고 물었지만 재경은 큰 눈을 부릅뜨고 집에서 드라마를 보다 잠이 들었다고 대답했다. 형사들은 별다른 의심 없이 그녀의 진술을 믿었다. 재경에겐 살해 동기가 없을뿐더러, 노끈으로 뒤에서 목을 졸랐다면 의당 그녀의 가녀린 손에 남아야 할 흔적이 없었기 때문이었다.

재경이 지금 와 돌이켜보면 초동수사 실패였다. 형사들은 가장 먼저 측근인 자신을 찾아와 지문과 DNA를 채취하고 몸에 난 상처를 수색했어야 했다. 설령 그녀가 범인이 아니라는 확실한 증거가 있다 하더라도.

학교는 잠시 뒤숭숭했지만 사건은 미결인 채로 두현과 재경을 제외한 사람들에게 잊혔다. 시간이 흘러 두현과 재경은 경찰이 되었고, 수험생 연쇄살인사건도 매년 성실하게 한 건씩 터졌다. 그러나 두 사람은 인석의 사건을 수험생 연쇄살인사건에 포함시키지 않았다. 그의 죽음을 수험생 연쇄살인사건으로 포함시키면 사건과 밀접한 관련자인 두현과 재경은 더 이상 그의 죽음을 파헤칠 수 없는 게 원칙이었다.

"팀장님, 좀 아리까리한 사건이 하나 있는데 보시겠습니까?"

장 형사가 파일 하나를 두현의 눈앞에 펼쳐놓았다. 가장 먼저 눈에 띄는 건 사건 현장 사진이었다. 창백한 피부에 파르스름한 입술, 그 사이로 구겨진 종이가 물려 있었다. 인석이었다.

"뭔데요?"

재경이 고무줄로 머리를 묶고 두현과 장 형사 쪽으로 걸어왔다.

"민재경, 지금 바로 원룸 주인 수색 영장 좀 받아와."

두현이 다급하지만 어색한 목소리로 재경의 걸음을 옭아맸다.

"팀장님, 수색 영장까지 필요해요? 그 양반, 가서 그냥 만나도 될 텐데요. 영등포에서 과일주스 가게 하거든요. 아까 저랑 통화했어요."

이 형사가 손부채질을 하며 끼어들었다.

"시키면 좀 시키는 대로 해라. 주스 가게 말고 고시원 입주자 전체를 수색하란 말야. 거기 다 고시생들이라 법 빠삭한데 호락호락 문 열어주겠냐?"

두현이 핏대를 세웠다.

"네, 영장 받아오겠습니다."

재경이 멋쩍은 얼굴로 사무실을 빠져나갔다. 비로소 두현의 눈이 사건 파일로 향했다.

"팀장님, 후배 사건이니까 좀 아실 거 같아서요. 이 김인석이라는 친구, 살해된 수법이 아주 유사해요. 뒤에서 끈으로 목 조르고 입에 종이 구겨 물린 것까지. 그때도 증거물 한 점 안 나왔죠? 혹시 김인석이 최초 희생자가 아닐까요."

장 형사가 대답 없는 두현의 얼굴을 빤히 바라보았다.

"이걸 최초의 사건이라고 놓고 보면 두 번째 사건과 텀이 너무 길어. 물론 범인이 냉각기를 가졌을 수도 있겠지. 하지만 패턴이 분명히 달라. 인석이는 수험생이 아니었잖아. 수험생이라는 특수한 직업 환경이 이 사건의 중요한 키워드인데, 그걸 배제하면 유사한 사건이 어디 한두 개겠나?"

그러자 장 형사가 영 찜찜하다는 표정으로 파일을 들고 자리로 돌아왔다. 두현의 눈시울이 오랜만에 뜨끈해졌다. 그때 핸드폰이 낮게 진동했다. 남타신이라는 이름이 액정에 새겨졌다. 두현은 불쾌해진 눈을 손등으로 누르며 전화를 받았다.

"귀국한 거야?"

두현의 물음에 타신은 느닷없이 웃음을 터뜨렸다.

"뉴스도 안 보는 모양이군. 지금 재벌 2세 A 씨와 아이돌 C의 파리 밀회로 떠들썩해."

타신의 대답에 두현도 비로소 빙그레 웃었다.

"이번엔 아이돌이야? 재벌 2세 A 씨도 이 정도 사고 쳤으면 정신 차리고 사회에 공헌 하나쯤 하는 게 어때?"

그에게 이번 스캔들은 새삼스러울 것이 없었다. 성인이 된 이후 타신은 사업가 A, 조향사 T, 재벌 2세 X 등의 익명으로 연예가십란에 오르내렸다. 다소 과장과 억측이 섞이긴 했지만 스캔들의 대부분은 사실이었다. 타신의 핸드폰에 저장된 탤런트, 영화배우, CF 모델, 아나운서, 변호사, 레이싱걸 등의 전화번호와 달콤하다 씁쓸해지고 만 메시지들이 그걸 증명했다.

"제정신으로 살 수 없는 세상인 걸 모르나? 고급 자동차는 빵빵 터지고 여기저기서 칼부림에, 어린 여자아이들이 훤한 대낮에 납치되고 있다고. 경찰이 무능하고 게을러서 이런 거 아니겠어? 지금이라도 못해먹겠으면 내 사설 경호원으로 취직하는 게 어때?"

타신은 늘 이런 식이었다. 한동안 연락하지 못해 미안하다, 보고 싶으니 만나자는 말 대신 농담과 조롱을 7 대 3으로 섞어 두현을 도발했다.

"이미 사설 경호원이나 다름없잖아. 근데 나도 이제 짬밥이 있으니 괜찮은 후임을 한 명 추천할까 하는데 말이야."

두현의 말에 타신의 오른쪽 눈썹이 가볍게 들썩였다.

"후임이라?"

"그래, 후임. 곧 연락할게. 귀국 축하해. 재벌 2세 A형."

두현은 전화를 끊고 나서 복잡 미묘한 눈빛으로 사건 파일을 덮었다.

*

이튿날 두현은 부루퉁한 얼굴로 출근했다. 출입문을 열자마자, 핸드폰이 진동했다. 재경이 보낸 문자였다.

—선배, 휴게실에서 나 좀 잠깐.

두현이 무거운 걸음을 돌렸다. 휴게실엔 재경 혼자뿐이었다. 그녀는 철제 의자에 앉아 두현을 빤히 바라보았다.

"수색 영장 안 나올 거 뻔히 알잖아요. 압수 대상이 없으니까요. 참고인 출석 요구라면 또 모를까. 청구 안 했어요. 그런 줄 아시라고요."

재경이 피식 웃으며 두현을 맞이했다.

"알고 있었다. 수색 영장 청구 안 할 거."

두현이 재경 맞은편 의자를 빼서 엉덩이를 붙였다.

"알면서 시킨 이유는 뭐죠?"

재경의 물음에 두현이 얇은 여름 재킷 안주머니에서 지갑을 꺼냈다. 그는 지갑을 열어 암녹색 명함 한 장을 재경에게 건넸다. 명함에는 '타신'이라는 상호인지 이름인지 모를 두 글자 외엔 아무 정보도 없었다.

"장 형사가 인석이의 죽음에 관심을 가졌어. 네가 보는 앞에서 당당하게 그걸 부정할 자신이 없었지. 비겁하지만 그게 이유야."

재경이 스르르 고개를 떨어뜨리고 명함을 바라보았다.

"이건 뭐예요?"

재경의 질문에 두현이 몇 번이고 입술을 떼려다 빙긋 웃고 팔짱을 끼었다.

"네가 앞으로 감당해야 할 대상."

"이 명함이? 뭐 증거물 같은 거예요? 그럼 이렇게 맨손으로 만지면 안 되잖아요."

놀란 표정의 재경이 두 사람 사이에 놓인 테이블 위에 명함을 내려놓았다.

"아니, 명함 주인. 이름은 거기 적힌 대로 타신이란 사람이야. 한번 만나보라고."

"뭐하는 사람인데요?"

그제야 재경이 다시 명함을 들어 앞뒷면을 살폈다.

"타신은 조향사야. 어떤 냄새든 한 번 맡으면 절대 잊는 법이 없지. 일종의 초능력자라고 해야 하나."

초능력이란 말에 재경이 의아하다는 듯 입술을 비죽 내밀고 미간을 좁혔다.

"우리 사건하고 연관 있어요?"

"아니, 연관 없어. 다만 타신의 동물적인 후각이라면 수사에 도움이 될 수 있겠지. 가느다란 실오라기 하나만 있어도 타신은 실오라기가 떨어져 나온 옷의 주인이 어떤 사람이고 어떤 음식을 좋아하고, 무슨 취미를 즐기는지까지 알아낼 수 있으니까."

재경이 놀란 눈을 깜빡이며 입을 벌렸다. 영화나 웹툰에서나 볼 수 있는 인물이 현실에 존재한다는 게 믿어지지 않았다.

"그게 정말 가능다고요?"

재경의 질문에 두현이 고개를 끄덕였다.

"지금까지 벌어진 사건들 사이엔 분명 수사팀이 찾아내지 못한 공통점이 있을 거야. 타신이라면 알아낼 수도 있지 않을까?"

재경이 재빨리 핸드폰을 꺼내 연락처 추가할 준비를 했다.

"전화번호 주세요. 당장 만나볼게요."

두현이 고개를 가로저었다.

"타신의 능력을 믿고 기다려. 아마 빠르면 오늘이나 내일 안에 그를 만나게 될 거야."

"선배, 그게 무슨 말이야? 타신이 직접 나를 찾아온다고요?"

재경은 미적거리는 두현이 마뜩지 않아 나직이 성을 냈다.

"아니, 그가 너를 부르겠지. 자기 방식으로. 아, 한 가지 조심해야 할 게 있어. 타신은 제복을 싫어해. 향수나 진한 화장품 냄새도. 꽤 까다로운 캐릭터지. 타신을 잘 설득해서 우리 편으로 끌어들이는 게 네 임무야. 그럼 난 경찰청 들어간다."

재경은 어리둥절한 표정을 지었다. 두현이 자리에서 일어나 꽉 묶어두었던 팔짱을 풀고 그녀의 어깨를 토닥거린 뒤 발걸음을 뗐다.

"무책임하게 자기 할 말만 하고 가기예요? 선배!"

두현이 고개를 돌려 재경을 향해 보일 듯 말 듯 미소를 짓고 휴게실 문을 닫았다. 재경은 타신의 명함을 바라보며 팽팽하게 신경을 곤두세웠다. 그때 제복 차림의 경찰 둘이 휴게실로 들어와 자판기에서 커피를 뽑았다. 종이컵을 든 둘이 재경의 옆 테이블에 앉았다.

"민선 씨, 향수 바꿨어?"

각진 턱의 경찰이 맞은편에 앉은 갸름한 얼굴의 경찰에게 물었다.

"나 향수 안 뿌렸는데."

갸름한 얼굴의 경찰이 고개를 갸웃하며 자신의 제복 소매에 코를 가져다댔다.

"아, 이거 때문인가?"

갸름한 얼굴의 경찰이 주머니에서 반으로 접힌 노란색 포스트잇을 두 장 꺼내 테이블에 올렸다. 순간, 재경의 코에도 향긋하면서도 익숙한 냄새가 파고들었다.

"좀 전에 지하철 역내 순찰을 나갔다가 누가 벽에 이런 포스트잇을 붙여놨더라고. 좋은 향이 나길래 떼어서 주머니에 넣었지. 무슨 향수인지 알면 하나 사고 싶더라."

재경이 자리에서 벌떡 일어나서 경찰들이 앉은 테이블로 걸어갔다.

"이거 어디에 있었다고요?"

재경의 물음에 갸름한 얼굴의 경찰이 포스트잇 한 장을 그녀에게 건넸다.

"지하철 내려가는 계단 옆에 한 장, 개찰구 앞에 한 장 있었습니다."

재경이 포스트잇을 자신의 코앞에 대고 가볍게 흔들었다. 상큼하면서도 익숙한 향이었다. 순간, 재경의 눈앞에 검푸른 바다와 자갈 위로 레이스처럼 부서지는 포말이 그려졌다.

"저 이거 한 장 가져가도 되죠?"

재경은 자꾸 바다 풍경을 떠올리다 자신에게 새로운 초능력이라도 생긴 건 아닌가 싶어 가슴이 울렁거렸다. 그녀는 경찰에게서 받은 포스트잇을 들고 지하철역으로 내달렸다. 걸음을 내디딜 때마다 두현으로부터 기이한 조향사에 대한 이야기를 듣자마자 생전 처음 맡아보는 향에 매혹돼 막연히 달리고 있는 자신이 미련하고 우스꽝스럽게 느껴졌다. 하지만 찾아오지 않으면 찾아가는 수밖에 없었다.

한낮의 역사는 한가로웠다. 등산복을 입은 중년 몇 명과 외근을 나온 정장 차림의 직장인들 몇 명이 전부였다. 혹시 포스트잇이 더 붙어 있나 살펴봤지만 눈에 띄지 않았다. 재경이 개찰구를 통과해 플랫폼으로 내려가는 계단을 밟았다. 마지막 계단에 팔락거리는 노란 포스트잇이 눈에 들어왔다.

재경이 포스트잇을 떼어 냄새를 맡았다. 같은 향이었다. 그녀는 고개를 두리번거리며 플랫폼에 있는 사람들을 훑어보았다. 여남은 사람들이 있었지만 대개 스마트폰을 들여다보거나 누군가와 통화를 하고 있었다.

"한 명씩 냄새라도 맡아보란 거야, 뭐야?"

전광판에 열차가 전역에서 출발했다는 메시지가 떴다. 조급한 마음에 가슴이 두방망이질 쳤다. 그때 벤치에 노란색 포스트잇을 붙이는 중년 여자가 재경의 눈에 들어왔다. 붉은 에르메스 핸드백에 윤기 흐르는 실크 블라우스를 걸친 그녀는 한눈에 봐도 지하철과는 어울리지 않는 귀부인이었다. 재경이 중년 여자에게 다가갔을 때, 열차가 도착한다는 안내 음성이 들렸다. 중년 여자도 주변을 두리번거리며 걸음을 뗐다.

"저, 죄송합니다만 그 포스트잇 어디서 난 거죠?"

재경의 물음에 중년 여자가 곱게 립스틱 바른 입술을 뗐다.

"이 냄새 좋아요? 그쪽도 고향이 나처럼 바닷가인 모양이네요."

열차가 들어오며 후끈한 바람이 두 사람을 덮쳤다.

재경은 그제야 향수에서 고향 바다의 젖은 모래톱과 상큼한 바다 냄새를 기억해냈다.

"아주머니가 타신이에요?"

중년 여자가 재경의 말에 웃음을 터뜨렸다.

"그럴 리가요. 난 그저 타신의 부탁을 들어줬을 뿐이죠."

열차가 멈춰 서고 문이 열렸다. 다급한 마음에 재경이 중년 여자의 손목을 잡았다.

"어딜 가야 타신을 만날 수 있죠?"

재경의 마음이 조급했다.

"비단꽃길 27. 그리고 타신한테 전해줘요. 다음엔 이런 귀찮은 일 시키지 말라고. 대중교통은 정말이지 딱 질색이거든요."

재경이 중년 여자의 손목을 스르르 놓아주었다. 열차 문이 닫히고, 중년 여자는 손부채질을 하며 빈자리로 걸어가 앉았다.

"비단꽃길 27, 비단꽃길 27……."

플랫폼에 남은 재경이 주문을 외듯 타신이 있다는 곳의 주소를 되뇌었다. 애당초 연락처나 주소를 남겼으면 간단할 일을 이토록 기괴한 방식으로 우회하는 타신이라는 사내가 궁금하고도 괘씸했다. 경찰서로 돌아온 재경은 냄새에 민감하다는 두현의 당부를 잊지 않고 세면실에서 샤워와 양치를 하고, 주차장으로 내려왔다. 그녀는 내비게이션에 비단꽃길 27을 입력하고 액셀러레이터를 밟았다.

"갑니다. 부르면 가야지요. 전 인구의 1퍼센트가 사이코패스라는데 내 주변에도 한 명쯤 있을 법하잖아."

운전대를 잡은 재경의 표정이 굳었다. 비단꽃길 27은 경찰서에서 멀지 않은 곳이었지만, 도심으로 향하는 자동차 행렬은 길었다. 재경은 음성 검색으로 타신, 맞춤향수, 니치향수 등을 검색해보았지만 신비로운 후각을 가진 사내에 대한 정보는 없었다.

"어떻게 하나같이 광고뿐이야?"

투덜거리는 사이, 재경의 내비게이션이 도착 300미터 전임을 알렸다. 재경이 룸미러를 흘깃거리며 자신의 표정을 살폈다. 화장기 없이 퀭한 눈과 창백한 입술, 묘한 흥분과 긴장으로 붉어진 뺨. 재경이 자신의 표정이 퍽 낯설다 느꼈을 즈음, 내비게이션이 목적지 도착을 알렸다.

"비타 500 같은 거라도 사가야 하나?"

차에서 내린 재경이 목을 빼고 주변을 돌아보았다. 비단꽃길이라는 이름에 맞게 활기차게 걷는 젊은이들로 북적거렸다. 화장품 가게, 꽃집, SPA 브랜드의 옷가게만 즐비했지만 편의점이나 약국은 보이지 않았다. 그보다 난관은 내비게이션이 목적지라고 알린 곳엔 도통 향수 가게로 보이는 상점이 없었다.

"선배, 저 지금 타신이라는 사람 가게 앞에 도착한 거 같은데 정확한 상호가 뭐예요?"

재경이 두현에게 전화를 걸며 찬찬히 주변을 살폈다.

"그 거리에서 유일하게 간판이 없는 집. 나 면담 중이니까 네가 알아서 찾아봐."

두현이 일방적으로 전화를 끊었다.

"간판이 없는 가게가 어디 있다는 거……!"

재경이 반 바퀴쯤 몸을 돌려 상점 사이 골목을 바라보았을 때, 간판은 없지만 쇼윈도가 유럽 성당의 스테인드글라스처럼 여러 색으로 아롱거리는 가게 하나가 눈에 들어왔다. 그녀가 주춤주춤 가게를 향해 걸어갔다.

*

그 시각 숍 주인 타신은 쇼윈도가 마주 보이는 소파에 걸터앉아 핸드폰 슈팅 게임에 빠져 있었다. 얼마 지나지 않아 최고점을 기록한 그는 환희의 괴성을 내질렀다. 타신은 잠시 벽시계와 쇼윈도 밖 재경을 번갈아 바라보곤 다시 여유 있게 새로운 스테이지에 도전했다. 재경도 쇼윈도 너머 타신을 유심히 바라보았다. 단정한 포마드 커트에 옅은 눈썹, 서늘해 보이는 크고 긴 눈과 선이 가늘게 빠진 매부리코에 일회용 마스크를 한 남자였다. 감색 브리오니 슈트, 군더더기 없는 플레인 토를 신은 핸섬한 남자가 초능력 후각을 가졌다는 사실이 재경은 아직 믿기지 않았다. 그러나 기실 타신의 후각은 보통 사람의 수십 배에 달했다. 고객들은 그가 만든 향수에 열광했지만 정작 타신에 대한 평가만큼은 싸늘했다.

고객의 사소한 약점까지 끄집어내 궁지로 몰아넣고 비아냥거리는 게 취미인 사이코패스. 노소미추를 가리지 않고 여자를 유혹한 다음 잠자리에서 체취를 평가하는 역겨운 변태. 모 대선 후보의 혼외 자식, 시도 때도 없이 여성 혐오, 인종 차별, 모욕과 명예 훼손이 쏟아져 나오는 쓰레기통 같은 입. 그게 타신의 단골 고객들 사이에 떠도는 소문들이었다. 그러나 타신에 대한 평판이 나쁘면 나쁠수록 그를 찾는 고객은 늘어났다. 얼마나 매혹적인 향수를 만들기에 전신에 명품을 휘감은 귀부인들이 온갖 모욕을 무릅쓰고도 다시 찾는지 호기심을 이기지 못한 것이다.

"실례합니다."

타신의 악명을 알 리 없는 재경이 출입문을 열고 숍 안으로 들어섰다. 그제야 타신도 핸드폰을 내려놓고 자리에서 일어섰다. 그는 출입구 옆 전신 거울 앞에 서서 연어색 넥타이를 가볍게 고쳐 매고 조금 흐트러진 앞머리를 매만진 뒤 마스크를 벗었다. 입꼬리가 가볍게 말려 올라간 샤프한 입술이 가벼운 미소를 띠며 재경을 맞이했다.

"민재경입니다. 참 독특한 방식으로 손님을 맞으시네요."

재경이 보드라운 말 속에 잔가시를 담아 인사를 건넸다.

"첫인상이 가장 중요한 법이죠. 이쪽으로."

타신이 느물거리며 재경을 상담 데스크로 안내한 뒤 의자를 빼주고 맞은편에 앉았다. 소형 아파트 크기의 숍은 출입구 방향을 제외한 3면이 전부 최고급 프래그런스 오일 진열대였다. 작은 스포이드 병 수천 개가 간접 조명 아래에서 스테인드글라스처럼 오련하게 빛을 나비쳤다.

"스멜링 차트를 작성해주시면 향을 만드는 데 도움이 될 것 같습니다. 대중적인 톱 노트는 대략 이런 종류가 있죠."

타신이 시향지 한 묶음과 스포이드 병에 담긴 향료 몇 종을 꺼냈다.

"정두현 팀장님께 말씀 들으셨을 거 같은데요. 저 향수 주문하러 온 거 아닙니다."

재경이 뭐 이런 사람이 다 있어, 하는 표정으로 타신을 바라보았다.

"역시 냄새대로 당돌하군. 좋아, 인사는 서로 생략하고 가면부터 벗자고."

타신이 입술에서 상냥한 미소를 지우고 자리에서 일어섰다.

"내…… 냄새대로라뇨?"

재경의 눈이 성큼성큼 걸어 작업실 안쪽 캐비닛을 여는 타신을 좇았다. 타신은 캐비닛 안에서 분홍색 보자기가 담긴 지퍼백을 꺼내 들고 테이블로 돌아왔다.

"이게 뭔지 기억나나?"

재경은 지퍼백에 담긴 분홍색 보자기를 훑어보며 고개를 갸웃거렸다.

"아뇨, 모르겠습니다. 그보다 왜 저한테 자꾸 반말하세요?"

재경은 자신을 애송이 취급하며 은근슬쩍 말을 놓은 타신의 말투가 귀에 거슬렸다.

"기억력이 그래서야 경찰이라 할 수 있겠어? 무능력하게 심부름이나 하며 야금야금 세금 빨아먹는 민중의 곰팡이지."

타신의 독설에 재경이 자리에서 튕기듯 일어섰다.

"지금 말 다했습니까? 이거 충분히 모욕죄에 해당되는 거 알고 있어요?"

재경이 그러거나 말거나 타신은 느긋이 지퍼백을 열어 분홍색 보자기를 꺼내 자신의 코를 파묻었다.

"이 보자기엔 파김치가 담긴 플라스틱 통과 들기름, 마른미역, 성게젓갈이 들어 있었어. 맞나?"

재경이 스르르 벌어진 입을 닫지 못하고 보자기를 바라보았다. 그제야 지난 초여름, 엄마가 남동생 손에 들려 보낸 반찬 보따리가 생각났다. 다른 부식은 자취방에 남겨놓고 파김치만 이 보자기에 감싸 사무실로 가져와 팀원들과 나누어 먹었는데, 그게 타신에게 가 있으리라곤 상상하지 못했다.

"얘, 파김치는 덜 익었으니 밖에 하루 꺼내 놨다 냉장고에 넣고, 들기름은 안 볶고 짠 생들기름이니까 약이다 생각하고 먹어. 성게젓은 남 주지 말고 너 혼자만, 응?"

타신이 중년 여자의 음성을 흉내 내며 혼자 킬킬 웃었다. 사용한 단어는 차이가 있었지만, 내용은 재경의 엄마가 전화로 한 말과 다를 바 없었다. 재경은 자신의 팔에 소름이 돋는 걸 느끼며 털썩 의자에 앉았다.

"어떻게 알았어요?"

한풀 기세가 꺾인 재경이 타신에게 물었다.

"너무 쉽잖아. 파김치에선 파김치 냄새가 나고, 들기름에선 들기름 냄새가 나니까. 더 신기한 걸 말해볼까?"

재경이 넋 나간 얼굴로 고개를 끄덕거렸다.

"지금 너한테선 서른 가지가 넘는 냄새가 나고 있어. 샴푸, 린스, 트리트먼트, 헤어 오일. 한 제품당 적게는 두세 가지, 많게는 예닐곱 가지 향료가 섞여 있지. 원한다면 모든 제품의 이름을 다 말해줄 수도 있고. 게다가 물소가죽 냄새도 섞여 있군. 보통 자동차 시트로 쓰지 않는 고급 소재이니 여기 오늘, 어쩌면 어제 가죽 소파에 꽤 오래 앉아 있었던 거…… 맞지?"

화장을 지우고 샤워와 양치를 했지만, 머리까지는 감지 않은 상태였다.

"그만, 그만요. 그쪽 능력 인정합니다. 반말…… 하고 싶으면 하세요."

재경은 자신의 앞에 마주 앉아 새하얀 앞니를 드러내며 웃는 남자가 더 이상 잘생기거나 멋있다고 느껴지지 않았다. 어쩌면 후각이 뛰어난 게 아니라 일종의 영매나 사이코메트리일 수도 있다는 생각마저 들었다.

"상황 판단이 빨라 마음에 드는군."

타신이 배릿하게 웃으며 다시 마스크로 코와 입을 덮었다. 그는 자리를 옮겨 다시 소파에 엉덩이를 붙이고 핸드폰 게임에 열중했다.

"그 마스크는 왜 쓰는 거예요?"

재경이 숨을 깊게 들이마시며 물었다. 향수 가게인데도 불구하고 평범한 사람의 후각으로는 별다른 냄새가 느껴지지 않았다.

"개들이 말을 할 줄 안다면 당장 마스크부터 달라고 하겠지. 5미터 앞에 서 있는 경찰 아가씨 운동화 밑창에 붙은 풍선껌 냄새까지 느끼는 코라면, 안 그렇겠어?"

재경이 흠칫 놀라 운동화 바닥을 확인했다. 왼쪽 신발에 새끼손톱만 한 껌이 새까만 먼지를 뒤집어쓰고 말라붙어 있었다. 일일 퀘스트에 실패한 타신이 심드렁한 표정으로 쇼윈도 밖을 내다보았다. 20대 초반의 여자 둘이 가게를 향해 걸어오고 있었다. 굽이치는 긴 머리에 타이트한 원피스를 입은 키 큰 미인과 코르크 샌들에 반바지, 품이 큰 티셔츠에 뿔테 안경을 쓴 여자였다. 주변을 두리번거리던 원피스가 호기심 어린 눈으로 출입문을 열었다. 순간, 타신이 마스크를 벗고 숨을 깊게 들이마시곤 소파에서 벌떡 일어섰다.

"그쪽은 운이 좋아. 돈 안 내고 막장 드라마 한 장면을 라이브로 볼 수 있게 됐으니까. 자, 쇼타임!"

재경을 향해 조그맣게 속삭인 타신이 옷매무시를 고치고 손님들을 맞이했다.

"어서 오세요. 이쪽으로 앉으시죠."

자본주의 미소를 띤 타신이 손님들을 상담 데스크로 이끌고 와서는 의자를 빼주었다. 그러고는 슬쩍 고개를 돌려, 입 모양만으로 재경에게 소파에 가 있으라는 명령을 했다. 재경은 앞으로 벌어질 일이 궁금해 그가 시키는 대로 얌전히 자리를 옮겼다.

"크리드 토슈즈를 쓰고 계시는군요. 이 계절에 어울리는 프레시하고 고급스러운 향수죠. 하지만 고객님처럼 관능적인 미인에겐 너무 가볍습니다. 좀 더 알데히딕한 향이 어울릴 것 같습니다."

향수를 쓰지 않는 재경에겐 이해하기 어려운 용어들이 타신의 입에서 술술 쏟아졌다.

"그 알데히딕하다는 거 시향 좀 해봐도 돼요?"

원피스가 인조 속눈썹을 깜빡거리면서 타신에게 손목을 내밀었다.

"원액인 프래그런스를 직접 시향할 수는 없습니다. 그걸 손목에 뿌렸다간 아마 일주일쯤 두통에 시달릴 거예요. 향수는 여러 종류의 프래그런스를 배합해 몇 주가량 숙성하는 시간이 필요하죠. 이 자리에서 향수를 조합해 가져가실 수는 없다는 얘깁니다. 미리 만들어놓은 향 몇 가지를 보여드리겠습니다."

타신이 원피스의 손목을 무시하고, 진열대로 향했다.

"이런 데 향수 되게 비싼 거 아냐?"

숍을 두리번거리던 안경이 원피스에게 속삭였다.

"나 좋은 향수 갖고 싶다고 했더니 오빠가 카드 줬어."

원피스가 긴 손톱으로 자신의 핑크색 샤넬 백을 툭툭 치며 하얀 앞니를 드러냈다. 타신이 가늘고 기다란 향수 두 병을 들고 상담 데스크로 돌아왔다.

"첫 번째 테스트할 향은 톱 노트가 강하지만 우디한 잔향이 하루 종일 기분 좋게 따라다닐 겁니다. 냄새에 민감한 사람이라면, 누구나 고객님을 다시 쳐다보게 할 그런 향수죠."

원피스의 입꼬리가 기분 좋게 말려 올라갔다. 그녀가 타신에게 손목을 내밀었지만, 그는 라텍스 장갑을 끼고 테스터지에 향수를 뿌렸다. 그 순간 재경의 코에도 무겁고 강하지만 따뜻한 동시에 고급스러운 머스크 향기가 파고들었다.

테스터지를 공중에 재빨리 흔들어 톱 노트를 날려버린 타신이 원피스에게 미들 노트를 설명했다.

"미들 노트는 그레이프프루트와 프렌치랍다넘입니다. 아름다운 귀부인이 묵직한 모피 코트를 벗자 유백색의 실크 원피스를 걸치고 있는 모습 같달까요."

내내 말이 없던 안경조차 타신의 설명에 코를 벌름거리며 숨을 깊게 들이쉬었다.

"두 번째까지 갈 거 없이 이거 사. 향 대박이다."

호들갑을 떠는 안경에게 타신이 테스터지를 넘겼다. 그러고는 흥미로운 표정으로 원피스의 얼굴을 살폈다. 안경이 테스터지를 흔들며 향을 음미하는 동안, 원피스의 표정은 점점 어두워졌다. 당장이라도 울음을 터뜨릴 것처럼 코끝과 눈가가 붉어졌다.

"다른 걸로 시향해주세요."

원피스가 긴 머리를 한쪽 어깨 위로 넘기며 건조하게 말했다.

"그렇게 하시죠."

타신이 라텍스 장갑을 갈아 끼고 테스터지에 두 번째 향수를 뿌렸다. 첫 번째 향수가 모피 코트를 걸친 귀부인이라면 이번엔 과일과 꽃이 흐드러진 정원에서 차를 마시는 농염한 처녀가 연상되는 향이었다.

"아그룀과 부케의 밸런스가 환상적이죠. 톱노트인 겹겹의 드레스를 벗으면 섹시한 코르셋이 나올 겁니다."

타신이 테스터지를 흔들어 향을 덜어내고 원피스의 손에 테스터지를 쥐여주었다. 원피스의 표정이 일그러지기 시작했다. 꼼꼼히 바른 마스카라가 번지기 시작했다.

"저랑 안 맞는 거 같아요."

한참을 머뭇거린 끝에 원피스가 간신히 입술을 뗐다.

"너 갑자기 왜 그래? 울어?"

안경의 물음에 원피스가 고개를 저으며 자리에서 일어섰다.

"모르겠어. 그냥 이 향수 나한테는 별로야. 가자."

원피스가 핸드백을 어깨에 걸치고 안경의 손을 잡았다.

"향이 마음에 들지 않는다니 아쉽군요. 샘플을 드릴 테니 방향제로라도 쓰세요."

타신이 서랍에서 두 개의 향수 샘플을 꺼내 원피스와 안경에게 다가갔다.

안경이 반색을 하며 타신이 건넨 향수 샘플을 자신의 크로스백에 넣었다.

"알아두세요. 이 향수의 이름은 아듈테르입니다. 프랑스어로 불륜이라는 뜻이지요. 훔쳐서라도 갖고 싶게 만드는 매혹적인 향수니까요."

타신이 원피스의 뒤통수를 바라보며 크게 떠들었다. 원피스의 어깨가 불규칙하게 들썩거리더니, 안경의 손을 놓고 출입문을 밀며 달려 나갔다.

"고맙습니다. 잘 쓸게요."

당혹스러운 표정의 안경이 원피스 몫의 향수 샘플을 타신에게 넘겨받으며 "야, 같이 가!" 하고 숍을 떠났다.

"원래 남의 사과가 더 맛있어 보이는 법이지."

타신이 킬킬 웃으며 재경의 옆자리에 앉았다. 재경의 코엔 그저 고급스럽고 향기로운 냄새인데 그걸 맡은 손님이 울며 뛰쳐나가는 희한한 광경이 놀랍기만 했다.

"지금 향수로 저 아가씨를 울린 거예요?"

재경이 궁금증을 참지 못하고 물었다. 타신이 우아하게 다리를 꼬고 앉아 다시 핸드폰을 들었다.

"오픈마켓에서 사 입은 싸구려 재질의 원피스와 구두를 걸친 여자가 핸드백은 진짜 샤넬인 게 이상하지 않나? 마트에서 원플원으로 파는 샴푸로 머리를 감고 로드숍 화장품 특유의 기름지고 텁텁한 합성향 파운데이션을 바른 나이 어린 여자의 목덜미에서 고급 시가 냄새가 섞인 시큼한 타액이 느껴진다면?"

재경이 어이가 없이 실소를 터뜨리며 마른세수를 했다.

"진짜 개코네. 근데, 그게 뭘 의미하는데요?"

"부자 남자를 애인으로 두었다는 얘기지. 아마 40대 유부남일

테고, 샤넬 백도 그가 사줬을 거야."

게임이 로딩되는 걸 바라보는 타신의 눈빛엔 여자에 대한 경멸이 잔향처럼 남아 있었다.

"그거 다 추측이잖아요. 당신 말이 다 맞는다고 해도 고급 시가를 피우는 남자가 유부남이라는 증거도 없고요. 혹시 여성 혐오 같은 거 있어요?"

재경이 입술을 비틀며 타신의 옆얼굴을 바라보았다.

"모든 인간은 다 혐오스러운 구석이 있게 마련이야. 그리고 상대가 유부남이란 것도 근거 없는 추측이 아니고. 저 아가씨를 여기로 끌어들인 게 나니까."

타신의 손가락이 빠르고 능숙하게 액정을 터치했다.

"나한테 했던 것처럼 포스트잇 같은 걸로?"

"아니, 좀 더 정교한 방법이 필요했지. 설명하자면 복잡해."

타신의 무성의한 대답이 재경의 호기심을 더욱 자극했다. 그녀가 타신의 손에 쥔 핸드폰을 낚아채 재빨리 깔고 앉았다.

"뭐하는 짓이야?"

핸드폰을 빼앗긴 타신이 재경의 엉덩이로 손을 뻗다 거둬들이고 주먹을 움켜쥐었다.

"그 정교한 방법 좀 얘기해달라고요. 막장 드라마 구경하라더니, 왜 떡밥만 던져주고 본방은 못 보게 하는 거예요?"

"하는 짓이 두현이랑 똑같군."

타신이 불만 가득한 표정으로 입을 열었다.

"얼마 전 내 VIP 고객 한 명이 남편의 외도를 의심하며 나를 찾아왔어. 남편의 서류가방에서 티팬티 한 장을 발견했더군."

티팬티라는 단어를 내뱉으며 타신의 표정이 야릇하게 변했다.

"혹시 티팬티 냄새를 맡은 거예요?"

"체액에서 무슨 냄새가 나는지 알아야 유인할 수 있으니까 어쩔 수 없었지."

타신이 나른한 눈빛으로 재경을 바라보았다.

"그래서 얻은 정보가 뭔데요?"

재경이 미간을 찌푸리며 물었다.

"피임약을 복용하는 20대 초반 여자. 다이어트 때문에 최근엔 탄수화물을 끊고 들입다 양상추와 토마토만 먹어댄 거 같더군. 시트러스 계열의 바디로션을 바르고, 거기 어울리지 않는 플로럴 계열의 향수를 뿌렸어. 어떤 게 진짜 좋아하는 향일까 고민해 봤지. 향수는 선물 받았을 확률이 크지만 바디로션은 직접 샀을 테지. 그럼 이 티팬티의 주인은 시트러스향이 기호겠구나 추측할 수 있었고."

타신의 눈이 핸드폰을 깔고 앉은 재경의 엉덩이로 향했다.

"아직 얘기 덜 끝났는데, 어딜 봐요?"

"혹시 보석금 내면 내 핸드폰 가석방 시켜줄 수 있나?"

"놉! 하던 얘기나 마저 해요. 그쪽 폰 잘 보관하고 있으니까."

재경이 다음 이야기를 재촉했다.

"엉치뼈로 아무거나 터치하지나 말라고."

재경이 눈을 홉뜨고는 아랫입술을 깨물며 험악하게 인상을 구겼다.

"좋아, 알았다고. 그래서 저 아가씨를 홀릴 만한 향수를 만들어 냈어. 그리고 유인책으로 20대 여자 고객들에게 샘플을 풀었지. 한 달은 걸릴 줄 알았는데 고작 열흘 만에 찾아온 거였어. 방금 테스트한 향수는 당연히 내연남의 아내가 우리 가게에서 매번 구입해가는 향수였고 말이지. 원피스는 자기 애인의 옷깃에 남은 본처의 냄새를 맡고 줄곧 질투해왔을 거야. 근데 내가 그 향을 만들었다는 걸 깨달은 순간, 쪽팔렸겠지. 완전 핵 짜증! 됐나?"

완전 핵 짜증! 하는 대목에 타신이 여자 목소리를 흉내 내자, 재경이 자기도 모르게 웃음을 터뜨렸다.

"이제 내놓으시지."

타신이 손을 내밀었다. 재경이 웃음을 참으며 엉덩이를 들썩여 핸드폰을 그의 손에 넘겼다.

"핸드폰에 코 대고 킁킁거리면 가만 안 있어요!"

재경의 말에 타신이 자리에서 일어나 데스크 서랍을 열고 알코올 패드를 꺼내 핸드폰 액정을 닦았다.

"굳이 코 대고 킁킁거릴 필요도 없어. 가만있어도 맡아지니까. 형벌 같은 운명이지."

타신의 무례한 말에 재경은 뺨과 귓불이 후끈해졌다.

"겜이나 할 거면서 왜 나를 여기까지 불러냈는지 설명 좀 해주시죠."

재경에게 타신을 만나라고 한 건 두현이었다. 하지만 그녀를 숍으로 이끈 건 타신이었다. 그에게도 분명 재경을 만나야 할 이유가 있다는 뜻이었다.

"지금은 보다시피 바빠, 내일 다시 찾아오라고."

타신이 다시 얄궂게 웃으며 게임을 시작했다.

"난 뭐 한가한 줄 알아요?"

"목마른 자가 우물 파는 거 아니던가?"

재경은 자신을 어린애 다루듯 들었다 놓는 타신의 태도가 너무나 불쾌했다.

"좋아요, 그럼 제가 목마르게 해드리죠. 지구 핵까지 우물 파고 들어갈 준비나 하세요."

재경이 소파에서 일어나 뚜벅뚜벅 출입구로 향했다. 타신이 숍을 나서는 재경의 뒷모습을 재빨리 훔쳐보다 그녀가 고개를 돌리자 얼른 액정으로 시선을 모았다.

숍을 빠져나온 재경은 씩씩 콧김을 뿜으며 주변을 살펴보았다. 꽃집, 옷 가게, 그리고 화장품 가게. 재경은 간판 위에 점포정리라고 써 붙인 화장품 가게를 향해 달려갔다. 가게 앞에는 조야한 색상의 매니큐어와 면봉, 싸구려 립글로스, 아이브로펜슬 따위가 플라스틱 바구니에 펼쳐져 있었다. 민소매 티셔츠인지 러닝인지 모를 상의에 수박색 칠부 바지를 입은 초로의 여자가 걸어 나와 재경을 맞이했다.

"뭐 줄까? 안에 선크림이랑 비비도 있는데."

여자가 물었다.

"그런 거 말고 향수나 샤워코롱 같은 건 없어요?"

재경은 타신의 놀라운 능력을 충분히 확인했다. 동시에 그의 가장 큰 약점 또한 간파한 참이었다.

"있지, 왜 없어. 일단 들어와 봐요."

여자가 힘없이 돌아가는 선풍기 목을 재경에게 돌려주며 먼지가 뽀얗게 쌓인 선반을 가리켰다.

"저건 불가리하고 향이 똑같은데 8,000원, 샤넬 넘버 파이브하고 똑같은 건 12,000원. 그 밑에……."

"그럼 이거 다 짝퉁이에요?"

재경의 직업병이 꿈틀했다.

"명품 향수라고 뭐 있는 줄 아나 보네. 다 브랜드 값, 포장 값이지. 저 길 건너편에도 향수 가게 하나 있어. 니치향수라나 나치향수라나, 그런 거 만들어 파는 덴데, 뻰드르르하게 생긴 놈이 정장 쪽 빼입고 살랑거리면서 돈 많은 사모님들 꼬드겨 향수 한 병에 얼마씩 팔아먹는 줄 알아? 젤 싼 게 100만 원이래. 100!"

여자가 열 손가락을 펴 들이대며 말했다.

"젤 싼 게 100이고 500만 원, 1,000만 원짜리도 있다고 합디다."

재경은 니치향수가 기성 제품에 비해 고가라는 건 짐작하고 있었지만, 그래도 향료에 알코올 섞은 물이 수백만 원을 호가할 줄은 상상조차 하지 못했다.

"여기서 제일 싸고, 제일 센 걸로 하나 주세요."

지금 재경에게 필요한 건 명품 향수를 흉내 낸 짝퉁이 아니었다. 제일 싼 걸 찾는다는 재경의 말에 시큰둥해진 여자가 다시 가게 앞으로 뒤뚱뒤뚱 걸어 나와 잡동사니가 섞인 바구니를 뒤적거렸다.

“이거 7,000원에 팔던 건데, 4,000원만 줘.”

여자가 핫핑크색 유리병에 쌓인 먼지를 티셔츠 앞자락으로 닦으며 재경에게 건넸다. 유리병에는 한글로 ‘비너스의 샘’이라는 상품명과 뜻 모를 그리스어 몇 줄이 무성의하게 적혀 있었다. 재경은 지갑에서 4,000원을 꺼내 여자에게 건네고 비장한 표정으로 돌아섰다. 길 건너편엔 뻰드르르하게 생긴 타신이 정장을 쪽 빼입고 비스듬히 앉아 게임 삼매경에 빠져 있었다. 재경은 당당한 보무로 타신의 숍 앞에 당도해 자신의 손아귀에 든 ‘비너스의 샘’을 힘껏 감싸 쥐었다.

“내일 보자고 했던 거 같은데, 내가 게임에 열중한 나머지 하룻밤을 꼴딱 지새우고 어느새 아침을 맞기라도 한 건가?”

재경이 숍으로 들어오자 타신이 한쪽 눈썹을 치켜들며 비아냥거렸다.

“지금 내 손에 뭐가 들려 있는지 알면 그런 말 못 하실 텐데.”

재경이 ‘비너스의 샘’에 달린 루비색 플라스틱 뚜껑을 벗기고 타신에게 걸어갔다. 타신이 핸드폰에서 눈을 들어 재경을 바라보았다. 정확히는 그녀가 손에 든 ‘비너스의 샘’을.

“무슨 수작이야? 그런 끔찍한 걸 대체 어디서……!”

타신이 핸드폰을 내려놓고 엄지와 검지로 콧방울을 감쌌다.

"길 건너편 망하기 일보 직전 화장품 가게에서 고작 4,000원에 득템했지. 이름은 비너스의 샘."

창백한 낯빛의 타신이 휘청거리며 소파에 주저앉아 눈을 질끈 감았다.

"아프로디테가 이런 역겨운 향수로 모욕당하든, 목욕을 당하든 내 알 바 아니지만, 나한테 이런 무례한 행동을 하는 건 참을 수 없어."

그의 말이 끝나기 무섭게 재경이 '비너스의 샘'을 총처럼 겨누고 타신을 향해 묵직한 한 걸음을 떼었다.

"난 지금 당장이라도 비너스의 샘을 당신 가게 바닥에 집어 던져 깨뜨릴 수도 있어요. 그걸 당신의 후각이 견뎌낼 수 있을까?"

"그렇게 내버려두지 않겠지!"

코맹맹이 소리로 의미심장하게 외친 타신이 날렵하게 몸을 일으켜 세워 재경에게 달려들었다. 실주름 하나 없던 슈트가 자글자글 구겨지고, 공들여 스타일링한 앞머리가 처참하게 헝클어지거나 말거나 타신은 죽을힘을 다해 재경을 제압하려고 발버둥쳤다. 그러나 재경 또한 만만한 상대는 아니었다. 그녀는 대학 4년간 합기도로 단련된 엘리트 경찰로 표적수사대에 발령 나기 전까지 강력 범죄로 악명 높은 미령시 강력계를 진두지휘하던 여장부였다. 특히나 연행술에 있어서만큼은 남다른 재능이 있었다.

재경은 우악스럽게 달려든 타신의 손목을 꺾고, 엄지와 검지를 넓게 펼쳐 그의 목울대를 힘껏 가격했다. 급소를 얻어맞은 타신이 앗! 소리도 내지 못한 채 뒤로 벌렁 나자빠져 고통과 분노로 얼굴을 일그러뜨렸다. 재경이 가볍게 숨을 내뱉으며 나자빠진 타신을 향해 '비너스의 샘' 노즐을 겨냥한 뒤 펌프를 강하게 눌렀다.

"나를 부른 까닭은?"

재경이 타신을 향해 목소리를 높였다.

"페티그레인과 일랑일랑의 조합이라니, 정말 최악이야!"

타신이 고통스럽게 몸을 뒤틀었다.

"다시 묻습니다. 나를 여기로 불러낸 이유가 뭡니까?"

"변두리 호프집 화장실 방향제도 이 정도는 아니겠지."

타신이 머리를 쥐어뜯으며 재경을 노려보았다.

"열까지 세는 동안 대답 안 하면 정말 깨뜨릴 겁니다. 하나, 둘, 셋……."

"이 악마! 대답…… 대답하면 되잖아. 그러니 제발 그 향수 좀 치워."

타신을 길들이는 데 성공한 재경이 소리 내어 웃었다. 얼마 만인지 기억조차 나지 않는 진짜 웃음이었다. 그녀는 '비너스의 샘' 노즐을 겨냥한 채 헛구역질 하는 타신에게 손을 뻗었다. 차갑고 축축하고 큼직한 타신의 손이 재경의 작고 따뜻한 손과 처음 만나는 순간이었다.

*

재경의 손을 잡고 바닥에서 일어선 타신이 출입문을 열고 신선한 공기를 들이마셨다.

"아주 악랄하고, 졸렬해! 요새 경찰대에선 고문 기술도 가르치나?"

타신이 소파에 파묻히듯 누워 검지로 관자놀이를 지압했다.

"누가 보면 테이저건이라도 맞은 줄 알겠네요."

재경이 상담 데스크 옆에 놓인 정수기에서 물 한 잔을 받아 타신에게 내밀었다. 타신이 잔뜩 찌푸린 얼굴로 재경과 그녀의 다른 손으로 움켜쥐고 있는 '비너스의 샘'을 톺아보곤 물잔을 거절했다.

"컨디션 돌아올 때까지 내 옆에서 세 걸음 떨어져 있어."

재경이 고개를 끄덕이고는 타신 앞에서 뒷걸음질을 쳤다.

"이제, 대답해주시죠."

타신의 대답을 기다리며 재경이 잔에 든 물을 홀짝거렸다.

"네 냄새가 필요했어."

타신의 대답에 재경이 입에 가득 담은 물을 뿜어냈다. 재경의 입에서 튄 물이 타신의 슬랙스에 점점이 튀었다.

"두 걸음 더 떨어져!"

행커치프를 뽑아 물기를 닦아낸 타신이 노기 어린 목소리로 명령했다. 재경이 두 걸음 물러서며 쑥스러운 표정을 지어 보였다.

"근데, 그 냄새 얘기 제가 잘못 들은 거 아니죠?"

재경은 어째서 타신이 자신의 냄새를 원하는지 이해할 수 없었다.

"들은 대로야. 나는 네 냄새가 필요해."

하지만 타신에겐 간절했다.

"그쪽…… 변탭니까?"

재경의 당돌한 물음에 타신이 다시 한 번 미간에 주름을 잡았다.

"설명하지. 몇 번인가 두현이가 사건의 실마리를 찾게 도와달라고 찾아왔었지. 당연히 거절했지만."

"왜요?"

"보다시피 나는 비싼 사람이야. 한 병에 수백만 원을 호가하는 향수를 만들어내고, 아까 같은 스페셜 오더까지 완수하면 네 석 달치 월급 정도가 통장에 꽂히지. 그런데 내가 왜 경찰 나리들 일을 무보수로 도와야 한다고 생각하나?"

타신이 차가운 눈동자로 허공을 응시하며 말했다.

"재벌들도 사회공헌사업 같은 거 하잖아요. 예술가들은 재능기부도 하고."

"그치들이야 세금으로 빨리느니 체면도 유지하고 실속도 챙기느라 마지못해 하는 거지. 근데 나한테는 그럴 이유가 없거든. 부유한 마담부터 소유욕에 굶주린 전문직 마드모아젤까지, 든든한 아군이자 민첩한 정보원이 수백 명이나 되는 고급 기능사라고. 돈도 명예도 안 되는 일에 뛰어들 이유가 없잖아."

타신이 손부채질로 향수 냄새를 몰아내며 말했다.

"그러니까 이번엔 왜 반응을 했는지 궁금했던 거죠. 내 냄새가 당신한테 왜 필요한데요."

타신이 씀벅한 눈을 내리감았다.

"마지막으로 두현이를 만났을 때, 녀석이 또 사건 파일을 들고 왔어. 건성으로 몇 장 들춰봤는데 그 안에 내가 오랫동안 찾아 헤매던 체취가 묻어나더군."

올 초, 지금까지 벌어진 사건 파일을 취합해 두현에게 전달한 건 재경이었다.

"오랫동안 찾아 헤매던 체취?"

"그래. 자세한 얘기는 하고 싶지 않아."

천천히 눈꺼풀을 들어 올린 타신이 재경을 바라보았다. 능청과 교만이 깃들어 있던 지금까지의 눈빛과는 전혀 다른, 짙은 우수가 배어 있었다. 그 순간, 재경은 인석을 떠올렸다. 그와 헤어진 마지막 밤, 두 사람이 포옹하던 순간 느꼈던 체취. 지금껏 까맣게 잊고 있던 냄새가 선명하게 느껴졌다. 조금 시척지근한 땀 냄새와 베이비로션 특유의 향, 섬유유연제와 세제, 그리고 달착지근한 살 냄새가 코끝을 스치는 것만 같았다. 재경이 인석을 떠올리느라 먼눈을 파는 사이, 마음을 가다듬은 타신의 눈에선 깊은 우수가 걷히고 있었다. 다시 능청과 교만이 타오르는 타신의 눈은 재경이 손에 쥔 '비너스의 샘'을 고양잇과 동물처럼 바라보았다. 그러고는 재경이 물잔을 입술에 가져다대는 순간을 노렸다 날렵하게 달려들어 '비너스의 샘'을 강탈했다.

"당신, 뭐하는 거야?"

타신의 급습에 '비너스의 샘'을 빼앗긴 재경이 앙칼지게 쏘아붙였지만 이미 타신은 숍을 빠져나와 거리를 걷고 있었다. 재경이 겅둥겅둥 뛰어 타신의 뒤를 따랐다.

"반말을 해도 되는 건 나지, 네가 아냐."

"그거 내가 산 내 거라고요. 절도가 뭐 별건 줄 알아요? 대낮에 강도 맞고 존댓말 나오게 생겼냐고요! 내 향수 내놔요."

골목 끝에 다다라서야 타신의 걸음이 멈췄다. 그의 발치에 요처럼 두껍게 냉장고 박스를 깔고 누운 노숙자가 있었다.

"공무원이 선량한 시민한테 공갈과 협박을 했어. 서로 한 방씩 주고받았으니 쌤쌤으로 칠까, 아니면 맞고소하고 진흙탕 구를래?"

타신의 말에 재경은 대꾸할 말을 찾지 못했다.

"이봐, 영감. 옛날 유럽인들은 씻기 싫어서 향수를 뿌렸다더군. 나한테는 이 향수나 영감이 풍기는 악취나 거기서 거기지만 멍청한 코를 가진 사람들한테는 이게 덜 괴로울 수도 있을 거야."

타신이 노숙자가 깔고 누운 냉장고 박스 위에 '비너스의 샘'을 내려놓았다. 끈적한 침을 입가에 매단 노숙자가 어리둥절한 표정으로 타신과 재경을 번갈아 바라보았다.

"오케이. 향수는 저 할아버지한테 기부하는 걸로 하고 앞으로 수사에 협조해줄 거예요, 말 거예요?"

성큼성큼 앞질러 걷는 타신을 재경이 종종걸음으로 따랐다.
"거절한다면?"
"'비너스의 샘' 한 병 더 사는 거죠. 아예 박스떼기로 사놓을까 봐!"
재경의 대답에 타신이 멈춰 섰다.
"나를 만나러 올 때는 향수, 로션, 세안제 사용 금지. 물론 섬유유연제나 가글, 매니큐어도 금지. 그리고 앞으로 새로운 규칙이 늘어나더라도 군소리 없이 준수할 것. 약속하면 수락하지."
"저야 콜이죠. 또 숙지해야 할 건?"
타신의 말에 재경이 미소를 지으며 환하게 웃었다.
"너의 모든 질문에 다 대답해줘야 할 의무는 없어. 앞으로 나는 내가 하고 싶은 말만 할 거야. 무척이나 불공정하다고 느끼겠지만, 알게 뭐야. 내가 갑인데."
말하는 게 아니라 싸는 거겠지, 라고 속으로 투덜거리며 재경이 입술을 비쭉거렸다.
"내 냄새로 하고 싶은 게 뭐예요?"
재경이 손목시계를 내려다보며 물었다. 두현이 수사대에 도착할 시각이었다.
"조향사가 할 수 있는 게 뭐겠어. 향수지."
타신의 비장한 목소리에 재경이 고개를 들어 그를 바라보았다. 크고 서늘한 눈동자 안에 검은 소용돌이가 보였다. 그녀가 최면 상태에서 인석을 살해한 범인의 얼굴을 보았을 때처럼, 깊고 끈적거리는 어둠과 닮아 있었다.

"향수 그까짓 거 만드세요. 허락하죠. 대신 그쪽도 우리한테 적극 협조해주세요. 내가 아니라 두현 선배가 원하는 거니까, 오해는 마시고요."

재경이 숍 앞에서 타신에게 목례를 했다. 타신이 대답 없이 숍 안으로 걸음을 옮겼다. 재경은 소파에 앉아 핸드폰을 집어든 타신을 일별하고 자신의 차로 돌아갔다.

"또 게임이네. 변태, 성격 파탄자, 게임 중독에 속물. 왜 하필 저런 작자야."

차로 돌아온 재경이 시동을 걸며 투덜거렸다. 정작 그 시각 타신은 게임 대신 갤러리를 열어 사진을 들여다보고 있었다. 옅은 갈색 머리에 동그란 얼굴, 인디언 보조개가 들어가는 여중생과 그 소녀를 꼭 닮은 얼굴을 한 중년 여인이 바닷가에 서 있는 사진이었다. 타신은 찍은 지 오래되어 해상도가 형편없는 사진을 액정 위로 어루만졌다.

두현은 재경이 돌아오자마자 회의실로 대원들과 서장을 모아 브리핑을 시작했다. 그의 표정에 피로와 긴장감이 역력했다.

"지금까지 확보된 자료들입니다."

두현이 빔 프로젝터를 켜고 리모컨을 누르자 사건 현장 사진이 스크린에 펼쳐졌다. 법전과 책으로 가득한 작은 방에 반듯하게 누운 20대 후반의 청년이 눈에 들어왔다.

"나이 28세, 이름 이종현. 5년째 사법고시를 준비 중이었습니다. 본적은 춘천이고, 아직 그곳에 가족들이 살고 있습니다."

두현이 리모컨을 눌러 다음 슬라이드를 보여주었다. 이번엔 피살자의 목덜미에 남은 사슬 모양의 액흔이었다.

"1차 감식 결과 직접적인 사인은 목 졸림에 의한 질식사입니다."

서장이 팔짱을 끼고 짧게 한숨을 내뱉었다. 두현이 새로운 슬라이드를 띄웠다. 가지색으로 입술이 크게 벌어져 있고, 안에는 한자와 한글이 뒤섞인 종이뭉치가 가득 물려 있었다.

"지난 사건과 마찬가지로 범인은 타깃을 살해하고 입에 종이를 물리는 방식으로 자신의 사인을 남겼습니다."

범인은 늘 미래를 위해 현재를 투자하는 가난한 청년들을 타깃으로 삼았다. 그들은 모두 우수한 성적에 반듯한 성격을 가졌지만 하나같이 가난한 부모 아래 성장한 개천의 이무기들이었다. 용이 되려고 개천에 코를 박은 이무기들이 어느덧 일곱 명이나 죽어나갔다. 그들의 죽음은 이제 이름도 사라진 채, 숫자로 기억될 뿐이었다.

범인은 가여운 청춘들에게 저항흔을 남기지 않으려고 순식간에 제압하는 동시에 손목을 케이블 타이로 묶었다. 그리고 벨트나 전깃줄, 직접 준비한 것으로 추정되는 노끈 따위를 이용해 목을 졸라 살해했다. 완전히 숨이 끊어지면 피살자가 마지막으로 읽던 책에서 찢어낸 종이를 입에 구겨 넣는 것이 범행의 일관된 특징이었다. 대부분 도심 한복판에서 일어난 사건이지만, 희생자들의 거주지는 하나같이 치안이 헐거운 변두리였다. 수험생들이 수시로 들락거리는 벌집 같은 공간에 CCTV는 없거나, 있다 하더라도 사각지대가 너무 많았다. 게다가 범인은 철두철미하게 자신의 흔적을 지웠다. 일곱 번이나 사람을 죽이는 동안 지문, 머리카락, 혈흔, 족적 그 어떤 것도 찾아낼 수 없었다.

희생자들 사이에 공통점 또한 없었다. 공무원 시험, 임용고시, 행시 준비생, 외시 준비생 등 공부하는 분야도 제각각, 출신지, 출신 학교, 이동 경로 또한 전혀 맞물리는 사람이 없었다. 브리핑이 끝나고 조명을 켜자, 일그러진 서장의 표정이 깊은 음영으로 드러났다.

"정 팀장, 뭐 하나 묻자."

서장이 자리에서 일어서며 낮은 목소리로 두현을 불렀다.

"말씀하십시오."

"너네들 문제가 뭔 줄 아니?"

두현이 입술을 굳게 닫고 서장 앞에 섰다.

"내가 보기엔 너네들 미국 드라마나 영화 보면서 너무 판타지에 빠진 거 같아. 과학 수사 좋지. 증거 없이 범인을 어떻게 잡겠어. 그렇지만!"

서장의 얼굴이 흙빛으로 변하며, 커다란 손을 말아 쥐었다.

"그딴 거 없던 시절에 내가 육감 수사로 잡아 처넣은 개새끼들이 너네 나이 다 합친 거보다 많다는 거 잊지 마."

"아, 서장은 뭐 저런 얘길 하고 있어. 그땐 범인 아닌 놈도 범인 만들던 때지."

장 형사가 재경에게 나직한 목소리로 투덜거렸다.

"죄송합니다."

두현이 서장 앞에서 고개를 떨어뜨렸다.

"너네 실력으로 차출된 놈들 아니잖아. 사고 한 번씩 거하게 치고, 표적수사대에서 실적 세워 살아남으려고 기어 올라온 놈들이면 죽기 살기로 덤벼야 할 거 아냐! 무당을 찾아가든, 저승사자를 끌고 오든!"

서장의 말마따나 표적수사대는 살기 위해 뭉친 팀이었다. 과거 내부 고발로 직속 상사의 옷을 벗긴 바 있는 두현, 인터넷 도박 사이트를 수사하다 되려 도박 중독자가 되어버린 장 형사, 체력검정 때마다 점수 미달로 한 해 한 해가 좌천 위기인 이 형사, 그리고 2D 소녀들과 사랑에 빠져 현실감을 잃은 외톨이 오덕후까지. 두현이 스카우트한 재경을 제외한 모두가 한 걸음만 물러서면 낭떠러지로 추락할 위기의 경찰들이었다.

"알겠습니다."

재경은 서장 앞에서 고개 숙인 두현이 마냥 안쓰러웠다.

"매번 알긴 뭘 안다고!"

서장이 눈을 부라리며 두현의 정강이를 구두코로 내지르고 회의실 문을 박찼다.

"아니, 서장님이야말로 매번 너무한 거 아닙니까? 우리가 그 새끼 잡기 싫어 안 잡나? 왜 저래 정말. 팀장님 괜찮아요?"

장 형사가 멀어져가는 서장의 뒤통수에 대고 분통을 터뜨렸다.

"정강이에 굳은살 배겨서 괜찮아. 다들 동요하지 말고 할당 업무 처리해. 재경인 나랑 얘기 좀 하고."

여전히 쭝얼거리는 장 형사, 두현의 표정을 보며 눈물을 글썽이는 덕후, 편관 기신이 날뛰는데 인수가 당최 내 편을 안 들어주는 날이네, 하며 쓴 입맛을 다시는 이 형사가 차례로 회의실을 나갔다.

"선배 진짜 괜찮아요?"

재경이 의자 하나를 뽑아 두현을 앉혔다.

"괜찮고 말고 할 게 뭐 있어. 서장도 청장 만나면 조인트 까일 텐데."

두현의 말에 재경이 피식 웃었다.

"타신은 잘 만났고?"

"괴짜에 독설가. 잘 만난 건 아니고, 어찌어찌 만나긴 했어요."

재경도 의자를 끌고 와 두현 앞에 마주 앉았다.

"간신히 수사 협조 약속 받아냈어요."

"잘했다. 첨부터 너를 보내는 건데."

두현이 재킷 안주머니에서 전자 담배를 꺼내 길게 한 모금을 빨아들였다.

"선배 다시 담배 피워요?"

"니코틴 없는 거야. 포유류는 어른이 되어도 뭔가 빨아야 불안이 가라앉는데, 이 나이에 막대사탕 빨고 다니긴 그렇잖아."

그제야 두현의 표정에서 긴장이 수그러들었다.

"타신을 끌어들였으니 필요할 때 잘 써먹어야 할 텐데, 경찰견 처럼 말 잘 듣는 타입은 아니던데요."

"경찰견 교육도 일단 라포 형성부터 들어가잖아. 먹이 주고 쓰다듬고, 칭찬하고. 그렇게 시작해야지. 내일 타신하고 춘천 좀 다녀와. 피살자 가족이 아직 시신 확인을 안 했거든. 직접 데려오는 게 너와 타신의 첫 번째 팀워크다."

타신과 함께할 내일을 떠올린 재경이 깊은 한숨을 내쉬었다.

"외부인을 직접적으로 사건에 끌어들이는 거 사실 위법이잖아요. 설령 타신이 뭔가 단서를 잡는다고 해도 증거물 채택 안 되는 거 선배가 더 잘 알면서, 왜 굳이 그 사람을 끌어들여야 해요?"

재경은 타신의 재능이 인간의 능력을 초월했다는 걸 확인했지만, 그를 사건에 직접적으로 끌어들이는 건 위험하다고 줄곧 생각해왔다.

"그냥 두면 뭐든 기발한 돌출 행동으로 골치가 아프니까. 타신은 내년 대선 후보자 중 가장 유력하게 꼽히는 남일웅의 혼외 자식이야. 간신히 호적에는 올랐는데, 하도 망나니짓을 하고 다니는 통에 눈 밖에 났지. 그동안 저지른 위법 자료만 해도 내가 들고 있는 이 사건 파일 세 권쯤 될걸."

재경은 자신의 짐작대로 타신이 변태에 성격 파탄자, 게임 중독에 빠진 속물이라는 사실에 다시 한 번 절망했다.

"역시 한국 사회는 빽이구나. 금수저도 아닌, 금박수저인데 감방 안 들어가고 잘도 사네요."

재경이 씁쓸하게 웃으며 두현이 빨고 있는 전자 담배를 가로채 입술에 끼워 넣었다. 쌉싸름하고도 달콤한 커피향의 수증기가 입 안으로 빨려 들어왔다.

"지금까지 청장의 지시로 내가 타신의 폭주를 막는 임무를 도맡았어. 그리고 오늘 네게 그 임무를 인수인계한 거고."

두현의 말에 아연실색한 재경이 쿨럭쿨럭 기침을 하며 수증기를 뱉어냈다.

"선배, 지금 뭐라고 했어요? 인수인계?"

"어허, 시원하다. 그 까탈스러운 인간 때문에 스킨 한 번 시원하게 못 발라봤는데, 오늘 퇴근하면서 하나 사야겠네."

두현이 시원하게 기지개를 켜며 의자에서 일어섰다. 시원섭섭함이 뒤섞인 야릇한 표정이었다.

*

재경이 핸드폰 알람을 끄고 침대에서 벗어났다. 평소처럼 냉장고를 열어 물 한 잔을 마시고, 엄마가 보낸 반찬들을 꺼내 식탁에 올렸다. 밥솥을 열어 한 주걱 남짓한 밥을 그릇에 퍼 담은 그녀는 퍼뜩, 자신이 오늘 타신을 만나러 가야 한다는 걸 깨달았다. 재경의 식탁 위에는 멍게젓과 깻잎장아찌, 푹 익은 갓김치, 마늘종볶음이 있었다.

"하아, 개코 자식!"

그녀는 느릿느릿 반찬 뚜껑을 덮어 다시 냉장고에 집어넣고 찬물에 만 밥을 몇 숟가락 먹으며 타신을 원망했다. 시원치 않게 식사를 마친 재경은 욕실로 들어가 머리를 감기 위해 쪼그려 앉았다. 머리를 물에 적신 뒤 습관처럼 샴푸로 손을 뻗다 말고 다시 타신을 향해 혼잣말로 욕을 했다. 그녀는 비누만으로 머리를 감고 샤워한 뒤, 화장대에 앉았다가 어금니를 깨물었다. 화장대 위에 놓인 화장품 뚜껑을 열어 냄새를 전부 맡아본 재경은 긴 한숨을 내뱉으며 바셀린통의 뚜껑을 열었다. 비누로 감은 머리는 마른 북어처럼 뻣뻣해 빗이 내려가질 않았고, 바셀린을 바른 얼굴은 번들거렸다. 솟구치는 짜증을 억누르고 옷을 챙겨 입은 재경이 자취방 문을 열었다. 계단을 내려가 차로 가는 동안 그녀의 끈끈한 얼굴 위로 날파리와 머리카락이 들러붙었다. 그녀는 제또래 아가씨들과 애당초 많이 달랐다. 짙은 화장을 하거나 향수를 뿌리거나 장신구를 착용하지 않았다. 늘 활동하기 편한 청바지에 티셔츠 차림이었고, 어깨에 닿을락 말락 한 단발머리에 운동화나 워커를 신었다. 그럼에도 불구하고 인공적인 향료를 제외시킨 외출을 하려니 더없이 초라한 자신의 모습에 서글픔이 밀려들었다. 자존감이 바닥을 칠 즈음 재경의 핸드폰이 매미처럼 울어댔다. 낯선 번호였다.

"네, 민재경입니다."

"어디야?"

타신이었다.

그는 늘 그렇듯 식탁에 앉아 얇게 저민 바게트 석 장과 아메리카노로 아침 식사를 마친 참이었다.

"지금 출발했어요. 시간 약속한 것도 아닌데 왜 보챕니까?"

"난 네가 생각하는 것보다 훨씬 친절한 사람이니까. 보나마나 시간이 모자라서 계주 선수처럼 하루 종일 뛰어다닐 네가 걱정돼서 귀찮지만 친히 전화한 거라고."

타신이 옅은 살구색 셔츠를 고르며 이기죽거렸다.

"30분 안에 도착합니다."

재경이 화를 삭이느라 콧김을 내뿜으며 전화를 끊었다.

"오랜만에 스타일 좀 바꿔볼까."

타신은 살구색 셔츠를 도로 옷장에 걸어놓고 톰브라운에서 지난주 출시한 빈티지한 흰 셔츠와 베스트, 그리고 반바지를 꺼냈다.

호언장담은 아무나 하는 게 아니었다. 재경은 병목 현상으로 꽉 막힌 도로에서 절망하고 있었다. 그녀는 두 번이나 타신의 전화를 받았고, 매번 30분 안에 도착한다는 대답을 어금니 악물고 해야겠다. 결국 재경이 타신의 숍에 도착했을 때는 한 시간이 훌쩍 지난 뒤였다. 쇼윈도로 재경의 차가 들어오는 걸 넘겨다본 타신이 얼른 소파에 몸을 던지고 핸드폰 게임을 하는 척 눈을 내리깔았다.

"저 부탁할 게 있는데요."

재경이 타신 앞에 섰다. 그에게 춘천까지 동행해달라는 말이 쉽게 떨어지지 않았다.

"그럼 먼저 약속을 잘 지켰는지 확인해봐야겠지? 부탁은 그다음이야."

타신이 핸드폰을 내려놓고 소파에서 일어섰다. 그러고는 코를 킁킁거리며 재경에게 다가갔다.

"아, 진짜 싫다."

재경도 모르게 속마음이 입으로 튀어나왔다.

"나도 너 싫어. 탈락!"

타신이 호주머니에서 손수건을 꺼내서는 코를 풀며 인상을 구겼다.

"탈락? 왜 탈락인데요? 비누로 씻고 화장품도 안 바르고 김치도 참고 안 먹었는데, 대체 왜?"

"섬유유연제. 피죤에서 나온 미모사향 같군. 사실 이름만 그렇게 붙였지 미모사향도 아니지만 말이야."

타신이 다시 소파로 돌아가 핸드폰을 내려다봤다. 그의 입술에 희미한 미소가 감돌았다.

"이 정도도 못 참아요?"

재경이 불만을 터뜨렸다.

"이러고 있을 시간이 없을 텐데."

타신의 말에 재경이 아랫입술을 씹으며 숍을 빠져나왔다. 그녀는 어느 동네든 꼭 하나 있게 마련인 SPA 매장으로 돌진하듯 뛰어갔다. 입구에 들어서자마자 재경의 눈은 무지개떡처럼 색색이 전시되어 있는 수백 벌의 티셔츠로 향했다. 재경은 그중 가장 무난해 보이는 흰색 피케티셔츠와 베이지색 면바지를 골라 계산하고 탈의실에서 옷을 갈아입었다.

다시 숍으로 돌아왔을 때, 타신은 크림색 실크 슬리브리스 원피스 차림의 여자와 상담 중이었다. 그가 느긋하게 시향지에 여러 가지 향수를 뿌려가며 가식적인 미소를 날리는 동안, 재경은 자신이 입고 있는 옷에서 치명적인 단점을 알아차렸다. 새 옷 특유의 석유 냄새가 재경의 무딘 코에도 느껴진 터였다.

"손님은 스파이시한 체취를 갖고 있습니다. 굉장히 독특하고 매력적이죠. 그런데 프루트 계열의 향은 전혀 어울리지 않습니다. 오히려 체취와 섞이며 불쾌한 향으로 변질될 우려가 있다고 할까요."

재경에게 들으라는 듯 큰 목소리로 타신이 떠들었다. 잠시 고민하던 재경이 다시 출입문을 열고 거리로 나갔다. 그녀는 편의점에서 베이킹소다 한 봉지를 사고, 점원에게 가장 가까운 셀프 세탁소의 위치를 물었다. 점원이 알려준 세탁소는 다섯 블록이나 떨어진 곳에 있었다. 재경은 이마에 맺힌 식은땀을 닦으며 운동화 끈을 동여맸다. 그러고는 전속력을 다해 세탁소로 달려갔다. 세탁소 화장실에서 벗어두었던 옷을 다시 입고 세탁기에 새로 산 옷과 베이킹소다를 던져 넣은 재경이 숨을 헐떡이며 시작 버튼을 눌렀다. 그녀는 세탁기를 등지고 앉아 두현에게 전화를 걸었다.

"춘천으로 움직이고 있어?"

두현이 인사를 생략하고 물었다.

"아뇨, 아직 말도 못 꺼냈어요. 나 지금 동전 세탁소예요. 옷 때문에."

"옷? 아하, 섬유유연제 지적당했나 보네. 미리 귀띔할걸."

오래전 두현 또한 겪은 일이었다.

"내가 팁 하나 주지. 너 손톱 물어뜯는 습관 고친다고 쓴맛 나는 매니큐어 바르지? 빨래되는 동안 그거부터 지워. 시간 없어, 부검해야 하니까 오늘 중에 피해자 가족 데려와야 해. 오케이?"

재경은 두현이 자신의 사소한 습관을 알고 있다는 것도, 그걸 고치려 쓴맛 나는 매니큐어를 바른다는 사실을 안다는 것도 놀라웠다. 전화를 끊은 재경이 다시 기운을 내 자리에서 일어섰다.

"비록 똥을 던져줬지만, 그래도 선배밖에 없구나."

혼잣말을 한 재경이 세탁소 옆 화장품 로드숍에 들어가 아세톤과 화장솜을 샀다. 다시 세탁소 화장실로 돌아간 그녀는 화장솜에 아세톤을 적셔 정성껏 매니큐어를 지우고 피부가 아플 때까지 손을 씻었다. 지금쯤이면 세탁기에 넣어둔 옷이 건조 코스로 넘어갔겠다 싶어 돌아서려는 찰나 재경의 머리 위에서 칙, 하는 소리와 함께 강한 허브향이 좁은 화장실로 들어찼다. 자동분무형 방향제였다.

"아악!"

재경이 몇 시간 동안 꾹꾹 눌러 참았던 설움이 한순간에 폭발했다. 그녀의 비명에 놀라 화장실 문을 연 세탁소 주인이 영문을 모르겠다는 표정을 지어 보였다.

"사장님, 죄송한데 저 여기서 머리 좀 감을게요."

재경이 눈물을 글썽거리며 세탁소 주인에게 부탁했다. 그녀의 사정을 알 리 만무했지만, 세탁소 주인의 눈에도 재경은 퍽 슬프고 지쳐 보였다. 그가 고개를 끄덕하고 문을 닫아주자, 재경이 세면대에 엎드려 머리를 물로 적셨다. 머리에서 쏟아진 물인지 자신의 눈에서 흘러내린 물인지 알 수 없는 미적지근한 것이 재경의 뺨을 타고 턱에 맺혔다.

비누로 머리를 감고 물기를 뚝뚝 흘리며 세탁기 앞으로 돌아온 재경은 울화가 치솟았지만, 지금 자신을 도울 수 있는 사람은 타신뿐이라는 생각에 다시 이를 악물었다. 덜 말라 축축한 옷을 갈아입고 재경은 타신의 숍으로 향했다. 방금 손님에게 300만 원짜리 향수를 팔아치워 기분이 좋아진 타신이 콧노래를 부르고 있었다.

"완주에 성공했군. 좋아, 통과! 냉수라도 한 잔 줄까?"

타신이 싱긋 웃으며 종이컵에 냉수를 받았다.

"필요 없어요."

재경이 타신에게 다가가 어깨를 암팡지게 붙잡았다.

"난 최선을 다해 약속을 지켰어요. 그러니 이번엔 당신이 지킬 차례예요. 같이 갈 데가 있으니 가게 문 닫아요."

또 비위를 뒤집는 말이나 한바탕 쏟아낼 줄 알았던 재경의 짐작과 달리 타신은 순순히 고개를 끄덕였다.

"내 차로 가지."

타신이 주머니에서 키링을 꺼내 손가락에 걸고 빙빙 돌리며 앞서 나섰다. 그는 경비 시스템을 켜고 문을 잠근 뒤, 경쾌한 발걸음으로 건물 뒤 자신의 전용 차고로 들어갔다. 최신형 스포츠카부터 클래식 카까지 다섯 대의 자동차가 주차되어 있었다. 타신은 그중 맨 가장자리에 주차해놓은 검정색 벤틀리에 올랐다.

"머리가 좀 축축해 보이긴 하지만, 용서해주지. 타!"

으리으리한 타신의 자동차 컬렉션에 내심 주눅이 든 재경이 타신의 손짓에 걸음을 떼었다. 주춤주춤 타신의 벤틀리 조수석에 앉은 그녀가 안전벨트를 맸다. 자동차는 묵직하고 부드럽게 차고를 벗어나 도로로 스며들었다.

"음악 좋아하나?"

재경의 대답을 기다리지 않고 타신이 오디오 버튼을 눌렀다. 차체가 울릴 정도로 굉음에 가까운 팝송이 흘러나왔다.

"퀸의 〈보헤미안 랩소디〉야. 내가 가장 좋아하는 곡 중 하나지. 내 인생을 영화로 만든다면, 네가 나한테 '비너스의 샘'을 들이댄 순간 백그라운드 뮤직으로 이 곡이 깔렸으면 좋겠어."

타신이 큰 소리로 떠들었지만, 음악에 파묻혀 재경의 귀까지 전달되지 않았다. 재경은 핸드폰을 꺼내 두현에게 톡을 보냈다.

—개코라고만 했지 귀머거리라곤 안 했잖아요!

잠시 후 두현의 답장.

—아, 미안. 타신은 개코가 아니라 그냥 개야. 어떻게 코만 개

일 수 있겠어?

재경은 목적지인 피해자 가족들의 집주소를 타신에게 목청껏 알려주었지만, 역시 음악에 파묻혀버렸다. 단념한 재경이 제멋대로 내비게이션에 목적지 주소를 검색해 도착지로 설정했다. 타신이 어깨를 들썩거리며 액셀러레이터를 밟았다. 온갖 장르의 음악이 차내에 울려 퍼졌다. 관자놀이를 지압하던 재경이 가방에서 타이레놀 한 알을 꺼내 물 없이 삼켰다. 간신히 음악 소리에 귀가 무더질 즈음, 두 사람은 춘천 시내에서도 한참이나 깊이 들어간 작은 마을에 도착해 있었다.

"여기가 맞아?"

선잠이 들었던 재경을 타신이 흔들어 깨웠다. 어느새 재경의 고막을 괴롭히던 음악도 멈춰 있었다. 재경이 차에서 내려 주위를 훑어보았다. 농작물 대신 잡초가 무성한 밭과 허섭스레기들로 담벼락을 대신한 곳에 야트막한 붉은 지붕이 보였다.

"저기, 아닐까요?"

타신이 차에서 내려 재경 옆에 섰다.

"설마 나한테 흉가 체험하러 오자고 한 건가?"

"피해자 가족을 서울로 데려가야 해요. 일단 가보죠."

재경이 앞장 서 붉은 지붕을 향해 걸어갔다. 고작해야 50미터 안팎의 거리였지만, 변변한 길이 없다 보니 두 사람의 걸음은 자연히 더뎌졌다.

"몇 년 전까진 옥수수를 키운 모양이군. 물론 지금은 온통 진흙과 개똥밭이지만."

타신이 점점 더러워지는 자신의 스니커즈를 보며 짜증 섞인 목소리로 주절거렸다.

"몇 년 전 키운 옥수수 냄새까지 맡는 거예요?"

재경이 커튼처럼 거대하게 늘어진 거미줄을 걷어내며 물었다.

"아니, 네가 부주의할 뿐이야. 지금 우리가 밟고 있는 이 마른 나무에 매달린 열매를 사람들은 옥수수라고 부르지."

재경이 고개를 떨어뜨려 바닥을 내려다봤다. 그러고 보니 말라비틀어진 삭정이 끝에 채 자라지 못하고 허리가 꺾인 옥수수가 있었다. 옥수수밭을 지나 환삼덩굴 군락을 헤치고 들어가자, 반바지 차림의 타신이 불만을 터뜨렸다.

"가난한 나라 미성년자들의 노동력을 착취해 만든 SPA 브랜드의 면바지를 입는 경찰 아가씨는 모르겠지만, 자기 이름이 브랜드인 예술가가 고뇌의 시간을 거쳐……."

"쉿! 누가 있어요."

타신의 말을 가로막고 재경이 붉은 지붕 집을 손가락으로 가리켰다. 허술한 담장 너머로 깨진 장독과 흙벽이 주저앉아가는 낡은 집 마당이 두 사람의 눈에 들어왔다. 파마머리에 연보라색 티셔츠를 입은 70대 노파가 쟁반을 들고 부엌으로 보이는 문에서 걸어 나왔다.

"따라와요!"

재경이 노파를 눈으로 좇으며 걸음을 재촉했다.

"실례합니다, 안에 누구 계십니까?"

타신이 환삼덩굴에 쓸려 풀독이 오르는 동안 재경은 붉은 지붕 집 녹슨 대문을 두드렸다. 두드린 보람도 없이 대문은 앙칼진 마찰음을 내며 저절로 열렸다. 노파가 들고 있던 쟁반을 툇마루에 내려놓고 느릿느릿 재경을 향해 걸어왔다.

"뉘요?"

노파가 재경과 그 뒤에 서서 자신의 종아리를 손바닥으로 문지르는 타신을 위아래로 훑으며 물었다.

"경찰입니다."

재경이 지갑을 열어 경찰 신분증을 노파의 얼굴 가까이 들이댔다.

"우리 종현이가 고시에 합격했다더니, 직접 데리러 왔나 보구려. 들어와, 어서 들어와요."

노파가 재경의 손목을 붙잡고 안마당으로 향했다.

"할머니, 혹시 서울에서 무슨 연락 받은 거 없습니까?"

재경이 노파에게 물었다.

"엊그제 내가 받았지. 고시 공부하던 우리 손주한테 무슨 경사가 났다고 당장 올라와야 한다는 거야. 그 얘기에 우리 며느리가 제대로 뒷바라지도 못 해줬는데 이렇게 되었다고 엉엉 웁디다. 근데 종현 애비는 반신마비고 며느리는 장님이라 여태 못 가고 있다가 아까 교회 장로님이 차로 태워갔어."

그제야 재경은 피해자 가족들이 시신을 확인하러 오지 않은 이유를 알게 됐다. 그녀는 손자가 고시에 합격한 줄로 철석같이 믿고 있는 노파에게 차마 사실을 털어놓을 수 없었다. 부모가 서울로 올라갔다니 노파에게 긴 말을 할 이유도 없었다.

"그럼 저흰 이만 올라가 보겠습니다."

재경이 고개를 돌려 타신에게 가볍게 고개를 저어 보였다.

"저녁밥이나 먹고 가게. 다 차렸어. 집에 온 손님을 그냥 보내는 게 어딨나!"

노파는 재경의 손목을 풀어주지 않았다. 재경이 난처해하는 사이 타신이 코를 벌름거리며 슬금슬금 툇마루로 향했다.

"혼자 드시게 하지 말고, 우리도 한 술 뜨고 가면 어떨까."

뜻밖에도 타신이 재경을 향해 고개를 크게 한 번 끄덕여 보였다.

"정말 저희 밥 얻어먹고 가도 괜찮을까요?"

재경이 노파를 애잔하게 바라보며 나긋이 물었다.

"당연히 되고말고. 밥만 푸면 돼. 방으로 들어가지. 근데 자네들 우리 종현이 친구라고 했나?"

노파가 쪽마루와 붙은 방문을 손가락으로 가리키며 고개를 갸웃했다. 그런 노파를 바라보는 타신과 재경도 머쓱하게 미소를 지었다.

"치매 같죠?"

재경이 목소리를 낮춰 물었다.

"그럴지도."

타신이 스니커즈를 벗고 툇마루에 올라 방문을 열었다. 재경도 운동화를 벗고 방으로 들어갔다. 조잡한 살림살이가 꽉 들어찬 작은 방이었다.

"앉아들 있어요."

노파는 열무김치와 멸치볶음, 진미채무침이 든 쟁반을 도로 들고 부엌으로 사라졌다.

"괜히 헛걸음했네요."

재경이 겸연쩍은 표정으로 타신을 바라보며 앉을 자리를 찾았다. 부채, 염주, 손거울, 두루마리 휴지, 마른 걸레 등으로 방바닥은 복잡했다.

"체취로 감별할 수 있는 질환이 몇 가지 있어."

타신이 선 채로 방 안을 휘돌아보았다.

"저 할머니는 무슨 병이 있는데요?"

"가장 쉽게 구분할 수 있는 건 당뇨야. 꽤 심각한 수준일 거야. 몇 가지 특이한 약 냄새도 나는군."

타신은 벽에 걸어놓은 액자를 가만히 들여다보았다. 작은 사진 수십 장이 빼곡했다. 그 안에는 아기에서 소년, 소년에서 청년이 된 피해자 종현과 휠체어를 탄 아버지, 그리고 촌스럽지만 순박하게 웃는 어머니의 모습이 뒤섞여 있었다.

"식구대로 아프니 고시 공부도 수월하진 않았겠네요."

재경이 액자를 들여다보며 뇌까리는 동안, 타신은 장롱 문을 열어 냄새를 맡고 있었다. 손가락으로 옷걸이에 걸린 옷들을 하나씩 짚으며 냄새를 맡는 타신의 표정이 점점 어두워졌다.

"희생자는 최근 고시공부를 하지 않았어. 카피캣 사건일지도 몰라!"

타신이 비장하게 뇌까렸다.

"카피캣이라고요?"

대체 어디에서 그런 증거를 찾았는지 재경은 알지 못했지만, 타신이 아니라 타신의 코는 신뢰할 만하다고 믿었다. 그녀가 뒷주머니에 꽂아둔 핸드폰을 꺼내들었다. 그 순간, 액정이 밝아지며 두현의 이름이 떴다. 통화 버튼을 터치하는 재경의 손이 간단없이 떨렸다.

"선배!"

전화를 받는 재경의 목소리가 가늘게 떨렸다.

"피해자 가족은 만났어?"

두현은 재경을 기다리느라 빈 사무실을 지키고 있던 참이었다.

"혹시 피해자 가족하고 통화하면서 고시나 합격…… 같은 얘기 꺼냈어요?"

"가족들 중에 핸드폰 가진 사람이 없어서 집으로 걸었는데 할머니가 받으시더군. 그래서 사망자 이종현 씨에 대해 몇 가지 물었지. 고시 공부는 언제부터 했고, 언제 마지막으로 다녀갔는지."

두현이 기억을 더듬으며 대답했다.

"그랬더니?"

재경이 미닫이 방문을 불안하게 흘끔거리며 물었다.

"손자가 고시 합격했다는 소리로 알아들으시더라고. 너무 기빼해서 당황스러웠지. 어제저녁에 간신히 이종현 씨 아버지랑 연락이 닿았는데 다리가 불편해서 차편을 마련해야 한다기에 널 내려보낸 건데, 아직 못 만났어?"

"일이 좀 꼬였어요. 이종현 씨 부모님은 서울 올라간 거 같고 할머니만 계신데 금방 놔줄 거 같지 않네요. 치매 노인이야."

"이종현 씨 아버지는 혼자 거동이 힘든데 어떻게 출발했나 모르겠다. 그보다 좀 특이한 단서가 생겼어."

"어떤?"

"이종현의 통장이 대포 통장으로 사용된 정황이 포착됐어. 이 형사가 은행 CCTV를 확인했는데 이종현이 수억 원을 인출하는 모습이 찍혀 있어. 수험생 연쇄살인사건하고는 별개일지 몰라도 금융사기범죄에 가담한 건 확실해 보여. 이종현이 현금 수송책이었다면 그 집 어딘가에 돈이 숨겨져 있을 가능성이 있어. 듣고 있어?"

재경의 옆에 바짝 붙어 서서 통화를 엿듣고 있던 타신이 핸드폰을 빼앗았다.

"나야."

"형이 왜……?"

갑자기 튀어나온 타신의 목소리에 두현이 말끝을 흐렸다.

"이런 애송이를 보내놓고 돈 찾아오라고? 지금 문밖에 서 있는 노인네가 어떤 사람일 거 같나? 넌 지금 큰 실수를 했어. 나와 애송이를 사지에 몰아넣었다는 것만 알아둬."

타신이 제멋대로 통화를 끊고 재경에게 핸드폰을 던졌다.

"애송이? 지금 나보고 애송이?"

재경이 타신을 향해 눈을 흘겼다.

"달을 가리켰는데 손가락만 보는군. 일단 살 궁리부터 하는 게 어때?"

타신이 신경질적으로 장롱 문을 닫는 순간, 드르륵 안방 미닫이문이 열렸다. 노파였다. 그녀는 서너 가지 반찬과 쌀밥 세 그릇을 올린 스테인리스 밥상을 들고 방 안으로 들어섰다.

"반찬 없어도 한 그릇씩 먹고들 올라가게."

재경이 노파의 손에서 얼른 밥상을 넘겨받아 바닥에 내려놓았다.

"저기, 할머니. 잠깐 손자분 방 좀 볼 수 있을까요?"

재경은 두현이 한 말을 곱씹었다. 이종현이 평범한 고시생이 아니라 금융사기조직에 가담했고, 현금수송책이었다면. 만약 그가 인출한 돈을 조직에 전달하지 않고 고향집 어딘가에 숨겨놓은 뒤 잠수를 탔다면. 새로운 경우의 수를 놓고 재조합해보면 이 사건은 배신한 조직원을 찾아가 살해하고 수험생 연쇄살인사건으로 위장해 수사에 혼선을 주려는 음모일 수도 있다. 두현이 전화를 걸기 전부터 타신이 그 사실을 눈치채고 있었다는 것에 재경은 놀라움을 금치 못했다.

"집 구경하러 왔나? 난 배고파. 밥부터 먹어야겠어."

노파의 대답을 타신이 가로챘다. 그는 밥상 앞에 앉아 숟가락으로 밥을 떠 입에 욱여넣으며 재경을 향해 앉으라는 눈짓을 보냈다. 하는 수 없이 타신 건너편에 앉은 재경도 젓가락으로 밥을 깨작거렸다. 함께 밥을 먹던 노파가 문득 숟가락을 내려놓고 목침 옆에 놓아둔 주전자를 가져와 빈 그릇에 물을 따랐다.

"국이 없어 미안하네. 물이라도 마셔가며 들게."

노파는 느릿한 동작으로 호주머니에서 약봉지를 꺼내 입에 털어 넣었다. 고개를 젖히자 노파의 귀에 걸린 보청기가 방바닥으로 떨어졌다. 노파가 히뜩 놀란 얼굴로 보청기를 다시 귀에 걸었다.

"어디 편찮으세요?"

재경이 견과류가 섞인 멸치볶음을 씹으며 노파에게 물었다.

"귀야 일찌감치 먹었지. 늙으면 약 먹으려고 밥 먹는 거라오. 복지사가 치매 오지 말라고 이렇게 한 달에 한 번씩 약을 지어다 줘. 멀쩡한 사람 노망든 노인네 취급하는 거지 뭐야."

노파가 약을 먹는 동안 타신도 밥그릇을 비우고 물로 입을 가셨다.

"저흰 이만 올라가 봐야겠습니다. 민 경위도 다 먹었지?"

재경은 겨우 서너 숟가락 먹은 밥을 남겨둔 채 고개를 끄덕이며 자리에서 일어섰다.

"사과라도 깎아줄 테니 먹고 가!"

노파가 주름진 손으로 재경의 손을 붙잡았다.

"빨리 나와."

타신이 나직이 속삭이고는 미닫이문을 열고 방을 나섰다.

"잘 먹고 갑니다. 건강하세요."

두현이 시킨 일을 하려면 더 남아서 집 안을 수색해야 마땅하지만 심상치 않은 타신의 표정을 보고 재경도 노파의 끈덕진 손길을 뿌리쳤다. 손을 흔들어주는 노파를 바라보며 재경은 애가 타들어갔다. 이대로 떠나버리면 이종현을 살해한 조직이 들이닥쳐 노파마저 해칠지 모를 일이었다.

"저기요, 우리가 이렇게 가버리면 저 할머니 오늘밤 무슨 일 날지도 몰라요. 증거 하나도 못 찾고 이게 뭡니까?"

환삼덩굴 군락을 걷던 타신이 깊은 생각에 잠긴 얼굴로 재경의 얼굴을 더듬듯 그윽하게 바라보았다. 해 기운 여름밤, 성탄절 꼬마전구처럼 반짝이는 별과 유난히 노라발갛게 달아오른 반달, 젖은 풀 냄새. 그리고 패션지 한 페이지에서 걸어 나온 듯 핸섬한 남자가 자신을 그윽이 바라보고 있는 이 순간이, 재경은 마치 소녀 시절 꾼 이상한 꿈처럼 비현실적으로 느껴졌다.

"세상에서 가장 지독한 냄새가 뭔 줄 아나? 돈이야, 돈 냄새!"

재경의 이상한 꿈을 단숨에 깨우는 타신의 냉정한 목소리가 들려왔다.

"돈 냄새? 아까 거기서 돈 냄새라도 맡았다는 거예요?"

타신이 차를 세워둔 공터에서 신발을 털고는 자동차에 올라탔다.

"너도 신발 털고 타."

"사람이 묻잖아, 돈 냄새 맡았냐고요?"

재경이 바닥에 발을 쿵쿵 찧어 진흙을 털어내고 조수석에 앉았다.

"할멈은 당뇨 환자일 뿐 치매 환자는 아니었어. 아까 꺼낸 약도 흔해빠진 비타민하고 원기소였지. 너도 먹어본 적 있을 거야. 미숫가루 냄새나는 누런 알약. 치매를 연기한 거지. 좀 특이한 종류의 약 냄새가 섞여 있긴 했지만 치매는 아냐. 노인네가 이종현의 친할머니라는 증거는 어디에도 없어."

타신이 의자를 뒤로 젖히고 혼잣말하듯 노파에 대한 추리를 이어갔다.

"옷장을 열었을 때 느꼈어. 진짜 이종현의 할머니가 아니라는 걸. 옷장 속에 든 옷은 전부 사이즈가 두 치수 이상 크더군. 게다가 노인네와 옷장 속에 든 옷에선 전혀 다른 체취가 느껴졌어. 액자 속에 든 사진의 배경처럼 한두 컷 할머니가 찍혀 있었지만 키와 체형이 달랐고."

재경도 벽에 걸린 액자를 보긴 했지만 피해자 이종현과 장애인인 아버지 모습에만 눈길을 주었을 뿐이었다. 뒤늦게 아차 싶었다.

"그럼 아까 그 할머니는 누구죠?"

"조직에서 내세운 엑스트라겠지. 아까 밥상 위에 있던 반찬에서 공통적으로 느낄 수 있는 냄새가 있었어. 스티로폼과 비닐. 모두 어디선가 포장된 걸 사 왔다는 뜻이야. 이쯤 되면 누군가 찾아올 거라 짐작하고 준비한 게 틀림없어."

재경이 타신의 추리에 고개를 끄덕였다.

"그럼 이종현이 최근 고시 공부를 하지 않았다는 건 어떻게 알았어요?"

"장롱 안에서 유일하게 눈에 띈 가방 하나가 있었지. 루이비통 이클립스 진품. 남성용 여행 가방이고 어린 양가죽 냄새를 풍기는 새것이었어. 가난한 고시생이 1,000만 원을 호가하는 명품 가방을 고향집에 가져다 놓는다, 영 찜찜하지? 근데 노인네가 우리랑 얘기하는 내내 눈은 어디에 가 있었을까? 물론 장롱이었지. 피해자의 진짜 가족들을 빼돌리고 그사이 대역이 시간을 끌며 이 가방을 지켜내야 할 테니까."

재경은 아무것도 눈치채지 못한 채 무능하게 타신의 추리만 듣고 있는 자신이 한심스럽게 느껴졌다.

"그럼 왜 미리 귀띔해주지 않았어요? 핸드폰 만지기 좋아하는 사람이 톡이라도 보내지, 왜 아무 소리 없이 밥만 먹고 일어났냐고? 그래야 할머니를 족치든 임의 동행하든 했을 거 아냐! 지금이라도 돌아가요. 가자고요!"

재경이 불뚝성을 내며 발을 굴렀다.

"우린 살기 위해 도망친 거야. 그 집에서 나는 남자 스킨 냄새가 네 종류였어. 그중 하나를 이종현의 아버지가 썼다 가정해도 최소 세 명의 남자가 더 있다는 얘기야. 아마 잔당들이 우리가 온 걸 보고 피해자의 방이나 부엌으로 은신했을 가능성이 크지."

타신을 바라보는 재경의 눈에 놀람과 두려움이 교차했다. 고작 한 명의 노인만 상대하면 된다고 생각했지만, 타신의 말대로라면 그 집에는 잔인한 방법으로 조직원을 살해한 범죄 일당이 숨어 있다는 뜻이 된다. 재경이 호주머니에서 핸드폰을 꺼냈다. 그녀가 떨리는 손으로 최근 통화 목록을 열고 두현에게 전화를 걸었다.

"증거 나왔어?"

두현의 목소리에 다급함이 느껴졌다.

"선배, 이쪽으로 기동대 불러줘요. 무기 소지 가능성이 높은 남자 세 명이 은신해 있어. 마을 입구에 검문도 부탁해요."

"너랑 타신은?"

"부끄럽지만…… 우린 무사해요."

"그게 왜 부끄러워?"

두현이 안도의 한숨을 내쉬었다.

"경찰이잖아요. 근데 아무 낌새도 못 느끼고 멍청하게 서 있다 간신히 목숨만 부지한걸."

재경이 두 눈을 질끈 감고 대답했다.

"민 경위, 잘 들어. 너나 타신이 칼이라도 맞았으면 표적수사대는 와해된다. 타신 아버지가 내버려두지 않겠지. 살아남는 게 유능한 거야. 알았나? 이만 끊는다."

두현과 재경의 통화를 들은 타신이 목울대가 꿀렁거리도록 큰 소리로 웃고는 오디오를 켰다. 핑크 플로이드의 〈머니(Money)〉 전주가 자동차 안을 달구었다. 재경이 밤하늘을 올려다보며 자신의 무능을 원망하는 동안 타신은 노래를 흥얼거리며 내내 웃었다.

"그쪽 아버지는 어떤 사람이에요? TV에 나오는 거 보면 엄청난 부자에 미남이던데."

재경은 문득 타신의 아버지 남일웅에 대해 궁금해졌다. 어쩌면 기동대가 출동할 때까지 숨어 있어야 하는 자신의 초라한 처지를 잊고 싶은지도 몰랐다.

"네가 보고 느낀 그대로야. 도덕성이 궁금한가? 정치인한테 뭘 기대해. 내연녀를 안으며 피임에 실패한 걸 보면 생각보다 철두철미한 인물은 아니겠지만."

타신이 혼외자라는 건 재경도 두현에게 들어 이미 알고 있는 사실이었다. 그렇다곤 해도 자신의 생물학적 아버지를 그런 식으로 모욕하는 사람은 타신밖에 없을 거라고, 재경은 생각했다. 음악이 끝나고 다음 곡으로 이어지는 짧은 무소음의 순간, 누군가 운전석 창문을 두드리는 소리가 났다. 재경이 운전석을 향해 고개를 돌렸다. 노파였다.

어둠 속에서 조금 구부정한 자세로 차 안을 들여다보는 노파의 얼굴엔 옅은 미소가 깔려 있었다. 놀라기는 타신도 마찬가지였다. 그가 오디오를 끄고 창문을 조금 열었다.

"우리집에서 찾고 있는 게 있지 않았수?"

열린 창문으로 노파의 희끄무레한 눈동자가 반짝였다.

"아뇨, 없습니다. 저흰 서울 올라갈 거예요. 할머니도 집에 들어가세요. 위험하게 왜 나오셨어요?"
재경이 노파를 향해 외쳤다.
"늙으면 눈치가 빨라져서 참 성가셔. 일일이 다 내색하기도 그렇고. 그래도 할 말은 해야지, 안 그래? 경찰 아가씨 지금 그 사람들 찾고 있잖수. 종현이 가족."
뜻밖의 말에 재경도 타신도 잠시 할 말을 잊은 채 노파의 오이지처럼 쪼그라진 얼굴을 물끄러미 바라보았다.
"이종현 씨 가족이 어디 있는지 알고 계세요?"
재경의 말에 노파가 고개를 끄덕였다.
"그럼 할머니는 누구세요?"
재경이 조수석 문을 열고 차 밖으로 나왔다.
"어디 가, 애송이?"
타신이 재경의 돌발적인 행동에 흠칫 놀라 자신도 차에서 내렸다.
"할머니는 누구시냐고요?"
재경은 자신이 경찰이라는 사실을 다시 증명하고 싶었다. 목숨을 부지하기 위해 범죄자 앞에서 몸을 사리는 무능한 경찰이 아닌, 최선의 모습을 되찾아야겠다고 마음먹었다.
"왜 경찰인데 집 안 수색도 안 하고 도망치듯 빠져나갔을까 궁금했지. 가만 생각해보니 아, 이놈들 집 안에 인간 백정 서넛 정도는 숨어 있구나 짐작했나 싶더라고. 너희도 눈치로 먹고살 테니 말야."

노파가 호주머니에서 담뱃갑을 꺼내 담배 한 대를 입에 물었다.

"네, 그랬어요. 저희 짐작이 틀렸나요?"

재경이 담배에 불을 댕기는 노파를 바라보며 물었다. 그러자 노파가 킬킬 웃으며 담배를 빨았다. 어둠 속에서 빨간 점 하나가 짧게 타오르다 사라졌다.

"아냐, 너희들 짐작이 맞았어. 종현이 방에 총 든 필리핀 놈도 한 명 있고, 칼 든 조선족도 있고, 삽 든 한국 놈도 하나 있지. 난 니들하고 말썽 일으키기 싫어. 그래서 협상을 하려고 온 거야."

"협상?"

재경의 물음에 노파가 고개를 끄덕거렸다.

"협상을 받아들이면 최소한 종현이 가족들은 목숨을 부지할 거고, 거절하면 시신으로 돌아올 테지."

노파가 밭은기침을 하며 담배 연기를 뿜었다.

"아니, 당신은 그저 시간 끌기용 미끼에 불과해. 더럽고 추하게 늙었군."

타신이 성큼성큼 노파를 향해 다가왔다.

"경찰은 범죄자와 그 어떤 협상도 하지 않습니다. 참작받고 싶으면 검사한테 서류 제출하세요."

재경이 차갑게 대답하고 핸드폰으로 시간을 확인했다. 10분 내외로 기동대가 도착할 터였다. 아마 눈치 빠른 노파는 집 안에 숨겨둔 현금과 괴한들을 도피시켰을 것이고, 기동대는 빈손으로 돌아가야 할지도 몰랐다.

"그쪽이 미끼 맡아요. 나는 다국적 범죄자들 체포하러 가야 하니까. 아, 차 좀 빌립시다!"

재경이 타신의 자동차 운전석에 앉았다.

"이봐, 얌전히 기다려. 두현이 말 못 들었어? 살아남는 게 유능한 거라고!"

타신이 재경을 향해 고함쳤지만 그녀는 아랑곳없이 액셀러레이터를 밟았다.

"알아요, 살아남아서 유능하단 소리 들을 테니 당신은 그 여우 주인공 할멈이나 붙잡고 있어요."

묵직한 차체가 서서히 공터를 빠져나갔고, 곧 덤불을 밟고 나아갔다.

"젠장, 오늘 아침에 세차했는데!"

마을 초입에 다다랐을 때 재경은 야트막한 동산 앞에 버려진 스타렉스 승합차 한 대를 발견했다. 시동은 끄지 않은 채 운전석 문이 열려 있었다. 차에서 내린 재경이 스타렉스 안을 들여다보았다.

남성용 낡은 운동화 한 짝과 목발, 접이식 나이프, 청색 테이프 등이 바닥에 나뒹굴고 있었다. 노파는 재경과 타신의 짐작보다 훨씬 약삭빨랐다. 그녀는 방문 앞에서 밥상을 든 채 타신과 재경의 대화를 엿들었고, 곧 경찰이 자신들의 숨통을 조여오리라는 걸 짐작했다. 인간 백정들을 동원해 그 자리에서 재경과 타신을 해치워버릴 수도 있었지만, 곧 또 다른 경찰이 들이닥쳐 덜미를 잡히면 형량만 가중될 뿐이었다. 도피를 결심한 노파는 재경과 타신을 찾아와 협상 운운하며 시간을 벌 요량이었지만, 느닷없이 재경이 추격을 택하자 이러지도 저러지도 못한 채 타신에게 붙잡힌 상황이었다.

"그 아가씨가 놈들을 잡을 수 있을 거라고 생각해?"

노파가 다 피워 필터가 녹아들어가는 담배를 흙바닥에 던졌다.

"아니, 못 잡을 거야. 꼴에 경찰이라고 이리 뛰고 저리 뛰고 있을 테지. 이런, 하필 에르메스 벨트라니."

타신이 자신의 벨트를 풀어 노파의 손목을 감으며 대답했다.

"어차피 난 안 도망 가. 그 아가씨가 쫓는 놈들 중에 내 아들도 섞여 있거든. 잘나가던 사업이 부도나면 누가 책임지겠나. 바지사장이 가는 거야. 감옥이든 저승이든."

노파가 어둠 속에서 누런 앞니를 드러내고 씨익 웃었다. 타신은 노파의 눈을 유심히 바라보았다. 그녀의 눈동자가 빠른 속도로 움직이고 있었다. 그러고는 서너 번 눈을 끔뻑거리다가 풀썩 옆으로 쓰러져 전신에 경련을 일으켰다. 타신이 쓰러진 노파의 눈꺼풀을 들어 올리자 백내장으로 덮인 눈동자가 요동치고 있었다.

"할멈, 생각이 바뀌었어. 어쩌면 애송이가 놈들을 잡을지도 모르겠군."

타신이 호주머니에서 핸드폰을 꺼내 119를 눌렀다.

그 시각 재경은 두현과 통화를 하며 동산 등산로를 내달리고 있었다.

노파를 방패로 내세운 조직이 경찰의 검문을 피해 피해자 가족과 현금이 든 명품백을 들고 동산을 넘어 이웃 마을로 도피하려는 계획일 거라 재경은 짐작했다.

"호신 장비는 갖고 쫓는 거야?"

두현이 헉헉대는 재경의 숨소리를 들으며 입술을 깨물었다.

"아뇨."

"맨몸으로 총, 칼 든 놈들이랑 맞짱 뜨겠다고?"

"기동대 두 팀으로 나눠줘요. 한 팀은 마을 초입 스타렉스 방향에서 올라오고, 다른 한 팀은 반대쪽 이웃 마을에서 올라오게요."

재경의 숨소리는 점점 거칠어졌다.

"인마, 민재경! 너 지금 멈춰. 기동대 도착할 때까지 꼼짝 말고 그 자리에 있어. 명령이다!"

초조함을 견디다 못한 두현이 의자에서 벌떡 일어나 수사대 사무실을 박차고 나갔다.

"멈췄어, 선배. 나 놈들 찾은 것 같아."

복도를 달리던 두현이 걸음을 멈추었다. 통화가 끊어지며 민재경이라는 이름 석 자와 전화번호가 액정 위에서 서서히 어두워졌다. 두현이 망연자실하게 핸드폰을 바라보던 그때 다시 액정이 밝아지며 타신한테서 전화가 걸려왔다. 두현은 재경이 맨몸으로 범죄 조직을 쫓게 내버려둔 타신이 원망스러웠다. 보채듯 울리는 전화벨을 외면한 채, 두현은 상황실을 향해 걸음을 재촉했다.

재경이 핸드폰을 주머니에 넣고 낮은 포복 자세로 바위 뒤에 몸을 숨겼다. 어둑한 산속에서 어둠보다 더 짙은 그림자들이 어른거리고 있었다. 흉기를 든 세 명의 사내와 흙바닥에 주저앉은 두 명의 남녀. 셋은 금융사기단 일당이고 둘은 이종현의 부모였다.

"하, 가방 안에 금고를 넣어놔? 어쩐지 더럽게 무겁더라. 이러니까 먹물 빠는 놈이랑 일하기가 싫은 거야."

덩치가 큰 그림자가 공공칠가방만 한 금고를 내동댕이치며 이종현의 아버지를 발길로 걷어찼다.

"아준마, 비미르번호 말해."

체구가 자그마한 필리핀 사내가 어눌한 한국말로 이종현의 어머니를 다그쳤다.

"우린 참말 장롱에 그런 게 있는 줄 몰랐어요. 그저 살려만, 살려만……."

머리를 박박 민 조선족 사내가 이종현의 어머니 머리끄덩이를 휘어잡았다.

"아즈마이, 면바루 알캐주믄 사는 거고 거짓뿌끼 알캐주믄 송장되는 거야. 알간?"

이종현의 어머니가 바들바들 몸을 떨며 울음을 꺽꺽 삼켰다.

"이종현 생년월일."

덩치의 물음에 필리핀 사내가 이종현의 아버지 머리에 총구를 겨누었다.

"91년 11월 5일."

덩치가 픽, 헛웃음을 터뜨리며 금고를 들어 종현 아버지의 앙상한 한쪽 다리 위에 내리꽂았다. 종현의 아버지는 눈을 질끈 감고 이를 악물어 고통을 참아냈다.

"혹시나 해서 테스트 좀 해봤는데, 안 되겠구만. 여기가 어디라고 구라를 쳐! 우리가 이종현 등본까지 갖고 있는데! 동구야, 안 되겠다. 땅 파라! 어차피 못 여는 거 묻어버리고 가자."

덩치가 바위에 기대놓은 삽을 조선족에게 던졌다. 조선족이 손바닥에 침을 뱉고는 삽날을 흙에 꽂았다. 바위에 은신해 그들을 지켜보고 있는 재경은 속이 타들어갔다. 어차피 놈들의 목적은 가방 안에 든 돈일 터였다. 가방만 열면 자신들의 인상착의를 알고 있는 이종현의 부모를 살려둘 리 없었다. 그들을 살리는 방법은 오로지 기동대가 도착할 때까지 시간을 끄는 방법밖에 없었다. 그때 재경의 호주머니 안에서 핸드폰이 진동했다. 몸을 웅크리고 손으로 액정을 가려 빛을 차단한 재경이 메시지를 확인했다. 타신이었다.

―노파는 의식을 잃었어. 119를 불렀지. 경찰이 빠른가 소방관이 빠른가 내기하는 것도 재밌겠군. 놈들 중 한 명은 MERRF증후군이야. 굉장한 힌트를 줬으니 꼭 은혜에 보답하라고. 그보다 내 차는 무사한가?

그 와중에 차 걱정부터 하는 타신이 알미웠지만, 은혜든 복수든 살아남아야 할 수 있다. MERRF증후군에 대해선 그녀도 아는 바가 없었다. 검색창을 열어 MERRF증후군을 검색했다. 그러는 사이 저벅저벅 묵직한 발소리가 그녀를 향해 다가왔다. 재경이 고개를 들자, 40대 초반의 덩치 큰 사내가 험악한 표정으로 그녀를 내려다보고 있었다.

"좋은 말 할 때 손 들고 나와."

*

형사기동대 차량 한 대가 스타렉스 앞에 멈춰 섰다. 방탄복에 38구경 리볼버로 무장한 형사 여섯 명이 차량에서 쏟아져 나와 빠른 걸음으로 산길을 달렸다. 그들은 등산로에 난 자동차 바퀴 자국을 따라가다, 재경이 버리고 간 검정색 벤틀리를 발견했다. 앞장서던 형사가 수신호를 보내자 남은 다섯 명이 방사형으로 흩어져 동산을 수색했다. 동산은 형사들의 가볍고 빠른 발소리뿐, 무덤처럼 고요했다.

그때 탕, 하는 총성과 함께 가지마다 웅크리고 있던 멧새들이 푸드덕 날개를 펼치고 날아올랐다. 형사들이 총성이 난 동산 중턱을 향해 달리며 반대편에서 올라오는 형사들과 긴박한 무전을 주고받았다.

"여깁니다, 여기! 조심해서 올라오세요."

카랑카랑한 여자의 목소리에 형사들의 고개가 한곳으로 모였다. 그들이 바라본 곳에는 흰색 피케티셔츠에 베이지색 면바지를 걸친 가녀린 여자, 재경이 서 있었다. 일시에 형사들의 총구가 재경을 향해 겨누어졌다. 그들로서는 재경이 범죄 조직원 중 한 명인지, 혹은 그들의 협박으로 무사한 척 연기를 하고 있는 피해자인지 가늠할 수 없었다.

"민재경 경위라고 합니다. 조직원 세 명과 피해자 두 명 모두 생존해 있습니다."

먼저 재경에게 도착한 건 반대편 이웃 마을에서 출발한 기동대였다. 그들의 눈에 들어온 건, 가녀린 체구의 여성이 거구의 사내를 무릎으로 누르고 두 명의 외국인들을 향해 총구를 겨눈 모습이었다.

"방금 총성은 오발입니까?"

형사 한 명이 바닥에 납작 엎드려 있는 종현의 부모를 부축하며 물었다.

"위치를 알려야 빨리 찾아오실 거 같아서요."

재경이 조직원들에게 겨누었던 총을 바닥에 내려놓으며 깊은 안도의 한숨을 쉬었다. 형사들에게 조직원과 종현의 부모를 넘긴 재경은 핸드폰으로 두현에게 전화를 걸었다.

"나 유능하게 살아남았어요, 선배."

상황실에서 초조하게 핸드폰만 들여다보고 있던 두현이 쓰러지듯 의자에 주저앉았다.

"너 이 자식! 어떻게 된 거야?"

두현의 목소리에 역정과 안도, 그리고 고마움이 묻어났다.

"타신이 알려줬어요. 조직원 중 한 명이 MERRF증후군이라고.

사실 나도 그게 뭔지 몰라서 검색해봤는데 모계유전병이더라고요. 청력 이상이나 간질이 대표적인 증상이라는 것까지 읽었는데 그때 놈들한테 딱 걸렸어요."

재경은 위기의 순간, 덩치의 귓바퀴에 걸린 보청기를 보았다. 노파의 귀에 걸려 있던 것과 같은 모양이었다. 만약 덩치가 노파의 아들이라면 두 사람 모두 MERRF증후군 환자일 터였다. 재경은 덩치가 시키는 대로 고분고분 바위 밑에서 기어 나와 종현의 부모 옆에 섰다.

"명색이 경찰인데, 허리춤에 가스총이라도 숨기고 있는 거 아냐? 경찰 아가씨 몸수색 좀 해야겠어."

덩치가 능글맞게 웃으며 재경에게 다가왔다. 그가 텁텁한 숨결을 재경의 얼굴에 뿜으며 겨드랑이와 등, 허리를 천천히 더듬었다. 재경은 극도의 수치심을 느꼈지만, 참아내야만 했다. 덩치의 귓바퀴가 그녀의 입가에 닿을 때까지. 덩치의 손이 비로소 재경의 엉덩이를 더듬을 때쯤, 재경은 잽싼 동작으로 그의 귓바퀴를 앞니로 힘껏 물었다.

"아악!"

덩치가 크고 두툼한 손으로 재경의 뺨을 후려치고 자신의 귀를 감쌌다. 뒤로 자빠진 재경의 입에 보청기가 물려 있었다. 갑작스레 예리한 통증과 함께 청력을 잃은 덩치가 균형을 잃고 허둥대는 사이, 재경은 권총을 들고 있는 필리핀 사내의 명치를 발로 가격했다. 그러자 조선족이 삽을 치켜들고 재경을 향해 덤벼

들었다. 날카로운 삽날이 재경의 어깨로 날아들던 그때, 조선족이 균형을 잃고 바닥에 나동그라졌다. 반바지 아래로 드러난 놈의 종아리를 종현의 어머니가 매달려 붙잡고 있었다.

"총! 아가씨, 총!"

종현의 아버지가 불구가 된 다리를 질질 끌고 기어가 조선족의 가슴팍을 누르며 외쳤다. 재경이 다시 필리핀 사내를 노려보았다. 그가 가격당한 명치를 한 손으로 누르며 재경을 향해 총구를 겨누었다. 그러나 위기의 상황에선 무기보다 순발력과 판단력이 승패를 좌우했다. 재경은 잃어버린 보청기를 찾느라 엉거주춤하게 서 있는 덩치의 오금을 걷어차 바닥에 주저앉힌 후, 필리핀 사내의 시선이 분산된 틈을 타 권총 든 손에 손목술을 걸었다. 양손으로 상대의 손목을 비틀어 무기를 떨어뜨리도록 하는 합기도 기술이었다. 필리핀 사내에게서 총기를 탈취한 재경은 비로소 범죄 조직원 세 명을 모두 제압할 수 있었다. 갑작스러운 상황에 발작을 일으킨 덩치는 입가에 거품을 물고 쓰러져 몸을 버르적거렸다. 혀를 깨물지 않도록 풀 한 움큼을 뜯어 덩치의 입에 물린 재경이 어두운 하늘을 향해 방아쇠를 당겼다.

"보고서에는 타신 부분 뺀다. 알겠나?"

재경은 두현의 칭찬을 기대했지만, 뜻밖에도 그는 차갑게 용건만 전한 뒤 전화를 끊었다.

"요새 시크가 유행이야? 왜 갑자기 선배까지 흑화된 건데?"

끊어진 전화기에 속내를 퍼부은 재경이 뚱한 얼굴로 산을 내려왔다. 동산 중턱 등산로 끝자락에 타신의 벤틀리가 재경의 눈에 띄었다. 차 안에는 타신이 앉아 있었다. 운전석 창문이 열리자 핑크플로이드의 노래 소리가 요란하게 새어나왔다.

"풀 냄새, 땀 냄새, 쇠 냄새, 새똥 냄새. 트렁크에 골프 클럽 치우면 너 정도는 누워서 갈 수 있을 것도 같은데."

타신이 대시보드에서 마스크를 꺼내 귀에 걸었다.

"무섭지는 않았는지, 어디 다치지는 않았는지 뭐 그런 건 안 궁금하죠?"

재경이 조수석 문을 열고 앉으며 입술을 비쭉거렸다.

"상대의 트라우마까지 걱정할 만큼 우리가 각별한 사이였던가? 다행히 피 냄새는 나지 않는군. 돈 냄새 다음으로 안 빠지는 게 피 냄새거든."

타신이 차를 돌리며 오디오 볼륨을 올렸다. 뾰로통한 재경이 안전벨트를 맨 뒤 몸을 오른쪽으로 틀고 눈을 감았다. 긴장이 풀리며 피로가 몰려들었고, 재경은 자신도 모른 채 잠이 들었다. 땀으로 젖었던 그녀의 몸이 서늘한 에어컨 바람에 움츠러들었다. 재경을 흘깃거리던 타신이 에어컨을 줄이고 오디오를 껐다. 쌔근쌔근, 재경의 고른 숨소리만이 두 사람 사이의 정적을 파고들었다.

고속도로로 들어선 타신이 두현에게 전화를 걸었다.

"형, 재경이는?"

두현이 나직한 목소리로 재경의 안부를 물었다.

"방금 내 차에서 뺐었어."

"무섭다곤 안 해? 어디 다치진 않았고?"

"왜 네가 직접 묻지 않고 나를 통해 확인하는 거지?"

두현이 말없이 한숨만 내쉬었다.

"아마 죽을 만큼 무서웠겠지. 지금은 놀라서 아픈 줄 몰라도 내일 아침이면 붓고 결리고 멍 들어 빌빌댈 거고. 넌 어떨까? 이런 위험한 상황에 곤봉 한 자루 없이 민재경을 던져 넣었다는 죄책감에 며칠은 아무 말도 못 하고 눈치만 살필걸. 안 그래?"

"그래. 형 말이…… 맞아."

두현이 경찰서 옥상에서 니코틴 없는 전자 담배를 길게 한 모금 빨았다.

"피곤한 하루였어. 애송이까지 집에 데려다줄 여력이 없단 얘기지. 오늘은 내 집에서 재울 테니 아침에 네가 직접 이 물건 가지러 와."

집에서 재경을 재운다는 타신의 말에 두현이 커피 향 나는 수증기에 캑캑 기침을 했다.

"형네 집에서 재운다고?"

"같은 얘길 한 번 더 해줘야 하나?"

"침대 하나밖에 없잖아. 설마 형이 소파에서 자겠단 소리야?"

"이걸 어쩌나. 하나밖에 없는 침대가 하필이면 킹사이즈네. 둘이 자도 넉넉하니 우리 걱정은 하지 마."

타신이 전화를 끊고 킬킬 웃었다. 당직으로 자리를 비울 수 없는 두현이 옥상 난간에 이마를 쿵쿵 찧으며 괴롭게 신음했다.

타신의 침대에서 재경은 꿈을 꾸었다. 누군가의 손을 잡고 놀이동산을 걷고 있었다. 붉고 흰 장미가 만개했고, 인형 탈을 쓴 사람들이 손을 흔들어주었다. 보청기를 낀 덩치가 솜사탕을 건네며 사람 좋게 인사를 건넸다. 외발자전거를 타고 사과로 저글링을 하던 필리핀 사내가 잘 익은 사과 한 알을 재경에게 던졌다. 회전목마 앞 매표소에서 표를 받는 조선족 사내가 콧노래를 부르며 미소 지었다. 누군가의 손이 재경을 회전목마로 인도하며 부드럽게 뺨을 쓰다듬었다. 재경이 천천히 고개를 들어 손의 주인을 바라보았다. 살그머니 눈꺼풀을 들어올려, 날렵한 턱 선과 단정한 입술, 그리고 예리하게 솟아오른 콧대까지 시선이 다다랐을 때 재경은 사내가 타신이라는 걸 깨달았다.

"코골이의 원인에 대해 검색 중이었어. 비만, 노화, 알코올중독, 근육 이상, 편도 비대, 후두암 등등……."

타신의 목소리에 재경이 벌떡 몸을 일으켰다. 그녀의 옆에 비스듬히 누운 타신이 태블릿피시를 바라보고 있었다.

"제가…… 왜…… 여기……."

재경은 말을 잇지 못했다. 이불을 들춰 자신이 뭘 입고 있는지부터 확인했다. 새빨간 실크 슬립 차림이었다.

"아무리 깨워도 개가 짖냐, 나는 잔다 하는 기세로 코를 골더군. 걱정 마. 도우미 아줌마가 갈아입혔으니까."

재경이 이불을 끌어당겨 깊이 패어 살품이 드러난 가슴을 가렸다.

“타신 씨, 밤새 내 옆에서 잔 거예요?”

타신이 한심하다는 표정으로 태블릿피시를 내려놓고 재경을 바라보았다.

“침대는 하나뿐이야. 내 침댈 놔두고 오는 사람마다 엉덩이로 뭉개는 소파에서 잘 순 없잖아.”

“이런 속옷까지 사다 놓은 거 보면 미리 뭐 계획한 거잖아. 막 어떻게 해보려다 내가 합기도 유단자니까 맘대로 안 된 거지. 딱 걸렸어, 당신!”

타신이 고개를 절레절레 저으며 침대에서 일어섰다. 그는 욕실 옆 드레스룸에 서서 티셔츠를 벗었다.

“갑자기 왜 이래? 왜 옷은 벗고 그래요?”

“그 속옷, 원래 다른 여자한테 줄 선물이었어. 이제 곧 있으면 날 만나러 올 거니까 지금 샤워해야 돼. 두현이가 데리러 온다고 했으니, 아무것도 만지지 말고 얌전히 기다리다 오면 나가도록 해.”

타신이 드레스룸에 놓인 스테인리스 쓰레기통을 발로 밀어 재경 쪽에 놓아주고 욕실로 들어갔다. 샤워 소리가 들리자 재경이 쓰레기통을 열었다. 비닐에 감싼 자신의 옷이 들어 있었다.

“뭐야, 속옷 선물할 여자? 그럼 여친 있다는 얘기잖아. 그런 사람이 외간 여자를 집에 들여서 한 침대에서 자도 돼?”

재경이 침대에서 내려와 카펫 위에 섰다.

"자도 돼요. 우린 가족이나 다름없으니까."

재경이 옷이 든 비닐을 뜯는 순간 가볍고 청량한 목소리가 침실로 새어 들어왔다.

"그 속옷 내 생일 선물로 조르고 졸라 얻은 거예요. 컬러는 자기 맘대로 골랐지만. 그쪽 녹다운 됐다는 얘기 듣고 내가 잠옷 허락했어요. 잘 어울리는데요?"

재경이 퍼뜩 고개를 돌려 침실 문을 바라보았다. 굽실대는 갈색 긴 머리, 이국적으로 큼직큼직한 이목구비에 자신감 넘치는 표정의 미녀가 서 있었다.

"안제니라고 해요."

핫핑크색 미니드레스에 같은 색 네일을 바른, 글라디올러스처럼 화려하고 매혹적인 여자가 재경에게 걸어와 악수를 건넸다.

"죄송합니다. 민폐 끼쳐서."

재경이 유리창에 비친 자신의 모습을 바라보았다. 봉긋하게 솟아오른 제니의 가슴이라면 보기 좋게 꼭 맞았을 슬립이 재경에게는 주먹 하나가 들어가고도 남게 헐렁했다.

"민폐는 나죠. 조용히 밖에서 기다리라고 했는데 민재경 씨가 어떤 사람인지 궁금해서 허락 없이 올라왔으니까요. 부엌에 있을 테니 편하게 옷 갈아입어요."

제니가 마치 영역 표시하듯 자신의 핸드백을 침대 위에 올려놓고 침실을 벗어났다. 재경이 옷을 다 갈아입었을 즈음, 타신이 허리에 타월 한 장만 두른 채 욕실에서 걸어 나왔다.

“슬립은 드라이해서 갖다 드릴게요. 그리고…… 밖에 안제니 씨 와 있어요.”

타신이 손바닥에 스킨을 덜어 얼굴을 두드린 후 옷장을 열었다.

“무례하군.”

손끝으로 색색의 셔츠를 더듬던 타신이 이마에 주름을 잡고 말했다.

“알고 있어요. 미안합니다. 전 이만 가볼게요.”

“너 말고 제니. 제멋대로 굴고 있어. 내 허락 없이 문 따고 들어와서 내 침대에 내가 싫어하는 냄새가 나는 핸드백을 올려놨잖아.”

타신이 회색 스트라이프 셔츠를 꺼내 팔을 끼워 넣었다.

“자기가 선물 받을 속옷을 다른 여자한테 입혔는데 저 정도면 보살급이죠.”

타신이 서랍장에서 팬티를 꺼내고는 재경을 향해 턱짓했다.

“잠까지 같이 잤으니 이 정도는 봐도 괜찮다는 건가?”

타신이 허리춤에 묶어놓은 타월에 손을 가져다댔다.

“아, 아닙니다.”

재경이 손바닥으로 얼굴을 가리고 침실을 나왔다. 콩닥거리는 심장을 진정시키느라 잠시 멍하니 서 있던 재경의 코에 향긋하고 매콤한 냄새가 와닿았다.

“재경 씨, 아침 먹고 가요. 집에서 치킨커리하고 난 만들어왔어요.”

제니가 부엌에서 걸어 나와 재경의 팔을 부드럽게 감쌌다. 온통 희거나 검거나 회색인 타신의 집에서 상냥하고 부드러운 여자의 음성과 따뜻하고 향기로운 음식 냄새가 풍기자 괴리감이 들었다. 그제야 타신이 제니에게 화낸 이유를 알 것 같았다. 타신의 세계가 무색과 무취를 요구한다면 제니의 세계는 눈이 시리도록 화려한 색채와 오만 가지 향신료의 냄새로 가득 차 있었다. 이토록 어울리지 않는 두 사람이 어떻게 가족만큼이나 가까운 사이가 되었는지 재경은 이해할 수 없었다. 그때 초인종이 울렸다. 인터폰에 두현의 얼굴이 떠올랐다.

"마침 두현 씨도 왔네."

제니가 열림 버튼을 누르자 두현이 문손잡이를 비틀고 현관으로 들어섰다.

"두현 씨, 오랜만이네요. 잘 지냈어요?"

제니가 가볍게 두현을 포옹했다. 당혹스러운 표정의 두현이 재경을 향해 손가락을 까딱거리며 인사를 했다.

"언젠가 한 번은 만나야 할 멤버들이 다 모였군."

회색 스트라이프 셔츠에 리넨 팬츠를 입은 타신이 침실에서 걸어 나왔다. 타신이 거실을 지나 부엌으로 휘젓고 들어가 자신의 식탁 상석에 자리 잡았다. 그러고는 자신을 바라보는 세 남녀를 향해 짙은 눈썹을 꿈틀거렸다. 제니가 식탁 플레이팅을 시작했다. 정확하고 노련한 솜씨였다. 데워놓은 치킨커리를 포트에 담고 오목한 접시에 재스민 쌀로 지어 발그스름한 밥을 올려 타신부터 차례로 놓아주었다.

"난이 식어서 미안해요."

제니가 난이 든 접시를 내려놓으며 타신에게 속삭였다.

"자기 자신을 이렇게 괴롭히는 데에는 뭔가 이유가 있겠지?"

화려한 식탁을 앞에 두고 타신의 표정이 편치 않았다.

"제니 씬 여전하시네요."

두현이 머쓱하게 웃으며 난 한 장을 가져와 명함만 한 크기로 찢었다.

"아니, 점점 더 고약해지는 거 같아요. 저 말고 제 혀가."

제니도 의자 하나를 차지하고 앉아 두현에게 장난스럽게 웃어 보였다.

"선배, 나 지금 꿔다놓은 보릿자루 같은데 이 상황 설명 좀!"

재경이 두현의 옆구리를 쿡 찌르며 목소리를 낮췄다. 그녀는 타신과 제니, 그리고 두현이 나누는 대화를 좀처럼 이해할 수 없었다.

"우리 민 경위가 제니 씨에 대해 궁금한 게 많나 봅니다."

두현이 난에 커리를 찍어 입에 넣었다. 마뜩지 않은 표정의 타신도 포트에 든 커리를 밥 위에 올렸다.

"제니는 너랑 동갑이야. 외식 체인 '올어바웃테이블'의 대표이고, 〈제니의 육감요리〉라는 요리 프로그램 진행자지. 혀로 느낄 수 있는 쓴맛, 단맛, 짠맛, 신맛, 감칠맛 외에 한 가지 더 요리사의 맛까지 느낄 수 있어. 한마디로 나 같은 괴물이라고 보면 돼."

타신이 시큰둥하게 제니를 소개했다.

"제니 씨, 굉장한 분이셨네요. 그런데 자기를 괴롭혔다는 건 무슨……?"

재경이 제니를 바라보며 고개를 갸웃거렸다.

"솔직히 좋아하는 사람이 제멋대로 굴 땐 유쾌하진 않죠. 소심한 복수예요. 제 혀와 타신의 코를 괴롭힐 만큼 강력한 요리."

제니가 준비한 식단은 그녀 자신의 미각과 타신의 후각에 치명적일 만큼 강한 향신료가 섞여 있었다.

"미안합니다. 슬립 제가 새로 한 벌 사드릴게요."

재경의 사과에 제니가 손을 내저으며 환하게 웃었다.

"괜찮아요. 나 그런 슬립 많아요. 그리고…… 짝사랑하는 것도 억울한데 가끔씩 투정 부리는 재미라도 있어야죠. 식기 전에 어서 들어요."

제니도 물 한 모금을 마시고 숟가락을 들었다.

"대체 정향과 샤프란을 얼마나 넣은 거야? 코피가 날 지경이군. 정두현이야말로 꿔다놓은 보릿자루처럼 왜 불평도 칭찬도 없나?"

"밥…… 먹느라…… 제니 씨, 제 입에는 정말 맛있네요."

타신의 물음에 두현이 씹고 있던 난을 꿀떡 삼키며 대답을 어물거렸다. 재경도 밥 위에 커리를 올리고 숟가락으로 조금씩 섞어 입에 넣었다. 타신의 혹평과 달리 향긋하고 진한 향이 입 안 가득 퍼졌다.

"거짓말! 넌 거짓말을 하면 꼭 티가 나. 촌뜨기처럼 말을 더듬는단 말야. 당직으로 잠 한숨 못 자고 퇴근하자마자 여기로 뛰어와 기껏 한다는 소리가 맛있네요, 정말 그것뿐일까?"

타신이 물로 입을 가시고 자리에서 일어나 커피머신으로 걸어갔다.

"어제…… 어제 사건도 빨리 매듭지어야 하고……."

타신 앞에 선 두현은 평소와 달리 주눅이 들어 있었다. 재경은 그 모습이 낯설었다.

"또 거짓말이군."

타신이 머신 트레이에 커피 잔을 올려놓고 에스프레소 버튼을 눌렀다. 두현이 재빨리 재경을 한 번 바라보고는 다시 커리 접시로 시선을 옮겼다.

"재경이 걱정도 되고."

"좋아, 이제야 바른 말이 나오는군. 직장 동료가 매력 터지는 남자와 한 침대에서 잤는데 걱정이 되었다는 게, 너의 진짜 속마음이야. 근데 왜 걱정이지? 너희 둘 그렇고 그런 사이였나?"

에스프레소를 들고 다시 식탁으로 돌아온 타신이 두현에게 물었다. 두현의 뺨이 발그스름하게 달아올랐다.

"아뇨, 우린 절대 그런 사이 아닙니다. 선배, 뭐라고 말 좀 해봐요!"

재경이 팔꿈치로 두현의 옆구리를 쿡 찔렀다.

"그냥 친한 선후배 사이인 거 알잖아, 형."

두현의 뺨이 점점 더 붉어졌다.

"그만해요. 뻔히 알면서 일부러 후벼 파는 거, 그거 나쁜 습관이라니까."

제니가 주황색 터머릭 피클을 입에 넣으며 타신을 향해 눈을 흘겼다.

"제니와 두현이는 질투심을 숨기느라 곤혹스럽겠군. 애석하게도 나와 저 애송이만 거짓말을 못하고 있어. 잠자리에선 별로지만 일할 땐 좋은 파트너야."

"이봐요, 타신 씨! 그렇게 말하면 꼭 우리가 어제……!"

재경이 발끈해서 타신에게 퍼부으려다 침울한 표정의 두현을 보고 입을 닫았다.

"나도 모르는 사이 헌법이 바뀌어서 식탁에선 19금 발언 금지 조항이라도 생겼나? 기왕 위반한 거 진실 하나 더 알려주지. 우리 집엔 사실 가사도우미가 없어."

타신이 킥킥 웃으며 에스프레소 잔을 들고 자리에서 일어섰다. 그는 거실 오디오를 켜고 바흐의 골드베르크 변주곡 〈아리아〉를 재생했다. 무슨 뜻인지 영문을 모르는 두현과 제니는 다시 식사를 이어갔지만 재경은 들고 있던 숟가락을 떨어뜨렸다. 그녀는 간밤에 자신의 옷을 벗기고 슬립을 갈아입힌 사람이 타신이라는 사실에 충격을 받았다. 재경은 자신이 무슨 속옷을 입었는지 떠올리다, 너무 낡아서 오늘이야말로 마지막으로 입고 버려야겠다고 생각한 소녀 취향의 분홍색 면 속옷임을 깨달았다.

"저 먼저 갈게요."

재경이 식탁에서 일어섰다. 그녀는 타신의 얼굴을 계속 바라볼 엄두가 나질 않았다.

"뭐라고?"

시끄러운 음악 소리에 두현이 손바닥을 펼쳐 귓바퀴에 가져다 대고 되물었다.

"나! 간다고요!"

재경이 제니를 향해 목례를 하고 부엌을 빠져나왔다. 두현도 숟가락을 내려놓고 재경의 뒤를 따랐다.

"재경 씨, 차라도 한잔하고 가세요. 집에서 덖은 녹차 가져왔어요."

제니가 식탁에서 일어나며 냅킨으로 입을 닦았다.

"인사는 생략!"

현관으로 향하던 재경이 걸음을 멈추고 타신을 돌아보았다. 소파에 기대 지휘하듯 손가락을 까딱거리던 그와 재경의 눈이 마주쳤다.

"밥맛!"

재경이 다시 걸음을 옮기며 타신을 향해 투덜거렸다.

"형을 이해하려고 하면 너만 힘들어. 그냥 받아들이는 게 나을 거야."

두현이 난처한 표정으로 타신과 재경을 번갈아 바라보았다.

"이제 남 일이다 이거죠?"

야무지게 쏘아붙인 재경이 입술을 앙다물었다.

"현실적인 조언일 뿐이야. 가자, 너 씻고 출근해야지."

두현에겐 퇴근길이지만, 재경은 다시 경찰서로 돌아갈 시간이었다. 재경이 입을 꾹 다물고 운동화를 꿰어 신었다.

"제니 씨, 미안하지만 녹차는 다음에 마실게요. 그리고 지난번에 부탁한……."

배웅 나온 제니에게 두현이 말끝을 흐렸다.

"아, 그 초콜릿!"

"네."

"동유럽 여행 다녀온 사람에게서 선물 받았을 거예요. 수제 초콜릿이고요. 쇼콜라티에가 다른 초콜릿을 장식하면서 아몬드와 피스타치오를 만졌던 거 같아요. 그 손으로 이 초콜릿에 프랄린을 입혔겠죠. 피해자가 동유럽 여행을 다녀오지 않았다면 주변인을 탐문하는 게 좋겠어요."

제니가 확신에 찬 목소리로 대답했다. 두현이 감사하다는 인사와 함께 목례를 하고 현관문을 열었다.

"선배 조금 전에 초콜릿 이야기는 뭐예요?"

계단을 내려오며 재경이 물었다.

"이종현 사건 현장 쓰레기통에서 초콜릿을 감싼 유산지가 나왔어. 거기 묻은 초콜릿을 제니 씨에게 의뢰했지."

두현의 대답에 재경이 고개를 갸웃했다.

"요리사의 맛을 느낀다는 게, 그런 거였어요? 고작 유산지에 붙은 눈곱만 한 초콜릿의 맛으로 어디서 누가 만든 건지까지 알아낸다고요?"

"응, 대외적으로는 숨기고 있지만 제니 씬 무척 특별한 혀를 가진 여자야. 타신 이상으로 대단하지. 정황상 이종현 사건은 생각보다 규모가 큰 금융범죄사기단의 소행인 것 같아. 이미 해외에 도피처를 만들어놓고 들락거렸을 가능성까지 생긴 거지. 놈들 닦달해보고 수험생 연쇄살인사건의 카피캣으로 결론 나면 이번 건은 다른 팀으로 이관될 거야. 그러고 나면 어젯밤 네 수훈도 사라질 거고. 어쨌든 수고 많았다."

두현의 말에 재경은 마음이 착잡했다. 자신이 목숨을 걸고 범인들을 검거한 수훈이 사라져서가 아니었다. 이 사건이 카피캣이라면 조만간 진범은 또 다른 연쇄살인사건을 일으킬 터였다. 새로운 희생자가 생겨나고, 그의 죽음을 애도할 새도 없이 표적수사대는 놈을 추격해야 한다. 두현의 표정이 밝지 못한 것도 같은 이유였다.

"선배 차 안 가지고 왔으면 내 차로 가요. 데려다줄게."

재경이 타신의 향수숍 앞에 주차해둔 자신의 차로 걸어갔다. 그녀의 눈에 차창에 붙은 불법주차 차량이라는 스티커가 들어왔다.

"이거 뭐야? 대체 누가 붙인 거야?"

울상이 된 재경의 어깨를 두현이 다독거렸다.

"그런 사람이야, 타신은. 처음엔 사이코패스인가 했는데, 그건 아니고. 뭐랄까, 귀여운 동물 사진 보면 깨물어주고 싶다는 말들

하잖아. 보통 사람들은 표현만 그렇게 하지 진짜 깨물지 않지만, 타신은 진짜 깨물어버리는 독특한 인물이지. 골탕인지 애정 표현인지 애매해. 야, 이거 웬만해선 안 떨어지겠는데?"

재경이 타신의 집을 향해 눈길을 돌렸다. 숍 방향으로 반쯤 열려 있던 창문이 휙 닫혔다.

"변태, 찌질이, 싸패, 관심병자!"

재경이 거칠게 스티커를 뜯어냈다.

두현을 집에 내려주고 하서경찰서 표적수사대로 돌아온 재경은 줄곧 자신의 기억에서 사라진 지난밤을 상상했다. 기절하다시피 잠이 든 그녀의 옷을 하나씩 벗기고, 속옷마저 풀어낸 타신은 과연 어떤 표정이었을지. 아니 그보다 여기저기 더듬거나 코를 대고 킁킁 냄새를 맡는 변태 짓까지 한 건 아닌지 영 찜찜했다.

"이야, 그 할머니 보통이 아니네. 배짱이 조폭, 양아치 저리 가라야."

장 형사가 노트북을 들고 표적수사대 사무실로 들어왔다. 방금 그는 재경과 타신이 만났던 노파를 만나고 온 길이었다.

"의식은 되찾았어요? 발작으로 쓰러졌다던데."

재경이 자리에서 일어나 장 형사의 책상으로 다가갔다.

"의사 얘기로는 뇌파, 맥박, 심박, 호흡 다 정상이라는데 내가 말만 걸면 눈을 허옇게 뒤집어 까고 거품을 쏟아내요. 엑소시스트 보는 줄 알았다니까요."

만만한 인물이 아니라는 건 재경도 이미 짐작했다. 노파는 자식을 위해 조직의 바지 사장 노릇까지 마다하지 않은 독종이었다.

"하도 말이 안 통해서 접고 일단 이종현 아버지를 만나고 왔는데 사건 전날 아들이 전화를 해서 경찰이 찾아오면 장롱 안에 든 가방을 전해달라고 했답니다. 비밀번호는 아버지 생년월일로 해 놨다고."

재경을 포함한 표적수사대 모두가 예상하지 못한 전개였다. 자신의 죽음을 예상이라도 한 것처럼 경찰이 찾아올 거라는 말을 남겼고, 게다가 거액이 든 가방을 왜 경찰에게 넘기라고 했는지도 의아했다.

"범죄의 여왕 만나고 오셨다면서요?"

황토색 생활한복 차림의 이 형사가 파일 하나를 들고 재경 옆에 섰다.

"범죄의 여왕?"

재경의 물음에 이 형사가 들고 있던 파일을 재경에게 넘겼다.

"보세요. 이름 금정분, 전과 18범이잖아요. 열여덟 살부터 절도, 사기, 폭행, 다시 절도, 사기, 폭행으로 가중 처벌. 그 와중에 늙고 돈 많은 사채업자랑 결혼해서 신분 세탁하고 외국 고아까지 입양했더라고요. 필리핀, 연변, 러시아에서 사내 아이들로만."

노파의 사건 파일은 수십 장에 달했다. 재경은 열여덟 장의 조서를 한 장씩 넘기며 소녀에서 아가씨가 되고, 아가씨에서 중년, 중년에서 노년으로 향하는 노파의 사진을 보고는 나지막하게 한숨을 쉬었다.

"고아를 데려다 인간병기로 키웠다, 그거네? 친자는 딱 하나밖에 없고?"

장 형사가 어이없다는 듯 헛웃음을 터뜨렸다.

"그럼 늙고 돈 많은 사채업자 소재는요?"

재경이 이 형사에게 파일을 도로 넘기며 물었다.

"사채업자는 진즉에 죽었고, 그 양반 딸이 지금 폴란드에 있어요. 아마 돈이 그쪽으로 흘러갔을 가능성이 크죠. 지지의 역마가 편재와 합을 했으니, 돈 때문에 해외에 체류 중일 겁니다. 이번 대운이 천라지망이니 그물에 곧 잡히겠죠."

이 형사가 도인처럼 읊조리며 자신의 자리에 앉았다. 몸통이 해외에 있는 사건이었다. 더군다나 동유럽 국가에서 돈을 쥐고 있다면 권력자를 매수해 더 깊이 잠적해버릴 수도 있었다.

"경위님, 금고 열었답니다. 안에 현금은 없었고 USB 메모리가 나왔대요. 그동안 대포 통장으로 사용된 통장들, 환치기 수법과 현지 계좌, 스미싱 조직 계보, 금괴나 보석 밀반출을 도와준 보따리장수들 연락처까지 다 들어 있는 모양이에요."

제 자리에서 감식팀과 한참 통화를 하던 덕후가 전화를 끊고 들뜬 목소리로 외쳤다.

"거 봐요, 곧 그물에 잡힌다니까."

이 형사가 씁쓰름하게 웃으며 고개를 절레절레 저었다.

"그런데 말입니다. 그 안에 유서도 있었답니다."

덕후가 쭈뼛거리며 말을 꺼냈다.

"유서라니? 이종현이 유서를 써놨다고?"

살인사건이라는 확신이 무너지는 순간이었다. 재경은 유서라는 말에 정신이 아득해졌다.

"이종현 이 친구, 대포 통장 말고 자기 명의의 계좌에는 5만 8,000원이 전 재산이었대요. 토사구팽당한 거죠. 그래서 목숨을 건 복수를 택한 건지도 모르겠어요."

한껏 들떴던 덕후의 목소리가 이종현의 잔고를 이야기하면서부터 누웠다.

이종현 사건은 범인이 증거를 숨긴 것이 아니었다. 애당초 그는 너무 많은 것을 알고 있는 피의자이자 피해자였다. 종현은 가난한 고시생으로 살아남을 자신도 패기도 없었다. 수없이 원룸 천장에 올가미를 만들어 목을 넣었다 빼기를 반복한 그는 이대로 죽어버리면 자신의 죽음이 흔하디흔한 삼포세대의 비극일 뿐 아무도 주목하지 않으리라는 걸 깨달았다. 이종현은 자신의 수험생 신분을 이용해 연쇄살인사건의 희생자로 위장하면 표적수사대가 움직일 거라 짐작했다. 그래서 한자 사전을 찢어 입에 물고 노끈으로 올가미를 만들어 목에 건 뒤 반대쪽 끈을 의자 헤드에 둘둘 감고 바닥으로 몸을 던졌다.

물론 몇 차례 실패했다. 숨이 끊어지기 전에 끈이 풀리거나 살기 위한 본능 탓에 스스로 몸을 일으키기도 했다. 그때마다 이종현은 자신을 이용하고 대가마저 지불하지 않은 채 잠적해버린 노파 일당을 떠올렸다. 그리고 마침내, 그는 마지막 숨을 길게 내뿜으며 한 많은 세상과 이별하게 되었다. 다섯 번째 도전이었고, 그가 사법고시에 불합격한 횟수와도 같았다. 이종현이 몸을 축 늘어뜨리자 의자 헤드에 말려 있던 노끈도 스르륵 그의 등 위로 떨어졌다. 연일 30도를 넘는 기온 탓에 시취는 곧 작은 원룸에 퍼졌다.

"장 형사님, 이 사건 관할서로 이관하죠."

재경이 맥없이 입을 열었다.

"네, 그럽시다."

장 형사가 고개를 끄덕이며 전화기로 손을 가져갔다. 그 순간, 전화벨이 울렸다. 장 형사가 걸려던 손으로 전화를 받았다.

"장석진입니다. 네, 덕서동…… 새빛고시원…… 407호요. 네, 바로 가겠습니다."

통화를 하는 장 형사의 표정에 먹구름이 내려앉았다. 재경을 비롯한 팀원들이 장 형사의 통화가 끝나기만을 마음 졸이며 기다렸다.

"경위님, 이번엔 진짜 7차 사건이 터진 것 같습니다."

전화를 끊은 장 형사가 비장한 표정으로 수첩을 들고 일어섰다. 놈이 다시 움직이기 시작했다.

middle note
2부
미들 노트

"최 팀장, 뭐 좀 나왔어?"

장 형사가 친분이 있는 감식팀 팀장의 어깨를 주무르며 물었다.

"현재까지 지문이랑 족적은 열다섯 점이 나왔는데 다 동일인이야. 전부 피해자 것 같아."

감식팀 팀장이 라텍스 장갑을 갈아 끼며 대답했다.

"뭐 머리카락이나 체액 같은 건? 왜 너네들 들고 다니면서 칙칙 뿌리는 루미날인가 루미락인가 그거 해야지."

"루미날은 무슨, 루미놀! 손에 쥐고 있던 펜이랑 핸드폰, 입에 문 종이 뭉치, 피살 당시 착의한 추리닝 가져다 뿌려봐야지. 근데 딱 봐도 견적 나와. 우리가 그놈한테 한두 번 엿 먹나? 하여간 지독한 새끼야."

감식팀 팀장이 진저리를 치며 탄소 분말이 든 작은 케이스를 열었다. 브러시에 분말을 찍어 책상 위를 섬세하게 쓸었다.

"늦었다. 다들 수고하네."

잠이 들자마자 재경의 전화를 받고 현장으로 뛰어온 두현의 눈에 핏발이 섰다.

"선배, 나 좀……."

고시원 복도를 서성거리던 재경이 두현을 밖으로 불러냈다.

"왜? 특이사항 있어?"

두현과 재경이 걸음을 옮겨 비좁은 계단참에 멈춰 섰다.

"덕후한테 방금 전화 왔는데, 고시원 맞은편에 있는 편의점 CCTV 영상이 살아 있대."

재경의 말에 두현이 눈을 홉뜨고 마른침을 삼켰다.

"찍혔대?"

재경이 고개를 끄덕거렸다.

"인상착의는? 아니, 시간은?"

"덕후가 영상 확보해서 지금 오는 길이야. 여기서 만나기로 했어. 직접 보자."

재경이 핸드폰으로 시간을 확인하며 초조하게 아랫입술을 앞니로 자근거렸다.

드디어 놈을 두 눈으로 확인할 수 있는 기회였다. 재경은 자신의 기억 속에 남은 놈의 검은 소용돌이가 이번에야말로 깨끗이 걷힐지 모른다는 기대와 두려움으로 숨이 가빴다. 타박타박, 다급한 발소리가 고시원 계단을 타고 올라왔다. 초조하게 덕후를 기다리던 두현과 재경이 주먹을 말아 쥐고 누가 먼저랄 것 없이 계단을 내려갔다. 숨을 헐떡이며 계단을 올라오던 덕후가 둘을 발견하고는 이마의 땀을 닦았다.

"지금 영상 확인 가능해?"

두현의 물음에 덕후가 고개를 끄덕이고는 자신의 핸드폰을 꺼냈다.

"메모리카드는 따로 챙겨놨고, 이건 폰으로 찍은 영상입니다. 쭉 넘기다 보면 새벽 3시 25분쯤에……."

덕후가 영상을 겅둥 건너뛰어 새벽 3시 25분쯤에서 재생을 눌렀다. 화질은 형편없었다. 카메라에 묻은 먼지가 진눈깨비처럼 번져 있었고, 새벽 무렵 어두운 골목인 탓에 드물게 지나가는 행인들의 얼굴마저 뭉개져 보였다. 게다가 고시원 입구는 영상 하단의 좌측에 간신히 담겨 있을 뿐이었다. 진청색 트레이닝복을 입고 안경을 쓴 청년이 비닐에 든 뭔가를 들고 고시원으로 들어간 직후, 상하의가 검은 옷차림에 모자를 쓴 훤칠한 남자가 재빨리 그 뒤를 따라 들어가는 게 보였다.

"스톱!"

재경이 영상을 멈추게 하고 화면을 확대했다.

검은 상하의에 모자를 눌러쓴 남자가 재경의 엄지와 검지 사이에서 훌쩍 커졌다.

"얼굴이, 얼굴이 왜……."

용의자의 얼굴이 오롯이 담긴 장면은 없었고, 반쯤 몸을 돌린 영상마저도 화질이 좋지 않아 이목구비를 확인할 수 없었다. 재경을 농락하듯 그는 여전히 어둠의 소용돌이인 채로 건재했다.

"화질 개선을 해보긴 할 텐데 큰 기대는 없습니다."

덕후가 화질이 이 모양인 게 제 잘못이라도 된 양, 고개를 숙이고 쭈뼛거렸다.

"과학수사대에 영상 넘기면 키하고 체중은 가늠할 수 있을 것 같다. 계단에 족적 전부 확보하고, 입주자들 신발하고 대조작업한다. 이 형사는?"

재경은 여전히 핸드폰 속 괴괴한 어둠을 넋 놓고 바라보았지만, 두현마저 그러고 있을 수는 없었다.

"이 형사님은 입주자 탐문 중입니다. 전 그럼 화질 개선 작업하러 가보겠습니다."

덕후가 미안한 듯, 재경의 손에서 핸드폰을 가져다 호주머니에 넣고 다시 계단을 내려갔다.

"민재경, 괜찮아?"

두현이 창백한 얼굴로 벽에 기댄 재경에게 물었다.

"변한 게 없어요. 시간이 이렇게 많이 흘렀는데, 어떻게 그대로일 수 있죠?"

재경이 오한을 느끼며 그 자리에 쪼그려 앉았다.

"연쇄살인범도 변태기를 겪게 마련이야. 분명 뭔가 달라진 게 있을 거야. 놈의 체취가 아직 남아 있을지도 몰라. 감식팀 떠나면 연락할 테니 넌 타신을 데려와."

고개를 끄덕거리는 재경의 턱이 가늘게 떨렸다.

"팀장님 오셨습니까?"

이 형사가 두툼한 수첩을 겨드랑이 사이에 끼고 수인사를 하며 다가왔다.

"주변인들 만나봤어?"

"옆방 외시생은 수면 장애가 있어서 새벽 2시쯤 수면제를 먹고 잤답니다. 건너 방 고시생이 3~4시쯤에 여자 목소리를 들은 것 같다고 해서, 피해자 여자관계부터 알아보려고 합니다."

이 형사와 두현이 대화를 나누는 사이, 재경은 터벅터벅 계단을 내려왔다. 어느새 거리엔 추적추적 비가 내리기 시작했다. 고시원 입구에 족적을 뜨러 나온 감식팀이 하늘을 바라보며 망연자실하고 있었다.

"아, 발자국 다 씻겼겠네. 젠장맞을!"

마스크를 벗은 감식팀 팀원이 재경에게 길을 터주었다. 재경은 놈이 밟고 지나갔던 자리를 피해 길 건너 자신의 차로 달려갔다. 빗물에 씻기는 건 놈의 발자국만이 아니었다. 재경은 자신의 뺨을 타고 흐르는 물을 손등으로 닦아냈다. 타신이 필요했다.

타신의 향수숍 앞에 검은색 페라리 한 대가 주차되어 있었다. 재경이 차에서 내려 숍 문을 밀고 안으로 들어갔다. 분내처럼 향긋한 향수 냄새가 숍 안에 퍼져 있었다.

"어쩌긴 뭘 어째? 나는 자연산이라고 딱 잡아뗐지. 내가 살성이 좋아서 흉터도 안 남았거든. 수술한 닥터도 장담했어. 째보기 전에는 의사도 속을 거라고. 만져볼래, 타신?"

하이톤의 여자 목소리가 재경을 맞이했다. 재경이 손을 휘휘 저어 진한 향수 냄새를 걷어내고 타신이 앉아 있을 법한 소파로 시선을 돌렸다.

“호오, 정말 감쪽같네. 이 정도면 의느님이라고 부를 만하군.”

재경이 바라본 곳에는 쇼트 단발에 타이트한 빨간 원피스를 입은 30대 후반 여자와 그녀의 가슴을 주물럭거리고 있는 타신이 있었다.

“예약 손님?”

여자가 재경에게 시선을 맞추고 타신에게 속삭였다.

“누가? 저 아가씨가? 우리 가게에서 저 아가씨가 살 수 있는 향수는…… 향수병 정도는 몇 개 살 수 있겠군.”

타신이 여자의 가슴에서 손을 떼며 입꼬리를 끌어올렸다.

“그럼 누구? 아, 저번에 얘기한 경찰 아가씨구나! 웬일, 웬일! 이렇게 딱 만났네.”

여자가 호들갑을 떨며 자리에서 일어나 재경을 향해 걸어왔다. 170센티미터는 족히 넘는 큰 키에 킬힐까지 신은 여자는 재경보다 머리 하나는 컸다.

“나 이매력이라고 해요. 타신네 단골. 얘기 많이 들었어요. 자기, 경찰 치고 아이돌 간지다.”

매력이 자기소개를 하며 손을 내밀었다. 큐티클이 말끔하게 정리되고 화려한 금색 펄 젤네일을 한 화려한 긴 손톱이 조명 아래 번쩍거렸다. 마지못해 재경이 그녀와 손을 포갰다.

“풀 방구리에 쥐 드나들듯 자주 오는군. 이번엔 또 뭐지?”

타신이 거만하게 턱을 들고 재경에게 물었다.

"사건이 터졌어요, 또."

재경의 대답은 듣는 둥 마는 둥, 타신은 핸드폰에 새로운 슈팅 게임을 설치하고 있었다.

"타신 성격 알잖아요. 급한 사건 아니면 같이 브런치 먹으러 가요. 내가 예약해놨거든."

매력이 타신에게 걸어가 그의 손목을 잡아끌었다.

"아뇨, 급한 사건입니다."

재경이 타신을 빤히 바라보며 목소리에 힘을 주었다.

"뭔데, 뭔데? 수험생 연쇄살인사건이지? 나 〈크리미널 마인드〉 하고 〈CSI〉 스핀오프까지 다 봤어. 정주행 두 번 했더니 반 형사라니까. 뭐 도와줄 거 없어요?"

타신을 일으켜 세워 끌고 온 매력이 호기심 어린 눈으로 재경에게 물었다.

"어차피 연락 받고 올라가기로 한 거 아니었나? 내가 24시간 대기조도 아니고, 구질구질한 고시원 앞에서 정두현이 전화나 기다리며 멍 때릴 정도로 한가해 보이는 건 아니겠지?"

타신은 이미 재경이 도착하기 전 두현과 통화를 나눈 터였다. 재경은 마음이 조급했지만, 당장 현장으로 가봤자 타신과 차에 앉아 귀청 터지게 팝송이나 들어야 할 게 뻔했다.

"난 몹시 바쁜 사람이란 걸 다시 상기해. 돈 많고 드라마 좋아하는 아줌마랑 노닥거려야 하고, 브런치 카페에서 유럽 백수처럼 에그베네딕트도 먹어야 하고, 새 게임 레벨 업도 해야 하거든. 정말이지 쉴 틈이 없단 말이야."

타신의 말에 매력이 배를 잡고 깔깔 웃음을 터뜨렸다.

"나는 자기랑 유머 코드가 딱 맞아. 어쩜 그렇게 모욕적으로 웃길 수가 있지? 우리 여보가 자기 반만큼이라도 재밌는 사람이었으면 얼마나 좋겠니."

재경은 대체 타신이 하는 말 어느 지점이 웃긴지 알 수 없었다.

"어차피 돈 보고 결혼한 남자한테 재미까지 바라면 너무 몰염치한 거 아닌가?"

타신의 말에 매력이 눈가에 눈물까지 맺히도록 웃었다.

"타신은 입에 실크 걸레를 물었다니까, 정말. 빨리 가자!"

매력이 거침없이 재경의 손을 잡고 타신과 함께 숍을 빠져나왔다. 쉼 없이 툴툴거리는 타신과 초조하게 핸드폰을 바라보는 재경을 끌고 매력이 도착한 곳은 북유럽 스타일로 꾸민 브런치 카페였다. 젊고 예쁜 종업원이 매력에게 허리 숙여 인사를 하고 자리로 안내했다.

"나 메뉴 좀 바꿔도 되지? 메뉴판 좀."

매력의 말에 종업원이 재빨리 메뉴판을 가져다주었다.

"영업 안 해요? 아직 점심시간도 아닌데 손님이랑 밖에서 브런치 먹고."

핸드폰을 들여다보는 타신에게 재경이 물었다.

"점심시간엔 점심을 먹어야지, 브런치 뜻 모르나? 우리 식으로 꼭 아점이라고 해줘야 돼?"

타신의 대꾸에 재경은 귓불이 후끈해졌다.

"알아요, 아점. 브런치."

"내 주변에 왜 여자가 이렇게 많은지 궁금한가 보군."

액정을 두드리는 타신의 손끝이 분주했다.

"누가요? 내가? 내가 그런 걸 왜 궁금해하겠어요?"

재경이 과장되게 양손을 흔들어 보였다.

"앙큼하군. 그런 게 안 궁금하면 사건 얘기부터 시작했겠지. 두현인 늘 그랬으니까. 나한테 흑심 품지 않는 게 좋아. 질투 많은 여자라면 이미 차고 넘치거든."

"영업시간에 손님하고 꽁냥거리는 남자가 할 말은 아닐 텐데요."

타신의 말에 재경이 콧방귀를 뀌며 잔에 담긴 물을 벌컥 마셨다.

"돈 많은 푼수데기 아줌마처럼 보여도 이매력 씨는 굉장한 VIP야. 사교계의 여제라고 할 수 있지. 정계, 재계, 연예계까지 이매력의 매력이 뻗치지 않은 곳이 없어. 전직 모델에 향수 마니아, 마당발 셀럽이지. 고객 관리 중이니 이것도 비즈니스란 얘기."

재경이 눈을 돌려 매력을 바라보았다. 종업원에게 프리타타를 주문하는 매력은 활짝 핀 장미처럼 고혹적으로 미소 짓고 있었다. 억지로 지어낸 사교적인 웃음이 아닌 태생부터 붉고 화려한 장미, 그 자체였다.

"참, 용의자 말인데 딱 봐도 부자더라."

주문을 마친 매력이 커다란 오닉스 반지를 매만지며 말했다.

"용의자를 보셨어요?"

재경이 매력과 타신을 번갈아보며 물었다.

"두현이 캡처한 사진을 보내줬는데 마침 매력 씨가 옆에 있었어. 이봐, 아가씨! 여기 물잔에 얼음이 녹았잖아. 다시 가져와!"

타신이 대수롭지 않다는 듯 말끝을 흐리며 종업원에게 얼음물을 요구했다.

"이매력 씨, 그런 화질의 캡처 사진 한 장만으로 어떻게 부자라고 확신하셨죠?"

재경은 매력 또한 타신이나 제니와 같은 신비로운 능력의 소유자일지 모른다고 생각했다.

"매의 눈으로 스캔했지. 머리부터 발끝까지 닐바렛이었어요. 사실 내 전 남친이 닐바렛 모델이어서 똑같은 착장을 본 적이 있거든."

"닐……바…… 뭐요? 상픈가요?"

재경에게 낯선 브랜드였다. 그녀는 핸드폰을 꺼내 메모장을 열고 키패드를 두드리기 시작했다.

"닐바렛! 아마 젊을 거예요. 클래식한 명품은 아니니까. 꼭 옷이나 모자 때문에 부자라고 한 건 아니고, 어깨! 어깨를 보니까 꽤 열심히 퍼스널트레이닝 받은 몸이었어요. 노동자의 근육하곤 곡선이 다르거든."

중요한 단서였다. 매력의 한마디 한마디를 받아 적으며 재경은 사내의 과거 모습을 다시 떠올렸다. 검은 옷, 검은 모자에 훤칠한 키, 단단한 체격. 용의자는 범행을 위해 검은 옷을 선택한 것이 아니라 어쩌면 평소에도 검은 옷을 즐겨 입는 부유한 사업가 내지는 전문직 종사자일지 몰랐다.

"주문하신 블루베리 폼포트 프렌치토스트와 아보카도 치킨샐러드. 얼음물 나왔습니다."

종업원이 은색 트롤리에 요리가 담긴 접시와 얼음물을 가져와 테이블에 올렸다.

"난 얼음물을 가져오라고 했지 얼음을 가져오라고 한 적은 없어. 겨우 한 모금 마시고 녹을 때까지 기다리란 말이야?"

타신이 테이블에 세팅된 포크를 들어 자신 앞에 놓인 물잔을 두드렸다. 종업원이 주눅 든 얼굴로 고개를 숙였다. 재경은 까탈스럽게 구는 타신을 향해 눈을 흘기곤 자신의 잔에 든 물을 타신의 잔에 따랐다.

"너, 너, 너! 뭐하는 거야? 네가 마시던 물을 나한테 마시라는 거야?"

"저 A, B, C형 간염을 포함해 전염성 질환 같은 거 없는 건강한 사람이에요. 타신 씨, 애처럼 굴지 말아줄래요? 이런 심각한 상황에!"

재경이 한동안 꾹 눌러놓았던 말을 타신에게 퍼부었다.

"내 말이! 자기가 내가 하고 싶은 말을 시원하게 해주네. 와우, 우리 경찰 아가씨 진짜 내 스타일이다! 감히 누가 타신에게 이런 사약 같은 소리를 뿜어. 타신 진짜 임자 만났네."

매력이 큭큭 웃으며 핸드폰 카메라로 테이블에 세팅된 음식 사진을 찍었다. 매력마저 재경의 편에 서자 심기가 불편해진 타신이 부루퉁한 얼굴로 자신의 물잔을 바라보았다.

"새로 가져다 드릴까요?"

종업원이 타신의 물잔에 손을 뻗었다. 그러자 타신이 그녀의 손이 닿기 전 물잔을 낚아채 꿀떡꿀떡 물을 삼켰다. 종업원도 매력도 재경도 그런 그의 돌발 행동에 화들짝 놀라 아무도 말문을 열지 못했다.

"목이 말랐을 뿐이야. 또 얼음뿐인 물이나 얼음이 장식인 물을 가져오면 곤란하니까."

타신이 반쯤 비운 물잔을 내려놓고 잔뜩 가라앉은 목소리로 말했다. 그의 말이 끝나기 무섭게 재경의 핸드폰이 진동했다. 두현이었다. 재경이 자리에서 일어나 테이블에서 멀어지며 통화 버튼을 눌렀다.

"감식 끝났어. 지금 빨리 이쪽으로 와."

"우리 지금 식당이에요. 방금 식사 나왔는데 나가자고 하면 갈까요?"

재경이 타신 쪽을 흘끔거리며 목소리를 낮췄다.

"시간 별로 없어. 팀원들하고 두 시간 후에 모이기로 했으니까. 그사이에 단서를 찾아야 해."

두현과 통화를 끝낸 재경은 조금 전 타신에게 한 방 먹인 자신을 원망했다.

"이 타이밍에 죄송한데…… 저랑 현장 좀 가주셔야겠습니다."

이제 막 아보카도 한 조각을 입에 넣으려던 타신이 분을 삭이려 눈을 질끈 감았다.

"뭐가 죄송해요? 여기 테이크아웃 되는데. 이거 싸서 차에서 먹으면 되겠네. 갑시다!"

매력이 반색을 하며 자리에서 벌떡 일어섰다.

"내 차에선 취식 금지야."

타신이 눈을 감은 채로 단호하게 얘기했다. 재경이 SOS를 요청하듯 매력을 바라보았다.

"내 차로 가면 되잖아. 타신, 뭐해? 부자 연쇄살인범 잡으러 가야지."

매력이 흥분한 얼굴로 타신의 소매를 잡아끌었다. 마지못해 자리에서 일어선 타신이 브런치 카페를 나섰다.

재경은 매력의 자동차 뒷좌석에서 무릎을 굽히고 어깨를 움츠렸다.

"미안해요. 스포츠카 뒷좌석이 좀 불편하긴 하죠. 타신, 재경 씨한테 토스트 한 조각 드려. 저렇게 예쁜 아가씨가 아까부터 울상이잖아. 배고프면 난 우울해지더라."

사건 현장인 덕서동으로 차를 모는 동안, 매력은 쉬지 않고 음식을 먹으며 틈틈이 떠드느라 입이 바빴다.

"괜찮습니다. 배 안 고파요. 곧 도착하는걸요."

재경이 고개를 가로저었다.

"줄 마음도 없었는데 마침 배가 고프지 않다고 하니 다행이군. 그리고 애송이가 울상인 건 우울해서가 아니야. 원래 저렇게 생겼거든."

타신이 토스트를 입에 넣고 우물거리며 룸미러로 재경과 눈을 맞추었다. 재경의 배에선 아까부터 꼬르륵, 소리가 났지만 이렇게 된 이상 배고픈 티를 낼 수는 없었다.

"재경 씨 없을 때 그래도 밉상은 아니라고 한 사람이 누군데, 울상 얘기야. 재경 씨, 타신은 나한테 제니 소개할 때도 교포 스타일의 여우상이라고 했어요. 밉상 아니라고 할 정도면 엄청난 찬사인 거지. 하여간 이이는 츤데레라니까."

매력이 팔꿈치로 타신의 팔뚝을 툭 건드렸다. 그러자 내내 심술 가득했던 그의 표정이 머쓱하게 변하며 제대로 씹지 않은 토스트를 억지로 삼켰다. 괜스레 재경 또한 얼굴이 후끈해지는 걸 느꼈다.

"저기 두현이 서 있다."

매력의 말에 재경이 고개를 빼 차창 밖을 내다보았다. 팔짱을 끼고 서 있던 두현이 매력의 차를 발견하곤 손을 흔들었다.

"어떡하니. 우리 두현이 어떡하니! 완전 아재가 다 됐네. 너 아직 포기할 나이 아니야. 누가 이런 통바지에 카라 티 입고 다니랬어? 너 체크무늬 사각 팬티 입고 다니지? 맞지?"

차에서 내린 매력이 두현과 가볍게 포옹을 하곤 옷매무새를 매만졌다. 타신도 자리에서 일어나 어딘가 못마땅한 표정으로 앞좌석을 당겨서 재경이 내리도록 자리를 만들어주었다.

"매력 누나까지 오실 줄은 몰랐네요. 어차피 두 분은 폴리스 라인 밖에서만 보셔야 합니다. 아시죠?"

두현의 말에 매력이 큰 눈을 깜빡거리며 팔짱을 끼었다. 두현이 슬그머니 자신의 팔에서 매력의 손을 걷어냈다.

"알지, 설마 우리가 사건 현장 막 휘젓고 다니는 무뢰한이겠니? 나 진짜 꼭 한 번 보고 싶어. 사건 현장."

두현을 따라 매력이 종종걸음으로 고시원 앞으로 걸어갔다.

"아니, 이매력 씨는 차에서 기다려."

그때 불쑥 타신이 두 사람을 가로막았다.

"타신, 왜? 왜 나는 안 되는 건데?"

"짙은 향수 냄새 때문이야. 매력 씨가 옆에 있으면 다른 냄새를 맡을 수 없으니까."

타신의 말에 매력이 당장이라도 울 것 같은 표정을 지었다.

"이따 타신 형 내려오면 잠깐 올라가서 보세요."

두현이 매력을 다독거리며 타신에게 다급한 눈짓을 보냈다.

"그래 뭐, 난 식은 프리타타나 먹으며 차에 있어야지. 이따 꼭 부르는 거다. 응?"

풀 죽은 매력이 두현을 간절한 표정으로 바라보았다.

"그럼요. 잠깐만 기다리세요. 재경아, 가자."

두현의 부름에 재경이 고개를 크게 한 번 끄덕해 보이곤, 고시원 계단을 밟았다. 타신이 검지를 자신의 코 밑에 대고 인상을 찌푸렸다.

"세상 모든 냄새의 집합소군."

재경과 두현이 느낄 수 있는 건 고작해야 낡은 건물 특유의 퀴퀴한 냄새가 전부였지만 타신은 달랐다. 고시원에 살고 있는 입주자들의 체취와 그들의 신발에 묻어온 골목과 상점, 그리고 술집 바닥의 이물질 냄새, 미세하나마 부패가 시작된 사망자의 시취가 그의 코를 괴롭혔다. 한 층에는 관보다 조금 큰 방들이 열 개씩 있었고, 공용 욕실과 탕비실을 겸한 식당이 있었다.

"고시원이라는 데가 원래 이렇게 조용한가?"

타신으로선 고시원이라는 공간은 태어나 처음이었다.

"사건 소식을 듣고 입주자 상당수가 이탈한 상황이에요. 남은 사람들도 방 밖으로 나오지 않고 있죠."

재경이 복도를 향해 눈을 돌렸을 때, 누군가 방문 틈으로 그들을 훔쳐보고 있다가 황급히 닫았다.

"범인은 사건 현장에 다시 나타난다는 말이 있지만, 같은 장소에서 같은 범죄를 저지르진 않죠. 그래도 사람 마음이란 게 어디 그런가요. 다들 외부인에 대한 경계가 심합니다."

두현이 4층에 다다라 왼쪽으로 방향을 틀었다. 범죄 현장인 407호는 방문이 닫힌 채, 노란색 폴리스 라인으로 입구가 봉해져 있었다. 주머니에서 손수건을 꺼내 손에 쥔 두현이 방문을 열고 옆으로 물러섰다. 타신이 폴리스 라인 앞에 서서 방 안을 물끄러미 바라보았다. 방에는 싱글 침대와 책상뿐이었다. 침대 위에는 낡고 더러운 여름 이불 한 장이 흐트러져 있었고, 책장조차 없이 피라미드 형태로 벽에 쌓아둔 책과 휴지, 테이크아웃 종이컵, 빨랫감 등이 타신의 눈에 들어왔다.

"구두쇠였군."

타신이 물건 하나하나를 톺아보며 주절거렸다.

"구두쇠는 있는데 안 쓰는 거고, 없어서 못 쓰는 걸 보통 사람들은 가난하다고 표현해요."

재경이 가난한 청년이 살다간 방을 서글프게 바라보며 타신에게 일러주었다.

"종이컵에 커피 냄새가 남아 있지 않아. 처음엔 커피가 담겨 있었겠지만, 아주 오래도록 물을 담아 마셨을 거야."

타신의 말에 재경이 고개를 주억거렸다.

"강한 남성 호르몬 냄새, 바닥에 떨어진 머리카락들. 청소를 안 했거나 탈모가 진행 중이었을 테지. 벽에 쌓아놓은 책들은 모두 중고서적이군. 제각각 뿜어내는 냄새가 달라. 그리고……."

타신이 말을 끊고 얼굴을 방 안으로 들이밀더니 코를 벌름거렸다.

"그리고 뭐요?"

재경이 조급한 마음으로 타신이 뒷말을 기다렸다.

"아주 미세하게 펴 냄새가 남아 있어. 정말 이상하군. 이 계절에 모피 냄새라니."

타신이 고개를 갸웃하며 손으로 턱을 받쳤다.

"지금 동물 털 얘기하는 거죠? 범인이 동물을 키울 수도 있다는 얘기예요?"

재경의 말이 빨라졌다. 만약 동물을 키운다면 조금이나마 단서가 좁혀질 수 있다.

"아니, 살아 있는 동물의 몸에서 떨어진 털이 아냐. 가죽까지 붙어 있는 모피지. 그러니까 냄새가 남아 있을 수 있는 거고. 모피 코트를 입고 있지 않았다는 건 CCTV로 확인됐고, 수사대원들 중에 모피 걸친 사람이 있었나?"

"아뇨. 요즘 같은 날씨에 모피를 입을 리가요. 게다가 감식팀은 전부 일회용 제품으로 손발 마스크까지 커버링했습니다."

모피라는 단어 하나에 두현과 재경은 그동안 짜 맞추었던 퍼즐이 흐트러지는 당혹감에 휩싸였다.

"그래, 코트는 아닐 거야. 부피가 컸다면 미세한 게 아니라 훨씬 강렬하게 느껴졌겠지. 이 방의 주인은 볼펜 대신 연필만 깎아 쓰는 습관이 있었을 거야. 나무와 흑연의 냄새가 나. 책상 서랍 어딘가 아카시아향 껌이 있고, 염화은 냄새가 나. 인화한 지 오래되지 않은 사진도 있다는 뜻이겠지."

타신이 눈을 감고 코를 벌름거렸다.

"선배, 맞아?"

재경이 목소리를 낮춰 두현에게 물었다.

"깎아놓은 연필이 열 자루 이상 있었어. 형이 말한 껌하고 쇠

근 찍은 걸로 보이는 가족사진도 서랍 안에 있었고."
두현의 대답에 타신이 눈을 번쩍 떴다.
"그럼, 커터 칼도 감식했나?"
타신의 질문에 재경이, 저도 모르게 "아!" 하고 탄성을 뱉었다. 목을 조르는 데 사용한 건 가느다랗지만 질긴 노끈이었다. 노끈은 범인이 가져온 것으로, 국내에선 판매처를 찾을 수 없는 제품이었다.
"범인이 노끈을 커터 칼로 잘랐을 수도 있겠군."
두현의 시선이 책상 위에 필통으로 향했다. 연필과 지우개, 라이터 등이 꽂혀 있는 필통 안에 파란색 커터 칼도 섞여 있었다.
"이 방을 드나든 사람이 총 몇 명이지?"
타신이 두현에게 물었다.
"감식팀 네 명과 우리 팀원들 다섯 명, 그리고 관할 순경 두 명이야."
"사망자 한 명, 그리고 사후 출입자 열한 명. 재밌군. 이 방엔 정확히 열두 명의 체취만 남아 있어."
타신이 끌끌 낮게 웃으며 방문에서 물러섰다.
"그럼 용의자의 체취는 없다는 겁니까?"
재경의 물음에 타신은 대답 없이 주머니에 손을 꽂고 계단으로 향했다.
"사람이 묻잖아요! 용의자의 체취가 없냐고요?"
타신의 뒤를 따르며 재경이 대답을 보챘다.

"있을 수도 있고, 없을 수도 있지."

"지금 저랑 수수께끼 하자는 거예요?"

"만약 사건 이후 이 방에 들어온 열한 명 중에 범인이 있다면 체취가 남은 것이고, 그게 아니라면 놈은 체취가 없다는 뜻이 아닐까?"

타신의 대답에 재경은 몸을 휘청하며 걸음을 멈췄다. 뒤따르던 두현이 그녀의 어깨를 붙잡으며 괜찮은지 물었다.

"난 형사가 아냐. 이만큼 알려줬으니 이제부턴 너희들 하기 나름이겠지."

타신이 빠른 걸음으로 계단을 내려갔다. 두현의 부축을 받으며 재경도 걸음을 뗐다.

"선배, 우리 중에 범인이 있다는 생각 해본 적 있어요?"

"있지."

두현의 건조한 대답에 재경이 화들짝 놀라 눈이 커졌다.

"전문가 솜씨니까. 경찰이 찾아낼 수 없을 만큼 흔적을 없앴다면, 감식반이 뒤질 만한 곳을 이미 알고 있는 인물일 수도 있잖아."

"어떻게 그런 생각을!"

재경의 머릿속에 장 형사, 이 형사, 덕후, 그리고 감식팀의 얼굴이 하나씩 스쳐 지나갔다.

"모든 가능성을 다 열어놨을 뿐, 확신은 없어. 어쩌면 주도면밀한 데다 체취까지 없는 자가 세상에 존재할 수도 있으니까."

두현이 자조적으로 웃으며 계단을 밟았다.

"왜 이렇게 안 내려와. 둘이 숨어서 뽀뽀라도 하고 있는 줄 알았잖아. 이제 내 차례라며?"

요란한 목소리가 무덤 같은 고시원을 쩌렁쩌렁 울렸다. 매력이었다. 차에서 재경과 두현을 기다리던 매력이 잠깐을 참지 못하고 계단을 올라왔다.

"4층인데 괜찮으시겠어요?"

재경이 매력의 킬힐을 바라보며 물었다.

"난 힐 내려오면 멀미나더라. 왜 뱃사람들 뭍 밟으면 그렇다잖아. 괜찮아, 걱정 마."

슬그머니 재경에게도 말을 놓은 매력이 잰걸음으로 계단을 올랐다. 두현이 못 말린다는 듯 고개를 저으며 그녀를 407호로 안내했다.

"잠깐만 보셔야 해요. 제 입장 아시죠?"

"알다마다, 알다마다. 딱 1분만 보자. 타신이 그러던데 모피 냄새 났다며?"

"네, 그렇다고는 하는데 이 계절에 모피는 안 어울리죠."

두현이 다시 한 번 손수건을 꺼내 문을 열고 매력을 방문 앞에 세웠다.

"어디 보자, 옷걸이에 수건 널어놨네. 박옥순 여사 팔순 잔치. 팔순이면 엄마는 아닐 거고, 할머니나 친척 어른이겠다. 잘사는 집은 아니네. 싸구려야, 20수짜리. 의자 높이를 보니까 키는 작은 거 같고."

매력이 고개를 갸웃거렸다.

"그리고 이건 어디까지나 육감 추리인데, 모피 냄새가 아주 조금 났다는 건 장신구에 섞인 냄새일 수도 있어. 예를 들자면 펜디에서 나온 몬스터 폭스 키홀더. 키홀더는 계절이 바뀌어도 별 생각 없이 달고 다니잖아. 근처에 차를 세워두고 왔을 수도 있다는 말씀."

재경은 매력의 추리가 꽤나 창의적이면서도 논리적이라고 생각했다. 모피로 장식된 호화로운 키홀더라면 범인이 부유할 거란 첫 번째 추리와도 부합했다. 매력은 돈 많고 멋 잘 내는 유쾌한 여자, 그 이상이었다.

"1분 됐겠다. 내려가자. 펜디 몬스터 폭스 키홀더면 80~90만 원 정도 할 거야. 그보다 더 고급진 브랜드의 비싼 상품일 수도 있고."

올라올 땐 가뿐했던 매력의 걸음이 가파른 계단을 내려갈 땐 불안했다. 재경이 슬그머니 다가가 매력의 손을 잡아주었다.

"조심하세요."

"무슨 아가씨 손이 이렇게 거칠어. 핸드크림은 계절 상관없이 바르는 거야. 손톱은 왜 이렇게 바짝 깎았어? 나랑 숍 한번 가자. 진짜 여자로 만들어줄게."

계단을 다 내려왔지만 매력은 재경의 손을 놓지 않았다. 재경은 지나치게 살가운 매력의 태도가 부담스러웠지만 이름답게,

매력은 사람을 사로잡는 매력이 있었다.

"재경, 나 좀 잠깐."

두현이 재경에게 다가와 속삭이곤, 매력에게 사람 좋은 웃음을 보여주었다.

"알았어, 알았다고. 차에 있을게."

매력이 코를 찡긋해 보이곤, 운전석에 앉았다. 그러고는 조수석에 타고 있던 타신과 방금 전 일에 대해 소곤소곤 대화를 나누었다.

"감식팀에 연락했어. 노끈 절단면하고 커터 칼 대조해보고, 주변부 지문 감식도 추가 요청. 덕후한테는 사망자 통신사에 영장 발부해서 통화 기록, 인터넷 접속 기록 확인하도록 했고. 그보다!"

"그보다 뭐요?"

재경의 물음에 두현의 눈이 차에 앉은 타신에게 향했다.

"지금 타신의 아버지 남일웅이 여기 온다."

"남일웅이 왜요?"

"이 지역구 국회의원이니까. 그리고 청장과 긴밀한 사이잖아. 당장 내년이 대선이야. 지금부터 이미지 관리 들어가겠지. 기자회견도 하고, 직접 수사 촉구하며 사건에 개입할 여지가 있어."

"선배, 저기 검은 차!"

재경이 두현의 어깨 너머로 보이는 검은 세단을 향해 손가락을 들어 올렸다.

"생각보다 빨리 도착했구나."

두현의 얼굴에 긴장감이 맴돌았다. 사건이 매체를 통해 알려지면 많은 사람들의 주목을 받게 될 것이고, 영악한 범인은 좀 더 깊이 잠적할 가능성이 컸다. 세단이 멈춰 서고, 운전석에 앉았던 검은 양복의 젊은 사내가 재빨리 내려 뒷좌석 문을 열어주었다. 그러자 짙은 회색 슈트를 걸친 60대 신사가 차에서 내렸다. 큰 키와 우뚝한 콧날, 서늘한 눈매, 날렵한 턱선까지 타신과 꼭 닮은 일웅은 마치 중견배우처럼 화려하고도 중후한 아우라를 뿜어냈다. 두현이 일웅에게 다가가 목례를 했다.

"오랜만에 뵙습니다, 의원님."

"좋은 일로 만나야 하는데, 이렇게 됐네. 저기 여자가 운전하는 차 조수석에 얼간이처럼 앉아 있는 게 타신 맞나?"

일웅이 한쪽 입술을 비틀어 웃으며 매력의 페라리를 바라보았다. 조수석에 앉아 있던 타신 역시 일웅에게서 시선을 떼지 않았다. 그때, 타신이 조수석 문을 열고 나와 탕, 소리가 나게 닫았다. 넓은 보폭으로 한달음에 일웅 앞에 선 타신이 인사도 없이 그를 마주보았다.

"너도 오랜만이구나. 여자 상대로 장사한다더니 방금 네 옆에서 노닥거리고 있는 여잔 어디 룸살롱 마담이냐?"

"강남에서 룸살롱 하는데 남일웅 의원이 몰라볼 정도의 듣보잡이면 장사 접어야죠. 아버지가 좀 휘젓고 다니셨나."

타신의 반격에 일웅의 입술이 잠시 파르르 떨리는 듯하다 이내 풀어졌다.

"넌 왜 여기 얼씬거리고 있어?"

일웅의 음성은 작고 낮았지만 듣고 있는 두현과 재경을 압도할 만한 충분한 파괴력이 있었다.

"언제 나 모르게 전자 발찌라도 채워놨어요? 내가 어디서 누굴 만나든, 아버지가 간섭할 일이 아닐 텐데요."

타신도 지지 않았다.

"표적수사대 민재경 경위라고 합니다. 타신 씨는 저를 위해 먼 걸음을 한 건데 괜한 오해를 사게 만든 것 같아 죄송합니다."

재경은 자신 때문에 사건 현장에 온 타신이 앙숙 관계의 아버지와 마주쳐 날을 세우는 모습을 지켜볼 수 없었다. 재경의 말에 일웅이 물끄러미 재경을 바라보았다. 그러고는 그녀에게 바짝 다가와 한참을 말없이 서 있었다.

"설명이 좀 필요할 것 같습니다, 의원님."

난처해진 두현이 침묵을 깨고 일웅에게 고개를 숙였다.

"아니, 설명하지 않아도 되네. 민 경위를 만나 보니 타신이 왜 여기까지 왔는지 알 것 같군. 현장 좀 보여주겠나?"

예상 밖으로 재경을 바라보는 일웅의 눈빛이 부드러웠다. 마치 중학생 때 돌아가신 아버지가 그녀를 바라보던 그윽하고 따뜻한 그 눈빛과 닮아 있어, 재경은 흠칫 놀랐다.

"올라가시죠. 민재경은 여기서 대기."

두현이 재경을 남겨두고 일웅과 함께 고시원으로 올라갔다.

"장난 아니다, 두 사람. 아버지 완전 센캐네. 역시 타신은 아버지 닮았구나."

두 사람이 사라지자, 운전석에 앉아 있던 매력이 차에서 내려 박수를 치며 웃었다. 그러나 타신의 얼굴은 석고상처럼 굳어 있었다.

"닮았지. 닮지 말아야 할 것들만 골라서."

타신이 고시원 입구를 바라보며 독백하듯 중얼거렸다.

"혹시, 닮았다는 게…… 타신 씨의 후각 능력?"

재경은 조금 전 일웅이 그녀 곁에 다가왔을 때 유난히 긴 숨결을 느꼈다. 크게 오르내리는 가슴도 냄새를 깊숙이 빨아들였다 천천히 내뱉는 듯한 동작이었다.

"범인이 부유층의 젊은 남자라면 이번 주 금요일 콤포트호텔 20층 연회장으로 오도록."

타신이 페라리 조수석으로 돌아가며 재경에게 말했다.

"잘나가는 기업인, 돈 많고 빽 좋은 정치인, 인기로 먹고사는 연예인. 온갖 셀럽들이 다 모이는 자선 파티거든. 범인이 젊고 부유한 계층의 남자라면 거기 나타날 가능성도 있지. 단, 그 옷차림으론 안 돼. 금요일 오후에 타신 씨 숍으로 와. 진짜 여자로 데뷔하는 거야. 오케이?"

매력이 재경을 향해 윙크하곤 차에 시동을 걸었다. 때마침 수사대 차량도 고시원 앞에 당도했다. 멀어져가는 매력의 차를 바라보는 재경의 표정에 호기심과 두려움이 가득했다.

표적수사대의 기대를 비웃듯 커터 칼에선 용의자의 지문이 검출되지 않았다. 다만 칼날에 붙은 섬유 조직이 노끈의 일부라는 게 밝혀져, 범인이 커터 칼을 사용한 정황만 확인되었을 뿐이었다.

"노끈은 일본 U사 제품으로, 2001년 이후 제조국에서도 판매가 중단된 제품입니다. 우리나라에 공식 수입한 기록도 없고요."

이 형사가 조사한 바에 따르면 노끈의 생산지는 일본이었다. 우리나라에선 유통된 바 없고, 현지에서도 오래전 판매가 중단된 제품이었다. 다시 말해, 범인은 어디선가 노끈을 구매한 것이 아니라 상당 기간 소지하고 있었을 가능성이 높았다. 장 형사가 앉은 채로 두현을 향해 의자를 끌고 다가갔다.

"경감님, 우리 마누라가 어제 간만에 책 한 권 읽고 저한테 한 얘기가 있는데요. 저도 처음엔 비웃었지만, 아주 헛소리는 아닌 거 같아서 말이죠."

"무슨 얘긴데?"

"《심여사는 킬러》라는 소설에 나오는 칼잡이 킬러가 지 손가락에 투명 매니큐어를 칠한답니다. 지문 남기지 않으려고."

건너편에서 듣고 있던 재경이 수첩에 투명 매니큐어라고 적었다.

"듣고 보니 꽤 그럴싸하지 않아요, 선배?"

재경의 물음에 두현이 희미하게 웃으며 고개를 가로저었다.

"아내분께 고맙군. 그런데 우리 수험생 연쇄살인범은 소설 속 킬러처럼 칼잡이는 아니야. 손 전체에 마찰이 가해지는 노끈을 사용해 살인을 저지르는데 당기며 쓸리는 과정에서 매니큐어가 벗겨지거나 흔적이 남을 수밖에 없잖아."

"그렇죠? 괜히 쓸데없는 소리를 해서 사람 무안하게…… 그렇잖아도 마누라한테 그런 쌈마이 추리소설 읽을 시간에 신문이라도 한 줄 더 보라고 했습니다. 하, 이 여편네……."

"선배, 매니큐어 묻은 부분은 절단해서 가져갔을 수도 있잖아요. 아예 가능성을 배제하지는 않았으면 해요."

재경이 자신의 손톱을 물어뜯으며 말했다. 타신 탓에 한동안 잊고 지냈던 습관이 재발한 참이었다.

"모든 가능성은 열어두되, 증거 없이 수사의 방향을 틀어선 안 돼. 그러다 보면 어떤 일이 생기는 줄 알아? 《심여사는 킬러》를 쓴 작가까지 용의선상에 올릴 수도 있다고."

두현의 등 뒤에서 장 형사가 입 모양으로 '에라이' 하며 혀를 내둘렀다. 그러나 재경은 두현의 말에 전적으로 동의했다. 한정된 인원이 심증만으로 범인을 쫓다간 용의자의 범위만 넓어질 뿐, 운 좋게 그들 중 누군가가 자백하지 않는 이상 범인의 윤곽은 점점 더 흐릿해질 것이 뻔했다.

"민 경위도 출발해야지?"

한참 생각에 잠겨 있던 재경을 두현이 각성시켰다.

"민 경위님, 외근 나가요?"

장 형사가 비타민 음료를 꼴딱꼴딱 마시며 물었다.

"저…… 그게……."

재경은 팀원들한테까지 거짓말하고 싶지 않았다.

"남타신 씨한테 수사 협조받으러 가는 겁니다."

두현이 아무렇지 않게 타신 이야기를 꺼내자, 재경의 눈동자가 흔들렸다.

'방금 증거 없이 수사 방향 틀지 말라고 한 게 누군데!'

재경은 차마 속내를 드러내지 못하고 두현을 시치름하게 바라보았다.

"타신 그 양반 많이 변했네요. 원래 우리 일에 협조 안 해주잖아요."

장 형사가 음료수병을 쓰레기통에 넣고 고개를 갸웃했다.

"장 형사님도 타신 씨 아세요?"

"경위님, 그 질문은 아이돌한테 마이클 잭슨 아냐고 묻는 거랑 똑같아요. 타신 머그샷만 모아도 앨범 한 권은 나올 텐데."

머그샷은 범인 식별용 얼굴 사진을 이르는 말이었다. 체포될 때마다 찍은 머그샷이 앨범 한 권 분량이라는 건, 타신이 그만큼 다양한 사건 사고에 연루되었다는 걸 의미했다. 타신에 대해 아직 아는 바 없는 덕후가 이 형사를 쿡 찔러 그에 대해 전해 듣고는 놀란 얼굴로 입을 다물지 못했다.

"그래도 나쁜 사람은 아니에요. 타신한테 시비 걸고 고소 넣고 민원 제기한 사람들 대부분이 아버지 남일웅한테 원수진 작자들이니까요. 가장 약한 부분을 공격하는 거지. 비겁한 새끼들. 부모를 골라서 태어날 수 있는 것도 아닌데. 안 그래요?"

장 형사가 두현에게 동의를 구했다.

"수사 방향은 그대로다. 민 경위는 물증을 찾기 위해 잠입하는 거야. 너와 함께 가는 타신이라는 사람이 악인이든 선인이든 상관없어. 증거만 잡아오면 돼."

두현은 장 형사의 말에 동의하는 대신 재경의 마음이 흔들리지 않도록 부러 강경한 어조로 다그쳤다. 그러고는 두현이 자리에서 일어나 재경에게 다가왔다.

"난 청장님 뵙고 늦게 출발할 거다. 그리고 이건 무선 이어마이크야. 아는 척하지 말고 따로 움직이며 연락 취하자."

두현이 재경의 손에 손톱 크기만 한 수신기와 마이크를 쥐여주었다.

"선배도 온다고요?"

"난 정식으로 초대받았어. 오늘 제니 씨를 에스코트하기로 했거든."

재경은 학교와 경찰서를 벗어난 두현의 모습을 상상할 수 없었다. 지금 두현이 입고 있는 후줄근한 회색 셔츠에 면바지 차림으로 파티에 나타난다면 '나 형사요' 이름표를 붙이고 걸어 다니는 것이나 다름없을 터였다. 하지만 두현의 패션 감각을 타박하기엔 재경 자신도 제 또래에 비해 투박하기 그지없는 차림새였다.

"그럼 다녀들 오십쇼!"

장 형사와 이 형사, 그리고 덕후가 자리에서 일어나 두 사람을 배웅했다.

재경이 타신의 숍 문을 열고 들어서자 쇼윈도 앞을 서성거리던 매력이 반색하며 그녀를 맞이했다. 코발트색 원숄더 원피스를 걸친 매력의 목에 푸른 토파즈 목걸이가 빛나고 있었다.

"어쩜 좋아, 나 왜 이러니! 자기 보니까 너무 설레. 어디서부터 만질까? 일단 타신 씨 집으로 가자. 거기 의상이랑 메이크업 도구 준비해놨거든."

매력이 귀여워 죽겠다는 표정으로 재경의 뺨을 가볍게 꼬집었다. 소파에 삐딱하게 앉아 핸드폰 게임 중인 타신은 시큰둥한 표정을 지으며 고개조차 들지 않았다.

"저 왔어요."

타신이 환대하리라곤 기대조차 하지 않았지만, 아예 본체만체 게임만 하고 있으니 재경은 속이 뒤틀렸다.

"알아! 그게 뭐? 방금 차 안에서 민트향 치실 썼다는 거라도 아는 척해줘야 만족하나?"

타신의 날 선 대꾸에 재경의 눈이 샐쭉해졌다.

"타신 저러는 거 어디 하루 이틀이야? 가자, 가서 언니랑 여자놀이 하자. 아, 신나! 나 이런 거 너무 좋아!"

두 사람의 신경전을 비집고 들어온 매력은 재경의 손을 덥석 잡고 숍을 나와 우아한 캣워크로 주차장을 한 바퀴 돌아 타신의 집으로 올라갔다.

"매력 씨, 그렇게 높은 굽 신고 발 괜찮으세요?"

운동화나 워커만 신는 재경의 눈에 한 뼘 높이의 플랫폼 하이힐을 신고 성큼성큼 걷는 매력은 곡예사와 다를 바 없었다.

"내 발 볼래?"

능숙한 솜씨로 현관 비밀번호를 누르고 들어온 매력이 선 채로 무릎을 접어 발꿈치부터 하이힐을 벗겨냈다. 반투명한 스타킹 속에 든 매력의 발은 매끈한 종아리, 그리고 우아한 발목과 달리 구두 모양과 유사한 형태로 심하게 굴곡이 져 있었다. 게다가 엄지발가락이 안쪽으로 심하게 휜 무지외반증까지 앓고 있었다.

"수술했는데, 또 재발했어. 어떡하겠니. 하이힐 없으면 못 살겠는걸. 내 집은 아니지만 들어와!"

재경이 운동화를 얌전히 벗어놓고 매력을 따라 집 안으로 들어갔다. 거실 소파 위에는 슈트 커버로 감싼 여러 벌의 드레스가 놓여 있었다. 침실에서 메이크업 박스를 들고 나온 매력이 어정쩡하게 서 있는 재경을 소파에 앉혔다.

"피부에 뭐 바른 거야? 이 끈적한 거?"

악어 입 모양 집게로 재경의 앞머리를 들어 올린 매력이 심각한 표정으로 물었다.

"바셀린요."

지은 죄도 없이 재경의 목소리가 기어 들어갔다.

"왜?"

"타신 씨가 화장품 냄새 안 된다고 해서."

재경의 대답에 매력이 어이없다는 듯이 양손을 자신의 허리에 짚고 후, 깊은 한숨을 내쉬었다.

"무향 제품은 얼마든지 있어. 아가들 바르는 보습 화장품도 있고, 조금만 시간을 할애하면 향료 뺀 수제 화장품 만들어 쓸 수도 있고. 핑거 프린세스야? 검색을 생활화 하란 말야. 정말 타신이 남자, 이 곱디고운 피부에 무슨 짓을 한 거니!"

매력은 바셀린 바른 얼굴로 자신의 머리카락과 날벌레에게 뺨따귀를 맞으며 지내온 재경이 진심으로 안타까웠다. 메이크업 박스를 열어 화장솜에 토너를 흠뻑 적신 매력이 재경의 얼굴을 결대로 닦아낸 뒤 수분 크림을 발라 피부에 스며들 때까지 톡톡 두드렸다.

"우리 친절한 금자 씨가 뭐라 그랬어? 무조건 예뻐야 된다 그랬잖아. 무조건 예쁘면 오십 보 먹고 들어가는 거야. 피부 짱 좋다. 프라이머 생략!"

매력은 몇 가지 색상의 파운데이션을 팔레트에 섞은 뒤 브러시로 찍어 재경의 얼굴에 올렸다. 브러시가 따끔거릴까 봐 긴장했던 재경은 의외로 부드러운 감촉에 놀라며 살며시 눈을 내리감았다. 오랜만에 맡는 향긋한 화장품 냄새가 그녀의 마음을 무장 해제시켰다.

"눈썹은 결 따라 빈 곳만 살짝 메꾸고, 눈두덩은 매트한 피치를 베이스로 깐 다음에 쉬머한 오렌지로 입체감을 주고……."

재경의 메이크업을 해주며 매력은 내내 신이 나 떠들었다. 열여덟 살, 처음 백스테이지 분장실에 앉아 메이크업 아티스트 언니들이 매력에게 속삭였던 말들이 다시 그녀를 통해 재경에게 전달되었다.

"사실 이렇게 친절하게 설명해주지도 않았던 것 같아. 너는 눈이 작으니까 아이라인 빡세게! 너는 코가 낮으니까 섀딩 빡세게! 너는 이마가 넓네, 안 되겠다. 지금 앞머리 잘라버려!"

매력의 말에 재경이 감았던 눈을 동그랗게 떴다.

"아니, 백스테이지에선 그런 게 흔한 일이었다고. 갑자기 디자이너가 짠 나타나서 재 앞머리 잘라, 하면 이마 한가운데서 숭덩 잘리고도 속상한 내색을 못 했어. 우는 모델을 런웨이에 세우는 디자이너는 없으니까. 옷 갈아입을 시간도 없어서 백스테이지에서 벌거벗고 설쳐야 하는데 누가 우는 애를 달래주겠어."

매력이 자신의 오래전 기억을 끄집어내며 씁쓸하게 미소 지었다.

"모델도 굉장히 힘든 일이네요."

"대신 좋아하는 옷을 마음껏 입을 수 있잖아. 아무런 보상이 없다면 누가 힘든 일을 버텨내겠어. 자기도 돈만 보고 경찰하는 건 아닐 거 아냐."

재경은 입 안에 떠도는 말을 애써 삼키며 아무 대답도 하지 않았다. 눈치 빠른 매력 또한 더 이상 묻지 않고 메이크업에 전념했다. 꼼꼼하게 아이라인을 그리고 뷰러로 속눈썹을 집어 픽서로 고정한 다음 마스카라를 발랐다. 인조 속눈썹까지 가닥가닥 잘라 붙인 뒤 다시 한 번 마스카라를 바른 매력은 막 피어오른 분홍 장미처럼 발그스름한 립스틱을 꺼냈다.

"이거 입생로랑 신상. 우리나라엔 아직 출시 안 된 제품이야. 립스틱은 자기가 직접 발라봐. 할 수 있지?"

매력이 메이크업 박스에서 손거울 하나를 꺼내 재경의 손에 쥐어주었다. 재경이 떨리는 손으로 손거울을 들어 화장한 자신의 얼굴을 바라보았다. 선크림 없이 현장을 누비느라 생긴 자잘한 기미, 어린 시절 남동생과 싸우며 턱 밑에 남은 손톱자국이 감쪽같이 사라져 있었다. 깐 달걀처럼 매끈한 피부에 수채화 물감으로 그려놓은 듯 그윽하게 물든 눈과 뺨. 대학 졸업 사진을 찍느라 미용실에서 3만 원 주고 한 어색한 메이크업과는 전혀 다른 기품이 느껴졌다. 재경은 매력이 쥐여준 립스틱을 열어 조심스럽게 입술에 가져다댔다. 무른 질감의 립스틱이 입술을 핥듯 스치고 지나가자 들뜸 없이 발그스름한 핑크색이 곱게 채색되었다.

"음파, 음파 한 다음에 라인 부분만 면봉으로 살짝 닦아내자. 헤어는 전체적으로 세팅 말아서 백콤 넣고 가볍게 묶으려고 해. 깃털 코사지로 장식하면 딱이겠다, 그치?"

매력이 소파 옆에 세워둔 자신의 캐리어를 끌고 와 열었다. 헤어롤과 빗, 종류별로 정리된 주얼리와 구두, 스타킹, 헤어 액세서리 등으로 가득한 그곳에서 매력은 세팅기를 꺼내 재경의 머리를 말았다.

"근데 우리 몇 시에 출발해요?"

어느새 창밖이 오렌지색으로 물들고 있었다.

"7시부터니까 늦어도 6시 반에는 나가야겠지? 지금 몇 신데?"

재경의 머리를 매만지느라 매력은 시간 가는 줄을 몰랐다. 재경이 재빨리 청바지 호주머니에서 핸드폰을 꺼냈다.

"6시 15분요."

"오 마이……! 일단 옷부터 벗어. 머리는 드레스 입고 하자."

"옷을 다 벗어요?"

백스테이지에서 매력이 발가벗고 다녔다는 말을 떠올리며 재경이 울상을 지었다.

"뭐 어때, 여자끼리! 메이크업을 핑크로 했으니까 드레스는 화이트로 가자. 너무 짧으면 경박해. 여신 콘셉트 좋다!"

마음이 급한 매력이 발을 동동 구르자, 재경이 허겁지겁 입고 있던 체크무늬 셔츠와 청바지를 벗었다. 그러고는 슬그머니 몸을 돌려 브래지어 후크를 풀자, 매력이 자신의 캐리어에서 녹색 테이프를 꺼내 박력 있게 잘라냈다.

"청테이프는 왜……?"

재경이 양손으로 자신의 가슴을 가리며 매력에게 물었다.

"없으면 만드는 거야. 영혼부터 끌어 모아서!"

매력이 재경의 손을 가슴에서 떼어내고 그 자리를 청테이프로 감았다.

"조금 아쉽네. 한 번 더 감자!"

매력은 어찌할 바를 몰라 울먹거리고 서 있는 재경에게 더 긴 청테이프를 칭칭 감아 가슴을 힘껏 모은 뒤 단단히 고정시켰다.

가슴의 절반은 청테이프에 감겨 사라졌지만, 남은 윗부분은 마치 잘 익은 호빵처럼 봉곳하게 솟아올라 있었다. 재경은 테이프의 압박감 때문에 숨조차 쉬기 힘들었지만 아직 난관은 더 남아 있었다. 매력이 코르셋을 들고 와 허리에 감고 후크를 하나씩 채워나가기 시작했다.

"저 죽어요. 숨…… 안 쉬어……."

"안 죽어. 나도 멀쩡히 살아 있는데, 엄살 뚝!"

매력은 코르셋 위에 은은한 광택이 도는 하얀 이브닝드레스를 재경에게 입힌 후 이마에 송골송골 맺힌 땀을 닦았다.

"재경 씨, 지금 몇 시지?"

"6시 27분요."

"오케이, 3분 헤어 도전이다!"

헤어롤을 푸는 매력의 손이 기계처럼 빠르고 정확했다. 굵게 웨이브 진 재경의 머리카락을 들어 올리고 실빗으로 볼륨을 만들어낸 뒤 스프레이를 잔뜩 뿌려 고정시킨 후 매력은 미리 손목에 감아두었던 끈으로 머리카락을 묶었다. 그러고는 벨벳 파우치에서 하얀 깃털이 달린 코사지를 꺼내 핀으로 고정하고는 "꺄악!" 소리를 지르며 소파에 자신의 몸을 던졌다.

"매력 씨, 6시 30분. 대단해요!"

재경의 감탄사와 동시에 현관문이 열렸다.

"왜 체스가 탄생했는지 알 것 같군. 여자와 외출하기 위해 밖에서 기다리는 남자들의 분노를 잠재울 뭔가가 필요했겠지. 지극히 전투적이지만 신사적인 척 포장할 만한."

타신이 투덜거리며 자신의 손목시계를 보다 천천히 고개를 들었다. 그러고는 멍하니 거실 한가운데 서 있는 재경을 바라보았다.

"타신, 어때? 예쁘지? 이대로 시집가도 되겠다. 아우, 나 눈물 날라 그래. 나 왜 이렇게 주책이니."

매력이 캐리어에서 은색 오픈토 슈즈를 꺼내 재경 앞에 놓아주었다. 재경이 복숭앗빛 발을 슈즈 안으로 밀어 넣었다. 운동화만 신어 볼이 넓은 그녀에겐 너무 꼭 맞아 당장이라도 발가락에 쥐가 날 것 같았지만, 흡족해하는 매력을 보며 재경은 차마 못 신겠다는 말은 꺼내지 못하고 배시시 웃었다.

"이매력 씨의 솜씨라면 나를 여장시켜 미인대회에 내보낼 수도 있을 테니 그리 놀랍지도 않군. 늦었어, 출발하자고."

타신이 황급히 재경에게서 시선을 떼어내곤 출발을 재촉했다. 매력이 캐리어에서 연분홍색 로즈 쿼츠 주얼리 세트를 꺼내 재경의 양쪽 귓불과 목에 걸어주었다.

"뭐해, 타신이 기다리잖아. 어서 가봐."

매력이 재경의 등을 부드럽게 떠밀었다.

"다 같이 가는 거 아니었어요?"

재경이 자신의 등을 떠미는 매력을 돌아보고 속삭이며 물었다.

"물론 다 같이 가지. 근데 오늘 재경 씨 에스코트는 타신 몫이야. 난 밖에서 기다리는 우리 신랑이랑 갈 거거든. 빨리 가서 타신 팔 잡고 계단 내려가. 타신이 드레스 입은 아가씨를 혼자 걸

게 할 만큼 매너 없는 남잔 아니거든."

그제야 재경은 타신이 왜 현관까지 찾아와 버티고 서 있는지 깨달았다. 그들과 함께 가는 파티는 마치 미국 고등학생의 졸업 프롬처럼 각자 파트너가 있어야 하고, 그 파트너가 처음부터 끝까지 곁을 지켜주어야 하는 암묵적인 규칙이 있었다. 타신이 슬그머니 주머니에 손을 꽂고 몸을 틀었다. 재경이 뒤뚱뒤뚱 불안한 걸음으로 그에게 다가가 팔에 손을 걸쳤다. 타신이 검정색 슈트에 흰 드레스셔츠, 그리고 흰 보타이를 맨 것도 재경과 드레스코드를 맞추기 위한 선택이었다.

"그림 좋다, 딱 좋다. 사진 한 장만!"

매력이 핸드백에서 핸드폰을 꺼내 현관에 선 재경과 타신을 향해 셔터를 눌렀다.

"오, 제발!"

사진은 타신이 불평을 터뜨리며 손을 번쩍 치켜든 순간 찍혔다. 쑥스러운 듯 고개를 숙인 재경, 그리고 손바닥으로 카메라 렌즈 방향을 가린 타신. 매력은 사진 속 타신의 눈동자가 자신이나 카메라가 아닌 재경의 얼굴을 향해 있다는 걸, 자신이 본 그의 눈빛 중 가장 따뜻하고 인간적인 표정이라는 걸 확인하곤 남몰래 흐뭇한 웃음을 지었다.

콤포트호텔이 가까워지자 재경은 내내 손에 쥐고 있던 이어마이크를 귀에 꽂았다. 그제야 수신기를 넣고 다닐 만한 도구가 없다는 걸 깨닫고 아차 싶었다. 입고 꿰맨 듯 꼭 맞는 드레스에는 주머니나 여분의 공간은 당연히 없었고, 백팩과 지갑 또한 재경의 차 안에 있었다.

"무선 수신기인가 보군. 누가 보면 국정원 요원쯤 되는 줄 알겠어."

마룬파이브의 〈럭키 스트라이크〉를 따라 부르던 타신이 수신기를 힐끗 넘겨다보았다.

"역시 손에 들고 다니는 건 무리겠죠."

재경은 유난히 손이 작았다. 수신기를 들자 손가락이 꽉 쥐어지지 않았다.

"내놔."

타신이 재경을 향해 손바닥을 펼쳤다.

"안 돼요. 이걸로 두현 선배랑 무전해야 돼요."

"또 멍청…… 답답한 소리 하고 있군. 유감스럽게도 나는 오늘 너랑 붙어 다녀야 해. 내 주머니에 넣고 다니면 잃어버릴 일이 없을 거 아냐. 그리고 파티에 초대를 받았으면 클러치 정도는 준비했어야지."

타신의 말이 옳았다. 파티에 초대받은 걸 알면서 준비 없이 빈손으로 온 그녀의 잘못이었다. 재경은 들고 있던 수신기를 그에게 건넸다. 그러고는 자신이 얼마나 제 또래답지 않게 세상 물정에 어두운지 실감했다. 무채색 티셔츠와 남방, 몇 벌의 청바지와 면바지만으로 사계절을 보내고, 선크림조차 바를 여유 없이 기억 저편의 용의자 뒤꽁무니만 쫓다 보니 어느새 그녀 나이 20대가 저물어가고 있었다. 핸드백이라고는 임관 기념으로 엄마에게 선물 받은 중저가 브랜드의 검정색 가죽 가방이 전부였다. 그마저도 들고 다닐 일이 없어 거의 새것인 채로 고향집에 남겨놓았다. 가방 안에는 인석과 찍은 사진 한 장이 편지봉투에 곱게 담겨 있었다. 재경은 서울에 있는 내내 그 가방을 그리워하면서도 고향에 돌아갈 때마다 꺼내볼 용기를 내지 못했다. 아마도 범인을 잡을 때까지는 그럴 터였다.

"사교계에서 살아남는 법은 생각보다 쉽지 않아. 조금이라도 허점을 드러내면 촌뜨기 소리 듣기 십상이지. 너무 고상한 척 점잔을 빼도 마담들의 혓바닥 위에서 난도질당하고, 실없이 헤프게 웃어대면 다음 모임부터는 금발도 아닌데 덤 블론드라고 수군대겠지. 지금부터 내가 시키는 대로 해."

타신이 콤포트호텔 앞에 차를 멈췄다.

"촐싹맞게 네가 문 열지 마."

타신은 재경에게 낮고 빠르게 속삭인 후 안전벨트를 풀었다. 그와 동시에 도어맨이 운전석 문을 열어주었다. 타신이 긴 다리를 우아하게 뻗어 차에서 내린 뒤 성큼성큼 차 앞을 돌아 재경이 앉은 조수석 문 앞에 섰다. 그는 가볍게 자신의 보타이를 매만진 뒤 조수석 문을 열고 재경을 향해 손을 내밀었다.

"가시죠, 민재경 씨."

타신한테서 자신의 이름을 처음 호명당한 재경이 놀란 눈으로 그를 올려다보았다. 흑돌같이 또렷한 눈동자에 하얀 드레스를 차려입은 재경의 모습이 아롱졌다. 재경이 손을 잡자, 타신이 살짝 힘을 주어 그녀를 차 밖으로 당겼다. 한 손으로는 드레스 자락을 잡고 다른 한 손으로는 타신의 손을 잡은 재경이 회전문을 통해 호텔 안으로 걸어 들어갔다.

"원래 이렇게 아픈 거예요?"

구두 속에서 통조림 햄처럼 구겨진 재경의 발은 걸음을 뗄 때마다 통증으로 곱아들었다.

"위로가 될진 모르겠지만 인어공주를 떠올려보자고. 인어공주도 처음엔 반인반어였지. 굳이 따지자면 코로 숨 쉬는 물고기라고 해야겠지만. 여하튼 그 반인반어가 마법으로 인간의 다리를 갖게 됐어. 지느러미와 비늘이 사라지고 길고 날씬한 다리와 갓난아기처럼 여린 발이 생겼지."

타신이 떠드는 동안 엘리베이터가 열렸다.

"한 번도 쓴 적이 없는 발로 몸을 지탱해야만 했던 거야. 애들 읽는 동화책에는 적나라하게 쓸 수 없었겠지만, 아마 갓 태어난 기린처럼 수도 없이 꼴사납게 자빠지고 고꾸라지며 겨우겨우 일어났을 테지. 다행히 왕자는 인어공주가 저 스스로 몸을 일으켜 세운 뒤에 나타난 거야. 그러니까 반할 수밖에. 너처럼 무릎을 후들거리며 있는 대로 엉덩이를 뒤로 뺀 우스꽝스런 포즈가 아니었으니 가능했던 거지."

타신의 말에 재경이 엘리베이터에 달린 거울을 보았다. 그의 말마따나 넘어지지 않기 위해 필사적으로 무릎을 후들거리며 엉덩이를 뒤로 뺀 채 타신에게 매달리다시피 서 있었다.
"원래 이렇게 아픈 건가?"
이번엔 타신이 재경에게 물었다.
"타신 씨도 어디 아파요? 남자도 코르셋이나 키높이 구두 같은 거 신어요?"
재경이 타신의 얼굴을 올려다보았다. 그러자 타신의 시선이 그녀가 아닌 자신의 손으로 향했다. 잔뜩 긴장한 재경이 자신도 모르게 타신의 손을 있는 힘껏 움켜쥐고 있었다. 가늘고 작은 재경의 손가락이 타신의 손등에 다섯 가닥 대못처럼 틀어박혀 그의 피부를 암팡지게 파고들었다.
"미안합니다!"
흠칫 놀란 재경이 타신의 손을 놓자마자 엘리베이터가 멈춰 섰고, 그 바람에 재경이 균형을 잃으며 넘어지지 않기 위해 열리는 엘리베이터 문으로 돌진했다. 엘리베이터 앞에 서 있던 커플 사이를 갈라놓고 한참을 뛰어가 얼음 조각상 앞에 멈춰선 재경은 타신이 그리도 걱정한 사교계의 촌뜨기가 되고 말았다. 지혜의 여신 미네르바 조각상에서 차가운 물 한 방울이 재경의 이마에 똑 떨어졌을 때, 비로소 그녀는 연회장 앞에 모인 사람들의 시선이 자신에게 향해 있다는 걸 깨달았다.
"등장부터 개성 있어. 자긴 엉뚱한 게 매력이란 말이야."
재경을 자괴감으로부터 구해낸 건 먼저 도착한 매력이었다. 그녀의 옆에는 작은 키에 반 무테안경을 쓴 배불뚝이 중년 남자가 서 있었다.

“이쪽은 우리 여보 윤석호 원장님. 호텔 앞 사거리에 있는 종합병원 있지? 그거 우리 여보 거야.”

매력이 재경을 향해 윙크했다. 그녀의 남편은 아내의 성화에 못 이겨 파티에 따라 나왔지만 진료실 밖에선 수줍음 많은 샌님이었다. 그가 억지 미소를 지으며 재경에게 눈인사를 하고는 슬그머니 화장실로 사라졌다.

“무척 이지적이시네요, 남편분.”

뭔가 한마디 소감을 말해주어야 할 것 같아 재경이 고민 끝에 골라낸 칭찬이었다.

“유쾌한 농담 고마워. 그런데 타신은?”

이미 영혼 없는 칭찬에 익숙해진 매력이 고개를 이리저리 돌려 타신을 찾았다.

“따로 온 척하고 있을까 했는데 그랬다간 매력 씨한테 혼쭐나겠지?”

멀찍이서 팔짱을 끼고 지켜보던 타신이 다가와 재경에게 팔을 내밀었다.

“혼자 올려 보낸 줄 알고 식겁했네.”

매력이 타신에게 눈을 흘겼다. 타신은 재경에게 다가가 귓가에 입술을 바짝 가져다댔다.

“지금부터 모두가 용의자라고 생각하며 관찰해. 키 크고 건장한 체격의 30~40대. 모피 키링을 갖고 있다면 더 유력하고.”

재경이 고개를 끄덕이고 주위를 둘러보았다. 수십 명의 잘 차려입은 남자들이 자신의 파트너와 함께 연회장 주변을 서성거렸다. 대부분은 키가 크고 건장한 체격을 가졌으며 젊고 매력 있는 능력남들이었다.

"네 눈에는 모두 잘생기고 돈 많은 남자들로 보일 거야. 하지만 어디에나 짝퉁은 있게 마련이지. 저기 보이나? 빨간 드레스 입은 뚱녀 옆에 서 있는 얼간이."

타신이 턱짓으로 한 사내를 가리켰다. 30대 초반에 건장한 체격, 명품 슈트에 옥스퍼드 구두로 멋을 낸 미남이었다.

"뚱녀, 얼간이 이런 표현 좀 안 쓰면 안 돼요?"

"사람들은 사실을 이야기하면 화를 내더군. 그게 왜 나쁜 건지 당최 모르겠어. 하여간, 저 뚱녀는 영화사 대표야. 우리 숍에도 역겨운 담배 냄새를 풍기며 몇 번인가 온 적이 있지. 그리고 옆에 얼간이는 뜨고 싶어 안달난 신인 배우인데 지금 둘은 동거 중이야. 일종의 계약 연애인 셈이지. 곧 얼간이는 저예산 영화에 조연으로 출연할 테고, 더 잘난 놈이 나타나면 트렁크에 짐을 싸서 지하 사글셋방으로 쫓겨나겠지. 6개월마다 파트너를 바꾸는 여자니까."

타신은 끊임없이 파티에 모인 사람들의 비밀을 폭로하느라 신이 났다. 성형, 이혼, 여성 편력, 악취, 성적 취향과 은행 신용등급이 그의 입에서 까발려졌다.

"타신 씨, 난 그런 저급한 가십엔 관심 없어요. 저한테 중요한 건 이 사람들 중에 누가 연속적으로, 그것도 흔적 하나 없이 사람을 죽였는지예요. 과연 저 안에 있기는 할까요?"

파티에 모인 사람들을 어항 속 화려한 열대어처럼 바라보던 재경이 무심히 말했다.

"추리소설 안 읽어봤나? 작가는 모두에게 범행 동기를 만들어 주지. 이곳에 있는 사람들은 어쩌면 모두 부도덕할지도 몰라. 합법적으로 돈과 권력을 유지하는 건 불가능에 가까운 일이니까. 그런 부도덕한 자들이 어떤 방식으로 스트레스를 풀 거라 생각하나? 뜨개질? 볼링?"

타신의 눈동자에 사람들을 향한 경멸이 스멀거렸다. 재경이 고개를 들어 파티장에 모인 사람들을 천천히 훑었다. 모두 온화한 미소를 짓고 있거나 우아한 포즈로 파트너와 샴페인 잔을 부딪치며 여유롭게 서성거렸다.

"하나같이 대외적인 표정이야. 여기선 웃지만 자기 사무실이나 진료실에선 슈퍼 갑질하는 맛으로 사는 사람들. 수렵철이 되면 희번덕한 눈으로 산을 뛰어다니고, 어디 시비 걸 데 없나 기다렸다가 만만한 도어맨이나 운전기사, 여승무원들한테 해코지하는 찌질이가 천지지."

문득 칵테일 잔을 든 매력이 두 사람 사이에 끼어들며 말했다.

"내가 하고 싶은 말을 가로챘군."

타신이 아쉽다는 표정으로 재경의 걸음을 리드했다. 그 곁을 매력이 따라 걸으며 마주치는 사람들에게 눈인사를 건넸다.

"돌아다니며 스캔해봤는데, 모피 키링을 들고 있는 사람은 없었어. 타신 코엔 뭐 안 걸려?"

매력이 누군가와 눈인사를 하며 소곤거렸다.

"지독한 향수 냄새뿐이야. 죽은 샤넬이 냄새 맡고 소환될 정도로 넘버 5와 마드모아젤 향이 넘쳐나는군."

그들이 걸음을 옮겨 도착한 곳은 연회장 무대 앞이었다. 여섯 명의 무용수들이 아크로바트 공연을 하고 있었다. 재경이 물구나무 선 남자 위에 발끝으로 선 여자를 바라보며 신기해하던 그때, 귓속에서 지잉, 하는 잡음이 들렸다.

—나다. 어디야?

귀에 익은 목소리, 두현이었다.

—아크로바트 공연 무대 앞이에요. 선배는?

재경이 고개를 돌려 주변을 훑어보았다. 수십 명의 알록달록한 드레스와 턱시도 차림의 사람들 속에서 두현을 찾아내기란 쉽지 않았다. 아찔한 공연 탓에 사람들의 탄성과 비명, 박수가 터져 나와 주위가 소란스러웠다.

—내 목소리 들려요? 선배 지금 어디 있어요?

재경이 두현을 찾아 나서려던 찰나, 누군가 그녀의 어깨에 손을 짚었다.

—지금 네 뒤.

조금 전 뒤를 돌아보았을 때만 해도 흰 재킷에 검은 드레스셔츠를 입은 댄디한 남자와 카나리아처럼 노란 원피스 차림의 날씬한 여자뿐, 재경의 눈에는 두현이 보이지 않았다.

—방금 봐놓고 딴소리하기야?

이어마이크뿐만 아니라 아주 가까이에서 두현의 목소리가 들렸다.

"두현이랑 제니 왔네?"

재경이 두리번거리는 사이, 매력이 두현과 제니를 맞이했다. 흰 재킷에 검은 드레스셔츠를 입고 머리를 넘긴 두현과 샛노란 칵테일드레스를 입은 제니가 매력에게 손을 흔들었다.

"아시죠? 저 지금……."

두현이 목소리를 낮췄다. 그제야 두현을 발견한 재경은 그의 변신에 놀람을 금치 못하고 얼어붙었다.

"알았어, 아는 체 그만할게. 가서 두 사람 즐겨요."

두현의 변신에 마치 대낮에 귀신 본 사람처럼 놀란 재경이 그에게서 눈을 못 떼던 그때, 제니는 재경에게 팔뚝을 내어주고 흐뭇한 표정으로 그녀의 옆모습을 바라보는 타신에게서 눈을 떼지 못했다.

—너 너무 노골적으로 나 쳐다보고 있어.

재경의 이어마이크에 두현의 목소리가 들렸다.

—미안. 근데 그런 옷은 세탁소에서 빌린 거예요?

—아니, 가끔 이런 행사 있을 때 입는 옷. 왜?

두현이 친분 있는 영화배우와 악수를 나누며 인사하느라 잡음이 섞여들었다.

— 선배, 월드스타 오찬형하고도 아는 사이?

— 시끄럽다.

이번엔 아이돌 출신 연예기획사 대표와 정답게 대화 나누는 소리가 재경의 귀에 들렸다.

— 웬일!

"두현이 집안 좋잖아. 아버지가 대학 총장이고 어머니도 유명 화가. 누나 셋이 다 박사인데 부모 덕 안 보고 저 혼자 궁상이지."

매력의 말에 재경은 잠시나마 두현이 후줄근한 차림으로 나타날까 봐 걱정했던 자신이 부끄러워졌다. 공연이 끝나고 박수 소리와 함께 사람들이 흩어지기 시작했다. 무대 앞을 지키고 서 있던 타신이 문득 자신의 팔에서 재경의 손을 떼어내 힘껏 감싸 쥐었다.

"왜 이래요, 아프게!"

돌발 행동에 인상을 찌푸린 재경이 고개를 돌려 타신을 바라보았다.

"저쪽은 그만 봐. 오늘 네 파트너는 나니까."

타신은 두현의 등장과 함께 재경의 시선이 그에게만 꽂혀 있는 것이 아니꼬웠다. 늘 완벽한 스타일링으로 그녀를 맞이해온 건 자신인데, 어쩌다 한 번 유행 지난 슈트에 보잘것없는 구두로 어쭙잖게 멋을 부리는 두현이 뭐 그리 신기하다고 목을 길게 빼고 쳐다보는지 한심할 따름이었다. 재경 역시 타신의 표정에서 묘한 서운함을 느꼈다.

—무슨 일이야, 왜 아픈데?

두현이 물었다.

—아뇨, 별것 아니에요.

—별일 생기면 얘기해. 키나 체격도 보고, 국과수 영상판독 결과 걸음걸이로 봤을 때 구두 안쪽 굽이 더 닳았을 가능성이 있어. 신발도 잘 보고.

새로운 힌트였다. 재경이 주변에 선 남자들의 구두를 살피며 타신의 손을 끌고 조금씩 걷기 시작했다. 파티에 온 사람들 대부분 새 구두를 신었거나 행사용으로 아껴둔 구두인 탓에 굽이 마모된 사람은 보이지 않았다. 곳곳에서 샴페인 터지는 소리가 났고, 김이 무럭무럭 오르는 바비큐 코너와 석쇠에 해산물을 구워주는 요리사가 있는 코너에 사람들이 몰렸다. 타신은 수천 가지 냄새들 속에서 향수와 체취와, 음식 냄새를 걸러내고 며칠 전 고시원에서 맡았던 미세한 모피의 냄새를 더듬었다. 그리고 마침내.

"움직이지 마!"

연회장 중앙쯤에 다다랐을 때 타신이 걸음을 멈추었다.

"왜요?"

"방금 근처에 놈이 있었어."

타신이 미간을 사납게 구기며 눈을 감았다. 입을 벌리고 천천히 숨을 들이쉬고 오래도록 머금었다 다시 뱉기를 반복했다.

—선배, 타신 씨가 놈의 흔적을…….

—뭐?

제니와 사람들 사이를 누비며 놈을 찾던 두현이 걸음을 멈추었다.

—찾은 거 같아.

—아무 말도 하지 마. 넌 태연하게 있어. 놈이 눈치채지 못하게 태연히.

두현이 주변의 눈치를 살피며 제니를 향해 눈짓을 보냈다. 그녀가 고개를 끄덕이고는 두현을 따라 천천히 걸음을 옮겼다. 타신은 냄새에 집중하느라 여전히 눈을 감고 있는데, 재경 혼자 태연한 척한다는 게 쉬운 일이 아니었다. 타신의 기이한 모습에 사람들의 시선이 모여들 때쯤, 스피커에서 탱고 음악 〈포르 우나 카베자(Por una Cabeza)〉가 흘러 나왔다. 무대 위에는 한 쌍의 무용수가 나와 음악에 맞춰 스텝을 밟기 시작했다. 그러자 연회장 안에 있던 사람들도 들고 있던 접시나 술잔을 내려놓고 타신과 재경이 서 있는 중앙 홀로 모여들었다. 파티에 흥미를 잃은 사람들과 흡연 욕구를 견디지 못한 사람들은 자연스레 연회장을 벗어났다.

—선배, 지금 이거 뭐예요?

재경과 타신을 향해 사람들이 모여들어 음악에 맞춰 춤을 추기 시작했다.

—파트너가 있는 모임이잖아. 당연히 무도회라고. 이상하게 보이지 않으려면 춤춰. 안 출 거면 옆으로 빠지고!

스텝을 밟는 사람들의 등에 재경과 타신의 어깨가 부딪쳤다. 곱지 않은 시선이 재경과 타신을 향해 쏟아졌다. 누가 봐도 두 사람은 수상쩍은 커플이었다. 타신은 손을 놓아주지 않고 춤추는 사람들의 시선은 점점 뜨거워져 재경은 어찌할 바를 몰랐다. 점점 더 관능적으로 흘러가는 음악 때문인지 춤을 추는 사람들의 표정도 야릇하고 노곤하게 풀어졌다.

"냄새 맡는 거, 춤추면서도 할 수 있죠?"

더 이상 머뭇거릴 수 없었다. 재경이 마네킹처럼 서 있는 타신의 어깨에 손을 얹고 그의 구두 앞코를 꾸욱 힘주어 밟았다.

"무슨 짓이야?"

"지금 우리 되게 이상한 거 알아요? 남들 춤추는데 우리만 막대기처럼 서 있잖아요!"

타신이 감았던 눈을 신경질적으로 떴다. 무대 위의 무용수들이 묘기에 가깝게 서로의 몸을 더듬으며 얽혔다 떨어지기를 반복했다.

"놓쳤어."

마지못해 타신이 재경의 허리에 팔을 감고 어설픈 스텝을 밟기 시작했다.

"이제 아무 냄새 안 나요? 진짜?"

"분명히 냄새가 느껴졌는데 사라졌어. 가까워졌다 멀어졌으니까 근처 어딘가에 있을 거야. 근데 원래 이렇게 몸친가?"

재경이 아쉬워 죽겠다는 표정을 지으며 자신도 모르게 타신의 발을 여섯 번째 밟고 있었다.

—선배, 냄새 놓쳤대.

재경이 두현을 향해 실망스러운 목소리로 말했다.

—그래, 들었어. 쉽게 걸려들 리 없지. 좀 더 지켜보자.

재경이 타신과 발이 엉키며 엉터리 춤을 추는 사이, 날렵하게 탱고를 추는 커플이 두 사람 곁으로 다가왔다. 두현과 제니였다. 음악은 절정을 향해 달렸고, 두현과 제니의 춤도 끈끈한 밀도로 서로를 끌어당겼다. 두 사람을 지켜보던 사람들이 탄성을 지르며 자리를 내어주었다. 재경이 다시 한 번 두현의 색다른 모습에 벌어진 입을 다물지 못했다.

"불편한 사실 하나 얘기해줄까? 저 경찰놀이 좋아하는 부잣집 도련님은 오늘 네 파트너가 아냐. 혼외자로 태어나 인생 방탕하게 살며 헤이트 스피치가 스트레스 해소의 유일한 낙인 조향사, 타신이지. 그러니 나만 쳐다보라고."

타신이 재경의 턱을 끌어당겨 자신을 보게 한 뒤 그녀의 허리를 지지한 팔을 강하게 끌어당겨 몸을 밀착했다. 그리고 둘의 뜨거운 포즈가 두현과 춤을 추던 제니의 눈에 포착됐다. 두현의 다리를 유연하게 감고 있던 제니의 몸에 힘이 풀린 것도 그 순간이었다. 살짝 스텝이 엉키나 보다 생각했던 두현도 자신의 목을 감고 있던 제니의 손이 스르르 풀어지며 고개가 젖혀지자 움직임을 멈추었다.

"제니 씨, 괜찮아요?"

두현이 제니를 부축하며 의식을 확인했다. 주변에서 춤을 추던 사람들도 움직임을 멈추고 웅성거리며 모여들었다.

"무슨 일이야?"

타신이 재경의 손을 놓은 뒤 사람들 틈을 비집고 제니를 향해 걸어갔다.

"모르겠어요. 갑자기……."

두현의 대답에 타신이 성난 표정을 지으며 손을 뻗어 제니의 등을 받쳤다.

"걱정 마, 별일 아니니까. 체인징 파트너."

타신은 양팔로 그녀를 번쩍 들어 올려 안은 뒤 석고상처럼 굳은 얼굴로 연회장을 가로질렀다.

"사교계 데뷔 무대 한 번 거창하다, 그치?"

멀찌감치 서서 그들의 소동을 지켜보던 매력이 재경에게 다가와 그녀의 어깨에 팔을 올렸다. 재경과 타신이 서로 몸을 밀착해 춤을 추던 순간 제니의 입술이 질투로 파르르 떨리던 모습을, 눈썰미 좋은 매력의 눈이 선명하게 포착한 것이다.

"매력 씨, 저 사람 주머니에!"

매력이 잔에 든 칵테일을 한번에 들이켜는 동안 재경의 눈은 쟁반을 든 웨이터의 호주머니로 향해 있었다.

"응? 주머니에 뭐? 뭐가 있는데?"

웨이터의 주머니에는 검은색 몬스터 폭스 키홀더가 꽂혀 있었다.

"이봐요, 그 키홀더 당신 건가요?"

재경이 절룩거리며 웨이터에게 다가가 물었다. 손님에게 카나페 접시를 서비스하던 웨이터가 직업적인 친절이 담긴 미소를 띠며 고개를 돌렸다.

"이거 말씀이십니까?"

웨이터가 호주머니에서 모피 키홀더를 꺼내 들었다.

"아까 한 신사분께서 맡기고 가셨습니다. 곧 필요한 분이 찾아올 거라면서요."

재경의 손에 웨이터가 키홀더를 넘겨주었다. 키 없이 검게 염색된 모피로 만든 인형뿐이었다.

"어떻게 생긴 사람이었죠? 인상착의 좀 설명해주세요."

"여기 계신 다른 분들과 비슷했어요. 짙은 색 슈트에 건장한 체격이었죠. 워낙 비슷한 분이 많아서 다른 건 기억나지 않습니다."

재경이 고개를 돌려 연회장 안에 있는 남자들을 훑어보았다. 대부분이 어두운 계통의 슈트를 입었고, 키가 크거나 키높이 구두를 신어 크게 보이도록 꾸민 모습이었다. 재경은 자신의 손에 남겨진 키링을 물끄러미 바라보았다. 범인은 이미 재경과 두현이 이곳에 나타나리라는 걸 알고 있었다. 이 셋의 목적지는 표적수사대원들에게조차 발설하지 않았다. 그렇다면 놈은 이미 타신의 존재까지 눈치채고 있다는 뜻이었다. 7차 사건 현장에 모피 키링을 갖고 나타났던 것도 타신의 후각을 시험하기 위한 목적이 아니었을까, 재경은 의심스러웠다. 우선 범인이 다녀갔다는 사실을 두현에게 알려야 했다. 재경이 이어마이크에 대고 두현을 불렀다.

—선배, 어디 있어요?

두현은 대답이 없었다.

—선배! 두현 선배!

그리고 깨달았다. 수신기를 타신이 가지고 있었다는 걸.

"재경 씨, 몬스터 키링 어디서 났어? 용의자 찾은 거야? 누구야, 어떤 놈이야?"

매력이 지나가는 웨이터의 쟁반에 빈 잔을 내려놓고 호들갑을 떨었다.

"매력 씨, 부탁이 있어요."

"뭐든!"

"이 키링, 다른 사람 손 닿지 않게 잘 보관해주세요."

"지문 채취하려고 그러는구나. 오케이."

매력이 자신의 클러치백을 열고 안에 든 내용물을 바닥에 쏟았다. 그녀는 파우더팩트와 립스틱, 핸드폰이 있던 자리에 키링을 넣고 비장한 표정으로 재경을 바라보았다.

"있잖아, 자기. 이 키링은 내가 자기 걸 훔친 걸로 하자."

"왜요?"

"왜긴? 명분이 없잖아. 사건과 무관한 사람들의 육감만으로 증거를 단정할 수는 없을 거 아냐. 지문부터 채취해야 할 텐데 무슨 명분으로 감식팀 넘길 거야? 개코 아저씨와 눈치 백단 아는 언니가 범인 물건이라고 찍어줬다, 그럴래? 없는 사건이라도 만들어야지!"

재경이 미처 예상하지 못한 지점까지 매력은 꿰뚫고 있었다.

"그렇네요. 매력 씨, 저 부탁 하나 더 할게요."

"말해."

"지금 엘리베이터 타고 주차장으로 내려가 주세요. 저는 계단으로 내려갈게요."

콤포트호텔 잠입은 경찰 조직에 보고하지 않은 비공식 첩보작전이었다. 상부에 사건 경위를 설명하고 일일이 결재를 올리는 것보다 절도사건으로 위장한 뒤 피해자와 피의자의 모습이 담긴 CCTV 영상을 확보하는 편이 그나마 시간을 단축할 수 있는 방법이었다. 엘리베이터와 계단의 CCTV를 모두 확보하려면 두 사람의 동선이 달라야 했다.

"이게 바로 공조수사란 거구나. 진범의 마음으로 이 언니가 도망쳐줄게. 이따 지하 주차장에서 만나!"

매력은 잔뜩 신이 나 바닥에 떨어진 자신의 소지품을 옆에 멀뚱히 서 있던 남편에게 던지고 엘리베이터로 향했다. 재경은 두현을 찾기 위해 주변을 두리번거리며 비상구로 다가섰다.

"선배는 하필 이럴 때 어디 있는 거야!"

재경이 비상구 문을 열고 나가 발을 옥죄던 오픈토 슈즈를 벗었다. 이제야 좀 살 것 같은 기분도 잠시, 드레스 차림으로 20층 계단을 내려가야 하는 난관이 그녀를 기다리고 있었다. 하지만 놈의 행적을 찾기 위해서라면 머뭇거릴 시간이 없었다. 재경은 치마를 번쩍 들어 올려 허리춤에 단단히 잡고 계단을 내달리기 시작했다. 가슴을 동여맨 청테이프 탓에 얼마 뛰지 않아 숨이 가빴다. 절반쯤 내려왔나 하고 고개를 들어 층을 확인했지만 15층이었고, 이제 다 왔겠지 하고 고개를 들면 10층이었다. 머리와 목에서 흘러내린 땀이 가슴골을 타고 실크드레스를 적셨지만 재경은 걸음을 멈추지 않았다. 비록 체구는 작지만 체력만큼은 동년배 누구와 겨루어 밀리지 않을 자신이 있었다. 계단을 오르던 호텔리어와 한담을 나누는 숙박객들이 드레스 차림으로 질주하는 재경을 보곤 비명을 지르며 물러섰다. 사람들을 피하느라 재경의 주위가 흐려질 때마다 날카로운 계단 모서리에 발가락이 찍히기 일쑤였다. 천신만고 끝에 지하 주차장으로 내려간 재경은 방금 샤워한 사람처럼 온몸이 푹 젖어 있었다.

"민재경!"

주차장으로 향하는 자동문을 통과하자 낯익은 목소리가 들렸다. 목소리가 들리는 방향으로 고개를 돌리자 두현이 서 있었다. 흐트러진 머리에 구겨진 재킷, 셔츠 단추까지 하나 떨어진 두현이 재경을 향해 걸어왔다.

"선배, 나…… 키링 찾았어."

재경이 드레스 자락을 놓고 무릎에 손을 짚으며 참았던 숨을 헐떡거렸다.

"나도 찾았다. 키링."

두현이 재경에게 다가와 드레스 자락을 조금 걷었다. 그러고는 행커치프를 꺼내 먼지와 피로 더러워진 그녀의 발을 닦아주었다.

"선배도 키링을 찾았다고?"

두현이 대답 대신 자신의 구두를 벗어 재경에게 밀어주었다.

"드레스 입은 아가씨가 모양 빠지게 신사화를 신을 수는 없지. 이거 내 드라이빙화야."

또각또각, 하이힐 소리와 함께 먼저 도착해 있던 매력이 회색 뱀피 단화 한 켤레를 재경 앞에 내려놓았다.

"너한테 미리 알려주려고 했는데, 통신이 안 되는 바람에 혼자 움직였어."

두현이 다시 구두를 신고 주차장 벽에 등을 기댔다.

"두현이도 다른 웨이터한테 키링을 받았대."

매력이 클러치백을 열어 두 개의 똑같은 모피 키링을 보여주었다.

"그 웨이터도 키링을 건네준 사람 인상착의 기억 못 했어요?"

"아니, 기억하고 있었어. 검은 드레스를 입은 여자."

재경의 물음에 두현이 황당하다는 듯 피식 웃음을 섞어 대답했다.

"그래서 못 찾은 거죠? 검은 드레스 입은 여자."

"아니, 찾았어. 여기서 나를 기다리고 있더군."

"찾았다고? 지금 어딨어요, 그 여자!"

재경이 마른 침을 삼키며 주변을 이리저리 둘러보았다.

"저기, 흰색 마세라티 안에. 네가 찾고 있는 남자는 조수석에 타고 있고."

두현이 힘없이 손을 들어올려, 자신의 머리를 헝클었다. 재경은 왜 키링이 두 개인지, 그리고 그 키링을 놓고 간 용의자 커플이 바로 코앞인데 어째서 무기력하게 내버려두고 있는지, 좀처럼 이해하기 어려웠다.

"나도 처음엔 재경 씨처럼 어리둥절했어. 두현이가 입 아프게 두 번 얘기할 필요 없이 내가 간단 요약해줄게."

매력이 클러치에서 키링을 꺼내 손가락에 걸고 빙글빙글 돌리며 떫은 표정을 지었다.

"저 마세라티를 타고 온 커플은 국회의원 보좌관들이었어. 타신 아버지 남일웅이 보낸 심복들이지. 우리가 고시원을 떠난 뒤 남 의원도 사건 현장에서 타신과 같은 냄새를 맡았던 거야. 그리고 자신의 말썽꾸러기 아들이 괜한 일에 끼어들어 신선한 사고를 치지 못하도록 경고를 보낸 거지. 직권 참 더럽게 남용해, 밥맛."

남일웅은 그날 사건 현장에서 타신과 같은 모피 냄새를 맡았다. 그리고 타신이 현장에 다녀갔다는 것 또한 체취로 확신했다. 타신의 폭주를 막으라고 붙여놓은 표적수사대 팀장이 위험한 사건에 아들을 끌어들였다는 생각에 일웅은 큰 배신감을 느꼈다. 그리고 경고의 의미를 담아 자신의 심복들을 통해 타신이 맡았음직한 모피 키링을 파티에 뿌린 것이다.

"선배, 청장님 만나고 온다던……?"

"그래, 오늘 이후 타신을 사건에 개입시키면 수사대를 해산하겠다는 불호령을 들었어."

"그럼 이제 타신 씨를 만날 일은 없겠네요."

개코에 변태라고 이를 부득부득 갈았지만, 정작 타신이 수사에서 배제된다는 생각을 하자 재경은 마음 한편이 허전하고 먹먹했다. 하지만 아무에게도 내색하고 싶지 않았다. 수험생 연쇄살인사건은 어디까지나 표적수사대가 해결해야 할 책무였다. 애당초 민간인을 수사에 끌어들인 게 잘못이라고, 재경은 마음을 다잡았다.

"잘됐네요. 이제 샴푸로 머리 감고 스킨 로션 바를 수 있게 됐으니."

재경이 억지웃음을 지으며 두현의 지친 표정을 달랬다.

"그럴 일 없어. 앞으로도 넌 샴푸 금지, 스킨 로션 금지야."

힘없이 주차장 벽에 기대선 재경, 두현 그리고 매력의 시선이 한곳으로 모였다. 타신이 평소와 다름없이 흔들림 없는 눈빛으로 걸어왔다.

"형, 우리를 곤혹스럽게 하지 마. 특히 재경이를 힘들게 하는 일만은."

두현의 말에 재경이 화들짝 놀라 그를 바라보았다. 잠깐이었지만 용의자를 쫓느라 혼신의 힘을 다한 두현의 빰이 수척했다.

"남 의원과 통화했어. 앞으로 내가 하는 일에 오늘처럼 개입해서 깽판 놓거나 제멋대로 인사권을 휘두르는 일은 없을 거야. 나한테도 화끈한 무기가 있으니까."

타신이 호주머니에서 핸드폰을 꺼내 전원을 켜고 녹음 파일 하나를 재생했다.

—네이키드폭스 쪽에 아버지 스위스 계좌 정보가 넘어간 건 알고 계시겠죠?

—허접한 해커들의 손장난에 내가 굳이 장단 맞춰줘야 하나? 몇 푼 쥐여주면 조용해지겠지.

—그 해커들을 누가 고용했는지 알면 지금처럼 느긋하게 혼외 자식 뒤나 캐러 다니지 못하실 텐데.

—협박할 거면 빨리 해. 난 너 같은 한량이 아니다.

—제가 고용했습니다. 꽤 비싼 만큼 까도 까도 끝이 없는 양파를 한 망이나 가져왔더군요. 그 양파를 대선 한 달 전쯤 증권가 찌라시에 하나 던져주고, 보름 전엔 신문사에 하나 던져주고, 일주일 전쯤엔 남은 양파 한 아름 들고 아버지의 망나니 자식이 기자회견을 할지도 모르죠.

—기자회견?

—비서와 바람나 자식을 둘이나 낳았으면서 본처와는 금실 좋은 부부 행세하며 인터뷰도 참 많이 하셨죠. 그런데 느닷없이 혼외 자식이 비자금 계좌 리스트를 들고 나타나 기자회견을 한다면?

타신이 녹음 파일을 정지시켰다. 눈빛은 증오와 경멸이 이글거렸지만 그는 웃고 있었다.

"내 취미 생활을 방해할 자격이 남 의원에겐 없어."

*

타신, 재경, 두현, 그리고 매력이 한데 모인 그때, 콤포트호텔 앞으로 51년식 재규어 로드스터 한 대가 유유히 다가오고 있었다.

"소장하신 올드카가 정말 아름답군요. 관리 잘하셨어요."

운전석에서 내린 주차요원이 차주에게 푸근한 미소와 함께 인사를 건넸다. 기분이 좋아진 차주는 주차요원에게 5만 원권 한 장을 팁으로 내밀고 운전석에 올라타 비틀즈의 〈헤이, 주드(Hey, Jude)〉를 틀었다. 그는 리듬에 맞춰 긴 손가락으로 핸들을 튕겼고, 과속 방지턱을 넘어설 때는 키 박스에 매달린 검정색 몬스터 키홀더도 경쾌하게 튀어 올랐다. 차주에게 오늘은 최근 그 어느 때보다 흥미진진하고 고단한 하루였지만 매일하던 운동을 거를 수는 없었다. 그는 자신의 저택 주차장에 차를 세우고 곧바로 헬스 트레이너가 기다리는 2층으로 올라갔다. 검은 재킷을 벗어 던지고 보타이를 푼 뒤 근육으로 바듯하게 부푼 어깨를 좌우로 흔들어 몸을 풀었다.

"오늘은 30분만 더 하죠."

호텔에서 벌어진 소동을 떠올리며 차주가 재미있다는 듯 미소를 지었다. 그러고는 거대한 체구의 트레이너가 한 팔에 킥미트를 달고 다가오자 날렵하게 몸을 띄워 퍽, 소리 나게 발차기를 날리고 안착했다. 개운한 시작이었다.

*

파티는 소득 없이 끝났다. 마지막까지 남아 술에 취해 비틀거리던 사람들도 호텔리어의 부축을 받아 차로 돌아간 후 대리운전기사를 기다렸다.

“러버들, 오늘 고생 많았어. 두현인 진짜 타신 차 타고 갈래?”

매력이 차창을 열고 물었다.

“네, 형네 집하고 가깝잖아요. 던져주고 간다는데 고맙죠.”

두현이 더러워진 재킷을 팔에 걸치고 매력과 그녀의 남편에게 꾸벅 인사를 했다.

“재경 씨, 오늘 정말 여신이었는데, 막판에 조금 아쉽다. 영광의 상처 잘 소독하고 굿나이트!”

재경도 매력에게 수인사를 건넸다. 곧바로 타신의 벤틀리가 재경과 두현 앞에 멈춰 섰다. 두현이 조수석에 앉고 재경이 드레스 자락을 여미며 뒷좌석에 앉았다. 곧 귀청이 떨어지게 요란한 음악 소리를 듣겠구나 생각했던 두 사람의 짐작과 달리 타신은 묵묵히 운전만 했다.

“오늘 일은 내가 사과하지.”

타신에게 사과라는 말을 듣기는 두현도 처음이었다.

“형이 사과할 일이 아닌데, 뭐.”

“일단은 한 걸음 물러났지만, 아버지는 절대 포기할 사람이 아냐. 청장은 아버지의 착실한 꼭두각시니 눈에 쌍심지를 켜고 너희를 감시하겠지. 앞으로 상당히 고달플 거야. 예산 집행도 수월치 않을 테고 검사도 비협조적으로 나올 거고, 여기저기서 훅과 킥이 날아들겠지.”

타신의 이야기를 듣는 두현의 마음도 무거웠다. 그 역시 부모의 만류에도 불구하고 학자가 아닌 일선의 경찰로 진로를 바꾼 불효자였다. 그 탓에 명절이 되어도 본가가 아닌 자신의 아파트에 틀어박혀 외국인 장기자랑이나 바라보는 신세로 지낸 게 어느덧 근 10년째였다.

“보아하니 두 분 다 금수저인데, 저만 바닷가 조개수저네요. 그래도 울 엄마는 나 서울에서 경찰됐다고 마을 잔치까지 했는데.”

재경의 말에 두 남자가 입을 다물었다. 세 사람 모두 어른이 되었지만, 마음 깊은 곳에는 여전히 엄마 치마폭에 감기고 싶은 아이가 숨어 있었다. 재경은 한강대교를 건너며 고향집 마루에 앉아 바라보던 해남 푸른 바다를 떠올렸다. 그러자 문득 엄마 음식이 그리워졌다. 겨울이면 매생이국을 끓여주고 봄이면 세발나물 듬뿍 넣은 부침개를 부쳐주고, 여름엔 자글자글 짭조름한 전복조림, 찬바람 불면 싱싱하게 물오른 삼치를 구해와 회를 썰어주시던 엄마의 손맛. 재경이 저도 모르게 입맛을 다시며 스르르 눈을 감았다. 어느새 자정에 가까운 시간이었다.

"너 집이 어디지?"

타신이 룸미러로 재경을 바라보며 물었다.

"됐어요, 타신 씨 집 앞에 제 차 있잖아요."

"내 차에서 빨리 내려줬으면 해서 말이야. 네가 바른 화장품부터 옷에 밴 땀 냄새, 음식 냄새 도저히 견딜 수 없다고. 차는 내일 찾으러 와."

"그치만 제 차 안에 핸드폰이랑 지갑 있어요."

재경의 대답에 타신이 자신의 재킷 안주머니에서 지갑을 꺼내 뒷좌석으로 던졌다.

"전화 올 데 없는 거 알아. 내일은 택시 타고 와. 그리고 빨리 집 주소 불러줬으면 해. 더는 입으로 숨 쉬기 힘드니까."

타신의 코맹맹이 소리에 재경이 눈을 흘기며 주소를 불러주었다.

"너 이거 형이 엄청나게 인심 쓰는 거야. 파트너라고 마지막까지 에스코트해주는 거잖아."

두현의 말에 재경은 그의 파트너 제니가 궁금해졌다.

"타신 씨, 제니 씬 어떻게 됐어요? 아까 기절했잖아요."

"기면증이야. 차에서 잠깐 자고 일어나더니 가버리더군. 잔뜩 삐친 얼굴로."

기면증이라는 병명이 있다는 건 알았지만 진짜 기면증 환자를 본 건 타신도 처음이었다. 하지만 기면증은 핑계였다. 타신이 제니를 안고 차로 내려왔을 때, 곧바로 의식을 되찾은 그녀는 타신의 목을 끌어안고 격렬히 입을 맞췄다. 그러고는 글썽한 눈으로 타신에게 청혼을 했다. 물론 결과는 거절이었고, 자존심이 상해버린 제니는 어깨를 들썩이며 울다 호텔 주차장을 떠났다.

"선배는 자기 파트너 안 챙기고 뭐한 거야?"

"나도 뭐 아는 게 있어야 말이지. 형이 알아서 잘하니까."

사실 두현의 어머니 또한 한때 기면증을 앓았지만 제니처럼 전조 증상 없이 기절하지는 않았다. 두현은 제니와 타신 둘 중 한 명이 거짓말을 하고 있다고 짐작했지만 더 깊이 파고들기 싫어 말을 얼버무렸다. 그 무렵, 타신의 벤틀리가 재경이 자취하는 빌라 앞에 멈춰 섰다.

"나보다 나이 많은 빌라에 사는군. 더 살찌면 내려앉을지 모르니 다이어트하라고."

타신이 차를 세우고 하이빔을 켜 어두운 빌라 앞을 밝혔다. 그러자 빌라 앞 계단에 웅크리고 있던 누군가가 손으로 얼굴을 가리며 일어섰다. 타신이 얼른 하이빔을 껐다. 큰 키에 늘씬한 몸매, 도련님처럼 잘생긴 20대 청년이 인상을 구기고 그들 앞으로 걸어왔다.

"야, 너! 왜?"

재경이 청년을 향해 검지를 뻗으며 말을 잇지 못했다.

"아는 사람이야?"

타신과 두현이 동시에 재경을 돌아보며 물었다. 재경이 당혹스러운 표정으로 두 남자를 번갈아 바라보고는 후다닥 차에서 내렸다.

"전화는 왜 안 받는데? 그 옷이랑 머리는……."
청년에게 달려간 재경이 손바닥으로 그의 입을 틀어막았다.
"시끄러! 왜 연락도 없이 나타나서 꼰대같이 잔소리야?"
청년과 재경이 아웅다웅하는 모습을 지켜보던 두현이 조수석 문을 열고 내렸다.
"누구……?"
두현이 아는 한 재경에게는 애인커녕 남자친구도 없었다. 늘 경찰서와 집, 그리고 현장의 쳇바퀴를 벗어나지 못하는 그녀에게 젊고 훤칠한 남자가 찾아온 사실이 놀라운 한편 묘한 배신감마저 들었다.
"어, 얘요?"
두현의 질문에 재경이 사뭇 민망한 미소를 지었다.
"설윤이라고 합니다만?"
재경이 말릴 겨를도 없이 설윤이라고 자기소개를 한 청년이 두현에게 다가갔다.
"내가 안 끼어들어도 되는 상황이지?"
두현이 설윤의 어깨너머로 재경을 바라보며 물었다.
"선배, 얘 기억 안 나요?"
재경이 허탈하게 웃으며 설윤 옆으로 다가와 그의 팔에 팔짱을 끼었다.
"누구였지?"
두현이 고개를 갸웃하고는 설윤의 얼굴을 빤히 바라보았다.

흰 피부, 날렵한 눈썹에 큰 눈, 건방져 보이는 콧대와 야무진 입술의 설윤이 자신의 팔에 매달린 재경을 떨쳐냈다.

"귀남이잖아요, 내 동생 민귀남! 제대하고 개명했어."

재경이 두현을 향해 소곤거렸다.

"뭐, 귀남이가 이렇게 컸다고? 하긴 처음 봤을 땐 이 녀석 고등학생이었으니 못 알아볼 만도 하네. 너 형 기억나? 재경이 졸업식에서 꽃돌이 했는데."

그제야 설윤이 두현을 기억해내고 굳었던 표정을 풀었다.

"맞다! 그 형님이네. 누나랑 같이 근무하신다더니, 오늘 쫙 빼입고 어디 좋은 데 다녀오시나 봐요? 저기 저분은 운전기사?"

설윤이 타신을 향해 손가락을 뻗었다. 차 안에서 세 사람의 대화를 듣지 못한 타신은 재경의 집 앞을 지키고 서 있는 설윤을 내내 고까운 눈길로 바라보았다. 속에서는 울화가 치밀었지만, 차마 재경과 두현 앞에서 자신의 속내를 드러내고 싶지 않았던 그에게 설윤의 손가락질은 도화선이 되었다. 마침내 타신이 운전석 문을 열고 차에서 내렸다.

"기사 아저씨 포스 쩐다."

설윤이 주머니에 손을 찔러 넣고 타신을 향해 고개를 까딱해 인사했다.

"이 운전기사 아저씨한테는 특별한 재주가 하나 있지. 속 시커먼 놈들의 냄새를 아주 귀신처럼 맡아낼 수 있다고. 우선 여자 화장품 냄새가 나는군. 그것도 중년 아줌마들이나 쓰는 방문

판매용 스킨로션이야. 엄마랑 둘이 사나? 그 위에 선크림까지 덧발랐으니 나름 피부 관리 하는 모양이네. 오늘 아침 머리에 바른 왁스는 내다버리는 게 좋을 거야. 산패한 기름 냄새가 진동하거든. 유통기한 확인해봐. 게다가 이 끔찍한 파우더향 데오드란트 냄새. 혹시 젖비린내를 감추려고 뿌린 건가?"

타신이 특유의 비아냥거리는 말투로 설윤을 공격했다.

"형, 이 친구는……."

뒤늦게 두현이 타신을 말리려고 했지만, 이미 타신은 두현의 어깨를 밀어내고 설윤과 마주 섰다.

"경찰서 밖에서 민재경의 복장과 용모를 나무랄 수 있는 사람은 나밖에 없어. 운전기사에게 더 심한 모욕을 당하고 싶지 않으면 집으로 돌아가서 엄마 화장품이나 더 바르고 자라고."

타신의 말을 이해할 리 없는 설윤이 어깨를 들썩해 보이곤 재경을 내려다보았다.

"누나, 이 아저씨 지금 무슨 얘기 하는 거야?"

"이분 운전기사 아니셔. 넌 왜 갑자기 찾아와서 분란을 일으키냐?"

재경이 설윤의 팔뚝을 꼬집으며 타신의 눈치를 살폈다.

"누나라고?"

타신의 물음에 이번엔 두현이 나섰다.

"재경이 남동생이야. 해남에서 갑자기 상경했는데 누나랑 통화가 안 돼서 걱정했나 봐."

두현의 해명에 머쓱해진 타신이 재빨리 몸을 돌려 차로 걸어갔다.

"젠장, 그런 건 내가 입 열기 전에 미리 알려줬어야지! 쪽팔린다, 쪽팔려. 죽을 것같이 창피하다. 남타신 인생에 이런 날이 올 줄이야!"

운전석에 앉은 타신의 뺨이 벌겋게 달아올랐다. 그는 두현을 태우고 가야 한다는 사실도 잊은 채 차를 후진시켜 냅다 도로를 향해 내달렸다.

"어, 형!"

몇 걸음 따라가던 두현이 멀어져 가는 타신을 어이없이 바라보다 다시 재경 남매 앞으로 돌아왔다.

"거참 더럽게 꼬장꼬장한 아저씨네."

설윤이 빌라 계단을 오르며 구시렁댔다.

"너 오늘 큰 실수한 거야, 알기나 해?"

재경이 설윤의 뒤통수에 대고 와락 짜증을 퍼부었다.

"엄마가 누나 먹으라고 반찬 싸줬어. 출출하시면 형님도 한 술 뜨고 가요!"

누나의 지청구는 들은 척 만 척 설윤이 긴 다리를 벌려 계단을 두 개씩 밟고 올라갔다.

"선배, 오늘 제대로 못 먹었지?"

재경이 하릴없이 구두 앞코를 시멘트 바닥에 찧고 있는 두현에게 물었다.

"어머니 음식 솜씨는 내가 잘 알지. 밥은 있어? 이게 얼마 만의 가정식이냐."

두현이 말갛게 웃으며 설윤의 뒤를 따라 빌라 계단을 밟았다. 온종일 춤추고 달리고 신경 곤두세우느라 녹초가 되어 있던 재경도 두현의 경쾌한 발걸음에 기운이 났다.

"밥 있어요! 잔뜩 해서 냉동해놨거든. 같이 가요, 선배!"

오이소박이와 대갱이조림, 더덕장아찌, 숯불 내가 물씬 풍기는 떡갈비까지 재경의 엄마가 보낸 반찬이 좁은 소반을 푸짐하게 채웠다. 입맛을 다시던 두현이 소매를 걷어 올리고 숟가락 가득 밥을 떠 입에 욱여넣었다.

"너 갑자기 서울엔 왜 왔어?"

재경이 오이소박이를 찢으며 설윤에게 물었다.

"공무원 시험 공부하러 왔다, 왜!"

설윤도 떡갈비 하나를 젓가락으로 집어 입에 넣고 우물거리며 말했다.

"엄마랑 어제 통화할 때까지만 해도 못 들은 얘긴데?"

"누나, 내가 가출이라도 했을 거 같아? 나 사실 엄마가 보낸 밀사야. 흉악범만 쫓다 누나 청춘 다 시들기 전에 옆에 붙어서 매형 감 좀 물색해보라고."

"매형 감? 나 아직 20대야. 아홉수가 께름칙해도 아직 꽃띠 맞거든?"

그건 재경의 엄마도 잘 알고 있는 사실이었다. 하지만 그녀가 인석을 잃은 그 여름, 엄마는 열흘 넘게 연락이 닿지 않는 재경의 자취방에 찾아갔다 산송장이나 다름없는 딸을 보곤 미어지는 가슴을 퉁퉁 내리쳤다. 그 후 지난 9년간 재경의 엄마는 딸 소식이 뜸해질 때마다 덜덜 떨리는 손으로 뉴스 채널을 틀었다. 검은 머리 짐승들이 득실거리는 강력계에서 행여 딸에게 무슨 변고라도 생기지는 않을까, 혹여 결혼과 출산에 대해 아예 마음을 접어버리면 어쩌나 노심초사였다. 그러던 중 설윤이 제대를 하고 고향에 돌아오자, 공부에는 취미도 없는 아들을 꼬드겨 누나의 버팀목이라도 만들어주려는 게 재경 엄마의 속내였다.

"어머니 걱정 마시라고 해. 경찰서에 매형 감 많다, 너. 재경이가 어머니 음식 솜씨만 물려받았으면 나라도……."

두현이 더덕장아찌에 감탄을 하며 신나게 떠들다 말끝을 흐렸다.

"형님이라도 장가오실래요?"

설윤이 재미있다는 표정으로 재경과 두현의 얼굴을 훔쳐보았다.

"뭐라는 거야. 무례하게. 누나 옷 갈아입고 올 테니까 밥 다 먹고 설거지해놔. 선배한테 이상한 소리 하면 수갑 채운다, 주둥이에!"

설윤의 설레발에 멋쩍어진 재경이 살그머니 상에서 일어나 작은방으로 들어갔다.

"아, 그나저나 타신 씨 어떡하지? 아까 되게 창피했을 텐데."

재경은 조금 전 빌라 앞에서 벌어진 소동을 떠올리자 귓바퀴가 새빨개졌다. 차로 돌아가던 타신의 뒷모습이 자꾸만 눈에 밟힌 것이다.

"근데 이거 왜 안 닿아?"

재경이 드레스 지퍼를 내리려고 팔을 등 뒤로 뻗었지만 지퍼 손잡이가 손에 닿지 않았다. 아래에서 위로 벗어볼까 하고 치마를 뒤집어 상체로 끌어당겼으나 골반에서 더 이상 올라가지 않았다.

"오늘 왜 이러니. 이 형사가 이런 날을 뭐라고 했던 거 같은데. 공치고 망한다, 공망? 공망일인가?"

공치고 망하는 날이 어서 빨리 하루가 지나가길 바라며 재경이 방문을 열었다.

"야, 민귀남! 너 이리 좀 와봐."

그러나 거실에는 한 술 남은 밥을 싹싹 긁어 한입에 털어 넣는 두현뿐이었다.

"귀남이 어디 갔어요?"

재경이 두현에게 물었다.

"귀남이, 아니지 설윤이는 왜?"

"뭐 좀 부탁할 게 있어서."

"나한테 해. 설윤이 핸드폰 들고 화장실 갔어."

재경이 눈을 질끈 감고 방문 틀에 머리를 쿵쿵 찧었다.

"개 변비라서 기본 30분인데."

"나한테 부탁하라니까. 뭔데?"

두현이 자리에서 일어나 재경에게 다가왔다.

"1도 도움 안 되는 자식! 선배, 미안한데 나 드레스 지퍼 좀."

재경이 민망해 어쩔 줄 모르며 두현을 향해 등을 돌렸다.

"난 또 뭐라고. 안 볼게. 나…… 나 안 보고 벗길 수 있어. 거, 걱정 마. 나 이런 거 잘해. 아…… 아니 아주 능숙하다는 게 아니라. 하…… 할 수는 있다고. 해본 적은 없지만 잘할 자신이 있다고."

두현이 진땀을 흘리며 말을 더듬었다. 그러고는 떨리는 손을 재경의 등으로 뻗었다.

—뭘 벗긴다고? 안 돼. 정두현 차렷!

두현의 손이 재경의 지퍼 손잡이에 닿는 순간, 그의 귓속에서 지잉 하는 잡음과 함께 타신의 목소리가 들렸다.

"형? 타신 형이야?"

목소리가 나는 곳은 두현의 귀에 꽂은 이어마이크였다. 집으로 가던 도중, 타신은 뒷좌석에서 재경의 귀에 꽂고 있던 이어마이크를 발견했다. 이튿날 돌려주어도 될 것을, 굳이 차를 돌려 재경의 집 앞까지 돌아온 타신은 세 사람의 정다운 대화를 엿들으며 한참이나 차 안에 있었다.

—지금 올라가고 있으니까, 뭘 벗기는 일이라면 당장 멈춰.

타신이 날듯 계단을 뛰어 올라갔다.

"선배, 지금 타신 씨하고 무전한 거예요?"

두현을 향해 등을 돌리고 있던 재경이 밖에서 들리는 다급한 발소리에 귀를 기울였다.

"응. 네 이어마이크하고 수신기를 형이 갖고 있었나 봐."

그때 초인종 소리가 울렸다. 하지만 타신이 누른 초인종은 재경의 집이 아니라 노부부가 사는 맞은편 집이었다. 재경이 잽싸게 현관을 향해 달렸지만, 이미 노부부는 한밤의 낯선 방문자에게 문을 열어준 참이었다.

"너 누구냐? 누군데 오밤중에 새카맣게 양복 차려입고 남의 집 문을 두드려? 저승사자냐?"

파자마 바람의 노부가 희끄무레한 눈으로 타신을 톺아보았다.

"미안합니다. 집을 잘못 찾은 것……."

타신이 우물쭈물하는 사이 재경이 현관문을 열었다.

"안녕하세요, 할아버지. 이 사람 생긴 건 이래도 저승사자 아니에요. 걱정 마시고 푹 주무세요!"

재경이 노부를 향해 살갑게 인사를 건넸다.

"너는 누구냐? 우리 앞집엔 처녀 경찰 혼자 살았는데, 이 저승사자는 뭐고? 소복 입은 너는 또 누구냐?"

소란을 중지시킨 건 노부의 아내였다. 그녀는 잠이 덜 깬 얼굴로 어정어정 걸어 나와 남편의 눈에 안경을 씌워주었다.

"어이쿠! 진짜 백내장 수술하러 가야겠네."

그제야 어리마리하게 보였던 소복 입은 처녀 귀신이 앞집 사는 처녀 경찰이라는 걸 알아차린 노부가 황급히 현관문을 닫았다. 재경이 타신의 손목을 잡아 끌고 자신의 집으로 들어왔다.

"타신 씨는 왜 또 갑툭튀 해서!"

“갑툭튀가 못마땅하면 자기 물건은 자기가 챙겼어야지? 그리고 니들 벗기긴 뭘 벗긴다는 거야?”

타신의 날카로운 시선이 재경과 그 뒤에 어정쩡하게 서 있는 두현을 차례로 찌르고 지나갔다.

“재경이 드레스. 드레스 지퍼 내려주려고.”

지은 죄도 없이 두현의 목소리가 작아졌다.

“그 소리 엿듣고 있다가 손수 제 지퍼 내려주러 올라오신 거예요?”

“아니, 내가 왜 네 지퍼를 내려주겠어? 사람 불렀으니 꼼짝 말고 기다려.”

타신이 집 안을 훑어보고는 앉을 만한 곳을 찾다 재경의 화장대 의자에 엉덩이를 붙였다.

“이거 귀남이가 내려줘도 되는 거고, 그냥 선배가 고개 돌리고 내려도 괜찮아요. 우리 막 내외하고 그러는 사이 아니잖아.”

재경이 두현을 바라보며 동의를 구했지만 뺨이 발그스름하게 달아오른 두현은 고개를 돌렸다.

“선배, 우리 내외하는 그런 사이였어? 사람 뻘쭘하게 왜 이래?”

“곧 와. 온다고. 네 지퍼를 안전하게 내려줄 만한 사람이.”

타신이 반찬 냄새와 화장품 냄새, 그리고 화장실 문틈에서 새어나오는 설윤의 냄새에 인상을 구겼다. 그리고 잠시 후, 초인종이 울렸다. 역시 맞은편 노부부의 집 현관이 열렸고 뒤늦게야 재경이 현관문을 열고 나가 노부부에게 허리 숙여 사과를 해야 했다. 초인종을 누른 사람은 키가 크고 마른 몸에 머리에는 검은 비니를 쓴 여자였다. 밋밋한 이목구비에 핑크색 트레이닝복 차림의 여자가 문을 연 재경에게 싱긋 웃어 보였다.

"누구……?"

어딘가 낯익은 여자의 얼굴을 뜯어보며 재경이 물었다.

"재경 씨! 나야, 이매력. 나 쌩얼이 훨 낫지? 아이라인 그리면 섹시, 지우면 청순."

그렇지 않았지만, 재경이 마지못해 고개를 끄덕이며 미소를 지어 보였다.

"죄송해요. 늦은 시간에 먼 걸음을 하게 해서."

재경이 작은방 방문을 열고 낯선 얼굴의 매력에게 사과했다.

"한참 집에 가다 생각나더라고. 꾸밀 줄 모르고 살아온 아가씨가 옷이며 머리는 어떻게 해결할까. 타신한테 내가 먼저 전화한걸."

매력이 재경을 따라 작은방으로 들어와 문을 닫았다. 군대 못지않은 서열 세계 안에서 10년을 버텨낸 매력이었다. 백스테이지나 연습실에선 줄인사를 시키고 얼차려를 주던 선배들도 쇼가 끝난 뒤엔 눈빛이 한없이 너그러워지곤 했다. 매력이 드레스 지퍼를 내려주고 미리 준비한 오일 클렌저를 호주머니에서 꺼내 손바닥에 몇 번 펌핑한 뒤 가슴을 꽁꽁 감싸고 있던 청테이프에 발라 조심스럽게 벗겨냈다.

"어떻게 떼어야 할지 막막했는데 고맙습니다."

매력의 부드럽고 섬세한 손길에 청테이프가 자극 없이 벗겨지는 걸 보며 재경은 그녀가 참 좋은 사람인 것 같다고 느꼈다. 그러나 브래지어를 대신하고 있던 청테이프가 완전히 떨어지자 알몸이나 다름없는 벌거숭이가 되었다. 재경은 두 손으로 미끌거리는 가슴을 감췄다.

"뭘 그렇게 가리고 있어? 내가 재경 씨 옷 처음 벗겨보나?"

"처음이 아니라고요?"

재경의 물음에 매력이 호탕한 웃음을 터뜨렸다.

"역시 기억 하나도 안 나는구나? 저번에 타신 집에서 하루 잔 날, 그때도 나 출동했는데 진짜 몰라? 타신이 말 안 해줬나 보네."

카피캣 사건이 마무리되던 날, 재경은 정신을 잃다시피 곯아떨어져 슬립만 입은 채 타신의 침대에서 눈을 떴다. 타신은 가사도우미가 벗겨줬다고 했지만, 이튿날 아침엔 가사도우미가 없다는 말로 재경을 낯 뜨겁게 했었다. 그런데 진짜 재경의 옷을 벗기고 슬립을 갈아입힌 사람은 타신이 아니라 매력이었다.

"그날 재경 씨 잠들고, 타신이랑 나는 거실에서 미드 봤어. 불면증 있거든, 둘 다. 제니도 아마 질투 나서 밤 꼬박 샜을걸?"

매력의 이야기를 들으며 재경은 헐렁한 티셔츠와 레깅스로 옷을 갈아입었다.

"전 그것도 모르고 타신 씨 욕했어요. 변태라고."

"소문이 좀 더럽게 나서 그렇지, 타신 나쁜 사람 아냐. 이제 머리 감아야지. 스프레이 잔뜩 뿌린 머리는 일단 따뜻한 물에 린스

풀어서 한참 담그고 있다 샴푸하는 거야. 안 그럼 머리카락 다 상해. 언니 말 듣자."

매력이 방문을 열고 걸어 나왔다. 때마침 설윤도 화장실 문을 열고 나와 새로운 손님들의 등장을 뜨악하게 바라보았다.

"얼굴만 봤는데, 두둥! 효과음 나는 거 봐라. 캬, 잘생겼네. 재경 씨, 담에 이 친구랑 밥 한번 먹자. 아니 술 한잔 마시자. 보기만 해도 안티에이징 되네. 오늘은 늦어서 먼저 갈게."

매력이 설윤을 위아래로 훑으며 야릇한 미소를 흘리고 현관을 나섰다. 그녀를 배웅한 재경이 어이없다는 얼굴로 설윤을 빤히 바라보았다.

"너 저 언니 말 믿고 기고만장하지 마. 넌 하필 그때 똥을……."

재경이 설윤에게 알주먹을 쥐어 얼굴에 들이댔다.

"근데 두현 형님은 어디 가셨어?"

설윤이 거실을 휘돌아보며 재경에게 물었다. 거실에는 화장대 의자에 앉아 코를 손으로 쥐어 싼 타신뿐이었다.

"타신 씨, 선배는요?"

"네 선배는 비상 전화 받고 경찰서로 갔어. 자세한 내용은 내일 만나서 한다더군. 근데 저 꼬맹이는 대체 뭘 먹은 거야? 화장실 문 안 닫나?"

타신이 미간을 찌푸리며 의자에서 일어섰다. 그의 날 선 한마디에 설윤이 재빨리 화장실 문을 닫았다.

"기사 포스 쩔!"

설윤이 타신을 향해 엄지손가락을 치켜들었다.

"기사 아니랬지?"

재경이 눈을 흘기고 작게 쏘아붙였다.

"내일 아침 일찍 와서 차 좀 치워줬음 좋겠어."

타신이 설윤과 재경의 얼굴을 외면한 채 자신의 구두에 발을 끼워 넣었다. 떠나는 타신을 배웅하며, 재경은 비상 전화를 받고 떠난 두현 생각에 긴 한숨을 뱉어냈다.

*

아침 5시, 남자는 알람이 울리기를 기다리지 않고 눈을 떴다. 욕실로 들어간 그는 샤워부스에서 가볍게 몸을 씻고, 면도를 했다. 거품을 얼굴에 올리고 일회용이나 자동 면도기가 아닌 독일제 폴더형 면도날을 꺼내 가죽 샤프너에 슥슥 벼렸다. 구레나룻부터 뺨, 인중, 아랫입술을 살짝 깨물어 턱까지 능숙하게 면도한 뒤 가볍게 얼굴을 축인 뒤 수건으로 닦아냈다. 오늘따라 유난히 상쾌하다 느낀 남자가 싱긋 웃으며 거울을 바라보았다. 반듯한 눈썹, 크고 시원한 눈매에 날렵한 콧날, 그리고 웃으면 박 속처럼 하얀 앞니가 보이는 다정한 입술. 누구도 연쇄살인범이라고 추측하기 힘든 호남형이었다.

살구씨와 아르간 등의 오일이 배합된 미스트를 얼굴에 뿌리고 욕실을 나온 남자는 발가벗은 채로 체중을 쟀다. 어제와 같은 무계였다. 그는 조금 실망스러운 표정을 짓곤 운동용 벤치에 앉아 상체를 숙이고 왼손에 바벨을 잡았다. 그가 바벨을 들어 올릴 때마다 이두근이 부풀어 오르며 핏줄이 불거졌다. 남자가 이제 막 벤치에 누워 플라이 자세를 취하려는 순간 침대 옆 협탁에 놓아둔 핸드폰에서 벨소리가 울렸다. 핏발 선 눈으로 거친 숨을 내쉬며 남자가 전화를 받았다.

"대표님, 이 전무입니다. 베타테스트 끝냈습니다. 연구소로 나오시면 시연하겠습니다."

중년의 사내가 깍듯한 말투로 보고를 했다. 남자가 흘끔 벽시계를 보았다. 5시 50분이었다.

"김 이사님 진짜 부지런하시다. 벌써 아침 잠 없어지실 나이는 아니잖아요? 저 자고 있으면 어쩌시려고."

"죄…… 죄송합니다. 대표님이 워낙 부지런하셔서 일어나셨을 거라고 생각했습니다. 혹시 주무시고 계셨다면……."

"아니, 나도 눈 떴죠. 이사님, 왜 그렇게 방어적이세요. 아침 잠 없어질 나이 됐으니 이제 그만 일선에서 물러나시라고 할까 봐? 에이, 우리가 함께한 세월이 얼만데 아침에 전화 좀 했다고 내가 김 이사님한테 개호로자식처럼 굴겠어요. 저 그런 놈 아닌 거 잘 아시면서. 이따 뵐게요."

전화를 끊은 남자는 부풀었던 근육이 서서히 꺼져가는 걸 바라보며 바벨을 내려놓았다.

"더 쫄아요. 그래야 조질 맛이 나니까."

남자는 드레스룸에서 머리를 말리고 흰 와이셔츠에 회색 슈트를 꺼내 입었다. 그가 거실로 나가자, 기다리고 있던 집사가 단백질 셰이크를 손에 쥐어주었다. 프로틴파우더와 닭가슴살, 두부와 바나나, 견과류가 섞인 걸쭉한 음료가 남자의 목구멍으로 넘어가자 집사가 인상을 찌푸렸다.

"내가 마시는데 이모가 왜 눈을 찌푸려? 맛없을까 봐? 뭐든 처음이 어렵지 계속 하다 보면 중독되는 거야. 나 오늘 늦어요."

남자가 피식 웃으며 집사에게 빈 컵을 넘기고 현관을 나섰다. 그가 차고에서 흰색 마세라티에 앉았을 때는 6시 30분, 그리고 김 이사와 만나기로 한 연구소에 도착했을 때는 7시 정각이었다.

"우리 김 이사님 보약 한 첩 지어드려야겠다. 눈 퀭한 것 봐. 직원들이랑 밤새셨죠?"

남자는 주차장까지 마중 나온 김 이사의 어깨를 주무르며 성큼성큼 걸음을 옮겼다.

"보약이 따로 있나요? 7년을 매달린 일인데 저한테는 성공이 보약입니다. 베타테스트 결과 확인하시죠."

남자와 김 이사는 간판도 없는 5층 건물로 들어가 지하로 내려갔다. 김 이사가 홍채 인식 도어록으로 문을 연 뒤, 또 다른 문 앞에서 정맥 인식 도어록을 해제시켰다.

"들어오시죠."

두 개의 문을 통과한 끝에 도착한 연구실 안에는 피로한 기색이 역력한 세 명의 연구원이 서 있었다. 연구원들이 남자를 향해 허리를 숙여 인사했다. 가장 나이가 어린 연구원이 흐트러진 책상을 좌우로 밀고 냉장고에서 작은 유리병 두 개를 꺼내 은색 트레이에 담아 가져왔다.

"이게 그건가? 눈으론 잘 보이지도 않네?"

남자가 유리병 하나를 들어 안에 든 물을 빤히 바라보았다.

"일반 렌즈와 외형적으로는 차이가 없습니다. 제가 직접 시연해보겠습니다."

상임 연구원이 다가와 설명하며 안경을 벗었다. 그는 유리병을 열고 집게를 넣어 안에 든 투명한 콘택트렌즈를 꺼낸 뒤 검지 위에 올려 조심스레 눈에 넣었다. 양쪽 눈에 렌즈를 모두 착용한 연구원은 가운 주머니에서 핸드폰을 꺼내 들여다보고, 책상 사이를 오가고, 동료에게 귓속말을 하는 등 한참을 서성거렸다.

"일단 테스트니까 여기까지 확인해보시죠."

김 이사가 빔 프로젝터와 연결된 노트북에서 테스트라고 적힌 폴더를 열고 그중 가장 최근 시각으로 업로드된 영상 파일을 더블 클릭했다. 그러자 방금 전 상임 연구원이 바라보던 핸드폰, 책상과 바닥, 그의 동료들 얼굴, 조심스레 나누는 작은 대화 등이 그대로 스크린 위에 재생되었다.

"진짜 되네? 이게 되는구나. 누가 믿겠어? 인간 눈에 블랙박스를 설치할 수 있다는 걸. 기가 막히다. 이사님, 우리 화질만 살짝 더 개선합시다. HD급은 아니라도 지금보다는 조금 더 선명했으면 좋겠어요."

남자가 흡족하게 웃으며 연구원들을 향해 박수를 쳤다. 연구원들이 함박웃음을 지으며 서로의 어깨를 토닥거렸다.

"화질 개선은 수 주일 내로 가능할 것 같습니다. 문제는 시판인데, 현재로선 몰카라는 비난을 면하기 어려울 것 같습니다."

김 이사가 남자의 눈치를 살피며 이마에 맺힌 땀을 닦았다.

"그걸 왜 이사님이 걱정하세요. 인간용 블랙박스가 꼭 필요한 직종은 착용을 의무화시켜버리면 되지. 법으로. 안 그렇습니까?"

김 이사는 오래전부터 남자의 기질을 꿰뚫고 있었지만, 공개적인 자리에서 자신의 야욕을 스스럼없이 드러내리라곤 생각하지 못했다. 기실 남자는 국내 최대 규모의 사설 경비업체를 운영하며, 지난 7년간 렌즈형 블랙박스 개발에 매년 수십억 원을 투자해왔다. 그의 최종 목적은 군인이나 경찰, 전과자들에게 블랙박스 착용을 의무화해 정부에 독점 납품하는 거였다. 사생활 침해, 인권 등의 이유로 각계의 반대가 예상되지만, 그가 가진 돈과 권력, 그리고 인맥이라면 몇 번의 진통 뒤에 입법이 가능할 터였다.

그의 빅피처는 꽤나 오래된 것으로 단순히 돈을 벌 목적만은 아니었다. 렌즈형 블랙박스를 착용한 사람들의 메모리는 중앙서버에 착실히 보관된다. 약관상으로는 착용자의 동의 없이는 그 누구도 영상을 열람할 수 없지만, 남자에게 그건 어디까지나 대외적인 약속일 뿐 지켜야 한다는 도덕적 책임감은 없었다. 그는 정식으로 납품을 시작한 뒤엔 VR 포르노 사업에도 뛰어들 심

산이었다. 그의 야망은 김 이사가 상상하는 그 이상이었다.

"이사님, 우리 고생한 연구원님들 이달 보너스 200퍼센트씩 챙겨주세요. 화질 개선되면 휴가도 한 달씩 쏘시고. 이거 개발된 거 알면 해외에서 오퍼가 쏟아지겠네. 계속 기능 개선하고 패치 개발해야 할 테니까 쉼표 한 번 찍고 가야죠. 그럼 저 갑니다."

남자가 기분 좋게 웃으며 연구실 문을 나섰다. 그의 뒷모습이 사라질 때까지 허리를 숙였던 김 이사가 굳은 얼굴로 고개를 들었다.

그 시각, 표적수사대 사무실 안은 낯선 사람들로 시끌시끌했다. 두현은 자신의 자리에 앉아 뭔가를 열심히 타이핑했고, 막내 덕후는 복사기 앞에서 문서를 복사하느라 분주했다. 재경을 발견한 이 형사가 심각한 얼굴로 다가왔다.

"경위님, 우리 팀 지금 감사 들어왔어요."

이 형사의 말에 재경이 사무실을 서성거리는 낯선 사람들을 바라보았다. 하나같이 짙은 색 정장에 무표정한 얼굴이었다.

"이유는요?"

재경이 이 형사에게 물었다.

"사건이 일곱 번이나 터지도록 범인을 못 잡은 게 문제죠. 게다가 장 형사님이 사무실 컴퓨터로 불법 도박 사이트에 접속한 기록이 있답니다. 도박한 증거 나오면 최소 정직, 최대 파면까지 각오해야 합니다."

과거 장 형사가 불법 도박 사이트를 수사하다 도박에 빠진 건 사실이었다. 그 탓에 5년째 승진 누락의 치욕을 겪고, 아내와 별거와 재결합을 반복하며 겨우 도박의 유혹에서 벗어났다. 그런 장 형사가 집이나 피시방도 아닌, 사무실 컴퓨터로 도박 사이트에 접속했다는 걸 재경은 믿을 수 없었다.

"장 형사님은 어디 계세요?"

"감사실 불려가서 조사 받는 중입니다. 워낙 신약한 사주인데 이번 달에 관운이 세게 치고 들어온 데다 삼형살까지 완성되었으니 곧 징계위원회 열릴 거예요. 표적수사대가 이대로 나가리 되는 건 아닌지 모르겠네요. 전 광명진언 좀 외우고 와야겠습니다."

이 형사가 쯧쯧, 낮게 혀를 차고 사무실을 떠났다. 재경은 어젯밤 타신이 한 말을 떠올렸다.

—일단은 한 걸음 물러났지만, 아버지는 절대 포기할 사람이 아냐. 청장은 아버지의 착실한 꼭두각시니 눈에 쌍심지를 켜고 너희를 감시하겠지. 앞으로 상당히 고달플 거야. 예산 집행도 수월치 않을 테고 검사도 비협조적으로 나올 거고, 여기저기서 훅과 킥이 날아들겠지.

어쩌면 누군가 빈 사무실에 들어와 장 형사의 컴퓨터를 켜고 도박 사이트에 접속했을지도 모른다는 생각이 들었다.

"민재경 경위님이시죠?"

감사실 직원이 재경에게 다가와 가볍게 목례를 했다.

"네, 민재경입니다."

"업무일지를 확인했는데, 최근 외근이 잦으셨고 현지에서 퇴근한 경우도 많더군요."

재경은 감사실 직원이 무엇을 노리는지 짐작했다. 어떻게 해서든 외부인을 수사에 끌어들인 정황을 찾아내려는 거였다.

"네, 아시다시피 지난주엔 카피캣 사건 수사로 지방 출장이 있었고 7차 사건 탐문 수사 때문에 외근이 많았습니다."

감사실 직원이 수첩에 재경의 말을 적어 넣었다.

"통행료 영수증이나 주차요금 영수증 첨부가 전혀 안 돼 있던데요?"

타신의 차로 이동한 탓에 재경에게는 출장이나 외근을 증명할 서류가 전혀 없었다. 막막한 마음에 재경이 두현을 바라보았다. 두현이 자리에서 일어나 재경에게 다가왔다. 사무실에서 밤을 꼬박 샌 두현의 얼굴에 마른버짐이 피어 있었다.

"영수증 모아놓은 거 차에 있다며?"

두현이 감사실 직원을 어깨로 밀고 재경 앞에 섰다.

"선배!"

차에 그런 게 있을 리 없었다. 재경이 난처한 표정을 지으며 두현을 불렀다.

"오늘 차 안 갖고 왔어?"

두현이 바싹 마른 입술에 침을 적셨다. 재경은 두현이 무슨 꿍꿍이로 그런 말을 하는지 알 수 없어 사실 그대로 고개를 가로저었다.

"네."

재경이 주눅 든 목소리로 대답을 했다.

"들으셨죠? 영수증 도착할 때까지 기다려주셔야겠습니다. 민 경위는 동생한테 부탁해서 차 가져와."

두현이 감사실 직원에게 시큰둥한 목소리로 말하고 다시 자신의 자리에 돌아갔다. 재경은 없는 영수증이 갑자기 생길 리 없는데 두현이 무슨 자신감으로 저런 말을 하는지 알 수 없었다.

"알겠습니다. 영수증만 확인하고 철수하죠."

감사실 직원이 제멋대로 장 형사의 빈 의자에 앉아 다리를 꼬았다. 재경은 조사를 받고 있을 장 형사도, 대책 없이 거짓말을 늘어놓는 두현도, 그리고 아무것도 할 수 없는 자기 자신도 걱정스러웠다.

"민재경, 빨리 전화해. 설윤이한테 차 가져오라고."

두현이 진지한 얼굴로 재경을 채근했다. 마지못해 재경이 사무실 전화로 설윤의 핸드폰 번호를 눌렀다.

"민설윤, 그만 자고 일어나서 내 차 좀 경찰서로 갖다줘. 사례? 내가 지금 장난치는 거 같냐? 쫓겨나기 싫으면 시키는 대로 해. 주소는…… 그래, 못 외우겠지. 두현 선배 폰으로 보낼게."

재경이 송화기를 내려놓고 자그맣게 한숨을 내쉬었다. 통화를 듣고 있던 두현이 재경에게 자신의 핸드폰을 건넸다.

누나의 부탁대로 설윤은 비단꽃길 27에 당도했다. 근처에 명문 여대가 있어 상큼한 옷차림의 대학생들과 아기자기한 레스토랑, 액세서리 전문점과 카페로 거리는 활기를 띠었다. 시내라고 해봐야 호프집과 횟집 몇 개가 전부인 고향 해남과는 판이한 거리 분위기였다.

"포스 쩔 아저씨, 완전 좋은 동네 사네."

그러다 간판도 없이 화려한 프래그런스 병으로 장식된 향수 가게 앞에서 설윤은 누나의 은회색 SUV를 발견했다. 그가 재경의 차로 성큼성큼 다가가는데, 때마침 타신이 숍에서 걸어 나왔다. 연하늘색 슈트에 아이보리색 셔츠, 최상급 카프스킨 로퍼를 신은 타신은 세련을 넘어 이국적이었다.

"포스 아저씨, 굿모닝!"

설윤이 타신을 향해 손을 휘저으며 너스레를 떨었다.

"그 왁스 좀 내다버리라는 충고는 잊은 모양이군. 공부보다는 기술을 배우는 게 어때?"

타신이 설윤을 외면하고 라텍스 장갑을 낀 뒤 차 앞 유리에 불법주차 스티커를 붙였다.

"와, 이 아저씨 진짜 자비 없네. 알 만한 사람이 왜 이래요?"

설윤이 달려들어 앞 유리에 붙은 스티커를 손톱으로 긁어냈다. 그러는 동안 타신은 운전석 문을 열고 들어가 블랙박스 메모리를 제거하고 재경의 백팩을 연 뒤 대시보드에 들어 있던 잡다한 서류 뭉치를 쑤셔 넣었다. 마지막으로 운전석에 놓인 재경의 핸드폰을 주머니에 챙긴 타신이 긴 한숨을 내쉬었다.

"여기 비단꽃길 27인데, 제 가게 앞에 불법 주정차 차량이 있어요. 견인 부탁합니다."

타신이 예리한 눈으로 차 안을 살피며 다산콜센터에 전화를 걸었다.

"이봐요, 포스 아저씨! 우리 누나한테 호감 있는 거 아니었어요? 누나랑 두현 형이랑 잘되는 거 같으니까 속이 배배 꼬인 거죠? 그렇죠?"

스티커를 뜯던 설윤이 시뻘겋게 달아오른 얼굴로 차에서 내리는 타신을 가로막았다. 타신이 픽, 헛웃음을 터뜨렸다.

"내 말 잘 들어, 마마보이. 누나 차는 어젯밤 너희 동네 양아치들에게 절도당한 거야. 메모리카드부터 현금과 노트북이 든 백팩, 그리고 차 키까지 모두 털렸지. 어쩌면 대시보드에 모아놓은 통행료 영수증과 주차 영수증도 가져갔을지 몰라."

"누나 짐은 포스 아저씨가 지금 뺐잖아요. 왜 자꾸 이상한 소리하고 있어요? 이 아저씨 공권력이 얼마나 무서운지 모르네. 저 지금 현장 목격했으니, 신고할 겁니다."

설윤이 핸드폰을 꺼내 키패드를 눌렀다. 그러자 타신이 한심하단 표정으로 자신의 핸드폰 액정을 설윤의 눈앞에 들이댔다.

—형, 미안한데 재경이 차에서 짐 좀 빼줘. 블랙박스 메모리하고 가방, 대시보드 내용물까지 전부. 도난으로 보고해야 돼.

설윤이 액정에 새겨진 두현의 메시지를 소리 내어 읽었다.

"난 경찰이 시키는 대로 했을 뿐이야. 이래도 신고할 텐가?"

"형이 대체 왜……!"

설윤이 핸드폰을 다시 호주머니에 집어넣고 생각에 잠겼다.

"곧 견인차가 도착할 거야. 넌 누나의 자동차가 간밤에 도둑맞았다고 진술하면 돼."

무슨 연유인지 알 수 없지만, 설윤은 두현이 시킨 일이라면 누나에게 해가 되지 않으리라 짐작했다. 재경의 짐을 숍으로 가져가 소파에 던진 타신이 다시 설윤에게로 돌아왔다.

"그리고 당부 하나 하지. 네 누나한테 자꾸 정두현을 찍어다 붙일 생각 하지 마."

"그건 왜요?"

설윤의 반문에 타신의 눈썹이 씰룩했다.

"정두현이 아까우니까! 그 녀석이 뭐가 아쉬워서 네 누나를 좋아할 거 같나? 그래 봬도 정두현은 내추럴 본 귀공자야. 혹시라도 그쪽 남매가 신데렐라 구두를 찾는다면, 일찌감치 포기하는 게 좋을 거야. 우리가 사는 세상이 아직 계급사회라는 걸 모르진 않겠지?"

타신은 또 설윤 앞에서 지나치게 오버했다는 걸 느꼈다. 그답지 않게 가슴이 쿵쾅거리고 입술이 말랐다.

"딱 그렇게 전달하면 되죠?"

설윤은 눈치가 빨랐다. 짧은 순간이었지만 타신의 흔들리는 눈동자와 떨리는 입술, 그리고 붉게 상기된 뺨을 엿본 터였다.

"전달? 누구한테?"

"누나요. 우리 같은 하층민 계급이 감히 넘볼 수 있는 사람들이 아니니까 연애 상대로 아저씨나 두현이 형은 넘보지 말라고 전해야죠."

타신을 희롱하는 설윤의 목소리가 능청스러웠다.

"말하자면…… 그러니까 비유를 하자면, 비유하자면 그렇다는 거야. 꼭…… 신데렐라가 돼야 성공한 여자는 아니잖아. 민중을 이끄는 자유의 여신이 될 수 있고, 또 인형의 집을 박차고 나온 노라도 될 수 있고…… 힐러리 같은……. 아무튼 입…… 조심해."

설윤은 말끝을 흐리며 허둥대는 타신의 모습에서 지금껏 보지 못했던 인간미를 느꼈다.

"아, 나 같은 사람은 입조심하려면 입에 지퍼를 달아야 하는데 지퍼 살 돈이 없네."

뒷주머니에서 지갑을 꺼낸 설윤이 허공에 대고 혼잣말을 했다.

"그 지퍼 값이 얼만데?"

멀리서 다가오는 견인차를 눈으로 좇으며 타신이 물었다.

"대략 두 장?"

설윤이 손가락 두 개를 펴 보이며 누나에게서 받아온 타신의 지갑을 그에게 넘겼다.

"넉 장이면 박음질도 가능하겠군."

가게 앞으로 견인차가 천천히 후진을 했다. 타신이 재빨리 자신의 지갑에서 5만 원권 넉 장을 설윤의 뒷주머니에 꽂아줬다.

"그럼 주둥이 봉인합니다, 포스 형님!"

설윤이 씨익 웃으며 엄지손가락을 척 들어 보였다.

"견인 요청하신 차량이 산타페 맞죠?"

견인기사가 차창을 열고 타신에게 물었다.

"아까 얘기한 대로 지껄이기나 해."

타신이 복화술 하듯 입술을 거의 움직이지 않고 설윤을 다그쳤다.

"수고하십니다. 제가 차주 동생인데요, 아, 글쎄 어떤 놈들이 어제 누나 차를 훔쳐다 여기 갖다놨네요. 보이시죠? 차 문 다 열려 있는 거. 가방이고 노트북이고, 차키까지 싹 없어졌어요. 건물주분하고는 원만하게 해결했습니다."

슬그머니 고개를 돌려 한쪽 눈을 찡긋해 보인 설윤이 견인차 기사에게 울상을 지어 보였다.

"도난 차량인데 어떻게 차주도 아니고 동생분하고 연락이 닿으셨어요?"

헛걸음한 게 못마땅한 견인기사가 짜증이 섞인 목소리로 물었다.

"차에 핸드폰이 떨어져 있었어요."

타신이 주머니에서 재경의 핸드폰을 꺼내 견인기사에게 보여주었다.

"하, 참! 그럼 진작 가족한테 연락할 것이지, 왜 민원까지 넣어서 헛걸음하게시리."

견인기사가 투덜거리며 차창을 닫고 쌩하니 큰길로 빠져나갔다. 손 갓을 쓰고 견인차가 사라지길 기다렸던 설윤이 팔꿈치로 타신의 옆구리를 쿡 찔렀다.

"저 잘했죠? 사실 공부보다는 연기 쪽이 제 적성에 맞는 거 같아요."

"그 얼굴로 얼간이처럼 웃지 마. 아껴 쓰란 말야, 네 얼굴!"

타신은 덩둘하게 웃으며 자신을 바라보는 설윤의 얼굴에서 재경을 발견했다.

"포스 형님, 혹시 저 보고 누나 얼굴 떠올린 거예요? 맞죠? 맞죠?"

입을 꾹 다문 타신이 설윤에게 인사도 없이 숍으로 걸음을 돌렸다. 그러고는 두현에게 전화를 걸었다. 짧게 상황을 설명하고 타신이 지끈거리는 관자놀이를 누르며 소파에 앉았다.

두현은 심각한 표정을 지으며 감사실 직원에게 다가갔다.

"민재경 경위의 차량이 절도당했답니다."

감사실 직원이 피식 웃으며 손가락으로 턱을 괴었다.

"아깐 동생이 가지러 간다면서요? 그사이에 도난당했다는 겁니까?"

"도난당한 차량을 인근 주민이 발견해서 연락이 간 모양입니다. 가방과 노트북, 대시보드까지 깨끗이 가져갔다는군요."

감사실 직원이 자리에서 일어나 건너편에 앉은 재경을 빤히 바라보았다.

"어떤 도둑놈이 돈 안 되는 대시보드까지 설거지를 합니까. 나 참 어이가 없네. 그리고 민재경 경위님! 경위님은 왜 처음 듣는

다는 표정이죠?"

불과 1초도 되지 않는 시간이었지만, 재경은 미간을 찌푸리며 지금의 상황을 논리적으로 이해하려고 애썼다. 두현은 있지도 않은 통행료 영수증을 차에 있다고 대답했다. 그러고는 불과 30분 만에 차량이 도난당했다는 소식을 전했다. 더 놀라운 건 차량 안에 있던 모든 물건이 사라졌다. 재경은 이 모든 게 두현과 타신이 밤새 설계한 일이라는 걸 직감했다.

"그럼 자기 물건 도둑맞고 웃음이 나오겠습니까? 도난당한 영수증 되찾는 대로 제출하겠습니다."

재경의 야무지고 당돌한 일갈에 감사실 직원이 할 말을 잃은 채 주머니에 손을 꽂았다.

"요청하신 문서 사본 모두 준비했습니다."

덕후가 장 형사의 책상 위로 수백 장의 문서 더미를 내려놓았다. 감사실 직원이 미심쩍다는 표정을 지우지 못하고 미리 준비한 상자에 사건 파일 사본을 담았다.

"협조 감사합니다. 장석진 형사님 건은 결과 나오는 대로 조속히 알려드리겠습니다."

감사실 직원이 두현에게 목례를 하고 파일이 든 상자를 들었다. 그들이 표적수사대를 빠져나가자, 모두가 낮은 한숨을 내쉬었다.

"저…… 아까 이상한 걸 봤는데요."

덕후가 조심스러운 목소리로 입을 열었다.

"뭘 봤는데?"

재경이 덕후와 두현을 바라보며 팔짱을 끼었다.

"그 감사실 직원이 웹서핑 하면서 자꾸 뭘 건드리더라고요."

"컴퓨터에서 뭔가를 건드렸다고?"

마음이 다급해진 덕후가 장 형사의 의자에 앉았다.

"뭔가를 지웠어요. 지금 제가 하드 복구 중이거든요. 날짜를 여유 있게 3일 전으로 돌리고 현재 없는 파일을 찾아보는 거죠. 그땐 있었고, 지금은 없는 파일."

덕후가 날랜 손동작으로 하드를 복구하고 파일 탐색기를 열었다.

"그때는 있었는데, 지금은 사라진 파일이라면, 누군가 코드를 씌워 원격제어를 했을 수도 있다는 거네?"

재경이 믿을 수 없다는 표정으로 모니터를 바라봤다.

"그렇죠. 아마 자주 실행하는 파일에 코드를 입혀서 그 파일을 열었을 때 해커 마음대로 컴퓨터를 조작할 수 있게 하는 거죠. 찾았어요!"

덕후가 삭제된 파일을 복구했다.

"원격제어 프로그램으로 할 수 있는 게 뭐야?"

두현이 물었다.

"뭐든 가능하죠. 모든 파일이나 프로그램을 건드릴 수 있어요. 컴퓨터 소유자가 자주 사용하는 아이디나 패스워드도 수집할 수 있고. 그리고 가장 중요한 건 소유자의 아이디로 불법도박 사이트에 접속해서 로그인도 가능하다는 거죠."

두현이 손으로 이마를 짚고 고개를 뒤로 젖혔다. 마우스 커서가 복구된 정체불명의 파일 위를 빙글빙글 맴돌고 있었다. 표적수사대는 그들이 덫에 걸려들었다는 걸 비로소 인정했다. 누군가 도박 전력이 있는 장 형사의 컴퓨터에 원격제어 프로그램을 설치하고 그가 자리를 비운 사이 도박 사이트에 접속 로그인했다는 게 그들의 추측이었다. 덕후는 두현과 재경, 그리고 이 형사의 컴퓨터에서도 같은 프로그램을 찾아냈다.

"설치된 날짜가 모두 같아요. 지난 주 월요일. 혹시 짚이는 거 있습니까?"

덕후가 두현에게 물었다.

"그날 정보통신관리관실에서 인트라넷에 보안 프로그램 패치 파일을 올려놨어. 그날 재경이도 다운받았나?"

재경이 고개를 끄덕였다.

"하필 제가 지능범죄수사대 세미나로 외근 나간 날이었네요. 작성자는 누구였죠?"

덕후는 지난 월요일 지능범죄수사대 세미나에 불려가 종일 자리를 비웠었다. 그리고 이튿날 인트라넷에 접속했을 땐 두현과 재경이 말한 게시물은 삭제되고 없었다.

"작성자는 그냥 관리자였고, 전체 공지였는지 우리 팀에만 해당되는 공지였는진 기억 안 나. 그 파일에 문제가 있었던 걸까?"

재경은 주로 자신의 노트북을 이용했지만, 두현은 줄곧 사무실 컴퓨터를 사용해왔다. 만약 해킹 프로그램이 제대로 작동했다면 장 형사보다 훨씬 파급력이 센 두현을 급습하지 않았을까, 재경은 아리송했다.

"난 모든 사이트의 아이디와 비번을 다르게 설정해. 애너그램을 이용해 특정 단어를 암호화하는 방식으로 겹치지 않게. 또 주기적으로 변경하지."

두현은 오래전부터 준비해왔다. 청장이 주시하고 있는 표적수사대를 지키기 위해선 그 누구보다 자신이 보안에 철저해야 했다. 그는 최소한의 사이트에만 가입했고, 그마저도 아이디와 비밀번호를 다르게 설정했으며 일정 주기마다 비밀번호를 바꿨다.

"관리자로 로그인할 수 있었다는 건 경찰 내부에 우리를 감시하는 사람이 있다는 얘긴데……."

모두가 먹먹한 표정을 지으며 우왕좌왕하는 사이 퇴근 시간이 다가왔다. 아무 소득도 없는 하루였다.

"고민해봤자 답 안 나와. 나가서 소주나 한잔씩 하고 들어가지."

적막을 깬 건 두현이었다. 그가 백팩을 짊어졌다.

"그러죠, 뭐. 꼭 좋아야 회식 하나요. 장 형사님한테도 연락해 놓을게요."

덕후도 얼굴에 깔린 불안을 떨쳐내며 자리에서 일어섰다. 표적수사대가 회식을 위해 오랜만에 찾은 연탄집은 한산했다. 여섯 개의 테이블 중 다섯 개가 비어 있었다. 그나마 한 테이블을 차지했던 손님도 해장국 한 그릇을 비우고 이제 막 일어선 참이었다. 불황은 길었고, 그사이 여주인의 주름도 깊어졌다.

"두현이 오랜만이구나. 너네 오늘 회식하냐?"

손님에게 잔돈을 거슬러주던 여주인이 두현과 재경을 보고 얼굴에 화색을 띠었다.

"다른 팀원들은 한 30분 있다 내려올 거예요. 저희 창가 쪽으로 앉을게요."

"이모, 선배만 보이고 나는 안 보이는구나?"

재경이 여주인에게 밉지 않게 눈을 흘기고 주방으로 들어가 쟁반에 밑반찬을 담았다.

"서방이 없어서 내 눈엔 남자만 보인다, 왜? 앉아 있으면 내가 다 갖다주는데 넌 꼭 우리 주방을 네 집 안방 드나들듯 하냐. 내 새끼들도 안 그러는데."

여주인이 호쾌하게 웃으며 슬그머니 고개를 돌려 창가 자리를 손가락질했다. 재경의 눈에 홀로 뾰루퉁한 얼굴로 앉아 있는 타신이 들어왔다. 때마침 그는 소매로 입을 가리며 재채기를 터뜨린 참이었다.

"또 고뿔 들었구먼. 코로 먹고사는 양반이 감기 걸렸으니 그 가게는 임시 휴업이겠네. 저번엔 청승맞게 혼자 와서 먹고 가더니 오늘은 웬일로 남의 회식에 곁다리야."

여주인의 말에 재경과 두현의 눈이 휘둥그레졌다. 두현이 창가 자리로 걸음을 옮기고 타신의 어깨를 툭 쳤다.

"형, 나 모르게 여기 왔다 갔나 보네?"

두현이 타신 옆에 앉아 수저를 꺼내며 장난기 그득한 눈으로 물었다.

"그나마 이 집 고기에선 항생제 냄새가 안 나서 왔을 뿐이야."

타신이 코를 훌쩍이며 대답했다.

"우리 요즘 매일 보네요."

재경의 말에 타신이 아랫입술을 비죽 내밀었다. 싫지만은 않은 두 사람의 표정을 두현이 어이없다는 듯 바라보았다.

"안주는 뭐로 할 거야? 개코 양반은 저번처럼 해장국에 폭탄주 줘?"

여주인의 말에 타신이 나오지도 않는 코를 푸는 척 고개를 돌렸다.

"일단 삼겹 네 개요. 팀원들 오면 추가할게요. 그리고 폭탄주, 아시죠?"

여주인이 기분 좋게 고개를 끄덕이며 주방으로 걸어갔다.

"이모, 난 돼지껍데기 1인분으로 부탁할게요. 콜라겐 먹어줄 때 됐거든. 러버들, 아름다운 밤이야."

그때 매력이 성큼성큼 연탄집으로 걸어 들어왔다. 그녀는 핸드폰을 꺼내 메뉴판을 배경으로 셀피를 찍었다. 그녀를 보며 재경과 두현이 킥킥 눈웃음을 주고받았다.

"매력 씨, 지금 페이스북에 나랑 연탄집 와 있다고 올렸어?"

타신 맞은편에 앉은 매력이 고개를 끄덕였다.

"알림 떴구나? 내 팔로워 10만 2,000명인 거 알지? 당분간 이 집 손님 바글바글할 거야. 이모도 저랑 한 장 찍으실래요?"

여주인이 손을 내저으며 한 걸음 물러섰다.

"난 가끔 돼지껍데기를 먹는다. 가끔은 식욕을 참을 수 없는 내가 별루다. 배가 고파서 연탄집을 찾아와 돼지껍데기를 주문할 수 있다는 건, 좋은 거야. 왜냐하면 단백질과 콜라겐은 피부에 좋으니까……. 이 게시물 지워."

타신이 핸드폰을 들여다보며 인상을 구겼다.

"왜? 이런 것도 한 번씩 올려줘야지. 마사지숍, 부티크, 호텔 디너 이런 것만 올리면 악플 달린단 말이야."

매력이 툴툴거리며 밑반찬도 사진 찍었다.

"저 혹시 사진에 저나 두현 선배도 같이 찍혔어요?"

재경이 매력 옆에 앉아 그녀의 핸드폰 액정을 바라보았다. 매력의 셀피 배경 속에는 타신과 재경, 그리고 두현의 옆모습까지 담겨 있었다.

"아, 맞다. 타신 아버지가 우리 싫어…… 하시지. 벌써 좋아요 200개 넘어갔는데 어떡하니."

찔끔한 매력이 자신의 페이스북에서 게시물 삭제 버튼을 눌렀다. 모두의 우려대로 매력이 올린 게시물은 이미 여러 사람에게 공유되었다. 매력이 뾀쭘한 얼굴로 주머니에 핸드폰을 쏙 집어넣었다.

"개코는 왜 오만상이야? 아프다고 시위하는구만."

여주인이 불 붙은 연탄을 화로에 넣고 소주와 맥주, 그리고 맑은 액체가 담긴 생수병을 가져왔다.

"타신, 나 폭탄주 기가 막히게 잘 만다. 같이 짠하고 기분 풀자. 응? 내 팔로워들 성형수술 자주 해서 기억력 안 좋아. 전신마취 몇 번 하면 나중엔 주민번호도 잘 생각 안 난다니까."

매력이 이렇게 당황한 모습을 재경은 처음 보았다. 그녀가 쩔쩔매는 동안 타신은 눈썹을 까딱거리며 늘 하던 슈팅 게임을 했고, 두현은 여주인이 가져다준 고기를 철망 위에 구웠다.

"선배, 그 페트병에 든 액체의 정체는 뭐예요?"

옆에 있는 페트병을 바라본 재경이 물었다.

"글쎄, 약간 점도가 있는 제형이고 향은 달콤했어. 정체는 나도 모르겠는데?"

두현의 대답에 매력이 맥주잔에 소주와 맥주를 따른 뒤, 맑은 액체를 바라보며 고개를 갸웃하다 뚜껑을 열고 냄새를 맡았다.

"나 이거 뭔지 알겠다. 이 냄새 진짜 오랜만이네."

매력이 술잔에 한 숟가락 분량의 액체를 따라 넣으며 빙긋 웃었다.

"뭔데요? 엄청 귀한 거?"

가위를 든 여주인이 다가와 환풍구를 내리며 폭탄주를 흘끔 내려다보았다.

"귀한 거 좋아한다. 그거 애들 먹는 코감기 시럽이잖아. 우리 손녀딸이 약이라고 하면 곧 죽어도 안 먹는다고 뻗대서 내가 물병으로 옮겨 담아놓은 거지."

여주인의 말에 모두가 깔깔 웃어댔지만, 타신은 멋쩍은 표정으로 핸드폰만 들여다보았다. 그가 병원을 마다하는 건 쓰디쓴 알약을 목구멍으로 삼켜야 하는 괴로움을 견디지 못해서였다. 매력이 소주와 맥주, 그리고 어린이 감기약이 섞인 칵테일 잔을 타신에게 건넸다. 떨떠름한 표정의 타신이 잔에 든 술을 재빨리 원샷하고는 다시 핸드폰으로 시선을 돌렸다.

"이야, 이게 얼마만의 회식입니까? 이모, 우리 고기 추가요! 항정살, 항정살!"

이 형사, 장 형사, 덕후가 연탄집 문을 열고 들어왔다.

평소라면 장 형사가 늘어놓아야 할 너스레였다. 그러나 장 형사는 이 형사와 덕후가 자리를 잡은 뒤, 맨 끄트머리에 앉아 맹물만 홀짝거렸다.

"민 경위 동생이 늦게 합류하기로 했는데, 일단 건배 한 번 하고 기다립시다."

여주인이 고기를 자르는 동안 두현이 형사들의 잔에 소주를 채워주었다. 고기가 구워지며 술잔은 계속 채워졌다. 평소 술을 즐기지 않는 재경이었지만, 옆에 붙어 앉은 매력이 자꾸 부추기는 바람에 어느덧 소주 다섯 잔이 사라졌다. 술기운에 양 볼이 새빨개진 재경이 마주 앉은 타신을 뚫어지게 바라봤다. 그녀가 고작해야 한두 잔 입술만 적시며 술자리를 모면해온 데는 이유가 있었다. 맥주든 소주든 석 잔 이상만 마시면 만취했고, 늘 필름이 끊어졌다. 재경이 거푸 다섯 잔의 술을 마신 건 비단 매력이 따라주는 술을 거절하지 못해서가 아니었다. 그동안 타신에게 쌓인 불만과 설움을 마땅히 풀 곳이 없었던 탓이었다. 그래서 들이켠 차갑고 달착지근한 소주가 재경의 몸과 마음, 그리고 혀를 자유롭게 했다.

“저쪽에 계신 분이 남타신 씨 맞죠? 악명하고 다르게 되게 미남이고 젠틀하시다.”

재경 옆에 앉은 덕후가 물었다. 재경이 상추에 고기를 얹으며 고개를 끄덕거리며 자작으로 잔을 채웠다.

“미남? 덕후야, 너 절대 속으면 안 돼. 저 사람은 지갑 여는 여자들한테만 웃어주는 사람이야. 얼굴 근육이 완전 자본주의.”

뜨끈한 연탄불이 재경의 술기운을 더욱 돋웠다. 그녀가 실실 웃으며 덕후의 입에 쌈을 욱여넣고 술은 제 입술에 털어 넣었다.

“애송이, 감기 걸렸다고 귀머거리가 되는 건 아냐. 내 웃음이 간절하면 네 말대로 지갑을 열든 춤을 추든 뭔가 보여줘야 하지 않을까?”

타신이 잔에 든 술을 홀짝 마시며 자신을 바라보는 표적수사 대원들을 재빨리 훑었다. 그 유명한 남일웅 의원의 혼외 자식, 툭하면 명예 훼손, 모욕, 기물 파손, 폭력으로 고소, 고발당하는 무뢰한. 부유층 여자들을 상대로 말도 안 되는 값의 향수를 팔아 호의호식하는 양심 없는 한량. 그저 술기운에 젖은 피로한 직장인의 눈빛이었지만, 타신의 마음에 켜켜이 쌓여온 자격지심은 자신을 바라보는 시선에 어두운 필터를 한 겹 덧씌웠다.

"들으라고 한 소린데 들어서 다행이네. 있잖아요, 타신 씨! 나 오늘 당신한테 할 얘기 엄청 많아."

모두의 시선이 재경에게로 쏠렸다.

"매력 누나, 재경이 술 몇 잔째예요?"

두현의 물음에 매력이 손바닥을 펼치고 엄지 하나를 보탰다. 아뿔싸, 하는 표정으로 두현이 설윤에게 빨리 오라는 문자를 전송했다.

"좋아, 들어보도록 하지. 그 엄청 많다는 얘기 말이야."

타신의 말에 재경이 자리에서 벌떡 일어섰다. 술에 취한 그녀는 지금 자신이 하고 있는 말과 행동이 코믹한 꿈처럼 느껴져 피식피식 웃음을 터뜨렸다.

"남타신 씨가 왜 우리랑 손잡았는지 여러분 알아요? 내 냄새가 필요하대요, 이거 완전 쥐스킨트 소설 얘기잖아. 자기가 그르누이쯤 된다고 착각하나 봐."

누구도 웃지 않았다. 그저 눈동자를 굴려 재경과 타신, 두 사람의 표정만 살필 뿐 오지랖이 태평양인 매력조차 입을 다물었다. 그만큼 타신의 표정은 일그러져 있었다.

"네 말대로 난 그르누이의 짝퉁이야. 냄새를 찾기 위해 많은 여자들과 접촉해왔지."

타신이 자신의 잔에 소주와 감기 시럽을 섞어 홀짝 들이켰다.

"핑계 한 번 좋네. 모욕하고 희롱하는 데 쾌감 느끼는 건 아니고요?"

재경의 불쾌한 얼굴을 타신이 잠시 노려보았다. 그러고는 힘겹게 입술을 열었다.

"15년 전, 내 여동생이 사라졌어. 교회 수련회에서."

타신의 한마디에 모두가 숨소리를 낮췄다.

남일웅은 타신의 여동생 효림을 끝내 자신의 딸로 인정하지 않았다. 한창 사업 확장에 박차를 가하던 시기에 부동산 재벌인 장인으로부터 거액의 투자금을 얻은 터라, 본처인 김 여사의 비위를 거스를 수 없었다. 그 무렵 효림은 이모부의 호적에 이름을 올리고 변두리 임대 아파트에서 엄마와 함께 살았다. 그녀에게 가장 즐거운 날은 오빠 타신을 만날 수 있는 금요일 밤이었다. 대학에 입학하자마자 중퇴하고, 김 여사에게 등 떠밀리다시피 프랑스 유학을 떠나야 하는 타신은 프랑스어 스터디를 핑계 대고 금요일 저녁마다 동생과 엄마를 만나러 왔다. 유학을 한 주 앞둔 타신이 마지막으로 가족을 찾아갔을 때, 그를 맞이한 건 분꽃처럼 환하게 웃으며 품을 파고드는 효림이 아니라 덩치 큰 형사였다.

형사는 효림이 오션원더랜드로 교회 수련회를 떠났다가 화재로 사망했다고 전했다. 유골마저도 화염에 탄 시신이 많아 유전자 검사가 필요하다고 했지만 타신의 어머니는 고개를 가로저었다. 간밤에 꿈에 나타난 효림은 책가방을 등에 짊어지고 말간 얼굴로 집에 돌아왔다며, 그 애가 죽었을 리 없다고 유전자 채취를 거부했다. 실제 화재 현장에선 19명의 아이들 중 13명만이 유전자 검사를 통해 부모에게 유골이 전달되었다. 이듬해 어머니는 끝내 효림을 안아보지 못한 채 유명을 달리했지만, 그녀는 끝끝내 딸이 살아 있으리란 희망을 놓지 않았다.

"하지만 난 달랐어. 효림이가 오션원더랜드에서 죽었을 거라 믿었지. 그런데 제니가 나타난 거야."

타신이 자신의 얼굴에 마른세수를 하며 말을 이어갔다.

효림이 죽었다고 생각한 시기로부터 6년이 지난 시점이었다. 타신이 프랑스에서 돌아와 향수숍을 개업한 지 얼마 지나지 않았을 때, 갓 스무 살의 제니가 그를 찾아왔다. 그녀는 물끄러미 타신을 바라보다 자신이 오션원더랜드 사건의 생존자라고 검은 눈동자를 빛내며 말했다. 제니의 말에 따르면 화재가 발생하기 전, 성경 공부를 끝내고 산책하던 효림과 제니는 뒷마당에서 새끼고양이에 홀려 뒤를 쫓다 잠들 시간을 놓쳤다고 했다.

"뒤늦게 방문이 잠긴 걸 알게 된 둘은 수영장 옆 창고로 들어가 스르르 잠이 들었다는군. 제니가 비명에 눈을 떴을 때 숙소는 불타고 있었고, 옆에 있던 효림은 사라진 뒤라고 했어. 그 앤 정말 죽지 않았던 거야. 어딘가 살아 있다고."

효림 이야기를 꺼낸 타신의 눈가가 발그스름해졌다. 일순 술이 깬 재경의 얼굴이 고통과 죄책감으로 달아올랐다.

"타신 씨……."

재경이 어렵게 입술을 뗐다.

"내 어머니와 너의 체취가 매우 유사해. 효림이 실종된 거라면, 어디엔가 살아 있다면 분명 네 체취에 반응할 거야. 그러니 넌 내게 체취만 제공해주면 돼. 불청객은 이만 일어나지."

타신이 표적수사대의 얼굴을 한번 훑고는 자리에서 일어섰다.

*

남자는 자신이 팔로잉한 모델 출신의 사교계 마당발 이매력의 타임라인에서 뜻밖의 얼굴을 발견했다. 그러나 게시물은 채 5분도 되지 않아 삭제되었다.

"쫄기는."

남자가 무표정한 얼굴로 페이스북을 닫고 시간을 확인했다. 곧 그가 기다리던 사람들이 도착할 터였다. 때마침 남자의 집 앞으로 두 대의 세단이 멈췄다. 각자의 세단에서 초로의 사내가 한 명씩 내렸다. 라탄 의자에서 일어선 남자가 잰걸음으로 현관을 향해 걸어갔다. 정원을 가로지르는 발소리를 조용히 듣고 있던 남자가 적당한 시간에 맞춰 현관문을 열었다.

"서 대표님, 장 청장님, 어서 오십쇼. 귀한 분들을 집으로 오시게 해 죄송합니다."

초로의 사내 중 배가 불룩 나온 이는 여당의 대표였고, 키가 크고 어깨가 넓은 사내는 경찰청장이었다.

"보는 눈이 많아서 서울 시내에 우리끼리 모일 만한 데가 어디 있나? 긴급 회동이니 밀실 회담이니 금방 소문이 쫙 퍼지지."

서 대표가 장 청장의 어깨를 툭 치며 눈인사를 했다. 남자는 두 사내를 자신의 집 안으로 이끌었다.

"출출하실 텐데 식사하며 얘기 나누시죠. 이쪽으로."

응접실 한가운데에는 이미 손님들을 위한 식탁이 마련되어 있었다. 사내들이 식탁 앞에 서자 단정히 머리를 틀어 올린 비서가 그들의 재킷을 받아 들고 뒷걸음질로 빠져나갔다. 이윽고 적당히 익어 윤기가 흐르는 전복 가스파초와 송로버섯 수프가 식탁에 올랐다.

"우리 공무원이야. 이렇게 비싼 식사 못 얻어먹어."

기름진 얼굴의 대표가 눈가에 까치발주름을 잡아가며 웃었다.

"지나던 길에 친구 아들 집에 들렀는데, 마침 그 집 저녁 메뉴가 이런 걸 어떡하겠습니까."

남자가 능구렁이처럼 대표의 말을 받아쳤다.

"뭐, 신제품 개발했다는 소식은 들었네. 콘택트렌즈형 CCTV라고? 첩보 영화에서나 나올 만한 물건이구먼."

대표가 전복을 잘라 기세 좋게 입에 넣으며 남자에게 물었다.

"요즘 블랙박스 없는 자동차 드물잖아요. 웬만한 시골 아니면 CCTV 없는 골목도 없고요. 그런데도 범죄는 계속 발생하는 게 신기하죠?"

남자가 와인 잔을 직접 서비스하며 본론으로 들어갔다.

"내가 그거 때문에 아주 골치 아파. CCTV 있으면 뭐하나? 수험생 연쇄살인사건만 해도 사각지대를 뚫고 터지는 걸. 그 뒷수

습하느라 요즘 골프를 못 나가."

청장이 입에 든 송로수프를 튀기며 앓는 소리를 했다.

"그래서 필요한 거죠. 모든 사람들의 눈에 CCTV를 다는 거예요. 1차적으로는 위험 직군인 경찰이나 군인, 2차적으로는 범죄자, 마지막으로는 국민 전체가 렌즈형 CCTV 착용을 의무화하는 거죠. 영상은 곧바로 서버에 전송돼 저장되고요. 그럼 사실이 왜곡될 일도 없고, 범죄에 노출됐다 하더라도 바로 도움을 줄 수 있지 않을까요?"

루비색 와인이 세 사람의 잔에 담겼다.

"그 얘기인즉슨, 렌즈형 CCTV를 의무화하고 납품과 서버 유지관리를 자네 회사인 호크아이시큐리티에 달라는 거구먼."

전복을 씹던 대표가 팔짱을 낀 채 의자에 등을 기댔다.

"처음부터 욕심내진 않습니다. 내부적으로 베타테스트는 성공했습니다만, 현장에서 제대로 활용될지는 아직 미지수죠. 샘플 한 쌍 드릴 테니 일선에서 활용해보시는 건 어떨까요."

말을 마친 남자가 와인 잔을 들었다. 대표와 청장이 잠시 머뭇거리며 눈빛을 교환했다. 건배를 한다는 건 그의 제안을 수락한다는 의미가 될 수도 있는 터였다.

"그래, 그야 뭐 어렵지 않지. 마침 수험생 연쇄살인사건 전담팀이 고전하고 있으니 그쪽 서장에게 전달하겠네. 전담팀 이놈들이 영 굼떠서 말이 많아. 사건 종결되면 몇 명 옷 벗기고, 해체시킬 구실이 필요하지."

청장이 입술을 비틀며 미소를 짓더니 잔을 들었다.

"그럼, 테스트 끝나고 입법을 추진해보도록 하지. 남일웅 의원 당선이 유력한데, 그럼 자네가 황태자 아닌가? 안 될 게 뭐 있어."

머뭇거리던 대표도 잔을 들었다. 챙, 하고 잔이 부딪치는 순간 남자의 입술에 예리한 미소가 스쳤다.

"나도 남 대표 같은 아들 하나 있으면 좋겠어. 남자가 야망이 있어야지. 남 의원 VIP 영전하고 한 20년 있다가 자네도 대권 도전해보면 어때? 적통이 이어야지, 안 그래?"

대표가 와인 잔을 내려놓으며 남자에게 물었다.

"대표님, 잊으셨어요? 오늘 두 분은 지나가던 길에 친구 아들 집에서 저녁 한 끼 드시는 거예요. 남 대표라고 하니까 되게 비즈니스적으로 만나는 사이 같잖아요. 그냥 해일이라고 편하게 불러주세요. 나중에 저 대통령 돼도, 두 분은 이름 불러주셔야 합니다."

말끝에 남자, 아니 해일이 웃음을 터뜨렸다. 그의 웃음은 놀란 아이 딸꾹질처럼 눈물이 찔끔 나오고 얼굴이 시뻘게지도록 계속되었다. 그걸 바라보는 대표와 청장도 무시당하는 기분에 시금털털한 표정을 지었다.

"죄송합니다. 아유, 죄송해요. 어려운 분들 모셔놓고 제가 결례를 저질렀네요. 근데 웃기긴 웃기잖아요. 지금이 조선시대도 아니고, 적자 서자 따지는 거. 우리 타신 형 들으면 섭섭하겠다."

해일은 자신의 입에서 이복 형, 타신의 이름이 나온 것조차 신기해서 다시 웃음을 터뜨렸다.

"장 청장, 저 녀석 원래 저래?"

대표가 고개를 옆으로 돌려 청장에게 귓속말로 물었다.

"타신은 야망 없는 돌아이, 저 녀석은 야망까지 갖춘…… 뭐 그렇죠."

해일이 냅킨으로 눈가에 맺힌 눈물을 닦아냈다.

"식욕 돋울 만한 음악 틀어도 될까요? 〈지옥의 갤럽〉 좋아하세요?"

해일이 자리에서 일어나 휘적휘적 오디오로 향했다. 그가 리모컨으로 플레이 버튼을 누르자 경쾌한 무곡이 흘러나왔다. 전채요리 접시가 비워진 식탁 위에 피가 흥건한 채끝살 스테이크가 올라왔다. 해일의 혀에 침이 고였다.

*

재경은 지독한 숙취와 함께 잠에서 깨어났다. 머리가 두 조각 날 듯 쑤시고 속은 울렁거렸다.

"귀남아, 나 물!"

재경이 갈라지는 목소리로 동생을 불렀다.

"'설윤아, 누나 물 좀 줄래?'라고 하면 줄게."

재경의 침대 앞으로 설윤이 생수병을 들고 다가왔다.

"설윤 동생님아, 누나 물 좀 줄래요?"

물이라도 마시지 않으면 영영 침대에서 일어날 수 없을 것 같았다. 설윤이 재경을 향해 생수병을 던졌다. 반쯤 몸을 일으킨 재경이 생수병에 입을 대고 꿀떡꿀떡 물을 마신 뒤 다시 털썩 베개로 머리를 떨어뜨렸다.

"두현 형이 누나 일어나면 주래."

이불 위로 뭔가 툭 떨어지는 느낌에 재경이 고개를 들었다.

"그거 뭐야?"

하얀 비닐에 묵직한 갈색 병 여러 개가 내비쳤다.

"그 형 되게 웃긴다. 약국이랑 편의점 들러서 술 깨는 약을 종류별로 여섯 개나 샀어. 그거 다 마시면 약으로 취한다고 했더니, 그럼 가장 맘에 드는 거 한 개만 골라 먹이래."

재경이 팔을 뻗어 하얀 비닐을 끌어당겼다. 설윤의 말마따나 병과 캔에 든 숙취해소제가 여섯 종류였다. 뭘 마셔야 할지 몰라 그중 가장 익숙한 이름의 약 한 병을 돌려 땄다.

"난 도서관 갈 거야. 누난 비번인데 뭐해?"

설윤이 빈 병을 받아들며 물었다.

"어제 타신 씨한테 결례한 게 있어서 찾아가서 사과하게. 보나마나 안 받아주겠지만."

재경의 얼굴에 근심이 가득했다. 설윤이 도서관으로 출발하자 그녀도 타신을 만나러 갈 채비를 했다. 빈속이 부대꼈지만 해장은 사과를 받아준 다음으로 미뤘다. 그녀가 후드티에 조거팬츠를 걸치고 집을 나섰다. 그리고 빌라 1층 현관에 내려가자마자 걸음을 멈췄다. 바로 앞에 타신의 차가 대기 중인 탓이었다.

"네가 사과하러 찾아올 거 같아 막으러 왔어. 제발 잊자고. 우호의 의미로 우선 오페라를 보러 갈 거야. 푸치니의 〈라 보엠〉이 좋겠군. 그다음엔 한강이 내려다보이는 식당에서 밥을 먹고, 쇼핑을 하러 가지. 미안, 죄송, 쏘리 이런 말하면 우리의 숭고한 동맹은 끝날 줄 알라고."

타신의 말에 재경이 그렁한 눈을 끔뻑거렸다.

"타신 씨, 지금 그쪽 캐릭터 붕괴된 거 알아요? 나랑 뭐하자는 거예요?"

"데이트."

타신의 대답에 조수석 문을 열던 재경이 화들짝 놀라 큰 눈을 끔뻑였다.

"데이트를 하자고요? 나랑?"

"오페라 보고, 밥 먹고, 쇼핑하는 게 데이트 아니면 뭐라고 생각하나?"

자동차 시동을 건 타신이 룸미러를 바라보며 미세하게 비뚤어진 앞머리를 가다듬었다.

"좋아요, 사과는 안 할게요. 근데 그쪽 나 안 좋아하잖아요. 냄새 때문에 마지못해 얼굴 보는 공생 관계 아니었어요? 나 지금 꿈꾸나?"

재경이 믿을 수 없다는 표정으로 안전벨트를 맸다.

"틀린 말은 아니지. 우린 공생 관계야. 그렇지만, 오늘은 토요일이라고. 난 주말엔 일 안 해."

"일 안 하는 건 좋은데, 우리 사이에 무슨 데이트예요. 솔직히 말해봐요, 나 괴롭히고 싶은 거죠? 나 지금 팔에 소름 돋았거든요."

소름 돋는다는 재경의 말에 타신이 히터를 켜야 하나 잠시 망설이다, 흔한 비유라는 생각에 다시 운전대를 잡았다.

"널 괴롭히지 않아. 넌…… 다른 사람들보다 조금 덜 별로거든."

타신이 오페라 극장 방향으로 차를 달리며 나직이 속삭였다.

"그게 무슨 뜻이에요?"

재경은 자신이 다른 사람보다 조금 덜 별로라는 타신의 말을 좀처럼 이해할 수 없었다. 그녀의 독해력으로는 '별로'나 '덜 별로'나 다를 바 없었기 때문이었다.

"말 그대로야. 너를 제외한 모든 사람들이 내겐 별로야. 물론 오늘 너를 밖으로 불러낸 데엔 또 다른 작은 이유가 있긴 하지. 가르쳐줄까?"

타신의 말에 재경이 고개를 끄덕였다.

"그럼 핸드폰 내놔."

타신이 재경을 향해 손바닥을 펼쳤다.

"핸드폰은 왜요?"

"네가 우리 데이트를 두현이한테 고자질하면 재미없어지니까 말이야."

타신이 재경의 손에서 핸드폰을 빼앗아 주머니에 챙겼다.

오페라 공연 내내 재경은 타신의 말을 곱씹느라 보이지도 들리지도 않았다. 1막이 끝나고, 사람들의 갈채와 함께 짧은 휴식 시간이 찾아왔다. 객석에 불이 켜지자 생각에 잠겨 있던 재경이 흠칫 놀라 고개를 들었다. 뜻밖에도 타신이 그녀를 지그시 바라보고 있었다.

"정두현과 정말 편한 선후배 사이라고 믿고 있다면 네가 그런 표정을 짓지 않겠지. 너도 의심스러운 거야. 그래서 걱정이 되는 거고. 데이트하는 남자로서 지금 네 표정 못마땅하군."

타신이 무대를 가린 붉은 장막을 바라보며 씁쓸하게 웃었다. 재경은 그의 말에 반박할 수 없었다. 두현에 대한 믿음이 확고하다면, 굳이 타신의 말을 곱씹으며 불안해할 이유가 없었다. 경찰이 된 후, 그녀는 줄곧 두현을 의지해왔다. 마치 죽은 인석의 일부인 양 그에게 스스럼없이 행동하고 두현 역시 그런 재경을 성가셔 하지 않았다. 손 뻗으면 닿는 자리엔 항상 두현이 있어 든든했으니까. 어째서 그녀는 지금껏 한 번도 두현이 자신을 여자로 바라볼 수 있다는 생각을 하지 않았는지 한심하게 느껴졌다.

"형을 이런 데서 다 만나네?"

불쑥 재경과 타신 사이로 낯선 목소리가 끼어들었다. 타신이 목소리의 주인을 향해 고개를 들었다. 이복동생 해일이었다. 붉은 셔츠에 회색 슈트를 입은 해일이 타신에게 손을 내밀어 악수를 청했다. 타신이 마지못해 악수를 하고는 다시 무대를 향해 고개를 돌렸다.

"옆에 계신 분 소개 안 해줄 거야? 이런 데 같이 오는 사이면 형수님 감일 텐데, 콤포트 파티에서 형이랑 같이 온 분 맞지?"

해일의 말에 타신이 긴 속눈썹을 내려뜨렸다. 타신은 콤포트 호텔 연회장에서 해일을 보았지만, 못 본 척 고개를 돌렸다. 해일은 남일웅의 본처가 낳은 아들로, 장차 대평그룹을 이어갈 후계자였다. 지금도 대평그룹 산하의 호크아이시큐리티라는 사설 경비업체 대표를 맡아 남일웅의 뒤를 잇는 정재계의 블루칩이었다. 타신과 해일은 한 번도 비교 대상이 되어본 적 없었다. 타신이 제법 비상한 축에 속하는 학생이었다면, 해일은 전국에서 손꼽히는 영재였다. 그는 학창 시절 내내 월반을 거듭해 타신보다 먼저 고교를 졸업했고, 불과 3년 사이 행정고시와 외무고시에 연달아 합격했다. 습관성 탈구를 이유로 군 입대를 면제받은 해일은 곧바로 유학길에 올랐고, 고작 스물일곱 살에 MBA를 수료했다. 그의 강의노트는 책으로 출간되어 큰 화제를 모았고, 종종 TV에도 출연하는 유명인사가 되었다. 그에 비해 타신은 오명과 악명의 대명사가 되어 남씨 가문의 수치로 손가락질 받았다. 해일은 누구에게나 반듯하고 신사적이었지만, 그의 성장 과정을 오롯이 지켜본 타신의 눈에는 아버지 남일웅보다 해일의 야망이 더욱 어둡고 끈적거렸다.

"오페라 극장에 데려오는 여자를 다 결혼 상대라고 생각하나?"

타신이 차가운 목소리로 뇌까렸다.

"우리 형이 말은 좀 까칠해도 속정은 깊어요. 언제 한번 놀러 오세요. 부모님도 형이 빨리 제 짝 만나 결혼했으면 하시거든요. 다음에 뵐게요."

해일이 재경에게 눈인사를 하며 타신의 어깨를 툭툭 치고 사라졌다.

"동생이었어요? 나 저분 TV에서 본 거 같은데."

재경은 까칠하고 성질 고약한 타신에게 인상 좋고 싹싹한 정반대의 동생이 있다는 게 신기했다.

"그런 얼빠진 표정 짓지 마. 대외적으로는 젠틀맨이지만 웃는 가면을 벗겨내면 내 아버지보다 더 차가운 냉혈한이라고."

2막 시작을 알리는 방송과 함께 사람들이 객석으로 모여들었다. 객석이 암전되고 장막이 올라갔다. 가면을 쓴 두 주인공이 무대로 걸어 나오자 오케스트라의 연주가 시작되었다.

*

해일은 자신의 사무실에서 김 이사와 마주 앉아 있었다.

"내년쯤 법안 통과되면 공무원과 범죄자는 의무 착용하게 만들 거예요. 단가 맞추려면 베트남 쪽에 공장 하나 지어야겠죠?"

한껏 기분이 들뜬 해일과 달리 김 이사의 표정은 어두웠다. 그는 두려웠다. 해일과 남일웅이 꿈꾸는 세상이.

"좀 더 확신이 들었을 때 공장을 지어도 늦지 않을 겁니다. 인권 문제가 걸려 있는 만큼 법안 통과도 어려울 거고요."

김 이사가 안경을 고쳐 쓰며 의견을 내놓았다.

"우리 김 이사님, 언제부터 이런 쫄보가 되셨어요? 혹시 남성 호르몬 떨어진 거 아니에요? 남자가 과감하게 지를 땐 질러야죠. 법안 통과 안 돼도 수출할 나라 많잖아요. 지구에 독재자가 몇 명이게요? 어라, 그걸 또 세고 계시네."

독재 국가를 헤아리느라 고개를 주억거리는 김 이사를 보며 해일이 비웃음을 지었다.

"베트남 쪽에 공장 부지 알아보도록 하겠습니다."

김 이사는 자식뻘의 해일에게 조롱당하는 자신의 처지가 한심했지만, 선불리 남일웅, 남해일 부자를 등지고 나올 수 없었다. 게다가 수년 전, 자신과 입사 동기였던 박 이사가 남일웅이 저지른 죗값을 대신 받고 출소 후 의문사 한 일도 마음에 걸렸다.

"김 이사님, 덕서동 쪽 우리 CCTV 제품 몇 개나 깔려 있죠?"

해일의 질문에 김 이사가 핸드폰으로 지역별 CCTV 매출을 확인했다.

"700개가 조금 넘습니다. 웬만한 골목이나 공공시설엔 다 들어가 있다고 보시면 될 겁니다. 무료로 동영상 백업 서비스 해주는 업체는 저희 호크아이시큐리티뿐이니까요."

"워낙 못 사는 동네라 중국산 싸구려 CCTV도 많겠죠?"

도통 질문의 의도를 알 수 없는 김 이사는 대답을 망설였다.

"도입 초창기에 중고 CCTV를 저희 새 제품으로 교환 설치해주는 이벤트가 있었지만, 100퍼센트라고 확신하긴 어렵습니다."

해일이 멍하니 벽에 걸린 잭슨 폴락의 그림을 바라보며 고개를 끄덕였다.

"내가 방심을 했네."

해일이 그림을 보며 혼잣말을 했다.

"네?"

"아뇨, 아버지 지역구인데 신경을 덜 쓴 것 같아서 조금 아쉽다는 얘기죠. 이참에 서울 시내 고시원이나 학원가 앞 편의점 CCTV 전부 무상 교체해주죠. 얼마 전 덕서동 사건도 CCTV 화질이 너무 구려서 건진 게 없다잖아요. 사회적 기업이라는 것도 홍보할 겸 바로 추진하세요."

"그러도록 하겠습니다."

고개를 끄덕거리는 해일을 등지고 김 이사가 사무실을 나섰다.

"이거 뭐 돈이 너무 많이 드는 취미 생활이네."

해일이 혀를 차며 책상으로 돌아갔다. 그러고는 누군가에게 전화를 걸었다.

"비서관님은 늘 제가 전화할 때까지 기다리시나 봐요? 왜 보고가 없어요?"

해일의 물음에 상대가 잔뜩 주눅 든 목소리로 죄송하다고 대답했다.

"표적수사대에 심어놓은 도청 장치가 막혔습니다."

돌아온 대답에 해일의 눈빛이 날카롭게 번뜩였다.

"여보세요. 내가 지금 비서관님한테 이런 얘기 듣자고 전화한 거 아니잖아요. 왜 도청기가 막혔는데요?"

"배터리가 다 된 것 같습니다."

"다 된 것 같습니다? 아니 서울대 법대 나온 분이 스마트하지 못하게 왜 이래? 혹시 당신 그쪽에 붙은 거 아니야? 대답해봐!"

해일이 책상 밑에 놓아둔 덤벨을 들어 올리며 대답을 독촉했다.

"아닙니다. 절대."

그의 대답에 해일이 들고 있던 덤벨을 벽으로 던졌다. 걸려 있던 잭슨 폴락의 그림 액자가 바닥에 곤두박질 쳤다.

"대선이 코앞이에요. 아버지 역정 내시면 어떻게 되는지 알죠? 형이 거기 드나드는지 계속 감시해야 해요. 한시 바삐 렌즈형 블박으로 갈아타야 합니다. 청장님 만나서 전달하고 오세요."

해일의 얼굴에 핏줄이 솟아올랐다.

"네, 알겠습니다."

비서관의 대답이 떨어지기 무섭게 해일이 주먹으로 전화기를 내리쳤다.

"쪼다 같은 새끼. 꼭 내가, 내 입으로 그런 걸 일일이 다 설명해줘야 해? 야쿠자 두목 같잖아. 내가 양아치냐고!"

그의 분노는 쉽게 사그라지지 않았다. 누르고 눌러도 좀처럼 수그러들지 않은 살인 욕망이 다시 그의 가슴에서 요동쳤다. 일 년에 한 번만 스스로에게 허락하는 달콤한 폭주가 고작 며칠도 되지 않은 지금, 다시 스멀스멀 고개를 들고 있었다. 해일의 검은 눈동자가 차오르는 욕망으로 일렁였다. 하지만 역정을 내고 있을 시간이 없었다. 오늘은 중요한 약속이 있는 날이었다.
올어바웃테이블 1호점 앞. 제니는 순백의 투피스에 화려한 패턴의 에르메스 스카프를 두르고 차에서 내렸다.
"대표님, 어서 오십쇼."
매니저가 달려 나와 레스토랑 문을 열어주었다.
"오늘 식재료 좀 볼까?"
제니가 주방으로 걸음을 옮겼다.
"오셨습니까!"
중년의 셰프가 고개 숙여 제니에게 인사를 했다. 그 뒤에서 식재료를 손질하던 여섯 명의 요리사도 허리를 숙였다.
조리실은 군대 내무실과 다르지 않았다.
"원래 하던 대로 하세요."
제니가 조리도구와 식재료를 눈으로 훑으며 요리사들 사이를 거닐었다. 냉장고를 열어보고는 최상급의 송아지 안심과 다랑어, 홍합, 치즈를 보고 고개를 끄덕였다.
"메뉴 구성 좀 들어볼까?"
제니가 주방에서 홀로 걸어 나오며 매니저에게 물었다.
"빵과 절인 올리브, 세 가지 치즈를 곁들인 샐러드가 나가고, 어니언 수프와 참치 푀유타주 혹은 송아지 안심 스테이크와 부야베스가 서빙될 예정입니다."
제니가 시간을 체크했다. 약속 시간은 오후 6시 45분. 15분 남았다.

"너무 노멀한데 일단 믿어보지. 와인 리스트 봤는데, 로제는 빼요. 촌스럽잖아. 밸런타인데이도 아니고. 좌석은 제일 아늑한 2번 테이블로 할게요."

해일이 조금 일찍 도착할 수도 있다는 생각을 하며, 제니는 화장실 옆 파우더룸에서 화장을 고쳤다. 그녀가 입술 위를 파우더 팩트로 가볍게 누르고 립글로스를 덧발랐을 때, 레스토랑 문이 열렸다.

"반갑습니다, 테이블 안내 도와드리겠습니다."

매니저의 살가운 인사에 해일이 눈인사로 화답하고 테이블 안내를 받았다. 그는 젠스타일로 심플하게 꾸민 올어바웃테이블의 인테리어가 마음에 들었다. 게다가 레스토랑의 오너는 최고의 요리사와 음식 평론가 사이에서 태어난 스타 셰프, 안제니. 요식업계에서 제니는 뼛속부터 귀족이었고, 매년 바뀌는 올어바웃테이블의 대표 메뉴가 가로수길과 경리단길의 수많은 레스토랑 메뉴판을 리뉴얼시켰다. 해일이 제니의 레스토랑을 찾아온 이유 중 하나였다.

"일찍 도착하셨네요?"

제니의 목소리에 메뉴판을 들여다보고 있던 해일이 고개를 들었다. 그가 의자에서 일어나자 제니가 악수를 청했다.

"브라운관으로만 뵈다, 실제로 만나니 훨씬 미인이시군요."

해일의 칭찬에 제니가 눈웃음을 지으며 맞은편에 앉았다.

"듣기 좋은데요. 매니저님, 저희 메뉴 좀 추천해주세요."

제니가 매니저를 불렀다.

"오늘은 최상급 송아지 안심과 황다랑어 뱃살이 신선합니다."

매니저의 안내에 해일이 들고 있던 메뉴판을 덮었다.

"황다랑어는 아직 해동이 덜 됐네요. 비린내 빼려고 술에 담가 놓으셨죠? 난 그거 별로더라. 송아지 안심으로 갑시다. 괜찮죠?"

제니의 표정에 놀라움과 당혹감이 스쳤다. 타신의 이복동생이라는 건 알았지만, 귀신같은 후각까지 닮았으리라곤 예상치 못했다. 대화는 일상적으로 흘러갔다. 날씨와 경제, 취미와 취향. 후식으로 초코무스와 라임셔벗이 나왔을 때 해일이 입을 가리고 하품을 했다.

"안제니 씨, 우리 좀 솔직해질까요?"

해일이 디저트 접시를 옆으로 밀고는 팔꿈치를 올려 턱을 괴었다.

"전 충분히 솔직하게 남해일 씨를 대하고 있는데요."

"서로 기대하는 게 있으니까 만난 거잖아요. 고속도로 놔두고 국도 타지 말자고요."

제니 역시 접시를 밀어내고 와인으로 입술을 적셨다.

"하고 싶은 얘기가 있으신 것 같은데, 말씀하시죠."

"안제니 씨의 미각, 대외적으로는 숨기는 척하면서 여기저기 스스로 소문내고 다니고 있는 거 압니다. 심지어 그 능력 가짜라는 것도."

해일의 말에 와인으로 불콰하게 달아오른 제니의 얼굴에 핏기가 사라졌다.

"저 그런 능력 없어요. 한낱 요리사일 뿐인데, 세간에서 과장하는 거죠."

"요리사보다는 마케터로 더 유능하다는 거 알아요. 요리야, 돌아가신 어머니 레시피대로 전자 저울에 무게 달아가며 재연하는 거고. 스테이크, 가니시, 수프, 디저트. 다 어디서 먹어본 맛인가 했더니 우리 어머니가 제니 씨 어머니한테 배운 딱 그 맛이었어요. 재벌가에 출장 강습하러 다니셨던 건 몰랐나 보네."

와인 한 모금을 마신 해일이 제니의 일그러지는 표정을 나른하게 감상했다. 해일이 알아챌 정도라면 타신 또한 진즉에 그녀의 능력이 속임수라는 걸 알고 있을 터였다. 그걸 알면서도 내색하지 않은 타신의 속마음을 제니는 짐작조차 하지 못했다.

"하고 싶은 말씀이……."

"타신 형과 제니 씨의 오작교가 되어드리죠. 제니 씨 우리 형 좋아하잖아요."

해일은 형의 주변 인물 중 그나마 자신에게 도움이 될 만한 사람은 제니뿐이라고 생각했다. 영악한 머리와 능청스러운 혀, 그리고 야망까지 갖춘 적임자.

"제가 이해하기 쉽게 좀 더 구체적으로 얘기해주세요."

모든 걸 다 들켜버렸으니 이제 부끄러울 것도 없었다. 제니는 해일이 무슨 조건을 제시해 자신의 마음을 움직일지 기대에 찬 눈빛으로 그를 바라보았다.

"민재경이라고 했나? 그 경찰 아가씨요. 대차게 우리 형 차버리게 만들게요, 내가."

제니가 잔을 기울여 와인을 입에 넣고 입 안에서 천천히 혀를 굴려 음미했다.

"그럼 남해일 대표님이 얻는 건 뭐죠?"

세상에 공짜 점심은 없다는 걸 제니는 잘 알고 있었다.

"우리나라 너무 좁잖아요. 세계 무대로 체인 확장하셔야죠. 아시아부터 시작해서 본진인 유럽까지 밀고 나가보세요. 아버님이 미슐랭 가이드에 몇 줄만 기고하셔도 대박 터질 텐데요, 뭐. 저도 1,000만 달러 투자하죠."

제니가 입안에 머금었던 와인을 꿀떡 삼켰다.

"남 대표님은 타신 오빠가 눈앞에서 사라져주길 원하시는 거였군요. 수고에 비해 너무 소박한 바람 아닌가요?"

"품위 유지를 위한 최소한의 비용과 노력은 치러야죠. 우리 같은 사람들, 모양 빠지는 거 극혐하잖아요. 벌레 먹은 사과를 어떻게 그냥 먹겠어요. 깨끗이 도려내야지."

벌레 먹은 사과에서 벌레는 타신이었다. 제니는 이복이긴 하나 피가 섞인 혈육을 벌레에 비유하는 해일이 섬뜩하게 느껴졌다. 하지만 그의 제안은 거절하기에 너무나 달콤했다. 신문에 천재 퍼퓨머로 소개된 타신의 기사와 사진을 본 순간부터 지금까지, 제니의 미래는 언제나 그와 함께였다. 한때는 분홍빛 첫사랑이었지만 지금은 선혈처럼 붉은 집착이 타신을 향하고 있었다.

"우리 건배할까요?"

제니가 빈 와인 잔을 채우고 건배 제안을 했다. 해일이 소리 없이 웃으며 잔을 들었다.

"촌스러우니 건배사는 생략합시다."

해일이 제니와 잔을 부딪치고 마시는 척 입술만 적신 후 자리에서 일어섰다.

"벌써 가시게요?"

제니가 와인 잔에서 입술을 떼고 물었다.

"원래 밖에서 술 잘 안 마시는데 오늘 과음했어요. 그럼 이만."

술기운에 얼굴이 달아오른 해일이 레스토랑을 빠져나갔다.

*

두현을 호출한 서장은 자신의 책상을 장식한 난초 잎을 정성껏 닦고 있었다.

"예쁘지? 전국대회 나가서 극찬을 받은 아이야. 무소유란 게 참 힘들어."

서장이 흐뭇한 얼굴로 난꽃을 바라보다 늘어진 눈꺼풀을 천천히 들었다.

"정 팀장 얼굴이 많이 상했군. 내가 자네 마음 잘 알아. 범인이 보일랑 말랑 한데 손에 안 잡히고 있으니 속이 터지겠지."

"감사 결과가 나온 겁니까?"

두현의 질문에 서장이 책상 서랍을 열어 손바닥만 한 상자 한 개를 꺼냈다.

"표적수사대 전체 1개월 정직이다. 그래도 청장님이 무척 신경 써주신 거야."

서장은 표적수사대와 두현을 매섭게 질책하곤 했지만, 이번 징계 건만큼은 수위가 지나치다고 생각했다. 남일웅 라인에 선 청장이 민심이 흉흉해지는 걸 막기 위해 수험생 연쇄살인사건 수사를 지연시키려는 속내가 뻔했다.

"청장이 보낸 거야. 콘택트렌즈형 블랙박스라고 하더군. 징계가 풀리면 표적수사대가 시범 착용하게 될 거야. 영상은 제작사 서버에 자동 백업된다고 하니, 수사관이 억울한 누명 쓰는 일은 없겠지."

서장은 머지않아 모든 경찰들이 이 괴이한 장치를 눈에 넣고 현장을 누비게 될 거란 불길한 예감에 마음이 무거웠다. 억울한 누명을 쓰는 수사관이 사라지기보다, 서버 접근 권한을 가진 사람이 얼마든지 영상을 편집 가공할 우려도 존재했다.

"알겠습니다. 한 달 뒤에 뵙겠습니다."

두현이 콘택트렌즈형 블랙박스 상자에 적힌 호크아이시큐리티 로고를 바라보며 걸음을 돌렸다. 표적수사대 사무실로 돌아온 그는 침통한 속내를 감추고 애써 웃어 보였다.

"감사 결과, 표적수사대 전원에게 1개월 정직 처분이 내려졌다. 장 형사의 도박 사이트 접속부터 업무 태만, 권력 남용 등이 이유였지만 모두가 납득하기 어려운 중징계야. 하지만 잠시 쉬어가자고, 너무 앞만 보고 달렸잖아."

두현을 바라보는 대원들의 표정에 낭패감이 스쳤다.

"팀장님, 그 상자는 뭐죠?"

덕후가 물었다.

"복직되는 날부터 우리가 착용하게 될 콘택트렌즈형 블랙박스. 이제 일거수일투족이 다 노출될 테니 사소한 행동 하나하나까지 각별히 주의해야 할 거야."

두현의 대답에 덕후가 고개를 가로저었다.

"감시가 아니라 어떻게든 팀을 와해할 목적이에요. 해킹 프로그램, 제가 만들어볼게요."

해커 출신의 덕후가 힘주어 말했지만 혼자 힘으로 보안 전문업체의 서버를 해킹한다는 건 거의 불가능이나 다름없었다.

"전 용의자가 짐작됩니다."

눈이 퉁퉁 부은 장 형사가 대원들을 향해 입을 열었다.

"누굴 의심하는지 말해봐."

두현이 차분한 목소리로 장 형사에게 말했다.

"남일웅의 차남 남해일입니다."

끊임없이 표적수사대에게 경고의 신호를 보내는 거대한 세력이라면 모두가 짐작할 만한 인물이 있었다. 바로 남일웅이었다. 그가 이토록 비호하는 인물이라면 혈육임이 분명했다. 하지만 아무도 선불리 입을 열지 못했다. 그때 재경이 점퍼를 걸치며 자리에서 일어섰다.

“심증은 저도 확실해요. 남해일이라면 중앙 서버로 전송되는 공공물 CCTV 영상을 마음대로 조작할 수 있겠죠. 현장에서 증거가 발견되지 않는 사건은 종종 있지만 CCTV까지 완벽히 피해 가기란 어렵잖아요. 그런데 덕서동 사건에서 타사 제품에 실체가 들키자 인맥을 동원해 압력을 넣는 거죠.”

재경의 말에 대원들이 고개를 주억거렸다.

“물증을 찾는 데 주력해야 해. 안타깝지만 우린 1개월간 사건에서 손을 떼야 하는 상황이야. 덕서동 고시원 사건도 관할로 이관됐고, 자료 열람도 금지됐지. 정확히 남일웅 의원의 대선이 끝난 직후 복직이니까 조용히 움직여야 해. 대선이 얼마 남지 않았어. 용의자를 자극하지 않는 선에서…….”

두현은 남일웅의 속셈을 꿰뚫었다. 그가 차남인 해일과 범죄를 공모했을 거라고 생각하진 않았다. 남일웅의 최근 행적은 거의 분 단위로 쏟아져 나오는 뉴스를 통해 증명되고 있으니 용의자에선 제외다. 다만 자신의 지역구에서 사건이 발생한 것도 탐탁지 않은 마당에, 형사들이 들쑤시고 다니면 민심이 출렁일 것이 염려스러울 터였다. 더구나 골칫거리인 타신이 표적수사대와 얽히며 자신을 협박하고 있으니 대선이 치러진 직후엔 어떤 핑계를 대서라도 수사대를 해체할 것이라 직감했다.

“단서 나오는 대로 연락 주고받자고.”

두현의 말에 대원들이 맥없이 고개를 끄덕이며 짐을 챙겼다.

씁쓸하게 사무실을 나온 재경은 다시 최면사를 찾아가기로 마음먹었다. 매번 그곳을 찾을 때마다 재경은 고통스러웠다. 인석과의 마지막 밤으로 거슬러 올라가야 한다는 것이, 소용돌이치는 검은 그림자를 마주해야 한다는 것이 두려웠다. 하지만 이번에 최면사를 찾아온 건 범인이 아니라, 단서가 될 만한 인석의 방을 살펴보기 위해서였다. 범인은 물증이 될 만한 지문이나 DNA를 남기지 않았지만, 그의 심리가 반영된 어떤 표지가 남아 있을 가능성이 컸다.

"준비됐나요?"

최면사가 재경에게 물었다.

그녀가 고개를 끄덕이며 최면실 문을 열었다. 늘 그렇듯 리클라이너 소파와 좌탁, 가습기, 그리고 립스틱 크기의 작은 종과 끈이 달린 추가 그녀를 기다리고 있었다. 재경이 운동화를 벗고 리클라이너 소파에 누웠다. 그녀가 숨을 고르는 동안 최면사가 각뿔 모양의 추가 달린 체인을 자신의 검지에 감았다.

"오늘은 예감이 좋네요. 믿어봐요. 재경 씬, 다시 그날로 돌아갈 겁니다. 행복빌라 301호에서 남자친구와 함께 있던 여름으로요. 추를 바라보며 호흡하세요. 그리고 추가 멈추면 눈을 감는 겁니다."

재경이 몸에 힘을 풀고 최면사가 흔드는 추를 물끄러미 바라보았다. 긴 호선을 그으며 활기차게 움직이던 추가 멈추자 재경이 눈을 내리감았다.

"이제 당신은 사건이 있던 그날로 돌아갔습니다. 뭐가 보이나요?"

그날 밤의 기억은 한결같았다. 재경이 라면을 먹고 남자친구 인석이 설거지를 한 뒤 보리차를 마시며 그의 방으로 들어갔다.

"남자친구 방에 들어왔어요. 책상 위에 형과 같이 찍은 사진이 보여요."

지난 최면 때는 서로 닮지 않았다고 생각했던 형제의 얼굴이 어딘가 비슷해 보였다. 교통사고로 먼저 세상을 떠난 형이 조금 더 왜소하고 우울해 보이는 표정을 짓고 있고, 인석은 장난스럽게 웃고 있다. 재경이 고개를 돌려 인석을 바라보았다.

"둘이 닮았네?"

그녀가 인석에게 말했다.

"그런가? 처음 듣는 말인데. 형은 나랑 많이 다른 사람이지. 성격은 좀 모났어도 소설을 곧잘 썼어. 스무 살에 필명으로 낸 책도 있으니까."

인석이 액자에 든 형의 얼굴을 빤히 바라보았다. 새로운 기억이 보태졌다. 인석의 형이 소설을 잘 썼고, 필명으로 출간을 한 적도 있다는 사실.

"자, 이제 주위를 둘러보세요. 뭐가 보이죠?"

다시 최면사의 목소리가 끼어들었다.

앉은뱅이책상 옆에는 책꽂이도 없이 수십 권, 아니 100권은 족히 넘는 양의 책이 벽을 타고 불균형하게 쌓여 있었다. 그중엔 경찰대 교재도 섞여 있고, 영화 잡지나 시사지, 기성품이 아닌 제본된 두꺼운 책도 보였다. 하지만 가장 많은 건 하이데거나 메를로 퐁티, 베르그손, 한나 아렌트 같은 철학자의 저서들이었다. 물론 소설, 그중에서도 프루스트와 카프카, 보르헤스, 아베 고보의 책이 눈에 띄었다. 재경의 의식은 책 제목을 좀 더 유심히 살펴보고 싶었지만, 이미 지나버린 기억 속 그녀는 인석과 입술을 포갠 채 이별을 아쉬워했다.

"좀 있으면 형이 올 거야. 나 공부 안 하고 연애하는 줄 알면 난리 칠걸."

인석이 재경의 머리를 부드럽게 쓰다듬으며 말했다. 그의 친형이 이미 죽었다는 건 두현으로부터 들어 알고 있었다. 또 후견인 역할을 해온 두현 역시 그 시각 학교에서 교수님과 함께 있었다. 그렇다면 온다고 하는 형은 누구인지 새로운 의문이 생겼다. 그러나 기억 속 재경은 현관에서 습관대로 컨버스화의 끈을 당겨 묶고 인석과 작별했다. 현관문을 나서는 재경. 지난번 최면과 달리, 밖은 어두웠지만 층간마다 달린 계단으로 교회와 노래방 네온사인이 새어들어 암흑천지만은 아니었다. 현관 안쪽에선 인석이 누군가와 통화하는 소리가 들렸다.

"네, 형. 벌써 오셨어요?"

벌써 왔느냐고 묻는 인석의 목소리가 희미하게 재경에게 들렸다. 형에게 말을 높이는 동생은 그리 흔하지 않다. 친형도 두현도 아닌, 제3자인 탓이리라. 기억 속 재경은 통화 내용을 의심하지 않고 조심조심 계단을 내려갔다. 그리고 2층에 다다랐을 때, 재경이 어둠 속에서 팔을 휘젓던 순간, 지난번 기억과 마찬가지로 무언가 그녀의 손등을 스쳤다. 미지근하고 축축한, 그리고 탄력이 느껴지는 '형'의 피부였다. 재경의 숨이 받아지기 시작했다. 괜찮을 줄만 알았는데, 놈의 피부가 그녀와 닿는 순간 재경은 다시 절망했다. 제3자가 해일이든 혹은 그가 보낸 킬러이든, 상관없었다. 그는 곧 인석을 죽일 것이고, 재경의 첫사랑이 봉오리째 꺾일 테니까.

최면에서 깨어난 재경은 새롭게 얻은 기억이 사실인지 아닌지 확인해야 했다. 가족이 없는 인석의 유품은 모조리 두현이 인수받았다. 재경은 최면을 통해 본 인석의 방을 잊지 않으려 애쓰며 두현에게 전화를 걸었다.

"선배, 인석이의 유품을 확인하고 싶어요."

"뭔가 기억해냈구나. 그런데 인석이 유품은 본가 내 방에 있는데."

두현은 경찰대 졸업 후 부모님과 사이가 멀어졌다. 학자로 남길 바라는 부모님, 일선에서 뛰고 싶은 두현. 팽팽한 신경전이 벌어졌고 결국 두현은 본가를 나와 부평초처럼 기숙사와 원룸을 떠돌았다. 이사 가는 곳마다 인석의 유품을 챙겨갈 수 없으니 본가 자신의 방에 넣어놓고 열쇠로 잠가둔 터였다.

"선배 본가가 어딘데요?"

재경이 갓길에 차를 세우고 물었다.

"평창동. 언덕 끝 푸른 지붕의 3층 주택이야. 올라오다 보면 쉽게 찾을 수 있을 거야. 아마 비슷하게 도착하겠다."

부모님과 마주쳐야 하는 두현은 마음이 착잡했다. 그는 자신의 꿈과 가족의 화목 중 전자를 택했다. 그 선택에는 후회가 없지만, 부모님은 끝내 받아들이지 못했다. 재경은 평창동으로 차를 돌려 고급 주택가 사잇길을 천천히 올라가고 있었다.

"와, 진짜 으리으리하네. 어쩜 전부 다 이렇게 마당이 있고 담이 높지?"

번잡한 도심 한가운데에서 평창동은 커다란 돔을 뒤집어쓴 듯 넓고 조용했다. 평화롭게 잔디에 물을 주는 노인, 리트리버와 산책하는 주부, 짙게 선팅된 고급 승용차와 영국 왕실에서 썼다는 클래식한 외형의 유모차가 간간이 재경의 눈에 들어왔다.

"파란 지붕, 3층 집……. 설마 저 집?"

완만한 언덕의 중턱쯤 올랐을 때, 돌로 촘촘히 담벼락을 두른 파란 지붕의 3층 주택이 나타났다. 집 한 채가 충분히 들어오고도 남을 넓은 정원엔 색색의 국화와 별 모양의 용담이 만개했고, 가지가 보기 좋게 다듬어진 전나무와 금송, 황금주목이 기품 있게 꾸며져 있었다. 담 옆에는 먼저 도착한 두현의 자동차가 이미 주차되어 있었다. 재경이 그 뒤에 차를 세우고 운전석에서 내렸다.

"여기가 선배네 본가? 완전 대저택에 살았네."

재경이 화려한 고딕 문양의 대문에 위압감을 느끼며 물었다.

"들어가자."

두현이 운전석에서 내리며 이제는 조금 낯설어진 자신의 집을 올려다보았다.

"잠깐, 오랜만에 뵙는 건데 단추 좀 채우고 깃도 똑바로."

두현의 낯빛에서 긴장감을 읽어낸 재경이 그의 옷매무새를 고쳐주었다. 재경의 손이 닿자 두현은 묘한 안도감을 느꼈다. 그가 재경을 좋아하는 건, 어쩌면 그녀에 대한 견고한 믿음에서 비롯되었을지 모른다고 생각했다. 두현이 현관으로 다가가 초인종을 눌렀다.

"어머, 막내 아드님이 오셨네. 사모님! 사모님!"

인터폰으로 두현의 얼굴을 확인한 가정부가 다급한 목소리로 두현의 어머니 손 여사를 불렀다.

"문부터 열어줘요."

품위 있는 중년 여자의 목소리가 잡음과 함께 섞여서 났다. 이윽고 문이 열리자 두현이 굳은 표정으로 대문을 열고 정원에 들어섰다.

"뭐해, 같이 가야지."

조마조마한 심정으로 멀찍이 떨어져 서 있는 재경을 두현이 불렀다. 재경이 두현의 뒤를 따라 그의 집 정원으로 들어섰다. 그녀는 징검다리처럼 놓인 대리석을 밟으며 점점 가까워지는 현관문을 바라보았다. 드라마에서나 보던 웅장한 저택이 그녀 눈앞에 있다는 사실이 믿기지 않았다. 두현이 계단을 밟고 현관에 다가설 즈음 문이 열렸다. 연회색 생활한복을 입은 가정부가 함빡 웃으며 두현을 맞이했다.

"전화 한 통 없이 찾아오는 게 어딨어요? 명절마다 사모님이 얼마나 기다……."

"아줌마, 커튼 좀 뜯어 세탁하세요."

가정부의 말을 끊은 건 그녀 뒤에 선 짙은 보라색 원피스 차림의 손 여사였다.

"건강해 보이시네요."

두현이 어머니 손 여사에게 꾸벅 인사를 했다.

"안녕하세요. 같이 일하는 민재경 경위라고 합니다."

재경이 인사를 건넸지만 손 여사의 시선은 아들 두현의 얼굴에 박혀 있었다.

"들어오너라."

손 여사가 원피스 자락을 휘날리며 응접실을 향해 돌아섰다.

"선배 어머니 카리스마 짱!"

재경이 두현에게 귓속말을 전하며 엄지손가락을 치켜들었다.

타신의 향수숍만큼 넓은 현관은 흡사 갤러리를 연상케 할 만큼 손 여사의 작품들로 꾸며져 있었다. 그곳에 벗어놓기엔 두현과 재경의 운동화는 너무 낡고 초라했다. 손 여사는 눈처럼 하얀 가죽 소파에 앉아 두 사람을 기다리고 있었다.

"제 방에서 찾을 물건이 있어 왔습니다. 인사는 다음번에……."

두현이 손 여사에게 목례를 하고 자신의 방이 있는 2층 계단으로 향했다.

"밖에서 제멋대로 살더니 예의를 잊은 모양이구나. 할 얘기 있으니 앉아. 잠깐이면 된다."

손 여사의 차가운 목소리가 두현의 발목을 잡았다. 그는 어머니 손 여사가 무슨 이야기를 꺼내려는지 짐작했다. 그가 난처한 표정으로 재경을 바라보았다.

"민 경위도 앉아요."

두현이 짧게 한숨을 내쉬며 소파에 엉덩이를 붙였다. 엉겁결에 재경도 그의 옆에 앉아 손 여사를 마주 보았다. 손 여사가 재경의 얼굴을 유심히 바라보았다.

"부모님은?"

손 여사가 재경에게 물었다.

"어머니, 이 친구는 제 직장 동료예요. 그런 질문이야말로 무례한 겁니다."

두현의 얼굴이 벌겋게 달아올랐다.

"선배, 괜찮아요. 극비 사항도 아닌데요 뭐. 어머니는 해남에서 건어물 장사하세요. 밑으로 남동생 하나 있고요. 아버진 일찍 돌아가셨어요."

재경이 팔꿈치로 두현의 옆구리를 찌르며 손 여사의 질문에 대답했다. 외까풀에 크고 맑은 눈을 가진 손 여사가 긴 속눈썹을 늘어뜨리며 고개를 끄덕였다.

"저 애 아버지 인맥을 통해 두현이가 최근 경찰청장으로부터 유학 제안 받았다는 소식을 들었어요. 뭐 거절했겠죠, 안 봐도 뻔한 녀석이니까. 내 생각엔 두현이가 믿고 의지할 수 있는 파트너가 함께해주면 마음이 변하지 않을까 싶은데, 민 경위 뜻은 어떤가요?"

두현이 유학 제안을 받았다는 사실도 놀라웠지만 손 여사가 느닷없이 그의 파트너로 자신을 지목했다는 것이 놀라웠다.

"어머니, 저흰 지금 중요한 사건을 해결해야 돼요. 둘 다 유학 다녀올 시간도 여력도 없습니다."

두현이 소파에서 벌떡 일어서며 격앙된 목소리로 못을 박았다.

"난 민 경위에게 물었다. 그리고 경찰이 너희 둘뿐은 아닐 거 아냐? 저 친구는 네가 내 앞에 데려온 첫 번째 여자다. 네 강단으로 우리집 대문을 넘을 수 있었을까? 아니, 민 경위가 함께라서 가능한 일이겠지."

손 여사는 아들 두현의 유약한 내면을 잘 알고 있었다. 칼과 곤봉, 악과 깡으로 무장한 악당들과 싸우기에 자신의 아들은 너무 여리고 순진했다. 그녀의 바람은 지금이라도 두현이 유학길에 올라 프로파일러가 되어 돌아오는 거였다.

"물으셨으니까 대답해드리겠습니다. 저는 아직 초짜라 선배 없인 일 못 합니다. 유학 좋죠. 비행기 한 번 타본 적 없는 저에게는 더할 나위 없이 멋진 제안이고요. 그런데 지금은 갈 수 없습니다. 이유는 아까 두현 선배가 말씀드린 그대로예요. 중요한 사건을 해결해야 하고, 여력이 없습니다."

재경도 소파에서 일어섰다. 손 여사가 긴 한숨을 내쉬며 팔짱을 끼었다.

"여기저기 야단이로구나. 아버지가 이끄는 재단의 상황도 좋지 않아. 교수 몇 명이 기준에 미달하는 이력으로 임용된 게 덜미를 잡혔다는구나. 아버지가 심근경색으로 입원했을 당시 벌어진 일이었어. 출처가 불분명한 거액의 돈이 아버지 개인 통장에 입금됐고, 검찰은 계좌 정보가 확인되는 대로 구속하겠다는 입장이야. 어제 청장이 전화를 했더구나. 아버지가 구속되면 재단은 무너질 거고, 너 역시 피해를 면하기 어려울 거라고. 그전에 도망가!"

손 여사의 말을 들으며 두현은 주먹을 말아 쥐었다. 사건을 덮으려는 거대 세력이 두현과 재경을 표적수사대에서 내쫓기 위해 서장을 통해 1차 통보를 했고, 부모를 압박해 최종 통보를 한 셈이었다.

"죄가 없으면 범인을 잡아야지 왜 도망을 치라는 겁니까? 누가 아버지를 대신해 임용을 허가했는지 밝혀낼 생각은 왜 안 하셨어요?"

두현이 울부짖다시피 손 여사를 향해 울분을 토했다.

"죄송하지만 저도 한마디 보태겠습니다. 이건 누군가 기획한 사건 같습니다. 검찰이 계좌 정보 하나 찾는 일이 어려울까요? 그들은 시간을 주는 겁니다. 이게 함정이라면 미끼가 걸려들 때까지는 조용히 숨죽이고 있을 거예요. 그리고 저희가 유학을 떠나는 순간 선배의 아버지는 구속될 겁니다. 해결하겠습니다. 반드시!"

재경이 두현의 등을 다독거리며, 차분하지만 또박또박한 목소리로 손 여사를 향해 말했다.

"미끼와 함정이라……. 우리 재단 교무처장이 얼마 전 사직을 하고 대평그룹 등기 이사가 됐다는 얘긴 들었어. 처장을 따르던 직원들도 줄줄이 사표를 쓰고 자회사인 호크아이시큐리티로 넘어갔고. 아예 무관하진 않겠지."

손 여사도 이미 짐작은 하고 있었다. 하지만 상대는 유력 대선후보이자 경제계의 거물인 남일웅과 남해일 부자였다.

"정황증거는 차고 넘칩니다. 알고도 도망갈 수는 없어요."

재경이 단호하게 대답했다.

그녀는 두현 아버지의 재단에 벌어진 일이 남일웅과 남해일 부자가 권력과 손잡고 파놓은 덫이라고 확신했다. 해일이 연쇄살인사건의 범인이 아니라 해도, 남일웅은 대통령이 되어선 안 될 인물이라는 게 재경과 두현의 생각이었다.

"민재경 경위, 아주 영리하고 용감한 친구군. 하지만 상대는 권력을 쥔 자들이야. 빠져나가는 것보다 협상하는 게 더 낫다고 판단했지. 나이가 들면 어떤 게 더 빠른지 덜 아픈지 본능적으로 알게 되거든. 하지만 이번엔 민 경위 배짱을 믿어보지. 만약 실패하면 두 사람은 곧바로 유학을 떠나. 불명예는 우리 부부가 감수할 몫이니까."

손 여사는 유약한 두현이 자신 앞에서 워럭 화를 낼 수 있게 된 것도 재경의 덕이라고 생각했다. 용감하고 배짱 좋은 재경이라면 자신들을 덫에서 끌어내주든 아들 두현의 손을 잡고 무탈하게 유학을 다녀오든, 믿고 맡길 수 있는 사람이라고 어림짐작했다.

"알겠습니다. 믿어주셔서 고맙습니다. 그럼, 저흰 다녀가겠습니다. 무례했다면 정말 죄송합니다."

재경이 손 여사를 향해 허리를 숙여 인사했다. 손 여사가 고개를 끄덕이며 2층으로 향하는 두현과 재경을 바라보았다. 그녀는 오랜만에 들은 아들 목소리에 고질적인 두통이 씻은 듯 나았다.

*

"선배, 나 다리 후들거리는 거 보여? 근데 어머니 진짜 멋지시다."

2층 계단을 밟으며 재경이 엄살을 부렸다.

"실패하면 강제 유학인데 넌 무슨 배짱으로 해결하겠다고 큰소리친 거야?"

두현은 전망이 탁 트여 시내가 한눈에 내려다보이는 2층 거실에 서서 재경에게 물었다.

"이대로 있으면 아버지 구속이라면서요? 이게 남 일이야? 수험생 연쇄살인사건의 진범이 남해일이라는 증거만 찾으면 한 큐에 해결돼요. 밑져야 유학이잖아."

재경이 아무렇지 않은 척 씨익 웃어 보였지만, 사건을 해결하겠다는 건 기실 용기나 배짱에서 나온 말이 아니었다. 그녀에겐 두현이 간절했다. 수험생 연쇄살인사건에 이만큼 오래 매달리고 깊이 수사해온 경찰은 없었다. 그가 표적수사대를 떠나면 사건은 영영 미결인 채로 남을 터였다. 만약 실패하면 두현과 함께 유학을 가라는 손 여사의 청을 수락했지만, 절대 그럴 일이 생기지 않도록 두현과 표적수사대, 그리고 타신이 함께하리라 믿었다.

“여기가 내 방.”

두현이 호주머니에서 열쇠 하나를 꺼내 손잡이 구멍에 끼워 돌렸다.

“헐, 이게 방이라고?”

문을 열자 재경이 살던 빌라만큼 큰 방이 그들을 맞이했다. 두현이 조명을 켜고, 침대와 책상 등을 덮어놓은 흰 천을 걷어냈다. 묵은 공기에선 낡은 책 냄새와 두현의 체취가 옅게 섞여서 났다.

“인석이…… 유품은요?”

재경이 방 안을 두리번거리며 두현에게 물었다.

“욕실 옆에 문 하나 있지? 거기가 창고야. 근데 들어가기 전에 최면에서 본 거부터 얘기해봐. 유품을 보고 나서 최면의 기억과 뒤섞이면 곤란하니까.”

창문을 열어 환기를 시키며 두현이 말했다. 재경은 방 한 구석에 놓인 두현의 책상으로 다가가 의자를 빼고 앉았다. 그녀는 책꽂이에서 스프링노트를 꺼내 펼쳤다. 수학 문제를 풀던 노트였다.

“나 빈 페이지 하나 쓸게요.”

재경은 연필꽂이에서 볼펜을 꺼낸 뒤 노트를 넘겨 빈 페이지를 찾았다.

“이렇게 앉은뱅이책상이 하나 있었어요. 베란다 방향 왼쪽으로. 그 위에 액자가 하나 있고 이런 스프링노트 몇 개랑 전공서가 몇 권 놓여 있었던 거 같아요. 그리고 책상 옆 벽에 책이 쌓여 있었어요. 다 기억할 수는 없는데《인간의 자격》,《존재와 시간》,《잃어버린 시간을 찾아서》, 또 뭐가 있었더라.《모래의 여자》?《모래의 남자》인가?”

재경이 희끄무레한 기억을 떠올리느라 고운 미간에 주름을 잡았다.

“《모래의 여자》가 맞을 거야. 아베 고보의 소설이니까. 한나 아렌트, 하이데거, 프루스트. 전부 현대 철학자들의 책이거나 철학적인 주제의 소설책들이네. 또 생각나는 건?”

두현이 인석 사건의 현장 감식 사진을 들여다보며 벽에 쌓인 책과 재경이 말한 책들을 맞춰보았다. 아직까지는 사진에 찍힌 책들이 호명되었다.

“영어로 적힌 책도 있어요. 아, 그리고 제본된 책이 있어요.. 제목은 없는데 꽤 두꺼운 게 서너 개쯤.”

재경의 말에 두현이 다시 현장 사진을 들여다봤다. 사진 속에는 전부 책 제목이 적힌, 정식 출간된 책뿐이었다. 사라진 건 재경이 방금 말한 제목 없이 제본된 두꺼운 책 서너 권일 터였다.

"이제 창고를 열어도 될 거 같다."

두현이 어금니를 깨물며 창고 방문 손잡이를 잡았다. 재경이 볼펜을 내려놓고 서서히 열리는 창고를 향해 고개를 돌렸다. 더블 침대 하나가 딱 들어갈 만한 크기의 창고 안에는 죽은 인석의 유품으로 가득했다. 재경이 최면 속에서 보았던 냄비와 선풍기, 책상과 책, 그리고 인석이 자주 입던 체크무늬 셔츠까지.

"괜찮아?"

두현은 사건 해결을 위해 지금껏 인석의 유품을 버리지 못했지만, 도무지 똑바로 바라볼 용기가 나지 않아 창고를 열지 못했었다.

"아니, 안 괜찮아요."

재경의 눈에 눈물이 솟아났다. 창백한 뺨을 타고 흐른 눈물이 그녀가 걸음을 뗄 때마다 후두둑 바닥으로 떨어졌다. 두현이 호주머니에서 손수건을 꺼내 재경에게 건넸지만 그녀는 인지하지 못한 채 울고 있었다.

"인석이 냄새가 나요. 그 애에게서 풍겼던 땀 냄새, 베이비로션 냄새, 섬유유연제 냄새, 살 냄새. 어떻게 그 앤 없는데 그 애 냄새는 그대로죠?"

재경의 시선이 두현의 책상 위에 놓인 액자에 닿자, 그녀는 끝내 무너져 내렸다. 바닥에 무릎을 꿇은 채 어깨를 들썩이며 우는 재경을 두현이 고통스럽게 바라보았다.

"민재경, 계속 울고 있을 거야? 우리 수사하러 온 거야. 넌 참고인이고. 정신 똑바로 차리고 봐."

두현이 부러 역정 내듯 큰 목소리를 내며 재경을 일으켜 세웠다. 이대로 두면 재경은 다시 사건이 벌어진 그날로 돌아가 돌아오지 않을 것만 같았다. 함께 무너질 수 없었다. 그는 자신의 핸드폰에서 책이 쌓여 있는 사진을 확대해 재경의 눈앞에 바짝 들이댔다.

"사진에 쌓여 있는 모양과 네 기억 속의 모양이 같은지 잘 봐."

재경의 눈물 몇 방울이 액정 위로 떨어졌다. 그녀가 고개를 가로저었다.

"아…… 아뇨, 달라요. 최면에서 본 건 좀 더 산만하고 순서 없이 대충 꽂혀 있었어요. 책 무더기라고 생각했으니까. 하지만 이건 너무 정돈되어 있어요. 카테고리별로 분류된 거 맞죠?"

착 가라앉은 목소리로 재경이 두현에게 물었다. 그녀의 말대로 사진에 담긴 책은 크기와 카테고리별로 나뉘어 마치 산처럼 삼각형 모양에 가깝게 정리되어 있었다.

"역시 범인은 제본된 책을 훔쳐갔어. 그리고 다시 자기 방식으로 정돈했겠지. 지금까지 놈이 아무 흔적도 서명도 남기지 않았다고 생각했는데…… 놈의 서명은 책에 있었어."

새로운 단서 앞에서 재경과 두현은 웃음도 울음도 아닌 기묘한 소리로 서로를 달랬다. 하지만 눈물을 거둘 시간이었다.

뺨에서 눈물을 닦아낸 재경이 백팩에 책을 옮겨 담았다.

"인석이의 친형이 아마추어 소설가라고 했어요. 필명으로 출간했다는 얘기도 들었고요. 사라진 제본 서적도 소설이 아닐까 하는 생각이 들어요."

재경이 코를 들이마시며 대답했다.

"인석이 형이 소설가였다고?"

인석과 친분이 두터웠지만 죽은 그의 형에 대해서는 아는 바 없었다.

"최면으로 그날 대화를 기억해냈어요. 스무 살에 필명으로 책을 출간한 적이 있다고 했거든요. 인석이 형이 어떤 사람이었는지 알아보는 작업부터 해요."

재경의 말에 두현이 고개를 끄덕였다. 10여 년 전 사망한 인석의 형에 대한 기록이 얼마만큼 남아 있을지 알 수 없지만, 만약 사라진 제본 서적이 그의 유품이라면 범인의 범행 동기를 유추할 수 있는 중요한 단서가 될 것이었다.

*

정오. 타신은 손목시계를 흘깃거리며 제니의 올어바웃테이블에 도착했다. 그는 웨이트리스에게 가장 조용한 자리를 부탁했다. 타신을 알아본 매니저가 사무실로 올라가 제니에게 귀띔을 했다. 타신이 자리를 잡고 긴장된 얼굴로 출입문을 바라보는 사이, 제니가 반색을 하며 그에게 다가왔다.

"오빠가 우리 가게에 웬일이야? 전화하지 그랬어."

재경이 나타난 후 타신과의 거리가 좀처럼 좁혀지지 않아 속이 타들어갔는데, 그가 직접 제니의 레스토랑에 나타난 것이다.

"오늘 치아바타 잘 구워졌어요. 샌드위치? 파니니? 뭐 먹고 싶어요?"

자신을 바라보며 생글거리는 제니를 타신이 흘끔 쳐다봤다.

"손님을 만나기로 했어. 주문은 그때하지."

타신이 핸드폰을 꺼내 다시 게임을 시작했다.

"나 보러 온 게 아니라고? 그때 그 청혼에 대해 조금이라도 생각이 바뀐 줄 알았는데……. 오빤 변한 게 없구나."

"그 이야긴 이미 끝났어. 네가 내 뒤를 사람 붙여 미행하고, 나 없을 때 집에 들어와 제멋대로 냉장고를 채워 넣는 일도 이제 참을 만큼 참았고. 패션지 인터뷰에서 내 실명까지 언급하며 약혼자 행세를 하던데 정정 보도 요청할 예정이야. 미안하지만 난 손님을 만나러 온 거니 일어나 줘."

적이 실망한 제니가 시무룩해져 자리에서 일어설 즈음 그녀의 눈에 익숙한 얼굴이 들어왔다.

"오셨군."

타신이 핸드폰을 주머니에 넣고 자리에서 일어나 목례를 했다. 큰 키에 반백이지만 숱 많은 머리, 지방시 신상 슈트를 멋지게 소화해내는 몸매의 남자가 타신과 제니에게 다가왔다.

"정체성이 없는 식당이군. 오늘의 메뉴 구성은 네가 했냐?"

타신에게 목례를 받은 사람은 제니의 아버지 의성이었다. 조향사들 사이에서 타신의 악명이 높듯, 요식업계에서 제니의 아버지 안의성 또한 존경과 악명을 동시에 받는 괴인이었다. 의성을 바라보는 제니의 표정이 싸늘했다.

"오너 셰프라더니 역시나 거짓말이었군. 조리사로서 복장, 두발, 손톱 뭐 하나 불량하지 않은 게 없어. 어차피 기대하지 않고 왔으니 커피나 가져와."

의성의 말에 제니가 빠른 걸음으로 홀을 빠져나갔다. 그녀는 아버지 의성과 앙숙이나 다름없었다. 엄마가 남긴 레시피북으로 레스토랑을 오픈했을 때, 첫 손님은 의성이었다. 그는 요리월드컵이라 불리는 보퀴즈도르 심사위원이었고, 그가 극찬한 레스토랑은 미슐랭 가이드에서 많은 별점을 받았다. 하지만 올어바웃테이블에서 식사를 마치고 난 의성은 자신이 연재하는 요리 칼럼에 혹평을 적었다.

'올어바웃테이블, 식탁의 모든 것이라는 간판은 안제니 셰프의 레스토랑이 아니라 일산가구단지 한 귀퉁이 식탁 전문 가구 매장에나 어울릴 법하다.'

꽤 오랜 시간이 흘렀지만 제니는 아버지의 칼럼 첫 줄을 토씨 하나 틀리지 않고 기억했다. 그녀는 매니저에게 두 사람 몫의 커피를 주문해놓고 사무실로 돌아갔다.

"파리에서 만난 게 마지막이니 4년 만인가?"

의성이 슈트 재킷을 벗으며 물었다. 타신은 프랑스 출장길에 제니의 아버지가 파리에 있다는 소식을 전해 듣고 그와 점심을 함께한 적이 있었다.

"그런 것 같습니다. 여전히 고약하시군요."

타신이 빙그레 웃으며 변함없는 의성을 바라보았다.

"난 바빠. 자네와 한가하게 커피나 마시며 노닥거릴 시간이 없으니 용건부터 말하게."

의성의 말에 타신은 마치 30년 후 자신의 모습을 보는 것만 같아 입가의 미소를 지울 수 없었다.

"제니에 대해 궁금해서 뵙자고 했습니다."

매니저가 타신과 의성 앞에 아메리카노 한 잔씩을 놓고 사라졌다.

"대담하군. 본진으로 쳐들어와서 대놓고 뒷조사라니. 그래, 자네가 내 딸에 대해 궁금해하는 이유는 둘 중 하나겠지. 결혼하고 싶거나, 아니면 도망치고 싶거나. 어느 쪽인가?"

의성은 타신이 자신과 같은 부류의 인간이라는 걸 일찌감치 알아보았다.

"물론 선생께서 짐작하신 대로지요."

타신이 커피로 입술을 적시며 대답했다.

"도망치고 싶은 게로군. 그래, 우리 같은 사람들은 쉽게 알아채지. 믿을 만한 여자인가 그렇지 않은 여자인가. 내 딸이지만 제니는 믿음직하지 않아. 사실 아주 교활하지. 극소수의 사람을 제외하곤 저 예쁜 얼굴과 배처럼 사근거리는 목소리에 쉽게 넘어갈 거야."

의성은 딸 험담을 아무렇지 않은 표정으로 늘어놓았다.

"교활하다는 게 어떤 걸 말하시는지 궁금하군요. 저도 선생도 충분히 교활한 사람들이니까요. 독자나 고객 앞에선."

타신의 말에 의성의 눈빛이 흔들렸다.

"난 딸을 더 이상 사랑하지 않네. 가장 소중한 걸 빼앗아갔다고 생각하니까. 그럼에도 연을 끊지 않는 건, 저 애에게서 제림이를 지키기 위해서야."

제림은 의성이 입양한 죽은 누나의 딸이었다. 심약한 그녀는 친엄마에 이어 의붓엄마마저 사망하자 제니에게 전적으로 의존하며 성인이 되었다. 그리고 사회생활을 할 틈도 없이 결혼하며 가정을 떠났다. 의성이 커피 잔을 들어 향을 맡고는 인상을 찌푸리며 내려놓았다.

"제니가 언니 제림 씨에게 위협이 된다고 생각하십니까?"

아버지인 의성마저 제니를 미덥지 않게 생각하고 있다는 사실에 타신은 내심 놀랐지만, 애써 덤덤한 표정으로 물었다.

"제니는 뭐든 갖고 싶은 건 가져야 직성이 풀리는 아이였지. 제 어미 같은 요리연구가가 되고 싶어 했지만 재능이 따라주질 않았어. 하지만 요리는 레시피만 있어도 할 수 있지 않은가. 아내는 자신의 레시피를 제니가 아닌 제림에게 주고 싶어 했지. 신비의 미각을 가진 사람은 제니가 아니라 제림이거든. 안타깝게도 제림인 요리에 관심이 없었다네."

의성의 대답에 타신이 들고 있던 커피 잔을 놓쳤다. 제니가 올어바웃테이블에 내놓는 메뉴는 모두 그녀의 어머니 레시피였다. 그런데 제니의 어머니는 재능이 모자란 딸이 아닌, 신비한 미각의 입양아 제림에게 자신의 레시피를 전수하고 싶어 했다. 의성의 말대로 갖고 싶은 건 가져야 직성이 풀리는 제니라면 어떻게 했을지 타신은 상상하고 싶지 않았다.

"무례한 줄 알지만…… 제니의 어머니 사인이 영양실조가 맞습니까?"

"당시 신문기사에 나왔지. 요리연구가가 영양실조로 죽었으니 세간의 주목을 받을 만했어. 내가 독일에 있을 때여서 부랴부랴 귀국했지만 이미 화장을 해버렸더군. 물론 부검도 거치지 않았어. 기자를 만나 영양실조라고 인터뷰한 건 제니였고."

말을 마친 의성은 씁쓸한 입맛을 다시며 슈트 재킷을 걸쳤다. 혼란에 빠져 할 말을 잃은 타신이 자리에서 일어선 의성을 멍하니 바라보았다.

"지금 제림이 남편이 누군 줄 아나? 장일수 경찰청장. 그 파렴치한 권력의 개에게 재취로 시집가 임신까지 해버렸다네. 그것도 내가 국내에 없는 사이 치러버린 일이야. 난 그 애를 되찾아올 거야. 조심해. 제니는 늪 같은 아이야. 어쩌면 실종된 자네 동생도 제니의 늪 속에 있을지도 모르니까."

의성이 별다른 인사 없이 자리를 벗어났다. 타신은 어째서 아버지인 의성이 이토록 제니를 혐오하는지, 또 의심하는지 좀처럼 이해할 수 없었다. 제니의 레스토랑을 나와 숍으로 돌아온 타신은 문 앞에서 기다리고 있는 매력과 마주쳤다.

"타신, 우리 낮술 마실래?"

늘 갓 피어난 장미처럼 화려하고 해맑던 매력의 얼굴에서 우울을 읽어낸 타신이 서둘러 숍 문을 열었다.

"무슨 일이야? 누가 딱 한 점 남은 신상이라도 가로챈 건가? 아니면 체중? 탈모? 기미?"

타신이 조명 스위치로 손을 가져다대자, 매력이 그의 손목을 붙잡았다.

"그런 거 아냐. 잠깐 어두운 데서 쉬고 싶은데 괜찮지?"

매력의 부탁에 타신이 마지못해 고개를 끄덕였다. 그녀는 평소답지 않았다. 소파에 앉은 매력이 얇은 카디건을 여미며 몸을 떨었다. 타신이 종이컵에 뜨거운 물을 받아 홍차 티백을 넣어 건넸다.

"고마워."

매력이 쓸쓸하게 웃으며 종이컵을 입술에 가져다대는 시늉만 했다.

"설마, 윤 원장 문제?"

타신이 목울대에 걸렸던 말을 겨우겨우 끄집어냈다. 매력은 10대 후반에 모델로 데뷔해 유명 디자이너 브랜드의 전속 모델로 승승장구했다. 그러나 화려한 스포트라이트를 벗어나면 한없이 적막하고 서늘한 어둠이 그녀를 기다렸다. 출연료와 계약금이 입금되는 즉시 매력의 아버지가 진 사업 빚으로 깡그리 인출되었다. 모델로서 할머니 소리를 들을 즈음, 속 썩이던 아버지가 죽었다. 상속을 포기하며 그녀가 무능한 아버지 대신 짊어졌던 빚의 구렁텅이에서 벗어날 수 있었다.

매력이 뇌전증, 흔히 간질이라 부르는 병을 앓게 된 것도 그 무렵이었다. 런웨이에서 큰 발작을 일으킨 매력은 지금의 남편인 윤 원장에게 측두엽 절제수술을 받았다. 그녀는 비록 볼품없는 외모에 말 없는 사내지만 부유한 데다 무던한 성격의 윤 원장이 마음에 들었다.

"이 남자, 출장이 잦아서 카드 사용 내역 좀 뽑아봤지. 근데 나한테는 제주도, 설악산, 후쿠오카, 볼티모어에 있다고 했던 때 전부 한국에 있었더라고."

매력이 탁자에 놓인 휴지를 뽑아 코를 풀었다.

"대충 짚이는 거 있어? 남자가 거짓말하는 이유가 꼭 여자 때문은 아니니까."

타신은 윤 원장 타입의 남자가 외도를 할 리 없다고 생각했다. 아니 외도를 하더라도 이런 식으로 허술하게 들킬 인물이 아니었다. 강박증 환자인 탓이었다. 파티에서 몇 차례 인사를 나눈 적이 있었지만, 그때마다 타신은 윤 원장에게서 거의 아무런 체취를 느끼지 못했다. 매력의 말에 따르면 그는 병적일 정도로 씻고 닦기를 좋아해, 원장실 한편에 샤워시설이 있을 지경이었다. 게다가 체취의 원인인 아포크린샘 절제술까지 받았다는 소식을 전해 들었을 때, 윤 원장이야말로 향수 팔아먹기 가장 어려운 고객이자, 매력과 살기엔 너무 매력 없는 남자라고 실망했었다.

"여자 문제는 아닐 거야. 카드 사용 내역 보면 편의점이나 식당, 주유비 정도니까. 내가 걱정하는 건, 학회다 뭐다 핑계 대가며 겉돌 만큼 내가 지겨워진 건 아닌가 싶어서지. 울 엄마가 그랬거든. 아빠가 크게 사고 칠 때마다 한 번씩 나가서 몇 달 만에 돌아오곤 했어. 그러다 영영 돌아오지 않게 됐고."

이제 매력에게 윤 원장은 유일한 가족이었다. 그런 그가 거짓말까지 하며 집 밖을 전전하다 결국 친정엄마처럼 어느 날 영영 돌아오지 않게 될까 봐 두려웠다.

"누구에게나 생각의 방이 있어. 내게 생각의 방은 이 소파지. 난 여기서 사라진 여동생을 그리워하기도 하고 조향 아이디어를 찾기도 해. 내가 좋아하는 여자가 앉았던 자리를 바라보기도 하지. 그럼 조금 평온해져. 윤 원장에게 생각의 방이 있다면 병원 진료실 아닐까?"

비단 매력을 위로하기 위해 한 말은 아니었다. 생각의 방이라는 게 누군가에게는 담요 한 자락이 될 수도 있고, 테디베어나 묵주, 1,000원짜리 볼펜이 될 수도 있다고 생각했다.

"그 생각의 방이란 거, 배우자나 자기 집일 수는 없는 걸까?"

매력의 질문에 타신이 유쾌하게 웃음을 터뜨렸다.

"하루 종일 윤 원장 얼굴만 보고 있겠다는 거야? 나라면 사양하겠어. 우리 좀 더 사악해지는 게 어때? 이걸 빌미로 거액의 위자료를 뜯어낸 뒤에 미끈한 남미 청년과 재혼하는 거지. 그리고 최면술로 남미 청년에게 생각의 방을 매력 씨라고 세뇌……!"

킬킬거리던 타신의 얼굴에서 웃음이 걷혔다. 최면술과 세뇌, 그리고 암시. 타신은 의성이 말한 늪이라는 게 타인을 제 마음대로 움직이는 방법인 일종의 심리요법은 아닐까 의심했다. 그런데 어째서 오랜 시간을 함께해온 타신과 아버지 의성 등 몇몇 주변 인물들은 제니에게 흔들리지 않았던 것인지는 알 수 없었다.

"꿀꿀하니까 재경이랑 설윤이 보고 싶다."

타신과 대화를 나누며 남편 윤 원장에 대한 미움이 가신 매력이 긴 팔다리를 뻗어 기지개를 켰다.

"생각의 방에 앉아 있어서 그런가, 우리 타신은 왜 이렇게 심각해?"

골몰하는 타신을 보며 매력이 그의 어깨를 흔들었다.

"매력 씨, 아는 최면술사 있나?"

타신의 질문에 매력이 당연하다는 듯 고개를 끄덕였다.

"내가 모르는 사람이 어딨어. 몇 년 전에 두현이가 부탁해서 소개해준 적도 있는 걸. 근데 최면 안 통하는 사람 많아. 나도 엄마 얼굴 기억해보려고 찾아갔는데 안 먹히더라."

매력의 말에 타신이 소파에서 벌떡 일어섰다.

"그래, 그거였어! 모든 사람들이 다 최면에 걸리는 건 아니었군. 최면이나 암시가 통하는 사람을 구분하는 능력. 그래, 그게 안제니가 가진 진짜 능력이었어."

그제야 타신은 왜 자신을 포함한 몇몇 사람들이 제니의 능력을 의심하고 빠져들지 않은 채 냉정하게 바라볼 수 있는지 깨달았다.

"능력? 걔가 무슨 능력이 있어? 안제니 얘기 나온 김에 나도 한마디 하자."

매력이 숍 조명 스위치를 누르며 말했다. 수백 병의 프래그런스 오일이 스테인드글라스처럼 빛났다.

"나 사람 안 가리는 거 알지? 근데 제니는 좀 아닌 거 같아. 여우 짓하는 거 여러 번 들켰어. 사교계 좁아. 무서운 줄 모르고 까불면 개망신당하는 세계야. 그니까 적당히 선 긋고 지내라고."

"개망신은 내가 줄 거야. 매력 씨는 팝콘이랑 콜라 끼고 앉아 지켜보기만 하면 돼."

타신의 눈동자에 다시 생기가 돌아왔다. 제니는 생각보다 위험한 인물이었다. 그녀가 타신에게 집착하는 건 끝까지 최면에 걸리지 않는 사람인 탓인지도 몰랐다.

*

환승역이었다. 사람들에 휩싸여 지하철을 내린 소녀가 자꾸만 뒤를 돌아보았다. 애경이었다. 애경의 아빠는 하반신을 쓰지 못

하는 장애인으로 지하철에서 껌이나 야광 반지, 손전등 따위를 팔았다. 몸이 불편한 아빠는 조금만 문이 빨리 닫혀도 지하철에서 내리지 못했다. 애경은 보름치 수입이 든 전대를 허리에 매고 지하철 승강장에 오도카니 앉아 아빠를 기다렸다.

옆자리에 중년 남자가 앉아 신문을 펼쳐들었다. 그리고 얼마 지나지 않아 인파가 한산해지자 남자의 손이 애경의 허벅지 사이로 파고들었다. 고작 열다섯 살이었지만, 애경은 지하철에서 수도 없이 많은 취객과 싸움꾼, 그리고 추행범들을 보아왔다. 남자의 손이 집요하게 애경의 반바지 속으로 파고들자, 그녀가 자리에서 벌떡 일어섰다. 그러고는 남자가 들고 있는 신문을 빼앗아 바닥에 던졌다. 은행원처럼 단정하게 양복을 차려입은 추행범이 짐짓 역정 난 표정으로 애경을 바라보았다.

"아악!"

애경이 자신의 귀를 틀어막고 고함을 질렀다. 남자가 손바닥으로 그녀의 입을 틀어막았지만 곧 사람들의 발소리에 겁을 먹고 승강장을 도망치듯 떠났다. 얼굴이 새빨갛게 달아오른 애경이 거친 숨을 내쉬며 남자의 손이 닿았던 반바지를 털었다. 그때 문득, 애경의 발치에 떨어진 신문이 눈에 들어왔다.

—아이를 찾습니다.

신문 한 면을 가득 채운 미아 찾기 광고였다. 광고 안에는 10대 초반의 소녀가 고급스러운 원피스를 입고 하얗게 앞니를 드러내며 웃었다. 애경은 광고에 적힌 글씨를 더듬더듬 읽어 내려갔다.

"이름 안제니. 나이 14세. 키 155cm, 눈이 크고 피부가 흰 편. 팔뚝에 작은 점이 있음. 오션원더랜드 화재 후 실종."

애경은 소매를 걷어 올려 팔뚝에 난 점을 내려다보았다. 사진 속 소녀보다 나이가 한 살 많지만, 이목구비나 신체 특징이 비슷했다. 아니, 깨끗이 씻고 멋을 내면 안제니라는 소녀보다 못날 것도 없는 모습이었다. 제니라는 소녀의 부모는 신문에 이 정도로 큰 광고를 낼 만큼 부유하고 헌신적인 어른들이리라. 애경은 자신이 매일 밤 꿈꾸던 이상적인 부모를 찾아 모험을 감행하기로 결심했다.

그 시각, 애경의 아버지는 잃어버린 딸을 찾느라 역무실과 지구대 사이를 수도 없이 기어 다녔지만 딸과 인상착의가 같은 아이를 목격한 사람은 없었다. 그도 그럴 것이 지하철역을 나선 그녀는 전대에 든 돈으로 몸을 씻고 옷과 구두를 샀다. 엉킨 머리를 단정히 빗어 땋고, 리본까지 묶은 그녀는 소중히 접어놓은 신문광고를 펼치고 거기 적힌 번호로 전화를 걸었다.

"엄마, 나 제니야."

전화를 받은 여자를 애경은 천연덕스럽게 엄마라 불렀다. 오로지 실종된 딸이 돌아오기만을 기다리던 여자는 자신을 엄마라 부르는 소녀의 목소리에 혼절을 했다. 그날 저녁부터 애경은 늘 싸구려 비누 이름 같다고 느꼈던 자신의 이름을 버리고 안제니로 살게 되었다. 하얀 식탁보와 꽃병이 놓인 식탁에서 밥을 먹고, 분홍색 벽지에 화장대까지 갖춰진 자신의 방에서 잠을 잤다.

다리 많은 벌레들이 들뜬 장판을 타고 기어 나오던 판잣집은 이미 전생처럼 희미해졌다.

*

불면으로 이틀 밤을 지새운 안의성은 피로한 몰골로 심부름센터 상담실에서 자신이 고용한 탐정의 브리핑을 듣고 있었다.

"본명 이애경. 실제 따님보다 한 살이 많아요. 화평시장 근처 판자촌에서 태어났죠. 부모는 모두 장애가 있고 돌봐줄 일가친척도 전무한 흙수저. 영악하고 아름다운 소녀가 받아들이기엔 끔찍한 현실이었겠죠."

직원의 말에 안의성이 주먹을 움켜쥐었다.

심부름센터 직원은 안의성에게 제니의 진짜 부모 사진을 보여주었다.

"아직도 딸을 찾고 있었어요."

사진 속에는 제니와 퍽 닮은 척추장애인 여성과 쭉정이처럼 야위고 주름으로 비틀어진 하반신마비 남성이 폐허 같은 집에 앉아 있었다.

"부모를 찾아줄지 말지는 안의성 씨 판단에 맡기죠."

직원의 말에 의성이 고개를 주억거렸다.

"역시 그랬어. 나는 한 번도 그 애를 내 딸이라고 믿은 적이 없었지. 그저 내 딸의 이름을 더럽히지 않고 살기만을 바랐을 뿐이야."

안의성은 사진 속 이애경의 부모를 측은하게 바라봤다.

그는 심부름센터를 나와 타신의 향수숍으로 향했다. 때마침 손님이 떠나고 난 터라 타신은 느긋하게 소파에 앉아 있다 안의성을 맞이했다.

"선생께서 어쩐 일이십니까."

서로 인사도 생략한 채 마주 앉았다.

"제니에 대한 모든 걸 알아냈어."

안의성이 식은땀을 닦아내며 말했다. 평소 그답지 않게 초조하고 두려운 표정이 역력했다.

"궁금하군요."

타신의 얼굴에도 긴장감이 맴돌았다.

"내가 가진 기록에 따르면 제니는 모든 게 가짜야. 오션원더랜드 화재사건 기억나지? 수십 명의 아이들이 희생됐어. 불길이 너무 거세 시신을 찾지 못한 부모들도 있었지. 그들 중 대부분은 아이의 시신을 찾지 못했지만 결국 사망한 것으로 마무리했는데, 유독 한 가족만 아이를 뒤늦게 되찾았다고 주장했지. 바로 우리 내외였어."

그건 이미 타신도 알고 있는 일이었다.

"아내가 나와 상의도 없이 일간지에 아이를 찾는 광고를 냈었어. 내 친딸 제니와 그 애는 매우 흡사한 외모였어. 만약 그 애가 그 광고를 봤다면?"

안의성이 프린트된 사진 한 장을 꺼내놨다. 당시 실종 신고된 자료의 사본이었다. 커다란 눈, 갸름한 얼굴형과 작지만 날렵하게 뻗은 코와 야무진 입술의 소녀가 잔디밭에 앉아 있는 사진이 타신의 눈에 들어왔다.

—이름 이애경, 나이 15세. 준수한 용모에 또래에 비해 작은 체구. 팔뚝에 갈색 반점과 새우 알레르기가 있음.

타신이 허탈하게 웃으며 물었다.

"그 앤 어느 날 신문에서 자기를 닮은 아이가 실종됐다는 광고를 봤을 거야. 실종된 아이의 부모는 부유한 명망가였고, 그에 비해 자신의 부모는 한없이 무능해 보였을 테지. 당돌한 꼬마는 이 어린 나이에 신분 세탁을 결심한 거지. 난 단번에 다른 아이라고 의심했지만 포기 직전의 아내는 끝내 아이를 내치지 못했어. 믿고 싶어서 믿어버렸던 거지."

그때부터 애경은 제니로서 제2의 인생을 시작했다. 사랑받기 위해 웃고, 애교 부리고, 엄마를 흉내 내고, 아빠의 뺨에 입을 맞추며. 그러나 안의성은 가짜가 분명한 딸이 늘 불편했다. 그는 아내 몰래 아이의 유품을 챙겨 작은 무덤을 만들고 매년 참사가 벌어진 날이면 찾아가 프리지어 한 다발을 놓고 오곤 했다.

그 무렵, 안의성의 누나가 사망하며 그녀의 딸 제림을 양녀로 입적하게 되었다. 안의성은 종종 제림의 몸에서 작은 상처와 멍을 발견했지만, 이유를 물으면 항상 넘어지거나 부딪혔다는 대답만 돌아왔다. 의심이 극에 달한 안의성은 캠코더를 딸들의 방에 숨겨놓고 몰래 녹화를 했다. 그리고 녹화된 테이프에서 그는 놀라운 장면을 목격했다. 제니가 노숙한 스타일의 원피스를 입고 화장한 뒤, 하이힐까지 신고는 제림에게 다가가 어른 목소리로 말하고 있었다.

"내 딸 제림아, 의성이는 너를 사랑하지 않아. 넌 언제까지나 내 딸이란다. 내가 죽었다는 건 거짓말이야. 외숙모도 마찬가지지. 네가 먹는 음식에 매일 죽지 않을 만큼 독을 타고 있어. 네 키가 자라지 않는 것도, 또래 아이들처럼 생리를 시작하지 않은 것도 다 독 때문이란다. 그들을 용서해선 안 돼."

영상은 분장한 제니를 바라보던 제림이 자신의 머리를 쥐어뜯으며 벽에 머리를 쿵쿵 찧는 장면으로 끝났다. 안의성은 제니가 연기하고 있는 인물이 자신의 죽은 누나라는 걸 단박에 알아차렸다. 제니는 제림이 가족을 불신하도록 매일 이런 식으로 세뇌하고 있었던 거였다. 화가 머리끝까지 치솟은 안의성이 제니의 방으로 뛰어 올라갔다. 때마침 제니는 침대에 엎드려 책을 읽고 있었다. 안의성이 방문을 열어젖혔을 때, 제니는 생긋 웃으며 그를 바라보았다.

"아빠, 내가 사라지면 과연 엄마가 제정신으로 살 수 있을 거 같아요? 나 금쪽같은 엄마 딸 안제니잖아. 다시는 내 방에 그런 거 설치하지 마세요. 아무리 사랑하는 딸이라도 사생활 침해는 곤란하죠."

제니의 말에 의성은 얼어붙었다. 캠코더가 설치된 걸 알면서도 제니는 태연하게 평소대로 행동했던 거였다. 당장이라도 제니를 집 밖으로 쫓아내고 싶었지만, 그 애의 말대로 아내는 견뎌내지 못할 터였다. 굳건히 제니를 친딸이라 믿고 있는 아내가 이 사실을 알게 된다면 미쳐버리거나 극단적인 행동을 할 수도 있었다. 그는 제림을 제니에게서 떼어놓으려 기숙학교에 입학시켰지만, 아이는 얼마 지나지 않아 돌아왔다. 죽은 엄마에 대한 그리움을 제니의 세뇌 행위로 위로받고 있었던 거였다. 둘 사이는 자매가 아닌 모녀처럼 변질되어갔고, 안의성은 더 이상 집을 버틸 수 없어 해외를 떠돌며 고통스럽게 살아갔다.

"타신."

안의성이 떨리는 입술로 타신을 불렀다.

"네."

"우린 지금껏 제니의 늪에서 허우적댔어. 내 친딸 제니라면 모를까, 가짜 제니라면 자네 동생을 만났을 리 없어. 화재 현장엔 없었을 테니까."

기실 제니는 효림을 실제로 본 적이 단 한 차례도 없었다. 훗날 그녀는 오션원더랜드 사건을 조사하는 탐사 프로그램 기자와 인터뷰를 하던 중, 미귀가자인 효림에 대해 전해 듣게 되었다. 그리고 효림의 친부가 대기업의 총수라는 사실까지. 대학에 입학하자마자 제니가 가장 먼저 한 일은 타신을 찾아가 효림과의 가짜 사연을 늘어놓고, 그의 마음을 옭아매는 것이었다.

타신은 진열장 한 귀퉁이를 바라보았다. 숙성을 마쳐가는 향수 하나가 오도카니 놓여 있었다. 재경의 체취를 바탕으로 배합

한 어머니의 향이었다. 안의성의 말대로라면 효림은 사건 당시 사망했을 터였다. 타신의 얼굴에서 핏기가 사라졌다.

"아내가 죽고 난 뒤, 사라진 게 하나 있다네. 내 캠코더. 분명 제니가 가지고 있을 거야. 왜 숨겼을까? 증거가 있으니까 숨겼겠지. 난 그 아이의 가면을 벗겨내야 해."

안의성이 소파에서 일어섰다. 그는 휘청거리며 자신의 자동차로 향했다. 그의 자동차 룸미러에 사립 초등학교 교복을 입은 안제니 사진이 매달려 있었다. 죽은 딸의 이름을 더럽히고 은인이나 다름없는 아내를 살해하고, 조카이자 의붓딸인 제림을 현혹해 수족으로 부린 제니를 용서할 수 없었다. 아파트 앞에 차를 세운 그는 제니에게 전화를 걸었다.

"아빠가 웬일이세요? 우리 그렇게 살가운 부녀는 아니잖아."

외출 준비를 하던 제니가 전화를 받았다. 그녀는 아버지 안의성이 의심과 불안의 눈길로 바라보던 어린 시절을 떠올렸다. 그가 속지 않는다는 걸 알면서도 품을 파고들고 생일마다 노래를 부르고, 뺨에 입을 맞추던 시간들이었다. 그러나 사랑받기 위해 노력하는 모습조차 안의성의 눈에는 가식적이고 소름 돋는 광경으로 비쳤다.

"레스토랑이니?"

안의성이 제니의 아파트를 올려다보며 물었다.

"아뇨, 집이에요. 약속 있어서 나가려던 참. 그런데 아빠, 이런 식으로 연락하는 거 불편해요. 타신 오빠랑 내 가게에서 약속 잡은 것도 일부러 굶으려고 작정한 거잖아. 살가운 부녀까진 힘들어도 살기 어린 부녀는 되지 말아요, 우리."

안의성은 제니의 전화를 끊었다. 수화기 너머로 제니의 집 현관문이 잠기는 소리가 들렸다. 그녀가 집을 떠났다는 걸 의미했다. 안의성은 제니의 승용차가 아파트 주차장에서 빠져나오는 걸 지켜본 뒤 조심스럽게 엘리베이터로 향했다. 그리고 문 앞에 다다라 도어록을 해제했다. 문이 열리자 제니의 애견이 그를 반겼다.

"죄 없는 너는 내가 키워주마."

강아지의 머리를 쓰다듬은 안의성이 소매를 걷어붙였다. 얼마나 걸릴지 모를 수색 작업이었지만, 결코 포기할 수 없는 일이었다. 몇 시간 뒤, 안의성은 제니의 드레스룸에서 캠코더를 찾아냈다. 녹화된 영상은 그가 상상했던 것보다 더욱 끔찍했다.

"더 눌러. 안 돼, 그 정도론! 한 번에 끝내야 해. 실패하면 끝이라고!"

오디오의 음질이 좋지 않아 분간이 어려웠지만, 안의성은 어린 시절 제니의 목소리에 귀를 세웠다. 두려움이나 죄책감 따윈 묻어나지 않았다. 적이 흥분과 기대가 뒤섞이기까지 한 음성이었다. 안의성의 아내는 베개에 눌려 가느다란 팔과 다리를 허우적거렸다. 그녀의 마지막 몸부림을 끝내 바라볼 수 없어 안의성은 영상을 중지시켰다. 영상을 들고 경찰을 찾아가 제니의 실체를 세상에 드러내야 할 때였다. 그는 다급히 강아지를 끌어안은 채 현관문을 열었다. 그 순간, 의성을 맞이한 건 희미하게 웃고 있는 제니였다.

"나 그렇게 허술하지 않아요, 내 공간에 함부로 들어오지 말라니까."

제니의 뒤에 반짝이는 무테안경을 쓴 남자, 윤 원장이 왕진 가방을 들고 서 있었다.

그녀는 며칠 사이 누군가 자신의 뒷조사를 하고 있다는 걸 눈치챘다. 심부름센터 직원들은 어설프게도 제니의 레스토랑과 아파트 앞에서 버젓이 셔터를 눌렀다. 누가 보낸 사람인지 알아내는 방법은 간단했다. 모든 CCTV를 눈으로 쓰는 사람이 아군인 덕이었다.

"남해일 씨, 부탁 하나 할게요. 제 레스토랑 정문 2시 방향에 검정색 스파크 좀 추적해줘요. 날파리처럼 자꾸 들러붙어서 말이죠."

해일은 흔쾌히 제니의 부탁을 들어주었다. 어려울 것도 없는 일이거니와 누가 꽂은 빨대인지에 따라 그에게 위험할 수도, 유용할 수도 있어서였다. 해일은 검정색 스파크가 지나온 길의 CCTV를 되돌려 보다, 놈들이 심부름센터 직원이며 그곳에 안의성이 걸어 들어간 장면까지 찾게 되었다.

"안제니 씨, 아버지하고 사이가 안 좋은가 봐요? 그렇게 안 봤는데, 살벌한 부녀였네."

해일의 전화에 제니는 아랫입술을 자근거렸다. 의붓아버지인 안의성은 처음부터 그녀의 정체를 알고 있었다. 언제든 증거만 포착하면 제니의 거짓말과 악행을 거침없이 세상에 쏟아낼 위인이기도 했다.

"아빠가 지난번에 남해일 씨랑 저, 비밀리에 만난 걸 알고 있어요. 엄마 생전엔 의처증 때문에 늘 캠코더와 녹음기로 감시당했었죠. 지금도 종종 그런 식으로 레스토랑을 감시해요. 이대로 두면 그날 우리의 약속이 타신 오빠한테 들어갈 수도 있어요. 나 좀 도와줄 수 있어요?"

제니는 천연덕스럽게 거짓말을 지어냈다. 오랜 방해물이었던 안의성을 제거할 절호의 기회였다.

"내가 직접 나서긴 그렇고, 그런 일에 아주 유능한 사람 연락처 알려줄게요. 안제니 씨, 참 의외다."

해일은 가슴이 뛰었다. 그저 영악한 야망가 정도로 여겼던 안제니가 실은 자신과 다를 것 없는 괴물이라는 사실이 놀라웠다. 아버지를 해치워달라고 태연히 도움을 구하는 동류를 돕지 않을 이유가 없었다.

*

늦은 시간이었지만 타신은 숍을 떠나지 못했다. 멀거니 자신이 만든 향수를 바라보며, 안의성의 말을 곱씹고 있었다. 가슴이 옥죄고 숨이 가빠왔다.

“타신 씨 괜찮아요?”

귀에 익은 목소리와 함께 누군가 타신의 어깨를 흔들었다. 재경이 걱정 어린 표정으로 타신을 바라보고 있었다.

“너야말로 괜찮은 거야? 이 시간에 여긴 왜?”

목소리를 가다듬은 타신이 물었다.

재경은 왜 자신이 집이 아닌 타신의 숍으로 이끌려왔는지 몰랐다. 사건 용의자인 해일의 이복형이자 사건 사고로 악명 높은 이 개코 사내에게 왜 자꾸 마음이 기우는지, 마치 애인 몰래 소개팅을 하는 것처럼 조마조마한 속내를 좀처럼 알 수 없었다.

“청장한테 미움받아서 한 달 정직 처분 나왔어요. 여기 좀 빌려 쓰려고요. 표적수사대 임시 사무실이라고 해야 하나?”

한없이 가라앉았던 타신의 마음이 재경의 당돌한 한마디에 팝콘처럼 튀어 올랐다.

“나처럼 갑질 좋아하는 건물주한테 제 발로 걸어 들어오다니, 혹시 마조히스트인가? 음탕하군.”

입으로는 툴툴거렸지만, 침잠되었던 타신의 마음에 활기가 돌았다. 그가 깊이 숨을 들이마셨다. 갓 구운 식빵과 말랑한 버터, 여린 편백나무 잎사귀를 섞은 듯한 재경의 체취가 타신을 안정시켰다. 재경 또한 영국 왕실 응접실에나 있을 법한 호화로운 소파와 조도가 낮아 아늑한 타신의 숍, 아니 숍 마스터와 함께하자 잔뜩 수축되었던 마음의 근육이 이완되었다.

“타신 씨, 근데 아이돌 윤봄하고 파리 가서 뭐했어요?”

자신을 바라보는 타신의 따뜻한 눈빛이 낯설어진 재경이 불쑥 마음속에 묵혔던 말을 꺼냈다.

"누가 그래?"

"인터넷에 윤봄 연관 검색어에 프랑스 밀회랑 타신 씨 이름이 있던데요?"

재경의 말에 타신이 큼큼, 헛기침을 했다.

"내 고객이었을 뿐이야. 좋은 체취를 가진 아이였지. 하지만 흡연자여서 늘 향수를 뒤집어쓰고 다녔어. 난 그저 진짜 체취를 얻고 싶었을 뿐이야."

타신의 말은 사실이었다. 그는 어머니의 체취를 재현하기 위해 수많은 여자들의 체취를 채집했다. 그중 한 명이 윤봄이었을 뿐이다.

"그럼 본인한테 허락을 받고 쓰던가. 굳이 그 어린애랑 프랑스에서! 호텔에서!"

재경이 낯을 붉히며 언성을 높였다.

"내가 네 것이면 좋겠어?"

불쑥 타신이 재경과 눈을 맞추며 물었다. 재경은 흑돌처럼 검고 또렷한 타신의 눈동자에 빨려드는 것만 같아 심장이 요동쳤다. 단 한 번도 인석 외의 남자에게 가슴이 흔들려본 적 없었는데.

"어머, 너희 둘 지금 한창 불붙는 순간에 우리가 나타난 거 아니지?"

타들어가는 두 사람의 마음을 진화할 두 사람이 숍 문을 열고 들어왔다. 붉은 벨벳 원피스에 진주로 호화롭게 장식된 클러치를 든 매력과 초췌한 모습의 두현이었다.

"앞에서 만났어. 약속한 것처럼 네 사람이 다 모였네."

두현이 앞머리를 쓸어 올리며 타신에게 눈인사를 했다. 잠시 할 말을 찾지 못해 허둥거리던 타신과 재경은 슬그머니 소파에서 일어섰다.

"저기, 선배. 나 인석이 친형에 대해 몇 가지 알아낸 게 있어."

멋쩍은 얼굴로 재경이 입을 열었다. 그녀는 두현과 헤어진 뒤 인석의 죽은 형에 대해 조사했다. 사라진 제본 서적이 사건의 실마리가 분명했다. 제본 서적의 필자로 짐작되는 인석의 형에 대해 파헤칠 필요가 있었다.

"이름이 김신우라는 것까진 나도 알고 있어. 다른 건?"

두현이 물었다.

"국회 도서관에서 김신우라는 이름의 저자를 찾아보니 없었어. 필명을 썼던 거지. 본명과 필명을 모두 기재해야 하는 곳이 어딜까 생각해보다, 문학도라면 신춘문예에 한 번쯤 투고했을 거 같더라고. 신문사마다 전화해서 본명이 김신우이고 필명을 쓰는 투고자를 찾았어."

재경은 한 지방지 신문사로부터 본명은 김신우지만 필명을 볼베르크라 적어 보낸 투고자가 있었다는 제보를 받았다. 투고한 원고를 요청한 재경은 이튿날 빛바랜 제본 서적 한 권을 입수했다. 먼 기억 속, 인석의 책상에서 본 것과 무척 유사했지만 표지색이 연한 분홍색을 띠고 있었다. 표지에 적힌 본명과 주소로 보아 인석의 형이 볼베르크라는 걸 확신했다.

"볼베르크라는 필명으로 검색해보니까 제법 아는 사람들이 많았어. PC통신 시절부터 시작해서 사망한 2005년까지 활동했던 것 같아. 판타지계에선 꽤 유명했고, 지금은 회원이 거의 빠져나간 팬카페도 있을 정도. 카페 매니저라면 더 자세한 걸 알고 있을 것 같아서 메일 보내놓은 상태야."

재경은 볼베르크가 어떤 사람인지 알면 누가 제본 서적을 훔쳐갔는지에 대한 단서가 생길 거라 기대했다.

"내가 미처 생각하지 못한 것까지 신경 썼네. 잘했어. 매니저와 연락 닿으면 같이 만나보자."

두현은 대견하다는 표정으로 재경을 바라보았다.

"정말 여길 임시 사무실로 쓸 생각인가 보군."

재경과 두현이 쿵짝을 맞추자 타신이 시큰둥한 얼굴로 중얼거렸다.

"너희 덕서동 고시원 사건 아직 해결 안 됐구나? 증거가 전혀 없는 거야?"

향수 진열대 앞을 서성거리던 매력이 물었다.

"네, 거의 없다고 봐야죠. 고전 중이에요."

두현이 종이컵에 녹차 티백을 담그며 답했다.

"누군가 살인도 하고 현장도 말끔히 치우려면 꽤 시간이 걸리겠지? 범인이 남자라고 가정하면 이건 최소 2인 1조야. 남자들은 한 번에 여러 가지 일 못 하거든. 한 사람이 살해하고, 뒤이어 전문가가 뒤처리를 한 거지."

매력의 혼잣말에 타신이 한쪽 눈썹을 들어올렸다. 역시나 직관이 뛰어난 여자였다.

"그럼 나는 두현이 네가 이 시간에 여기 온 이유를 말해볼까?"

이번엔 타신이 나섰다. 그는 일련의 사건을 관통하는 공통점을 알고 있었다. 모든 사건이 CCTV 사각지대에서 일어났거나 제대로 설치가 되어 있음에도 불구하고 녹화된 영상 안에 의심할 만한 침입자는 없었다. 그건 누군가 CCTV 영상에 손을 대고 있다는 걸 의미하기도 했다. 우리나라에서 공공시설 CCTV를 독점하고 있는 한 사람은 바로 자신의 이복동생인 해일이었다.

"형……."

두현이 매력의 눈치를 살피며 마른침을 삼켰다.

"범인은 남해일이겠지. 문제는 놈이 아무 증거를 남기지 않는 거야. 왜 고시원에서 열한 명의 체취만 느꼈을까 생각해본 적이 있어. 나와 해일은 체취가 같아서 구분해내지 못한 거지. 그러니 물리적인 증거를 찾아."

말을 해버리고 나니 외려 속이 개운한 타신이 아무렇지 않은 척 두현의 어깨를 주먹으로 툭 쳤다. 재경과 두현은 타신이 이미 모든 걸 간파하고 있었고, 그걸 용기 내어 고백할 수 있는 강한 사람이라는 사실에 새삼 놀랐다.

"내 생각에 남해일은 사건 현장 뒷정리까지 하고 갈 타입이 아냐. 타신 동생이니 알 만하지 않아? 귀찮은 거 딱 싫어하고 더러운 꼴도 못 보고 그러면서 후까시는 엄청 잡고. 뒤처리만 도맡은 사람이 있지 않을까?"

매력의 말에 두현과 재경이 고개를 끄덕였다. 모든 사건 현장의 공통점 중 하나는 사물의 위치가 흐트러짐이 없었다는 거였다. 또 지금까지 일어난 7건의 사건 현장 사진을 들춰본 결과 모두 방대한 양의 책을 갖고 있었고, 사망 현장에선 피라미드 모양으로 정돈된 책더미가 발견되었다.

"매력 씨 말이 옳아요. 저도 조력자가 있을 거라는 생각은 했어요. 아직 확보된 인물은 없지만요."

재경이 매력의 의견에 힘을 실었다.

"아마 법의학 지식이 있는 사람일지도 몰라. 지문이나 혈흔을 닦아내는 방법을 알고 있는 거지. 부르면 금방 달려올 수 있는 위치에 있어야 하니까 서울에 거주할 거고."

매력의 말에 재경이 손가락으로 턱을 받치고 미간을 모았다.

"네, 깔끔한 성격은 일종의 강박일 수도 있어요. 범인은 사건 현장의 물건을 정리할 때 피라미드 형태를 꾸준히 유지해왔거든요. 습관인 거죠. 특히 지문에 민감할 거예요. 일본에서 검거된 연쇄살인범은 현장에 지문을 남기지 않으려고 보습제를 사용하지 않고 주기적으로 손가락을 약품에 담가 지문을 손상시켰다고 해요. 모든 물건이 흐트러지지 않게 맞추어야 직성이 풀리는 의료계 종사자를 의심해볼 만하군요."

재경의 추리에 매력의 동공이 커졌다. 피라미드는 매력에게 익숙한 구도였다. 남편 윤 원장의 서재에 들어가면 한쪽 벽면을 모조리 슬라이딩 책장으로 꾸며놓고 일부러 상단으로 올라갈수록 책을 적게 꽂아 피라미드처럼 정리했다. 의사라는 직업의 특성 때문이겠거니 했지만, 윤 원장은 유난히 손을 자주 씻었다. 매력이 좋다고 소문난 핸드크림을 종류별로 사다주었지만, 윤 원장은 건조하고 메마른 느낌이 좋다며 마다했다. 때때로 침대에서 잠든 윤 원장의 손을 잡을 때면 지문이 있어야 할 손가락이 이상하다 싶을 만큼 매끈하다고 느끼곤 했다.

"제가 남해일 주변의 의료계 인맥을 조사하고 있었어요. 대평그룹 산하에 의료법인이 있고 그 법인의 협력 병원이 꽤 많아요. 누나네 윤 원장님도 협력 병원으로 등록돼 있는 거 아시죠? 간단히 조인식만 갖고 이름 걸어주는 거죠. 서울에만 100여 곳이 넘으니 일일이 다 뒤져볼 수가 없네."

짬짬이 해일의 의료계 인맥을 조사하고 다닌 두현이 허탈한 표정으로 고개를 가로저었다. 순간, 매력은 표적수사대가 찾는 해일의 살인 파트너가 자신의 남편 윤 원장일 수도 있다는 생각을 했다.

"있잖아. 나…… 지나는 길에 잠깐 들른 건데, 늦은 거 같다."

차마 남편이 의심된다는 말이 입 밖으로 나오지 않았다. 만에 하나 남편 윤 원장이 해일의 악행에 가담한 공범이라면 자수를 설득할 생각도 있었다. 설득이 되지 않으면 그녀가 직접 고발할 마음도 있었다. 하지만 가족에게 홀대받고 퇴물 모델로 전락했을 때 자신을 신데렐라로 만들어준 사람이 윤 원장이었다. 매력에게는 생의 은인이자 유일한 사랑이었다. 고통스럽지만 그녀는 남편이 진짜 살인사건의 공범인지 직접 확인하기로 마음먹었다.

"매력 누나, 안색이 안 좋은데 데려다드릴까요?"

두현이 창백한 낯빛의 매력을 걱정하며 물었다.

"아냐, 우리 러버들 좋은 밤 보내. 운전 충분히 할 수 있어."

특유의 발랄한 표정과 웃음 대신 비장한 목소리로 매력이 인사를 건네고 돌아섰다. 그녀는 집으로 돌아가 남편이 외박한 날짜를 기록해놓은 다이어리를 뒤져야 했다. 연쇄살인사건이 벌어진 날과 윤 원장이 집에 들어오지 않은 날짜가 겹친다면, 그녀의 의심은 조금 더 짙어질 터였다.

서둘러 집으로 돌아온 매력은 화장대 서랍에서 다이어리를 꺼냈다. 다이어리에는 짧은 메모와 함께 남편 윤 원장이 외박한 날이 표시되어 있었다. 핸드폰으로 수험생 연쇄살인사건을 검색해놓고 윤 원장이 귀가하지 않거나 자정 넘어 들어온 날을 하나씩 짚어나갔다. 절묘하게 모든 날짜가 겹쳤다. 물론 진짜 응급실 호출이나 학회 세미나로 간 날도 있을 테지만 확실한 건 사건 발생일과 윤 원장의 부재가 예외 없이 겹친다는 사실이었다. 매력은 떨리는 손으로 다이어리를 덮고 윤 원장의 서재로 향했다. 가슴이 콩닥거리고 이마엔 식은땀이 송골송골 맺혔다.

"아니야, 아닐 거야. 그이는 그런 사람이……!"

혼잣말을 뇌까리며 서재 문을 열었을 때 매력은 다리에 힘이 풀렸다. 그녀의 기억이 맞았다. 윤 원장의 책장에 꽂힌 책은 크리스마스트리처럼 정확히 삼각형 모양으로 정돈되어 있었다. 묵은 책 냄새와 건조한 카펫, 커튼에서 뿜어져 나오는 남편의 체취를 맡으며 매력이 서재로 들어섰다. 반듯하게 모양이 잡힌 책을 매만지는 그녀의 손끝이 떨렸다. 가장 두려운 건 윤 원장의 왕진 가방이었다. 매력은 책상 밑으로 허리를 숙였다. 어스름한 책상 그늘 밑에 단정하게 각이 잡혀 있는 왕진 가방이 눈에 띄었다. 매력이 가방 손잡이를 잡아 책상 위로 끌어올렸다. 생각보다 무겁고 단단했다. 그 안에 청진기나 거즈, 가위와 소독약이 들었는지, 살인의 흔적을 지우는 데 필요한 물건이 들었는지 알아보려면 뚜껑을 여는 수밖에 없었다. 그러나 가방 손잡이 아래엔 네 자리 숫자를 맞혀야 열 수 있는 잠금장치가 달려 있었다. 매력은 자신이 아는 네 자리 숫자를 떠올리며 다이얼을 하나씩 돌려나갔다. 매력이 진땀을 흘리며 비밀번호를 맞히는 데 정신이 팔린 사이, 열린 서재 문으로 윤 원장이 걸어 들어왔다.

"우리 결혼기념일이야, 비밀번호."

건조한 윤 원장의 목소리에 매력이 퍼뜩 고개를 들었다.

"당신, 당직이라더니 들어왔어?"

매력이 당혹스러운 목소리로 물었다.

"요즘 너무 피곤했어. 병원에 휴가 내고 오는 길이야. 같이 여행이라도 갈까 하고."

윤 원장이 넥타이를 풀며 대답했다.

"내가 왜 당신 서재에서 이러고 있는지 궁금하진 않아?"

매력은 윤 원장의 표정을 살폈다. 작은 눈동자가 무테안경 너머에서 반짝거렸다. 넓은 이마로 쏟아진 숱 없는 머리, 작은 듯한 코와 섬세한 입술. 오랫동안 보아온 윤 원장의 얼굴이 낯설게 느껴졌다.

"당신은 내 반려자니까 뭘 해도 상관없어. 이 서재도 공동의 공간이라고 생각해. 왕진 가방은 내가 열어줄게."

윤 원장이 외투를 벗어 일인용 리클라이너 위에 걸쳐놓고 매력을 향해 다가왔다. 그는 표정 변화 없이 왕진 가방의 잠금장치를 해제하고 매력 앞에 펼쳐 보였다. 청진기와 혈압계, 거즈와 소독약, 빈 주사기, 링거, 튜브, 몇 가지 약제가 들었던 앰플병 등이 빈틈없이 정리되어 있었다.

"이게 전부라고?"

윤 원장이 재빨리 가방을 닫았지만, 매력은 앰플병 중 하나를 눈여겨보았다. 그녀 역시 성형수술이나 내시경을 할 때 사용한 적이 있었던 약이었다. 한때 세간을 떠들썩하게 했던 일명 우유주사. 매력은 남편 윤 원장의 왕진 가방에 어째서 마취제인 프로포폴 빈 병이 들어 있는지 궁금했다.

"당신 눈으로 봤잖아, 그저 흔한 왕진 가방일 뿐이야."

윤 원장이 가방을 책상 밑으로 내려놓으며 물었다.

"어쩐지 당신이 낯설어."

매력의 말에 윤 원장이 손으로 턱을 괴며 생각에 잠겼다.

"홋카이도 가자. 당신 노보리베쓰 지옥계곡 좋아하잖아. 온천하고 따끈한 사케 마시면 기분 좋아질 거야."

"미안하지만 홋카이도 지옥계곡은 당신 혼자 다녀와야겠어. 난 할 일이 많거든."

매력이 윤 원장의 서재를 벗어나며 말했다.

"어렵게 시간 낸 거야. 같이 가자. 나 혼자 무슨 재미로 가."

윤 원장이 그녀의 뒤를 좁은 보폭으로 따랐다.

"당신 바쁜 사람인 거 내가 누구보다 잘 알아. 병원 경영도 힘들다며? 사교계에 소문 자자하더라. 나한테는 왜 그런 얘기 안 했어? 닥터들 월급 주기도 힘들 텐데 홋카이도를 가자고?"

매력이 화장대에서 립스틱을 덧바르며 물었다. 윤 원장의 병원 재정이 어렵다는 걸 일러준 사람은 매력의 소개로 의사와 결혼한 후배 모델이었다.

"다 해결됐어. 최신 장비 들이느라 작년에 빠듯했는데, 오늘부로 대금 모두 갚고 빚 없어."

윤 원장의 말에 매력이 실큼하게 미소 지었다.

"수십억의 빚이 한 방에 해결됐다니, 거 되게 수상하네. 누가 당신한테 그렇게 큰돈을 마련해줬을까? 대체 왜?"

매력이 거울에 반사된 윤 원장과 눈을 맞췄다.

"당신 외롭게 한 거 미안해."

"하지 않아도 돼. 앞으로 당신은 후회만 해. 왕진 가방 하나 아니지? 신혼 땐 분명히 두 개였는데 왜 하나만 있을까?”

“그건 병원에 있어. 당신 많이 흥분했어. 기분 풀고 여행 다녀오자.”

윤 원장이 매력의 손목을 잡았다. 그러나 이미 그녀는 차갑게 식어 있었다.

“소름 끼쳐! 이 손 놔.”

매력은 캐리어에 짐을 챙기기 시작했다. 그와 함께 있다는 건 이제 1분 1초도 견디기 힘들었다. 매력이 집을 떠난 밤, 윤 원장은 수면제 몇 알을 위스키와 함께 입에 털어 넣은 후에야 간신히 선잠이 들었다. 그러고는 꿈인지 생시인지 알 수 없는 기억 하나를 떠올렸다.

어린 시절이었다. 실험체가 필요해서 그를 낳은 부모의 목소리가 귓가에서 수런거렸다. 사이코닥터 부부는 자신들이 낳은 자식이 사춘기를 겪자마자 뇌를 가르고 전두엽을 건드렸다. 후천적 사이코패스를 만들어 어떻게 성장하는지 지켜보기로 했던 거였다. 그리고 같은 방법으로 선천적 사이코패스를 치료하고 싶어 했다.

수술대에서 일어난 윤 원장은 사람의 표정이나 감정을 읽어내는 기능을 잃었다. 그는 누구도 사랑하지 않는 사람이 되었고, 그 범주 안에는 부모 또한 포함되어 있었다. 윤 원장의 행동 하나하나, 표정과 말투, 그리고 생활 습관까지 면밀히 기록하는 부모는 더 이상 존경하거나 믿고 의지할 존재가 아니었다.

그는 매일 밤 침대에 묶여 잠이 들었다. 스무 살이 다 된 나이에도 기저귀를 차야 했다. 비밀이 새어나갈까 두려워 아이를 감금한 부모 탓이었다. 하지만 윤 원장은 영민했다. 그는 이미 책장에 꽂힌 책들을 통달해 해부학에 능통했다. 수갑에서 풀려나려면 손허리뼈를 골절시켜야 한다는 걸 알고 있었다. 어느 깊은 밤, 윤 원장은 자신의 손을 침대와 매트리스 사이에 넣고 강제로 부러뜨렸다. 비명을 지를 뻔했지만, 파렴치한 부모가 잠에서 깨어나면 다시 실험용 인간이 될 수밖에 없었다. 자유를 얻은 그는 집 안에 불을 질렀다. 오래된 목조건물이라 아주 잘 타들어갔다.

윤 원장은 부모의 유산을 상속받고 먼 친척의 손에 맡겨졌다. 그리고 시사 프로그램의 단골 소재처럼, 먼 친척은 윤 원장이 받은 유산을 가로챈 채 그를 방치했다. 윤 원장은 분노하거나 슬퍼하지 않았다. 그는 우수한 두뇌를 갖고 있었고, 남일웅의 의료재단이 지원하는 장학금을 받으며 의대에 진학했다.

응급실로 달려가는 윤 원장의 의사 가운에 불이 붙었다. 서서히 흰 가운을 갉아먹으며 몸피를 늘여다는 불을 바라보며, 윤 원장은 고향집을 떠올렸다. 서서히 불길이 그의 피부로 옮겨 붙기 시작했다. 그는 비명과 함께 선잠에서 깨어나고 말았다.

*

이튿날, 재경은 자신을 루빈이라 소개한 남자와 마주 앉았다.

"성함이 김현상인 걸로 알고 있는데."

그녀는 인석의 형 볼베르크와 함께 작품 활동을 했던 김현상을 찾아온 터였다.

"이젠 김현상이란 이름이 편하지만 아직도 독자들은 루빈이라고 불러요. 필명이 그랬으니까."

현상의 말에 재경이 아, 하며 고개를 끄덕거렸다. 현상은 홍대 앞의 작은 북카페 주인이었다. 카페 책장은 수백 권의 소설과 자기계발서로 가득해 커피 향보다 종이 냄새가 짙었다.

"볼베르크는 어떤 사람이었나요?"

재경은 현상이 건넨 커피 한 모금을 마시며 물었다.

"요즘 말로 비호감이었죠. 괴짜에 낭인이었어요. 워낙 소설도 잘 쓰고 박학다식해서 독자들한테는 호평받았지만 인간적으로는 별로였죠."

현상의 말에 따르면 볼베르크는 어둠 그 자체였다. 왜소한 체구에 언제나 구겨놓은 듯 찌푸린 얼굴, 잘 씻지도 않았고 남들 좋아하는 술이며 담배, 여자에도 취미가 없었다. 단골 커피숍에 가면 늘 가장 값싼 음료 한 잔에 책 서너 권을 쌓아놓고 포스트잇을 붙여가며 읽었다고 했다. 판타지 소설을 주로 썼지만, 철학에도 소양이 있어 인근 대학 철학과 도강을 자주했다.

"친한 사람이 없어 속내는 모르죠. 여하튼 형편이 어려우니 돈은 벌어야 했을 거고, 그래서 양판소 쪽으로 넘어갔을 거예요. 아시죠? 양산형 판타지 소설. 거의 공장 같은 곳이에요. 이미 정해진 스토리가 있고 작가 몇 명이 자판기처럼 글을 뽑아내죠. 그래봐야 한철 장사긴 했는데, 이 친구가 꽤 쓰다 보니 여기저기 불려 다녔어요."

현상은 카페 책장에서 책 몇 권을 뽑아 테이블로 가져왔다. 조야한 표지에 종이 질도 좋지 않은 낡은 책들이었다.

"이걸 볼베르크가 썼단 말씀이시죠?"

재경이 책장을 넘기며 물었다. 소프트 SF 판타지 소설로 표지는 형편없었지만 문장이 단정하고 비유와 묘사가 섬세했다.

"대여점에서 대박 친 작품이죠. 다른 작가 이름으로 냈으니 볼베르크는 계약금이나 받고 떨어졌지만 출판사는 돈 방석에 앉았고요."

재능이 있었지만 시대를 잘못 타고난 문학청년은 불우했다.

"대필한 작품들이 판타지나 무협뿐이었나요?"

재경은 해일과 볼베르크의 접점을 찾아야 했다.

"주로 판타지나 무협이 많았죠. 그치만 다른 장르를 안 썼다고는 장담 못 해요. 볼베르크라면 문학, 예술, 철학, 자기계발 다 쓸 수 있는 능력이 있었으니까요. 죽기 전에 좀 이상한 일이 있긴 했죠. 볼베르크가 술 취한 건 그때가 처음이었어요. 혼자 잔뜩 취해서는 우리 테이블에 와서 지갑을 벌리고 돈을 꺼냈어요."

"돈요?"

"여덟 명이 앉아 있었는데, 모두에게 택시 타고 들어가라며 만 원씩 쥐어주었죠. 그러곤 우리 테이블 계산까지 하고 사라졌어요. 마치 자기가 죽을 걸 알고 있는 사람 같았죠. 그게 마지막 모습입니다."

볼베르크는 부모님과 함께 교통사고로 사망했다. 불의의 사고를 내다보았을 리 만무한데 어째서 볼베르크는 그다지 친하지도 않은 문우들에게 용돈과 술값을 치렀을지 의문이었다.

"일을 주는 사람이 있었을 것 같은데요. 이를테면 에이전시. 누군가에게 오더를 받아 쓸 만한 작가를 추천해 연결해주고 수수료 떼는 사람 없었나요?"

재경의 질문에 현상이 다시 자리에서 일어나 계산대로 향했다. 그는 계산대에 달린 서랍을 열어 이것저것을 한참 뒤지다 명함 한 장을 가지고 돌아왔다.

"이 서점에서 그런 역할을 했죠. 근데 도움 안 될 겁니다. 서점 사장님이 돌아가셨거든요. 건강한 분이었는데, 돌연사하셨어요."

재경이 명함을 받아 읽었다. 번쩍거리는 싸구려 명함 속에는 희림서적 박윤창이라는 이름이 적혀 있었다. 재경은 그의 이름이 낯설지 않았다. 대평그룹 배임횡령 사건의 주범으로 한때 세간에 떠들썩했던 이름이었다. 그는 한때 대평그룹에 이사로 재직하며 150억 원에 달하는 비자금을 조성해 해외에 별장과 요트를 사들여 포토라인에 섰던 사내였다. 어쩌면 박윤창이 대평그룹과 완전히 인연을 끊은 채 헌책방을 차린 게 아닐 수도 있다는 생각이 들었다.

"희림서적 규모는 어땠나요? 크고 번듯했나요?"

누군가 자금을 조달했다면 번듯하게 차렸을지도 몰랐다.

"아뇨, 변두리에 있는 작은 헌책방이었어요. 언제 가도 손님이 없어서 뭐 먹고사나 싶었으니까요. 헌책방 귀퉁이에 방이 하나 있었는데, 거기서 작가들이 대필 작업을 한다고 들었어요."

현상이 옛 기억을 떠올리며 쓸쓸하게 웃었다.

"사장님이 돌아가셨으니 지금은 서점도 사라졌겠네요?"

박윤창의 생전 흔적들을 그러모을 차례였다.

"그렇진 않아요. 대필 작가들은 뿔뿔이 흩어지고 이젠 제 살길 찾아갔지만, 서점은 남아 있다고 들었어요. 대필 작가 중에 한 명이 싸게 인수해서 운영한다는 소문이 돌았어요. 세도 싸고 근처에 삼류나마 대학도 하나 있으니까."

다행히 서점은 아직 살아 있었다. 재경이 안도의 한숨을 쉬며 자리에서 일어섰다.

"오늘 시간 내주셔서 고맙습니다."

현상을 향해 재경이 공손하게 인사를 하고 찻값을 지불했다.

"됐습니다. 볼베르크 그렇게 되고 문상도 못 간걸요. 그땐 어린 마음에 녀석한테 열등감을 느꼈던 거 같아요. 재능이 부러웠던 거죠. 많이 흉보고 다녔고요. 근데 지금 와보니 참 미안합니다. 좋은 작가를 잃은 건 모두에게 큰 손해죠."

현상이 작고 쭉 찢어진 눈을 손등으로 훔치며 재경을 배웅했다. 재경은 매번 느꼈다. 망자의 뒤를 밟는다는 건 뒤늦은 후회와 미안함, 그리고 차마 건네지 못한 말들을 대신 들어주는 일이라는 걸.

뒤늦게 재경과 합류한 두현은 현상이 일러준 희림서적으로 향했다. 천엽처럼 뒤엉킨 골목길을 지나자 두현이 손가락을 뻗어 골목 끝 명조체로 적힌 파란 간판을 가리켰다. 헌책방답게 간판 아래 차양 밑으로 과월호 잡지와 손때 묻은 원서, 고서적 등이 쌓여 있었다. 차에서 내린 두 사람이 미닫이문을 열고 서점 안으로 들어갔다. 40대 초반의 남자가 책장 사이에 서서 책을 들여다보다 고개를 돌렸다.

"어서 오세요."

남자의 인사에 두현이 맞인사를 하며 신분증을 꺼냈다.

"표적수사대 정두현 형사입니다. 잠시 시간 좀 내주시죠."

남자가 예상했다는 듯 끄덕이며 간이의자 두 개를 끌고 왔다.

"볼베르크에 대해선 그나마 제가 가장 잘 알 겁니다. 같이 작업실을 썼으니까."

이미 친구에게 기별을 받은 남자가 볼베르크 이야기를 먼저 꺼냈다.

"어떤 사람이었나요? 볼베르크, 김신우 씬."

재경이 간이의자에 엉덩이를 붙이며 물었다.

"독특한 사람이란 건 이미 들어서 아실 테고, 남들 잘 모르는 얘기만 드릴게요."

남자는 책장에서 세 권의 책을 뽑아 자리로 돌아왔다.

"보면 아시겠지만 나름 베스트셀러였던 책들이죠. 다 볼베르크가 썼어요. 저 서고 너머 쪽방에서."

남자가 책 세 권을 두현에게 넘겼다. 《신화를 만든 장인 이야기》, 《인문학 바이블》, 《논쟁의 승리자들》. 두현과 재경의 눈에도 제법 익은 책들이었다.

"대필을 했다는 얘기네요? 이게 전붑니까?"

재경이 남자에게 물었다.

"아니죠. 지금 저희 책방에 있는 게 세 권이지 훨씬 많아요. 원천 소스 제공자와 서너 번 만나서 인터뷰하고 자료 받아 집필하면 보통 두 달 안에 마감하는데, 볼베르크가 여기서 1년 반 정도 작업했어요. 아마 열 권가량 될 겁니다."

남자가 계산대 아래 서랍을 열어 사진 한 장을 꺼내 건넸다. 지금과 별반 다를 바 없는 희림서적 배경에 중년 사내와 청년이 나란히 앉아 있는 사진이었다.

"돌아가신 박 사장님이랑 볼베르크 사진이에요. 이 사진 찍고 며칠 후에 둘 다 사망했으니 아마 마지막 모습일 겁니다. 두 사람 사이가 좋았어요. 아버지와 아들 같았죠."

남자가 감회에 젖은 듯 눈을 지그시 감았다.

"볼베르크가 대필한 책 중에 혹시 남해일 씨나 남일웅 씨와 관련된 건 없습니까?"

두현이 가장 궁금했던 질문을 끄집어냈다. 그러나 남자는 고개를 저었다.

"박 사장님이 예전에 대평그룹 이사로 근무했다는 얘기는 들었습니다. 근데 그쪽 사람들하고 어울리는 거 같진 않았어요. 전거의 여기서 살다시피 했는데 본 적 없습니다. 볼베르크가 쓴 책 중에도 남 씨 일가와 관련된 건 기억이 안 납니다."

뭔가 수확을 기대했던 두현과 재경이 실망을 감추지 못했다. 만약 해일이나 남일웅의 자서전을 볼베르크가 대필했다면, 충분한 접점을 찾을 수도 있을 터였다.

"제본 서적에 대해 알고 싶어요. 볼베르크가 남긴 유품 중에서 제본 서적 두 권만 사라진 상태거든요."

재경이 마지막 궁금증을 털어놓았다.

"아, 제본 서적! 포트폴리오 같은 거죠. 저나 볼베르크나 등단 준비를 하면서 투고할 때 늘 원고를 제본했어요. 그걸로 둘 다 당선은 못 했지만, 박 사장님이 그걸 포트폴리오 삼아 일감을 따다 주곤 했어요. 볼베르크의 소설은 입소문이 나서 가끔 대여를 원하는 사람들도 있었고요."

소설가가 자신의 습작품을 제본해 가지고 있다는 건 그리 놀랍지 않았다. 그러나 아마추어 작가의 소설이 대체 무슨 가치가 있기에 사건 현장에서 감쪽같이 사라졌는지 알 길이 없었다. 두현과 재경은 새로운 의문만 품은 채 자리에서 일어섰다.

"이게 도움이 될지 모르겠지만, 박 사장님 돌아가시고 가게 정리하면서 이런 게 나오긴 했습니다."

서점을 떠나려는 두현과 재경에게 남자가 복사지 몇 장을 건넸다. 장부를 복사해 스테이플러로 집어놓은 모양새였다.

"이게 뭐죠?"

두현이 복사지에 적힌 사람들의 이름과 주소, 전화번호를 눈으로 읽으며 물었다.

"사람 이름 앞에 '볼'이라고 적힌 건 볼베르크 제본 서적을 표시한 것 같아요. 아마 대여자들이겠죠."

재경이 복사지에서 '볼'이라 표기된 사람의 숫자를 세기 시작했다. 한 장마다 한 명꼴로 총 다섯 명이었다.

"선배, 여기 김혁! 1차 수험생 살인사건 피해자 이름 아냐?"

재경이 마지막 장에 적힌 김혁이라는 이름을 손가락으로 가리켰다.

"주소랑 전화번호 대조해봐야겠어. 사장님, 저희 이 리스트 가져가도 됩니까? 단서가 될 것 같습니다."

두현의 눈에 생기가 돌기 시작했다. 그러나 난관은 여전했다. 표적수사대는 정직 중이었고, 사건을 드러내놓고 수사할 수 없으니 부서 간 업무 협조가 불가했다. 리스트에 적힌 이들의 현재 행적을 찾는 일은 쉽지 않을 터였다. 게다가 김혁의 부모는 외아들이 사망하자 경찰청 앞에서 2년간 목에 팻말을 걸고 시위를 했다. 그러나 바뀌는 건 없었다. 부부는 그들이 살던 아파트 7층 베란다에서 손을 잡고 뛰어내려 자살했다. 여론이 들끓자 마지못해 만든 것이 전담반인 표적수사대였다.

"선배, 아무래도 우리 둘만으론 역부족이야."

재경이 마른 입술을 자근거리며 말했다.

"무슨 뜻이지?"

"장 형사, 이 형사, 덕후에게 말할 때가 온 것 같아. 우리가 첫 희생자의 최측근이었고, 내가 유일한 목격자란 사실 말이야."

재경으로선 어려운 결심이었다. 정직이 아닌 상태라면 끝내 하지 못할 말이지만, 지금이라면 용기를 내볼 만도 했다.

"그래, 잘 결심했다. 지금 바로 형사들 모아 얘기하자."

두현은 형사들을 연탄집으로 호출했다. 영문을 모르는 대원들이 운동복에 슬리퍼를 끌고 식당으로 모여들었다. 말없이 고기만 굽는 두현과 어쩐지 초조해 보이는 재경을 번갈아보던 이 형사가 말문을 열었다.

"뭔데요? 둘이 혹시 연애라도 하는 겁니까?"

이 형사의 말에 두현이 삼겹살을 뒤집던 집게를 내려놓고 목울대를 꿀렁하며 침을 삼켰다.

"……민 경위와 나는 경찰대 1학년 김인석 살인사건의 참고인이다."

두현의 말에 형사들의 낯빛에 낭패감이 스쳤다. 특히 마지막까지 사건의 연관성을 주장하던 장 형사는 적이 배신감마저 느꼈다.

"왜 지금까지 숨겨온 겁니까?"

장 형사가 서운한 표정을 감추지 못하고 물었다.

"그건 민 경위가 대답하는 게 좋을 것 같다."

한때 용의선상에 올랐고, 지금까지도 인석의 죽음을 파헤쳐온

당사자가 말하는 게 옳다는 두현의 판단이었다. 재경이 붉게 충혈된 눈을 끔뻑이며 입을 열었다.

"숨겨서 미안합니다. 저는 김인석 살인사건의 참고인이었고, 최종 목격자였으며 잠시나마 용의선상에 올랐어요. 개인적으로는 이 사건이 수험생 살인사건의 최초 사건이라고 확신합니다. 하지만 김인석 살인사건을 우리 팀에서 맡게 되면 당시 사건에 연루되었던 저와 정두현 팀장님은 표적수사대를 떠나게 됩니다. 그게 원칙이니까요."

형사들이 얼떨떨한 표정으로 각자 생각에 잠겼다. 두 사람이 김인석 살인사건을 은밀히 조사하며 자신들을 속인 것은 서운한 일이지만, 만약 재경이 최종 목격자였다면 사건의 뇌관을 품고 있는 핵심 인물일 터였다. 그런 그녀와 두현이 표적수사대를 떠난다면 별다른 진전이 없는 수험생 연쇄살인사건은 미제로 남을 가능성이 컸다.

"처음부터 까놓고 얘길 했으면 될 걸 왜 한솥밥 먹으며 속앓이를 했습니까? 우리 표적수사대 결성되고 이 자리에서 단합대회하며 외쳤던 구호 생각나시죠? 우리는 우리가 지킨다! 정 팀장님이 한 말입니다."

장 형사의 얼굴이 두현을 향해 외쳤다.

"물론 기억하지. 지금이야말로 우리가 우리를 지킬 때인 것 같다. 그래서 말인데, 김인석의 주변인을 조용히 탐문해줬으면 한다. 최대한 청장이나 서장님 귀에 들어가지 않게."

당연하게도 대원들은 아무도 반기를 들지 않았다. 그들 모두 서로가 서로를 지켜낼 수 있는 일에 주저할 사람은 없었다. 재경은 장 형사에게 초동수사 때 만나지 않은 주변인을 조용히 탐문해달라고 요청했다. 그리고 다음 날, 그들의 베이스캠프인 타신의 향수숍에서 긴급회의를 열기로 의견을 모았다. 소주잔 다섯 개가 서로를 도닥이듯 맞부딪치는 저녁이었다.

*

타신은 숍 문을 열고 들어오는 재경을 보고 반색하려다 뒤따라 들어온 두현을 보고 입술을 비쭉 내밀었다.

"잘하면 사건이 풀릴 것도 같아요. 타신 씨."

때마침 탐문을 마친 장 형사와 이 형사도 숍으로 들어섰다.

"김혁의 고교 은사를 만나고 왔습니다."

실마리가 나왔다는 소식에 타신도 솔깃한 표정을 지었다.

"김혁은 친구도 많고 상당히 사교적인 성격이었다고 전해집니다. 꾸준히 학급 임원직을 맡았고, 특히 문학에 관심이 많은 학생이었다고 했어요. 교지 편집장으로 활동했다는 얘기도 들었습니다. 담임은 김혁 씨가 활자 중독이라고 하더군요."

장 형사의 말에 타신이 손을 들었다.

"활자 중독이라 불릴 만큼 책을 좋아했다는 건데, 김혁과 볼베르크 두 사람 사이에는 친분이 있었나?"

타신의 질문은 예리했다. 볼베르크의 제본 서적을 빌려간 다섯 명 중 가장 많이 빌린 사람이 김혁이었다. 이전에 빌려간 사람들은 읽고 서점에 반납했다는 의미였다. 그러나 김혁은 희림서적에 반납하지 않고 직접 볼베르크에게 책을 돌려주었다. 볼베르크의 유품 중에 그의 제본 서적이 남아 있었다는 게 근거였다.

"네, 있었습니다."

장 형사가 단호하게 대답했다.

"근거는요? 희림서적 주인 얘기대로라면 볼베르크는 폐쇄적인 성격이라 전 주인인 박 사장을 제외하곤 그리 돈독한 사이가 없었던 걸로 파악되는데요."

이번엔 재경이 질문했다.

장 형사의 얼굴에 여유로운 미소가 피어났다.

"김혁이 교지 편집장이었다는 얘기에서 뭔가 감이 안 오십니까? 교지는 작품만 모은다고 끝이 아니죠. 책으로 묶으려면 어디에 가야 할까요?"

장 형사의 질문에 이 형사가 "인쇄소?" 하고 대답했다.

"그렇지, 우리 이 형사 똘똘하네. 줄곧 이 학교의 교지 인쇄를 맡은 인쇄소를 찾아갔습니다. 인쇄소 주인은 김혁을 기억하고 있었고요."

장 형사의 대답에 두현이 주먹을 불끈 쥐며 낮게 환호했다.

"인쇄소 주인 얘기에 따르면 김혁은 고등학교를 졸업한 후에도 종종 찾아왔다고 합니다. 활자 중독이니 거기 앉아서 아무 종이나 붙잡고 읽은 거죠. 종종 제본을 요청하기도 하고 인쇄물을 잔뜩 들고 오기도 했답니다. 하지만 그게 다였대요. 주인은 볼베르크에 대해선 아는 바가 없다고 못 박았고요."

분명 어딘가에 접점이 있을 줄로 알았던 형사들의 표정에 실망감이 어렸다.

"저는 요즘 볼베르크 교통사고에 대해 추적 중입니다. 당시 짧게 단신으로 보도된 기록이 있어요. 운전 미숙으로 인해 일가족 사망이라는 타이틀이었죠. 빗길에 중앙선을 침범해 가드레일을 들이받았다고 해요. 근데 좀 이상하지 않아요? 볼베르크의 아버지는 30년 경력의 베테랑 운전기사인데 운전 미숙이라는 게 어이없잖아요."

이 형사가 자신의 백팩에서 사진 몇 장을 꺼내 표적수사대원들에게 돌렸다.

"사고가 난 국도 사진입니다. 아주 완만한 경사가 있다 뿐, 길은 반듯하게 뻗어 있습니다. 고질적인 사고 다발 구간이 아니었어요. 게다가 볼베르크의 가족들이 어떤 목적으로 함께 차에 올랐는지 규명되지 않았죠."

두현도 사진을 넘겨받아 유심히 들여다보았다. 위험 요소를 찾기 힘든 평이한 구간이었다.

"볼베르크 김신우의 아버지는 우리집 운전기사였지. 흠잡을 데 없는 운전 솜씨였어. 왜 볼베르크의 가족들이 평일 새벽 빗길을 뚫고 춘천으로 향하는 국도를 탔는지는 몰라. 전날 아버지에게 하루 휴가를 달라며, 약간의 돈을 가불한 사실만 확인됐어."

두현이 흐릿한 기억을 되새기며 대답했다.

"그땐 블랙박스도 없었고 통화 기록도 남아 있지 않으니 추리를 하는 수밖에 없겠네요. 저는 세 가지 가설을 세웠습니다. 하나는 위협을 느낀 볼베르크가 은신할 장소를 물색하고 아버지에게 데려다달라고 부탁했을 가능성. 또 하나는 범인을 유인하기 위해 가족이 뜻을 모았을 가능성. 마지막으로, 자신들을 희생해서 범인에게 김인석 군의 목숨을 보전해달라는 무언의 메시지. 어느 쪽이 되었든 볼베르크의 아버지와 어머니는 범인에 대해 알고 있었을 겁니다."

이 형사가 내세운 가설은 셋 다 그럴듯했다. 생명의 위협을 느끼고 도주하다 변을 당했을 경우, 어린 인석이만이라도 살려야겠다는 생각에 남은 가족들이 희생했을 경우. 어느 쪽이든 끔찍한 비극이긴 마찬가지였다.

"마지막 가설이 맞다면 너무 안타깝네요. 결국 김인석 군도 사망했으니까요."

장 형사가 말끝에 혀를 차며 안타까워했다.

"정직 상태에서 제가 알아낼 수 있는 건 여기까지였습니다. 제 생각엔 분명히 과거에 민재경 경위가 피해자 김인석 씨에게 가볍게 흘려듣고 넘긴 단서가 남아 있을 것 같아요."

이 형사의 말에 재경이 고개를 끄덕였다. 그녀는 줄곧 사건이 일어난 당일의 기억만 되살리기 위해 애썼다. 하지만 사건의 단서가 될 만한 대화는 그 이전에 나왔을지도 모를 일이었다. 다시 한 번 기억퇴행요법으로 인석과 재경의 과거를 되짚어볼 만도 했다.

"최면사를 만나보죠."

재경이 자리에서 일어서 점퍼를 걸쳤다.

"다들 수고 많았습니다. 그런데 덕후는?"

두현이 자리를 털며 이 형사에게 물었다.

"글쎄요. 전화도 안 받고 문자도 씹으니 어디서 뭘하는지 당최 알 수가 없습니다. 그놈아는 경찰질 안 해도 잘 먹고 잘살 테니 이 기회에 팔자 고치려는 거 아닐까요."

이 형사의 대답에 모두 씁쓸하게 미소를 지었다. 가장 젊고 유능한 덕후에겐 경찰 조직보다는 평범한 회사원이나 프리랜서가 더 어울릴지 몰랐다. 표적수사대원들은 할 말을 아낀 채 하나둘 숍을 나섰다.

재경은 다시 최면실로 들어갔다.

"오늘은 그날이 아니라 그 사람에 대한 기억들을 열람하고 싶어요. 그와 나누었던 일상의 대화 같은 것들. 가능할까요?"

재경의 요청에 최면사가 부드럽게 미소 지었다.

"가능한지 여부는 민재경 씨 스스로에게 달렸어요. 기억의 책장은 소멸되는 법이 없거든요. 특별해서 접어놓은 페이지라면 더욱."

재경에게 인석은 스무 살을 특별하게 만들어준 연인이었다. 그녀는 자신을 믿어보기로 마음먹었다. 타신도 입을 굳게 다물고 앉아 슬며시 눈을 감았다. 최면사는 재경이 리클라이너 소파에 눕자 조명의 조도를 낮추고 체인이 달린 추를 손가락에 감았다.

"심호흡하세요. 천천히 들이쉬고 내쉬는 겁니다. 추에 집중을 하며 계속 호흡하세요. 천천히…… 천천히……."

의식 저 너머에서 오래된 기억 한 장면이 떠올랐다. 재경과 인석은 수업이 끝난 강의실에서 대화를 나누고 있었다. 둘은 수업 얘기, 교수와 조교, 그리고 학교 앞에 새로 생긴 커피 체인점과 연예인 가십에 대해 두서없이 이야기를 나눴다. 재경은 반듯하고 소탈한 인석이 마음에 들었다.

"나 형사소송법 진짜 안 외워지더라. 필기도 제대로 못 해서 중간고사 걱정이야."

재경의 말에 인석이 인디언 보조개가 선명한 웃음을 지으며 노트 한 권을 내놓았다.

"나 필기 잘해놨어. 내 거 보고 옮겨."

"너 되게 알뜰하다. 이면지로 노트 만들었네?"

노트의 반대 면엔 깨알 같은 글씨가 인쇄되어 있었다.

"아, 우리 형이 습작한 소설이야. 버리기 아까워서 이면지로 쓰고 있어."

멋쩍게 웃어 보이는 인석.

"공부하다 짬나면 읽어봐야겠다. 내일 만나."

재경이 그의 노트를 백팩에 넣고 손을 흔들었다. 내일이면 만날 그의 얼굴이 아쉬웠다.

"민재경 씨, 노트에 뭐라고 적혀 있나요?"

불쑥 끼어든 최면사의 목소리에 재경은 부스스 눈을 떴다. 최면이 풀린 터였다. 재경이 고개를 가로저었다.

"노트에 적힌 글은 읽지 않았어요. 제목만 기억나요. 악마의 자서전."

그 노트라면 유품으로 남아 있을지 몰랐다. 두현이 가지고 있는 인석의 유품 속에 이면지 노트가 남아 있다면 볼베르크의 사라진 소설 일부를 엿볼 수 있을 터였다. 재경이 최면실을 빠져나오며 두현에게 전화를 걸었다.

"최면 끝났어?"

소식을 기다리고 있던 두현이 곧바로 전화를 받았다.

"선배, 인석이 유품 중에 형사소송법 필기된 노트 있어요? 커다란 집게로 집어놓은 건데."

"노트 기억나! 교재하고 노트는 집이 아니라 학교 사물함에 있었어."

재경이 자신도 모르게 탄성을 내질렀다. 사물함에 있었다는 건 적어도 용의자에게 도난되지는 않았다는 걸 의미했다.

"그 노트 뒷면에 볼베르크의 소설이 인쇄되어 있었어요. 그 노트 지금 어디 있어요? 설마 분실하진 않았죠?"

재경이 가슴을 콩닥거리며 물었다.

"걱정 마. 본가에 있어. 당장 가져올게."

두현이 힘차게 대답했다. 드디어 용의자가 그토록 집착하던 제본 소설의 실체에 다가가고 있었다. 재경은 어금니를 꽉 깨물고 두현의 집을 향해 핸들을 틀었다.

base note
3부
베이스 노트

넌 내게 가질 수 없는 것만 요구했다. 동물원을 거닐 때면 캥거루를 키우고 싶다 말했고, 함께 바다를 바라볼 때는 핸드백 안에 파도를 담아가고 싶다 말했다. 그러나 쇼윈도의 화려한 원피스나 구두처럼 돈을 주면 살 수 있는 것에는 애써 무관심한 너였다. 언제나 네 걱정은 가난한 내 주머니였다. 너는 지금 아프다. 할 수만 있다면 나는 저 햇살을 한 줄기 잘라 너의 삶을 잇고 싶다. 내가 악마의 자서전을 쓰기로 결심한 건, 한낱 햇살 따위가 너를 구원할 수 없다는 걸 알기 때문이다. 오늘 어린 악마가 내게 말했다. 자서전을 써주면 너를 살려주겠다고. 네게 맞는 신장을 구해주겠다고. 하지만 악마와의 인터뷰를 마치고 나는 깨달았다. 놈은 자신의 구역질나는 생을 전리품처럼 기록하고 싶었다는 걸.

자신의 비루한 글솜씨로는 불가능하다는 걸 알고 있었다. 나를 대필 작가로 고용했지만, 그의 비밀이 새어나오기 전에 읽은 자의 눈을 빼고 들은 자의 귀를 자르리라는 걸. 그는 누군가의 삶을 지배하는 것에서 쾌감을 얻을 뿐이다. 악마답게 진실을 말하지 않는 것이다.

넌 내게 가질 수 없는 것만 요구한다. 캥거루, 파도, 생명. 나는 아무것도 해줄 수 없는 무능력자인 탓에 죽어가는 너를 놓아두고 소설만 쓴다. 목숨을 대가로 한 악마의 자서전을 시작한다.

'악마의 자서전'은 기묘한 서문으로 시작됐다. 타신도 없는 빈 숍에서 원고를 읽어 내려가는 두현과 재경이 난해하다는 표정을 지었다.

"이 프롤로그가 소설을 쓰게 된 동기처럼 읽히죠?"

재경이 뜨거운 커피 한 모금을 마시며 두현에게 물었다.

"그러네. 신장 이식을 기다리는 애인을 위해 어린 악마의 자서전을 써주기로 하고 인터뷰를 했다는 걸로. 그런데 막상 인터뷰를 하고 나니 다 쓰고 나면 나도 죽겠구나, 그런 암시처럼 보이는데."

두현이 이면지를 넘기며 뒷장을 이어 읽었다.

"어린 악마는 남해일, 자서전을 쓰는 나는 볼베르크라고 가정한다면 볼베르크에게 자서전 집필의 동기가 된 아픈 애인이 있다는 뜻인데……."

두현이 혼잣말을 하며 아랫입술을 씹었다. 뒷내용은 섬뜩한 내용의 스릴러 소설이었다. 선천적 사이코패스인 주인공은 어린 시절부터 동물을 괴롭히고 살해하는 걸 유일한 낙으로 삼고 있었다. 그에게는 꾸준히 놀잇감을 제공하는 어머니가 있었다. 소설은 현미경으로 들여다보듯 자세히, 그리고 잔혹하게 소년의 일상을 담았다. 죽은 물고기와 병아리, 강아지와 햄스터의 시체가 눈에 보이는 듯했다.

무엇보다 두현과 재경이 놀란 건 주인공이 성장할수록 작은 동물에게서 흥미를 잃어갔고, 종래에는 그의 어머니가 아들에게 살아 있는 여자아이를 선물한 거였다. 소설은 중반부쯤 끊겼고 뒤를 이은 건 대중적이고 결말이 뻔한 SF소설이었다.

"여기까진 완전 남해일 얘기네?"

이면지를 내려놓은 재경이 허탈하게 웃었다. 그는 남일웅의 집에서 근무한 가정부와의 인터뷰로 해일이 사이코패스 성향을 가졌고, 그에게 꾸준히 놀잇감을 제공한 것이 어머니인 김 여사라는 걸 알아냈다.

"소설에선 직접적인 살인 장면이 나오지 않았어요. 중반 이후엔 충분히 나올 거라고 예상되지만 끊겨 있으니 확인하기 어렵죠. 소설 중에 여자 아이라고 표현된 누군가가 실제로 목숨을 잃었을 수도 있다고 봐요. 어째서 이런 치부가 소설로 옮겨진 거죠?"

재경이 볼펜 꼭지를 누르며 두현에게 물었다.

"이런 끔찍한 치부를 누가 이야기했을까? 남해일 자신이 고백하지 않으면 알 수 없는 내용이잖아. 스스로 털어놓았다고 보는 게 자연스러워. 어린 악마라고 표현한 걸 보면 늙은 악마도 있을 거고, 그게 남 후보라면 대한민국의 미래도 끔찍하다는 거네."

두현의 의견에 재경이 고개를 끄덕였다. 소설에 적힌 내용은 비교적 상세하고 등장인물의 캐릭터 또한 구체적이었다. 완성본만 존재한다면, 그리고 완성본 안에 소설의 에필로그만 남아 있다면 범행의 동기를 비롯한 전말이 드러날 가능성이 컸다.

두현과 재경이 상념에 잠겨 있던 그때 숍 문이 열렸다. 덕후가 헐레벌떡 뛰어 들어왔다.

"찾아냈어요. 볼베르크 소설을 대여한 리스트에서 생존한 단 두 사람. 그리고 볼베르크 일가의 교통사고 CCTV 영상도요."

덕후의 말에 재경과 두현은 동시에 소름이 돋았다. 정직 중에는 수사 정보를 열람할 수 없었다. 때문에 표적수사대 모두가 발품을 팔고 있는 와중에 덕후가 월척을 낚은 터였다.

"네이키드폭스 쪽 해커 중에 절친이 있거든요. 친구 찬스 좀 썼습니다."

덕후가 소파에 풀썩 앉아 태블릿으로 영상 하나를 재생했다. 영상의 화질은 거칠었다. 촬영일은 무려 2005년으로 10년이 훌쩍 지난 CCTV 영상이었다. 렌즈는 춘천으로 향하는 국도를 찍고 있었다. 부슬비가 내리는 새벽이었다. 검정색 레간자 한 대가 앵글에 잡혔다. 화면 오른쪽 끝에 서행을 하는 레간자가 나타났다.

"조수석을 주시하시기 바랍니다."

덕후의 말에 두 사람이 목을 길게 뽑고 눈을 가늘게 뜨며 레간자 조수석을 바라보았다. 누군가 앉아 있어야 할 조수석과 뒷좌석이 비어 있었다.

"아버지는 운전석에 있고 볼베르크와 어머니는 어디 있지?"

두현이 물었다. 레간자가 불현듯 빠른 속도로 가드레일을 들이받았다. 그러자 조수석에서 회색 옷차림의 청년이 전면 유리를 깨고 보닛 앞으로 곤두박질치는 모습이 보였다.

"차가 운행 중일 땐 볼베르크의 모습이 보이지 않았습니다. 그리고 충돌 직후에 전면 유리를 들이받는 것으로 보입니다. 볼베르크는 조수석에 누워 있거나 웅크려 있었다고 볼 수 있겠죠. 자세가 그랬다는 건 수면 중이거나 혹은 무의식, 최악의 경우 이미 사망한 상황이었을 것으로 추측됩니다."

재경이 큰 눈을 홉뜨며 액정을 바라보았다. 볼베르크와 그의 부모를 태운 승용차가 또다시 가드레일을 들이받고 있었다.

"근데 저 신고 전화하는 사람 낯익지 않아요?"

재경이 영상을 향해 손가락을 뻗었다.

"맞네, 약간 구부정한 목이랑 큼직한 이목구비, 대머리. 설마…… 인쇄소 주인?"

두현이 눈을 빛냈다. 얼마 전, 이 형사와 장 형사가 만나고 와서 보여준 인쇄소 주인과 신고자의 인상착의가 너무나 닮아 있었다. 인쇄소 주인은 김혁뿐 아니라 볼베르크와도 관련된 인물일 수 있었다. 그런데 어째서 그가 사건 현장에 있었던 것인지 알아보아야 할 때였다.

"이 형사, 장 형사에게 다시 인쇄소 주인을 만나보라고 해야겠어."

두현이 다급히 형사들에게 문자 메시지를 보냈다.

"덕후야, 생존자 근황은? 리스트에서 살아남은 사람들은 어떻게 지내고 있어?"

재경이 덕후의 대답을 독촉했다.

"황수길과 이재영 두 사람이에요. 황수길의 누나와는 연락이 닿았어요. 부모님은 두 분 다 작고하셨고, 누나는 수녀더군요."

덕후의 말에 재경이 얕은 한숨을 내쉬었다. 황수길은 시험 공부를 하고 있을 것으로 추정될 뿐 현재 생존 여부가 확인되지 않고 있었다. 부모님이 돌아가시고, 누나가 종교에 귀의했다면 상당 기간 연락이 두절되었을 가능성이 컸다.

"마지막으로 연락된 게 언제래?"

재경이 물었다.

"3년 전이었대요. 핸드폰 요금이 밀려서 끊기게 됐다고 연락이 왔다고 합니다. 고시원 총무 일을 하면서 겨우겨우 버티는 것 같았다고 애통해하네요."

주소지는 10년 전 누나와 함께 살던 원룸 그대로였다. 이후 황수길의 행로는 불명확했다.

"이재영 씨 소재 파악은요?"

황수길이 쉽지 않다면, 이재영이라도 먼저 찾아야 했다.

"이재영 씨…… 저도 좀 놀랐는데, 여자였더군요."

덕후가 아리송한 표정을 지은 이유였다.

여자 수험생이야 하도 많았지만 그들 중 볼베르크의 소설을 좋아할 만한 사람은 지극히 드물었다. 그의 작품들은 일관되게 남성향적인 장르와 문체인 탓이었다. 고시 공부를 하며, 희림서적을 드나든 사람 중 볼베르크의 제본 서적을 대여해갈 정도로 판타지 소설을 즐기는 여자가 바로 이재영이었다.

"남자가 아니라 여자였다고?"

이번엔 두현이 물었다.

"지금은 남자예요. 호적 정정이 됐거든요. 그 과정에서 가족하고 마찰이 있었던 걸로 압니다. 부모는 전혀 협조할 의사가 없었어요."

덕후의 얼굴에 난처한 기색이 역력했다.

"이유는?"

재경이 물었다.

"청소년기부터 성정체성 문제로 가정 폭력이 있었던 거 같아요. 가출 후에 고시 공부를 시작했고, 호적 정정하면서 인연을 끊은 모양입니다. 가족들은 이재영 씨의 이름을 듣는 것만으로도 불편해했어요."

"좋아, 나쁘지 않아. 차라리 잘됐어. 이재영부터 알아보자고. 다수자들 속에 숨어버린 황수길보다는 소수자 속의 이재영을 찾는 게 더 수월할 거야. 이번엔 타신 형한테 부탁하자. 형은 우리

보다 그쪽 세계에 더 익숙하거든."
두현이 소파에서 일어섰다.
"타신 씨가요?"
"형의 VIP들 중엔 다양한 젠더들이 많거든."
두현의 전화를 받은 타신은 흔쾌히 그의 부탁을 들어주었다.
한 시간 후 그들 셋은 홍대입구의 한 클럽 골목에서 만났다. 벨벳 재질의 와인색 슈트를 차려입은 타신이 검정색 부가티 운전석에서 내렸다. 창백한 피부에 와인색 슈트가 썩 잘 어울렸다. 거리는 옷과 핸드폰, 액세서리와 커피숍으로 복작거렸다.
타신은 클럽 앞 화단 옆에 샘플로 제작된 작은 향수 10여 개를 줄지어 내려놓았다.
술집과 클럽이 밀집한 곳인 탓에 대낮인 지금 시간엔 발길이 한산했다. 타신이 '클럽 레이스'라는 간판 앞에 멈춰 섰다. 핫핑크색으로 외벽이 페인팅된 벽면에 망사 스타킹을 신은 여자의 다리가 도발적으로 그려진 건물이었다. 그가 선글라스를 벗고 누군가에게 전화를 걸었다.
"나야, 타신. 하도 안 들러서 시집이라도 갔나 하고 찾아왔지. 문이나 열어."
타신의 말에 이윽고 '클럽 레이스'의 금고처럼 두툼한 철문이 열렸다. 문을 열고 나온 사람은 하얗게 탈색한 머리에 검정 뿔테 안경을 쓴, 건장한 체구의 투블록 헤어스타일을 하고 있었다.
"시집 같은 소리 하고 있네. 들어와!"

뜻밖에도 남자의 목소리는 체구에 비해 높고 가늘었다.

"저 사람 남자 같아요, 여자 같아요?"

재경이 두현에게 속삭였다.

"다 들려. 언니 귀 밝거든. 타신, 재네 스트레이트지?"

그는 바와 몇 개의 테이블, 그리고 작은 플로어를 지나 관계자 외 출입금지라고 적힌 문을 열었다. 그러자 가죽 소파와 타로 카드가 놓인 작은 테이블이 나타났다.

"게이가 저렇게 촌스러울 리 있어? 이 가게에 온 이후 게이보다 스트레이트가 많은 날은 처음이군."

타신이 씨익 웃어 보였다.

"난 제이라고 해요. 음악 듣고 싶었는데, 켄드릭 라마 괜찮아요?"

제이가 먼저 자리를 잡고 앉자 타신이 그 곁에, 맞은편에 재경과 두현이 앉았다.

"네, 저흰 상관없습니다."

재경의 말에 제이가 피어싱한 눈썹을 유쾌하게 들어 올리며 오디오 리모컨을 눌렀다. 힙합 음악에 그의 어깨가 들썩였다.

"우리 클럽 여성 전용인 거 알죠? 손님 없는 시간이고, 타신이 데려왔으니까 특별히 입장한 거예요. 다음엔 짤 없어."

제이는 레즈비언 클럽 사장이었다. 그녀 역시 레즈비언이었고, 그들 사이에서 소위 부치라 불리는 남성적 스타일에 속했다. 제이가 재경에게 손을 내밀어 악수를 청했다. 그녀의 손목을 가로지른 갈색 흉터가, 고단한 소수자의 삶을 설명했다.

"제이, 이재영이라는 이름 들어봤어?"

타신이 본론을 꺼내놓았다. 그러자 재경이 핸드폰으로 덕후에게 전송받은 이재영의 사진을 액정에 띄웠다. 귀 끝을 조금 덮은 갈색 머리에 크고 유순해 보이는 눈, 얼굴에 비해 큰 코와 여드름 자국. 수수한 여자처럼도 보이고, 다소 왜소한 남자처럼도 보이는 얼굴이었다.

"너무 흔한 얼굴이다."

유심히 사진을 들여다본 제이가 고개를 가로저었다.

"10여 년 전 사진이니까 외모가 변했을 가능성도 커요. 키나 체중은 보통으로 추정되고 서울 말씨, 외무고시를 준비하고 있었어요. 유학 경험이 있어서 영어에 능통했다고 들었고요."

특징을 찾기 어려운 얼굴이었다. 재경은 벽에 붙은 수백 장의 폴라로이드 사진들을 바라보았다. 이재영과 닮은 사람들이 맥주나 칵테일을 든 채 기분 좋게 웃고 있는 모습들이었다.

"보아하니 경찰 같네. 이상하다, 이쪽 사람들 웬만하면 사고 안 치거든. 솔직히 우리가 외모로 표가 딱 나잖아요. 웬만하면 참고, 숙이는 게 낫지. 공중화장실에서 아줌마들한테 쌍욕도 듣고, 직장에서 치마 한번 입고 나오면 보너스 준다는 개소리도 참아내는 독종들이거든요."

제이가 씁쓸하게 웃었다. 그녀 역시 커밍아웃을 하기 전 겪었던 일들이었다. 키도 훤칠하고 체격도 우람한 데다 커트 머리에 화장기 없는 얼굴은 그녀의 성별을 모호하게 만들었다. 타인과 시비가 붙으면 무조건 듣게 되는 말, 너 남자야 여자야? 제이는 자신이 그 어느 쪽에도 속하지 않는다고 생각했지만, 매번 보기는 두 개뿐이었다.

"사고를 친 게 아니라 범죄의 희생자가 될 가능성이 있는 사람이라고 설명할걸 그랬군. 또 부고 문자 받고 울면서 찾아올래?"

타신이 제이의 얼굴을 빤히 바라보며 물었다. 그녀는 거짓말에 능숙하지 않았다. 너 남자야 여자야, 라는 질문에 몸서리치면서도 여자라고 대답했던 것처럼. 때때로 그녀는 클럽 단골손님들의 부고를 받기도 했다. 대개는 자살이었다. 사회나 가족에게 아우팅을 당하거나 이루어질 수 없는 사랑에 방황하던 이들이 극단적인 선택을 할 때였다. 제이는 한 번도 그들의 장례식장을 찾아간 적이 없었다. 자신이 같은 선택을 했다면, 그리하여 주변인들에게 부고가 날아가고 남자야 여자야, 라고 물을 법한 외모의 사람들이 영정 앞에 모인다면. 자신의 죽음이 그들을 더욱 외롭게 할까 봐 두려웠다.

"타신, 조만간 향수 하나 주문하러 갈게. 오늘 스타일 죽인다."

제이가 뺨을 붉히며 말을 돌렸다. 그러자 타신이 회심의 미소를 지으며 테이블 위에 놓인 타로 카드를 집어 들었다. 그러고는 가볍게 섞은 뒤 카드를 부채꼴로 펼쳤다.

"석 장만 뽑아봐."

타신의 말에 제이의 눈빛이 흔들렸다. 그녀는 아파 보일 만큼 손톱을 바짝 깎은 손으로 카드 석 장을 골라냈다.

"과거를 볼까. 역방향의 지팡이 에이스 카드군. 구름 속에서 커다란 손이 나와 지팡이를 붙잡고 있어. 노력한 일이 허사가 되고 이룰 뻔한 순간 원점으로 돌아갔어. 좌절, 불합격, 실패수로 보이는군."

타신이 가장 왼쪽 카드를 뒤집으며 말했다. 그가 다음 카드를 뒤집었다. 밧줄에 매달린 사내가 그려진 카드였다.

"매달린 청년은 옴짝달싹못하고 있지만 표정만은 음흉하기 그지없군. 뭔가 숨기고 있어. 희생을 강요받는 거지. 명분이 확실하기 때문에 어쩔 수 없어 보이는군. 하지만 곧 좋은 결과로 돌아오리라고 믿겠지?"

타신이 마지막 카드를 뒤집었다.

"0번 바보 카드야. 내가 가장 좋아하는 카드지. 제이도 알다시피 이 카드는 자유를 의미해. 일이든 사랑이든 새로운 선택을 하게 마련이지."

타신이 보따리를 든 사내가 낭떠러지 앞에 서 있는 카드를 펼치며 웃었다. 그는 이미 이재영과 제이가 관련이 있다는 걸 알고 있었다. 제이가 등지고 앉은 벽에 붙은 폴라로이드 사진 중 그녀와 이재영이 나란히 서 있는 모습이 단박에 눈에 들어왔기 때문이었다. 그러나 재경은 수백 장의 폴라로이드 사진 속에서 이재영을 찾아내지 못했다. 그도 그럴 것이, 그는 이제 더 이상 여자가 아닌 탓이었다.

"그만해, 타신. 이미 알고 얘기하는 거잖아. 걔 죽을 뻔하다 살아난 애야. 경찰이라면 질색한다고."

제이가 리모컨으로 음악을 껐다.

"이재영에게 무슨 일이 있었던 거지?"

타신이 벽에 붙은 폴라로이드 사진을 떼어 테이블에 올려놓았다. 짙은 눈썹, 가무잡잡하게 탄 피부, 우뚝 솟은 코와 두툼한 입술, 그리고 평평한 가슴을 가진 보통의 남자가 제이와 함께 야자수 아래 서 있는 사진이었다.

"잘 따르던 동생이야. 집 나와서 갈 데 없을 땐 내가 반년쯤 재워주기도 했고. 그러다 신림동에 방 얻어 나갔는데 험한 꼴을 당했대. 지금은 성전환도 받고 성형도 하고 개명까지 해서 완전 다른 사람으로 살고 있다고."

제이의 입에서 '험한 꼴'이라는 말이 나오자 재경이 주먹을 말아 쥐었다. 이재영은 아직 피해를 당하지 않은 인물이 아니라, 살인범의 마수에서 간신히 살아남은 유일한 생존자일 수도 있다는 뜻이었다.

*

이 형사와 장 형사는 인쇄소로 향했다. 그러나 1차 탐문에서 인쇄소 주인은 김혁은 기억하고 있었지만 볼베르크에 대해선 아는 바가 없다고 대답했다. 아는 바가 없는 사람이 외지에서 일어난 교통사고까지 목격하고 신고했다는 건 충분히 의심스러운 일이었다. 장 형사가 새시로 된 인쇄소 문을 열고 들어가자 난로를 쬐던 주인이 자리에서 일어섰다. 70대 중반으로 보이는 주인은 두꺼운 돋보기안경을 쓰고 있었고 메이커 없는 등산용 티셔츠 차림이었다.

"그때 그 형사양반?"

인쇄소 주인이 1차 탐문 때 만난 장 형사를 기억했다.

"다시 뵙네요, 어르신."

장 형사가 주인에게 목례를 했다.

"그때 다 이야기했는데……. 거기들 앉아요. 뜨거운 보리차라도 한잔하고 가시게."

주인이 벤치형 의자를 손가락으로 가리키며 종이컵 두 개를 가져왔다.

그는 난로 위에 올려놓은 주전자에서 보리차 두 잔을 따라 형사들에게 건넸다.

"그때 김신우, 필명 볼베르크에 대해 모른다고 하셨죠?"

이 형사의 질문에 주인이 고개를 주억거리며 난로 앞에 다가가 앉았다.

"여기 드나드는 사람이 한둘이어야 말이지."

주인의 눈동자가 인쇄물이 켜켜이 쌓인 벽으로 향했다. 벽에는 사각모를 쓴 여대생의 사진이 걸려 있었다.

"따님이시죠? 최다은 씨. 명문외고 교사로 근무하시던데."

장 형사는 출동하기 전, 덕후를 통해 인쇄소 주인의 신상에 대해 좀 더 면밀히 조사했다. 주인의 유일한 가족은 교사인 서른세 살의 딸 하나가 전부였다.

"왜 애먼 사람 뒷조사를 하는 거요? 내 딸 이름을 어떻게 당신이 알고 있어?"

딸의 이름이 장 형사의 입에서 튀어나오자, 주인은 얼굴이 흙빛이 되며 버럭 화를 냈다.

"저희가 따님을 찾아갈까요? 아니면 어르신이 따님에 대해 얘기해주시는 게 편할까요?"

이 형사가 뜨거운 보리차를 한 모금 마시며 주인에게 물었다. 그는 주인의 눈에서 두려움을 읽어냈다.

"내 딸만은 찾아가지 마시오. 그건 안 돼. 절대."

주인이 고개를 떨어뜨리며 주먹을 움켜쥐었다.

"역시 볼베르크를 아시는군요. 따님과 관련이 있죠?"

장 형사는 주인의 두려움이 딸과 볼베르크 사이의 관계에서 비롯된 게 아닐까 넘겨짚었다.

"딸은 아팠다오. 신부전증을 오래 앓아왔지. 그래서 대학 다닐 때까지 투석을 받았소. 기증자도 없었고, 내 형편에 수술비 마련도 여의치 않았으니까."

딸을 지키기 위해 주인은 감추고 싶었던 비밀을 꺼내놓았다. 볼베르크와 다은은 연인 사이였다.

"지금 직장생활을 하고 계시던데, 그럼 기증자가 나타난 건가요?"

장 형사가 물었다.

주인이 긴 한숨을 내뱉으며 고개를 끄덕였다.

“나타났지. 신장 기능이 멈추기 직전에 기적처럼.”

주인이 처연한 눈길로 다시 한 번 딸의 사진을 올려다보았다.

“갑자기 형편이 좋아져서 수술비를 마련하긴 어려웠을 테고, 혹시 누군가에게 께름칙한 부탁을 받고 보수를 챙긴 거 아닙니까?”

장 형사의 질문에 주인의 표정이 일순 얼어붙었다. 마치 눈앞에 유령이라도 나타난 듯, 세모꼴의 작은 눈이 미동조차 없이 허공을 바라보았다.

“날 떠볼 셈이오? 아니면…… 다 알고 찾아온 게요?”

주인이 자신의 가슴을 손바닥으로 누르며 고통스럽게 목소리를 끌어냈다.

“춘천으로 향하던 도로에서 볼베르크의 가족이 사고를 당했죠. 그때 신고자는 어르신이었고요. 우연이라고 생각하지 않습니다.”

시선을 피하는 주인에게 이 형사가 힘주어 말했다.

“그걸 부탁한 사람이 김신우였소. 차 번호를 알려주며 조용히 뒤를 따라오면 된다고만 했다오. 사고가 날 줄은 나도 몰랐단 말이오.”

그랬다. 볼베르크는 사랑하는 여자의 아버지에게 뒷일을 부탁했던 거였다.

“사고 당시 상황을 좀 더 자세히 말씀해주세요. 어르신의 따님이 건강히 살아 있는 건 누군가의 희생 때문입니다."

이 형사가 주인에게 말했다. 볼베르크의 희생이 아니었다면 연인인 다은은 수술비를 마련하지 못하고 사망했으리라. 주인 또한 양심의 가책이 깃든 눈이 촉촉이 젖었다.

"보통 사고하곤 달랐다오. 비가 내리긴 했지만 길이 미끄러운 정도도 아니었고, 급커브 길도 아니었지. 확실한 건 검정 레간자 후면에 브레이크등이 켜지지 않았다는 거라오. 마지막 순간까지 운전자가 브레이크를 밟지 않았다는 건, 자살 행위라고 생각했지."

주인의 말에 두 형사는 벌어진 입을 다물지 못했다. 불의의 사고가 아닌, 자살이었다. 그걸 지켜보고 신고할 사람까지 미리 구해놓았다는 건 다분히 계획적이었다.

악마에게 생명의 위협을 느낀 볼베르크는 자신도, 그리고 머지않아 가족도 놈의 손에 살해될 거라 직감했다. 그의 예감은 곧 현실이 되었다. 볼베르크의 아버지의 낡은 레간자 트렁크에서 어머니의 시신이 발견된 거였다. 볼베르크는 경찰에 신고하려는 아버지를 막아섰다. 그리고 어린 동생과 아픈 연인을 살리기 위해, 누군가는 희생할 때라는 결심을 밝혔다. 다은은 건강만 되찾으면 곧 제 길을 걸을 것이고, 인석은 혈육처럼 아끼는 두현이 돌볼 터였다. 부자는 그렇게 죽음의 시나리오를 써나갔다.

*

재영은 제이의 도움으로 여성 전용 고시원에 방을 얻었다. 관처럼 비좁은 방이었지만, 견딜 만했다. 아버지는 그가 레즈비언이라는 사실을 알고 곧바로 정신병원에 입원시켰다. 입원과 퇴원을 반복하는 동안 그녀는 없던 우울증과 대인기피증이 생겼다. 그에게 향하던 아버지의 발길질, 어머니의 외면에 비하면 고요하기 짝이 없는 고시원은 그나마 숨이 트이는 곳이었다. 면도기로 머리를 박박 민 재영은 온통 공부에만 집념했다. 그런 그에게 유일한 낙은 볼베르크의 소설을 읽는 시간이었다. 무엇보다 볼베르크의 판타지 세계는 너무나 현실적이었다. 작가는 마치 신처럼 불공평했고, 이유 없이 가혹한 형벌을 내리는가 하면 아주 희박한 확률로 행복을 선사했다.

어느 일요일, 재영은 단골이었던 희림서적에서 빌린 볼베르크의 제본 서적을 펼쳤다. 가족과 인연을 끊으며 희림서적에 반납할 때를 놓친 탓에 주인인 박 사장에게 미안한 마음이 먼저 들었다. 그러나 첫 장을 펼친 그는 놀랍도록 빠져드는 이야기에 공부는커녕 화장실 가는 것도 잊은 채 하루를 보냈다. 늘 보아왔던 볼베르크의 판타지 소설과는 사뭇 다른 스릴러 소설이었다. 그리고 가장 놀라운 건, 소설의 끝났을 때 볼베르크는 자신의 죽음을 예견하는 에필로그를 남겼다. 게다가 어린 악마로 묘사된 주인공의 실명이 암호로 남아 있었다. 보통 사람이라면 낙서라고 지나칠 수 있는 마지막 장에 남은 숫자의 나열들. 그 숫자들이 유독 눈에 박혔다.

그의 눈이 불현듯 볼베르크가 출간한 판타지 소설로 향했다. 암호 첫줄은 8, 119, 3, 6이었다. 그는 8권을 집어 들어 119페이지를 펼친 후 세 번째 줄에서 여섯 번째 단어를 살폈다. '남'이라는 글자였다. 암호 둘째 줄은 3, 9, 22, 10. 3권에서 9페이지 스물두 번째 줄, 10번째 단어.

'해'.

재영은 손가락을 떨며 남은 암호들을 해석해갔다. 그리고 얻은 한 줄.

'남해일이 볼베르크를 죽일 것이다.'

그는 남해일이 누구인지 알고 있었다. 월반을 거듭해 미국 명문대에 수석 합격하고, 일찌감치 고시에 합격하여 세간에 화제가 된 인물이었다. 남해일의 공부법과 성공 비결이 책이 날개 돋친 듯 팔려나갔고, 여대생들 사이에선 연예인 못지않은 인기를 누렸다. 그길로 재영은 PC방으로 뛰어갔다. 그는 남해일 이름으로 출간된 책을 미리보기 한 뒤, 문체가 볼베르크와 유사하다는 걸 확신했다. 포털사이트로 로그인한 재영은 볼베르크의 팬카페로 접속했다. 대문에는 볼베르크의 사고사에 대한 짤막한 공지가 올라와 있었고, 추모의 글이 이어졌다. 재영은 그의 죽음이 결코 사고사가 아닐 거라 생각했다. 두근거리는 가슴으로 글을 쓰기 시작했다. 자신이 발견한 암호와 이를 해독하는 방법, 그리고 결과까지. 마침 익숙한 닉네임 몇 명이 동시에 접속해 있는 게 보였다. 순식간에 재영이 쓴 글의 조회수가 10이 되었다. 하지만 그게 끝이었다. 재영을 포함해 동시에 카페에 접속해 있던 사람들이 모두 강퇴당했다. 해당 글은 삭제되었고, 재가입은 불가능했다. 그 순간 랜선 너머, 어린 악마가 그들을 발견한 것이다.

카페에서 강퇴당한 이재영은 알 수 없는 불안감에 휩싸였다. 그가 쓴 글은 합리적인 의심이었고, 만약 문제가 된다면 카페 규정에 따라 열람을 금지시키면 그만일 뿐이었다. 재영은 카페 운영자인 희림서적 박 사장에게 전화를 걸었다. 전원이 꺼져 있다는 멘트만 반복될 뿐이었다. 그는 순박해 보였던 박 사장의 얼굴을 떠올렸다. 때때로 사람이 적은 늦은 시간에 서점을 찾아가면 한 귀퉁이에서 라면을 끓이고 있었다.

"재영이 왔구나. 너도 한 젓가락 먹고 가. 괜찮아, 밥 말면 둘이 충분히 먹는다."

그런 박 사장이 자신을 강퇴시켰을 거라 믿어지지 않았다. 불길한 예감이 들었다. 재영은 PC방을 나와 버스에 올랐다. 그러곤 다시는 돌아가고 싶지 않았던 본가 근처 버스정류장에서 내렸다. 그의 걸음이 빨라지며 골목을 파고들었다. 파전과 막걸리, 향수와 토사물과 석유 냄새가 뒤섞인 골목의 끝에 다다랐을 때, 그는 걸음을 멈추었다. 그는 목을 길게 빼고 유리창으로 희림서적 안을 살폈다. 커다란 회전의자 위에 박 사장이 팔다리를 늘어뜨리고 앉아 있었다. 재영은 쓰고 있던 안경을 티셔츠 앞자락으로 얼른 닦은 뒤 콧등을 찡그리며 박 사장의 얼굴을 자세히 살폈다. 희번득 치켜뜬 눈은 마치 술에 취한 것처럼 붉게 충혈되어 있었고, 걸쭉한 침이 입에서 흘러나와 턱을 타고 흘렀다. 그는 짧게 한 번 경련을 하곤 이내 다시 팔다리를 늘어뜨렸다. 재영은 직감했다. 그가 보지 말아야 할 것을 보았고, 소문내지 말아야 할 것을 소문냈다는 걸.

목숨을 부지하려면 영영 입을 닫는 수밖에 없었다. 재영은 자신을 친동생처럼 아끼는 제이에게조차 볼베르크 소설의 비밀을 털어놓지 않았다.

*

제이는 재영이 어느 날 고시원으로 찾아온 강도에게 기습을 당했다 간신히 목숨을 건졌다고 전했다.

"당시 상황에 대해선 나한테도 절대 얘기 안 해. 그 뒤로 고시 공부 중단하고 악착같이 돈을 모았던 거 같아. 택배도 하고, 콜센터에서도 일했지."

재영은 성전환 수술을 받고 이름과 외모까지 바꾸면 범인이 다시는 자신을 찾지 못할 거라 믿었다. 그는 누구도 성별을 궁금해하지 않는 곳에서 돈을 모았다. 그리고 마침내, 자신의 꿈을 실현했다.

"타신 씨는 어떻게 저 사진을 보고 이재영 씨라고 추리했어요? 완전 다른데."

이야기를 듣고 있던 재경이 폴라로이드 사진과 핸드폰에 전송된 이재영의 사진을 번갈아 보며 물었다.

"변하지 않는 것도 있으니까. 이를 테면 귀와 앞머리의 시작점, 목의 주름, 양쪽 눈동자의 간격 같은 것."

타신은 오랫동안 여자 고객을 상대해온 사람답게 예리했다. 그는 손님이 오면 가장 먼저 귀의 모양, 이마와 목, 그리고 눈동자와 가르마 방향 같은 사소하지만 바뀌지 않는 것들을 살폈다. 덕분에 간혹 성형수술로 얼굴이 완전히 달라진 고객도 친근하게 이름을 부르고 그녀들의 시그니처 향수를 꺼내놓을 수 있었다.

"이재영 씨를 만나게 해주세요. 범인의 연쇄살인은 아직 끝나지 않았어요. 구해내야 해요."

재경이 앙다문 작은 입술로 제이에게 말했다. 그러나 제이는 고개를 가로저었다.

"범인이 제아무리 잘난 놈이라도 재영이 못 찾아요. 그건 내가 장담할 수 있어. 이제 그 애 내버려둬요."

제이의 말이 끝나기 무섭게 타신이 손에 들고 있던 타로 카드에서 0번 바보 카드를 골라 제이의 셔츠 앞주머니에 꽂고 일어섰다.

"자유로워지고 싶다면 그날의 사건에서 완전히 벗어나야겠지. 이재영은 아직 고통 속에 살고 있어."

타신의 말에 제이의 눈동자가 흔들렸다. 그는 지푸라기처럼 결 나쁘게 탈색된 머리를 쓸어 넘기며 한숨을 내쉬었다.

"타신, 재영이 결혼했어. 이건 한 사람이 아니라, 그 녀석 와이프까지 상처 주는 일이야."

제이는 꾹꾹 눌러놓았던 재영의 현재에 대해 털어놓았다. 그의 대답을 들은 재경도 눈앞이 캄캄했다. 상처를 극복하기 위해 또 다른 사람에게 상처를 줄 수밖에 없는 게 현실이었다. 재경은 제이에게 수인사를 하고 '클럽 레이스'를 나왔다. 훌쩍거리는 제이의 숨소리가 그녀의 발길을 더욱 무겁게 했다. 하지만 범인은 반드시 재영을 다시 찾아갈 터였다. 그가 최초의 목격자였고, 아직 건드리지 않은 황수길을 제외한 유일하게 실패한 살인이기 때문에.

"덕후야, 이재영 씨 개명한 이름 확인하고 건강보험 이용 내역 찾아서 연락 줘."

재경이 덕후에게 전화를 걸어 재영을 추적하기 위한 수단을 모색했다.

"경위님, 그냥 와이프 찾아가시면 될 거 같은데요."

덕후의 대꾸에 재경이 고개를 내저었다.

"가능하면 배우자 모르게 처리하고 싶어서 그래. 이재영 씨만 만날 수 있게 조용히 알아봐줘."

"아, 제 말은요. 와이프도 이 사건과 무관한 인물이 아니에요. 인쇄소 주인 딸 최다은이거든요. 볼베르크와 최다은이 교제했다고 하지 않았어요?"

덕후의 말에 재경은 자신의 귀를 의심했다.

장 형사와 이 형사는 볼베르크의 옛 연인이자 이재영의 아내인 최다은의 학교 앞에 서 있었다.

"사진 보니까 상당한 미인이던데요?"

이 형사가 태블릿에서 최다은의 사진을 확인하며 엄지손가락을 치켜들었다. 동그란 얼굴형에 흰 피부, 초식동물처럼 크고 선량한 눈과 얌전하게 자리 잡은 코와 입술. 유약해 보이는 미인이었다.

"미인이면 뭐하나? 팔자가 이렇게 기구한데. 저기, 저 단발머리 아냐?"

장 형사가 교복 입은 학생들 사이에 섞여 걸어 나오는 감색 투피스 차림의 여자를 손가락으로 가리켰다. 최다은이었다. 옅은 화장에 소박한 옷차림을 한 30대 중반의 여자였다.

"최다은 선생님 맞으시죠?"

장 형사가 큼큼, 목소리를 가다듬고 다가가 말을 붙였다.

"네, 그런데요?"

최다은이 놀란 눈으로 물었다.

장 형사가 신분증을 꺼내 보이며 목례를 했다.

"괜찮으시면, 몇 가지 여쭙고 싶은 게 있습니다."

장 형사의 말에 최다은은 뒷걸음질을 쳤다.

"아버지한테도 찾아가셨죠? 우리 가족은 더 이상 김신우 씨와 관련된 일을 떠올리고 싶지 않아요."

"최다은 씨가 이러면 안 되죠! 김신우 씨가 마지막까지 지켜주고 싶어 했던 사람이 누구인데 외면하면 됩니까? 사람이 염치가 있어야지 말이야. 그리고 오늘 찾아온 건 남편 이재영 씨 때문입니다."

옆에서 조용히 듣고 있던 이 형사가 버럭 화를 냈다. 그도 그럴 것이 볼베르크는 그녀의 수술비를 남기고 젊디젊은 나이에 죽음을 택했다. 그의 부모 역시 아들과 함께 저승길에 동행했다. 볼베르크 덕분에 목숨을 부지한 최다은이 무작정 대화를 피하는 모습에 이 형사는 울화가 치밀었다. 그녀에게 인사를 건네던 제자들이 의아한 눈으로 형사들을 바라보았다. 난처한 기색이 역력한 최다은이 아랫입술을 씹으며 큰길 건너 제과점으로 향했다.

"남편은 공황장애를 앓고 있어요. 그러니 할 얘기가 있으면 저한테 하세요."

최다은이 불안한 눈길로 주변을 둘러보며 형사들에게 말했다.

"이재영 씨에게 들었으면 아시겠지만, 한 번 위기를 모면했다고 안심해선 안 됩니다. 조심스럽게 파악하기론 아직 두 명의 생존자가 남아 있고, 그중 한 명이 이재영 씨예요."

장 형사의 말에 최다은이 손바닥으로 얼굴을 감쌌다. 그녀는 매일 밤 악몽에 시달리는 재영을 바라보며, 그의 시간은 영원히 사건 당일에 멈춰 있으리란 비극적 진실을 깨달았다.

"알고 있어요. 이대로라면 언젠가 악마가 그이를 찾아올 거란 거. 우린 암묵적으로 그 사건에 대해 더 이상 대화하지 않고 있어요. 그게 아니더라도 재영 씬 매일 밤 악몽에 시달리니까. 우린 곧 이민을 떠날 거예요. 거기까진 못 따라올 거예요."

"순진한 생각하시네. 거 돈 있고 빽 있는 놈이 왜 못 따라갑니까? 그러지 말고 최다은 씨가 남편을 설득해봐요. 우리가 기막힌 계획을 갖고 있거든요."

마음이 조급한 이 형사가 테이블을 손바닥으로 내리치며 말했다. 겁 많은 최다은이 어깨를 움츠렸다.

"형사 못 믿어요. 남편 얘기로는 경찰도 다 그 악마 새끼의 편이라고 했어요."

그랬다. 재영은 범인인 해일이 승승장구하는 걸 오랫동안 지켜봐왔다. 경찰과 검찰, 그리고 국회의원들의 비호를 받으며 법망을 통과하고 사업을 키워나갔다. 최다은은 아버지와 자신을 찾아온 형사들이 누구의 편인지 믿을 수 없었다.

"그 악마의 실체를 저희도 짐작하는 바 있습니다. 놈을 잡아넣으려면 오직 사건 현장에서 덮치는 수밖에 없어요. 물증이 확보되면 누구도 압력을 행사할 수 없습니다."

장 형사의 말에 최다은의 가느다란 손가락이 떨렸다.

"그 사람이 누군지 알고 있다고요? 그런데 왜 아직까지 못 잡았죠?"

"방금 말씀드린 것처럼 물증이 없기 때문이죠. 황수길이라는 분도 아직 생존자인데, 소재 파악이 되지 않고 있습니다. 그분을 위해서라도 협조 부탁드립니다. 놈을 잡아야 남편분도 공황장애를 극복하실 수 있지 않을까요?"

장 형사의 진실한 마음을 읽어낸 최다은은 고개를 끄덕였다.

"퇴근해서 차분히 설득해볼게요. 장담은 할 수 없어요."

최다은이 자리에서 일어섰다.

"실례가 아닌지 모르겠지만, 두 분은 어떻게 만나셨어요? 관계가 좀 특이하잖아요. 이재영 씨는 다은 씨가 볼베르크의 연인이라는 거 몰랐어요?"

이 형사가 몸을 일으키며 물었다. 최다은의 크고 맑은 눈동자가 그를 향했다.

"저도 팬카페 회원이었어요. 정기 모임에서 인사 나눈 적이 있었죠. 그러다 사건 이후 병원에서 다시 만났어요. 저는 신장 검진 때문에, 그이는 호르몬제 투여 때문에 둘 다 같은 병원에 다니고 있었거든요."

두 사람의 접점은 팬카페와 한영병원이었다. 그곳에서 최다은은 신장 수술 후 검진을 받아왔고, 이재영은 남성 호르몬제를 맞았다. 가혹한 운명은 피해자인 두 사람을 가해자의 한 명이 원장으로 근무하는 병원에서 짝지어주었다. 윤 원장은 이재영이 성전환 수술을 받은 사실과 개명한 사실을 모두 알고 있었다. 그러나 아직까지 해일에게는 비밀이었다. 윤 원장은 해일이 가장 간절히 이재영의 목숨을 요구하는 순간 대평그룹의 의료재단과 맞바꿀 계획이었다.

"모쪼록 잘 설득해주십시오. 저희가 반드시 지켜내겠습니다. 믿어도 좋습니다."

장 형사가 굳은 표정으로 최다은에게 인사를 건넸다. 다은 역시 한결 경계심이 사라진 얼굴로 그에게 고개를 숙였다.

*

매력은 커다란 캐리어를 들고 타신을 찾아왔다. 그녀는 당분간 거처를 타신의 집으로 옮긴 뒤 표적수사대에 윤 원장과 해일의 만행을 폭로할 계획이었다. 매력의 전화를 받고 헐레벌떡 달려온 재경이 그녀를 덥석 끌어안았다. 매력이 느꼈을 분노와 배신감, 그리고 공포를 떠올리자, 재경의 눈이 시큰해졌다.

"근데 매력 언니……. 표적수사대의 수사 방향이 새로 정해졌어요. 진술보다 현장 급습으로요. 남해일의 막강한 권력이라면 진술을 뒤엎을 만한 가짜 증거나 외부 압력을 행사할 수 있으니까요. 이제 유일한 방법은 두 사람을 현행범으로 검거하는 길밖에 없어요."

재경이 어렵게 현재 상황을 털어놓았다. 하루라도 빨리 해일과 윤 원장을 검거하고 싶은 건 매력이나 표적수사대 모두 한마음이었다. 하지만 해일은 자신의 알리바이를 충분히 조작할 수 있는 인물인 데다 정재계 인사와 돈독한 친분을 과시하는 능력자였다. 섣불리 건드렸다가 마지막 기회마저 놓친다면 수험생 연쇄살인사건은 영구 미제 사건으로 남을 가능성이 있었다.

"오케이, 무슨 말인지 알겠어. 현행범으로 검거한 뒤에 내가 보강 진술을 하면 더 확실해진다는 거네."

여전히 매력은 눈치가 빨랐다.

"매력 씨, 살기 위해선 유명해지는 수밖에 없어. 절대 누구도 건드릴 수 없을 만큼 스스로 빛나 봐."

타신이 흐뭇한 표정으로 말했다.

"나 사교계의 여왕, 이매력이야. 잠시 슬럼프에 빠지긴 했지만 슬슬 몸 좀 풀어봐야지? 인터뷰 몇 군데 잡고, 리얼리티 프로그램에 이매력 다이어리 같은 거 하나 찍자고 제안해야겠다. 각자 삶을 위해 별거 중인 왕년의 톱모델 이매력으로 홍보할 거야. 좋은 소식은 나눠야 맛이겠지?"

매력은 그 자리에서 핸드폰을 꺼내 윤 원장에게 전화를 걸었다. 낯선 번호인 탓에 윤 원장은 한참만에야 전화를 받았다.

"여보세요."

"달링, 잘 있었어?"

매력의 목소리에 윤 원장이 움찔했다.

"당신 어디야?"

"내 소식은 곧 TV로 보게 될 거야. 아, 걱정 마. 당신이 사이코패스 의사라는 사실은 절대 말 안 할게. 모양 빠지잖아. 천하의 이매력이 당신 같은 쓰레기와 사랑에 빠졌었다는 게."

매력이 전화를 끊고는 허리를 숙여가며 깔깔깔 웃음을 터뜨렸다.

"이렇게 통쾌할 줄 알았으면 진즉할걸. 타신 가자. 나 너무 배고파. 연남동 가서 곱창 먹자. 재경아, 오랜만에 설윤이도 불러. 이 누나가 직접 구워서 입에 넣어준다고."

돌아왔다, 그녀가. 붉은 장미처럼, 눈부신 태양처럼 빛나던 그녀가 본래의 모습을 되찾았다.

*

목소리를 제외하면 재영은 평범한 30대 남자였다.

짧게 자른 투블록 헤어스타일에 나이키 트레이닝복, 심플한 결혼반지가 두현의 눈에 들어왔다.

"다음 타깃은 이재영 씹니다."

두현은 재영과 그의 집 식탁에 마주 앉았다. 아내인 최다은은 동료 교사의 집으로 몸을 피한 뒤였다. 수십 개의 형광등 아래에서 불그스름한 눈꺼풀을 잠시 내리감은 재영이 고개를 들었다. 그는 형광등이 없으면 잠을 잘 수 없었다. 언제든 놈이 다시 자신을 찾아와 복수의 올가미를 씌울 것만 같았다. 아내인 최다은까지 구렁텅이에 몰아넣을 수 없었다.

"볼베르크의 글에서 남해일이 범인이란 암호를 해독해냈어요. 바보같이 그걸 카페에 올렸죠, 죽은 사람들은 당시 카페에 접속해 있던 사람들이었죠, 겨우 목숨은 건졌지만 난 많은 걸 잃었어요. 공황장애로 직장 생활도 불가능하고, 이렇게 대낮처럼 환하게 불을 켜놓지 않으면 불안해서 견딜 수 없죠. 남해일의 얼굴을 보는 게 두려워서 TV도 사지 않았어요."

이재영의 얼굴이 납조각처럼 차갑게 굳었다.

"이재영 씨가 수사에 협조해주시면, 극복할 수 있습니다. 저희 계획은 재영 씨가 콘택트렌즈 형 블랙박스를 착용해 표적수사대와 시선을 공유하는 겁니다. 위급한 상황이 발생하면 바로 현장 진입해서 체포하겠습니다."

두현이 간절한 마음을 담아 그에게 호소했다. 그는 남해일의 호크아이시큐리티에서 압력을 행사해 표적수사대에게 시범 착용시키려는 콘택트렌즈형 블랙박스를 역이용할 계획이었다. 관건은 덕후가 호크아이시큐리티를 해킹하느냐 실패하느냐였다. 어쨌든 가장 중요한 건 피해자의 마음을 안정시키는 것이었다. 하지만 이재영은 선뜻 대답을 하지 못했다. 만약 자신이 조금만 세상에 일찍 생존 신호를 보냈다면, 더 큰 희생을 막았을 수도 있다는 죄책감 때문이었다.

"이재영 씨 때문에 새로운 피해자가 생긴 게 아니니 너무 자책하지 마세요. 어차피 놈들은 게시물을 열람한 모든 사람들을 죽일 때까지 살육을 멈추지 않았을 겁니다."

두현이 그의 마음을 읽어내고 위로를 곁들였다.

"놈들이라고요?"

재영이 두현에게 물었다.

"트라우마로 기억에서 소실되었을지 모르지만, 남해일은 혼자 움직이지 않았어요. 한영병원 병원장이 뒤처리를 맡은 걸로 추정됩니다."

매력에게 들은 첩보를 털어놓았다.

"아내와 한영병원에서 처음 만났어요. 놈들은 이미 우리가 어디에서 어떻게 살고 있는지 다 알고 있었단 거군요."

그제야 재영은 죽음을 각오하고 표적수사대의 요청에 따르기로 마음먹었다. 더 이상 도망칠 곳 없는 낭떠러지 앞임을 깨달은 터였다.

"대선에서 남일웅이 승리해 대통령이 되면, 남해일은 당분간 연쇄살인 행각을 멈춰야 할 겁니다. 이미 유명하지만 더 유명해질 거고, 지금보다 운신의 폭이 줄어들 테니까요. 남해일은 자기 인생의 커다란 오점인 이재영 씨를 일주일 안에 해치러 찾아올 겁니다."

재영이 복잡한 심경으로 길게 늘어뜨린 앞머리를 쥐어뜯었다.

"디데이에 저희가 특수하게 제작된 콘택트렌즈형 블랙박스를 전달할 겁니다. 물론 제가 아래층에 월세를 얻어 상주하겠지만, 모든 상황은 블랙박스를 통해 표적수사대원들에게 전달될 겁니다. 그러니 너무 걱정하지 마세요."

재영은 금방이라도 혼절할 것 같은 얼굴로 두현을 바라보았다.

"무엇보다 중요한 건 이재영 씨의 의지입니다. 공황발작이 오더라도 저희가 도착할 때까지 심호흡하면서 견뎌주셔야 합니다."

두현의 말에 재영이 마지못해 고개를 끄덕였다.

"경감님."

자리에서 일어서려는 두현을 재영이 불러 세웠다.

"네?"

"놈을 체포하면 전 다시 사회로 돌아갈 수 있을까요?"

재영이 불안한 눈빛으로 물었다. 그러자 두현이 차분하게 가라앉은 목소리로 대답했다.

"전 놈을 체포하면 직업을 잃는 운명에 놓여 있어요. 하지만 두렵지 않습니다. 또 다른 선택을 하면 되니까요. 새로운 기회가 열리겠죠."

해일을 검거하면 재영은 한 걸음 한 걸음 사회로 돌아갈 수 있게 된다. 반면 두현은 경찰복을 벗고, 정 깊은 재경과 대원들, 그리고 연로한 부모의 곁을 떠나 유학길에 올라야 한다.

"기운 내십쇼."

잠시 생각에 잠겨 있던 재영이 희미하게 웃으며 두현에게 악수를 청했다.

"저보다 이재영 씨가 기운 내셔야죠. 도움 주셔서 고맙습니다."

두현이 가볍게 재영의 어깨를 끌어안고 등을 토닥인 뒤 현관으로 향했다. 그는 미처 보지 못했지만, 재영의 눈가는 젖어 있었다. 지금껏 성소수자라는 이유로, 가족과 사회에서 따돌림을 받아온 그였다. 수술로 성전환을 한 이후, 지금껏 타인이 진심을 담아 악수를 하고 포옹한 적은 없었다. 두현의 따뜻한 포옹 한 번이 은둔자 이재영에게 용기의 씨앗이 되었다.

*

이재영의 집 아래층에 표적수사대의 임시 사무소가 꾸려졌다. 희소식도 보태졌다. 덕후가 호크아이시큐리티 서버 해킹에 성공한 거였다.

"친구 녀석 도움이 컸어요. 혼자선 불가능한 일이죠."

덕후와 그의 친구는 위험한 선택을 했다. 네이키드폭스의 복수는 상상을 초월하는 탓이었다. 최고의 실력자들이 모인 네이키드폭스는 변절자로 낙인찍힌 멤버가 거주하는 국가의 주요 서버를 해킹해 그의 삶 전체를 삭제한다. 표적수사대를 도운 게 탄로 나면 덕후와 그의 친구는 학력이나 경력은 물론이거니와 출생조차 증명할 수 없는 무적자가 될 터였다.

"콘택트렌즈 블랙박스 영상이 저장되는 폴더도 찾은 거야?"

재경의 질문에 덕후가 해킹 프로그램을 통해 관리자 중 한 명의 아이디로 로그인한 뒤 영상 서버에 접속했다. 서버 안에는 수없이 많은 폴더가 존재했고, 그중 테스트 폴더를 열었다.

"아이러니하게도 적들의 무기를 우리가 사용하게 됐네."

두현의 말에 대원들이 안심한 표정으로 순찰을 준비했다. 해일 일당의 기습을 대비한 거였다. 재경 또한 찬바람을 가르며 새벽길을 걷고 있었다. 컹컹 개 짖는 소리, 취객들이 게워놓은 토사물, 폐지 줍는 노인과 담장 위에 웅크린 고양이들. 거리의 풍경은 언제나 한결같았다. 그때 재경의 시선이 불 꺼진 쇼윈도로 향했다. 인적 없는 거리에 누군가 그녀의 뒤를 조심스럽게 따르고 있었다. 검정 마스크에 깊이 눌러쓴 모자, 건장하고도 날렵한 체격의 사내였다. 단순히 행인이라면 그녀가 걸음을 늦추거나 멈췄을 때 그냥 지나쳐가야 했지만, 놈은 재경의 걸음과 보폭에 맞춰 일정한 거리를 유지했다. 외양으로 봐서는 해일이거나 혹은 그가 보낸 제3의 인물일 가능성이 컸다. 재경이 걸음을 재촉하며 거리 곳곳에 설치된 CCTV를 훑어보았다. 당장 놈이 칼을 휘두른다 해도, 내일 아침이면 모든 상황이 담긴 CCTV 영상은 깨끗이 삭제될 터였다. 몸을 피할 곳이 필요했다. 재경이 날랜 걸음으로 상가가 밀집한 골목길로 들어섰을 때 이번엔 어두운 그림자 둘이 그녀를 맞이했다.

"예쁜 누나가 너무 밤늦게 다니신다."

키 작은 그림자 하나가 재경을 향해 다가왔다. 여드름 자국이 선명한 얼굴에 구겨 신은 스니커즈. 언뜻 보아도 고등학생이었다.

"집에 들어가라. 일찍 자야 키 크지. 안 그러니?"

재경이 미간을 찌푸리며 대꾸했다.

"구구절절 옳은 말씀만 하시네. 그렇잖아도 들어가려고요. 얌전히 길 비켜드릴 테니까 대신 담배 두 갑만 사다주세요."

이번엔 덩치 큰 그림자가 다가와 재경의 어깨를 잡았다. 그에게서 술 냄새와 함께 담배 냄새가 풍겼다.

"손 치워. 작신작신 분질러놓기 전에."

재경의 목소리에 날이 섰다.

"들었냐? 손가락 분지른단다, 누나, 청소년 앞에서 바르고 고운 말을 쓰셔야죠? 안 그래요?"

덩치가 일행을 바라보며 킬킬 웃었다. 재경이 눈을 치켜떠 덩치의 얼굴을 올려다보았다. 그는 사납게 찢어진 눈에 불량한 웃음을 담고 재경의 귀에 입술을 바짝 댔다.

"누나야, 그냥 사다주면 좀 좋니? 여긴 CCTV도 없고, 온통 사무실이라 오밤중엔 호랑이가 물어가도 몰라요. 겁대가리 없이, 확!"

덩치의 손이 재경의 손목을 감아쥐는 순간, 그녀 역시 공격 자세를 취했다. 그러나 재경이 기술을 걸 틈도 없이 덩치가 바닥에 주저앉았다.

"악! 이거 뭐야?"

덩치가 자신의 얼굴을 감싸고 몸부림을 쳤다. 재경의 코에도 매운 내가 진동하며 재채기가 터져 나왔다.

"최루액이지. 캡사이신이 주원료라더군. 너희 같은 급식 양아치들에게 꽤 쓸모가 있어 다행이야. 이봐, 더 비벼. 그래야 고통이 훨씬 오래간다고 쓰여 있었다고."

덩치에게 최루액을 분사한 사람은 타신이었다.

"타신 씨?"

놀란 재경의 부름에 타신이 마스크를 벗었다. 그사이 키 작은 그림자가 주먹을 움켜쥐고 타신을 향해 달려들었다.

칙!

타신이 재경과 눈을 맞추며, 키 작은 그림자를 향해 최루액을 발사했다. 그 역시 바닥을 구르며 캡사이신의 위력에 굴복했다.

"줄곧 뒤를 밟았는데 드디어 알아챘군. 둔해."

그가 재경의 턱을 부드럽게 쓰다듬으며 빙긋 웃었다.

"이 근처는 CCTV가 없대요. 유사시에 남해일의 시각을 피할 수 있는 사각지대인 거죠."

재경은 불량배들과의 대화로 알아낸 정보를 타신에게 일러주었다.

"여기가 바로 쥐새끼를 가둘 만한 항아리란 이야기군. 좋은 정보야."

타신이 바닥에서 허우적대는 두 녀석의 머리 위로 최루액을 분사하며 말했다.

"야 이 개새끼야, 그만 좀……!"

덩치가 눈물 콧물을 흘리며 타신을 원망했다.

"입냄새가 고약하군. 편도결석이 있을 거야. 담배는 끊는 게 좋겠지. 그리고 한 가지 더 알려주지. 네 옆에서 구르는 친구 조심해."

타신이 덩치를 향해 실쭉 웃었다.

"너 점쟁이냐?"

덩치가 타신에게 물었다.

"아니, 난 평범한 개새끼일 뿐이야. 시큼하고 씁쓰름한 냄새가 내 개코를 건드리고 있거든. 저 녀석이 흘리는 침 속에 위액이 섞여 나오고 있다는 증거지. 옷 조심하라고."

타신이 재경의 어깨에 팔을 두르고 돌아서자마자 키 작은 그림자가 덩치의 바지에 토사물을 쏟아냈다.

그 시각, 해일과 윤 원장도 머리를 맞대고 있었다.

"우리 윤 원장님이 이번에 우리 의료재단 새 원장으로 이력서 제출하셨네요? 무슨 배짱으로……."

해일은 건방지게 깜냥도 안 되는 윤 원장이 대평그룹 의료재단 원장직을 노리고 있다는 게 우습고 아니꼬웠다.

"저는 그러면 안 됩니까?"

기분이 상할 대로 상한 윤 원장이 나직이 물었다.

"안 될 거야 없죠. 근데 윤 원장 체면만 바닥에 떨어지는 일이지 않나? 대충 훑어보니 출사표 던진 양반들이 대학교수 아니면 유학파들이야. 기라성 같은 선배들이 버티고 있는데, 감히 윤 원장이?"

해일은 단 한 번의 실수로 놓친 첫 번째 고시생을 찾을 길이 없었다. 전국의 CCTV를 다 뒤져봤지만, 그의 행적은 묘연했다. 포기하는 수밖에 없었다. 이렇게 된 이상 자신과 비밀을 공유하고 있는 윤 원장을 깨끗이 제거하는 게 뒤탈이 없을 거라 생각했다. 이재영과 황수길만 해치우면 실행에 옮길 계획이었다. 그런데 시건방진 윤 원장이 원장 후보에 출사표를 던지다니, 해일로서는 배알이 꼬이는 일이었다.

"안 될 것도 없죠. 남 대표님이 뒷배를 봐주신다면 말이죠."

윤 원장이 어금니를 깨물며 입을 열었다.

"나? 내가 왜 윤 원장을 도울 거라고 생각하지? 병원에 비싼 장비며 건물 신축자금까지 이미 도울 만큼 도와줬다고 생각하는데?"

해일이 픽, 코웃음을 쳤다.

"대표님이 놓친 한 명, 그 친구를 제가 알고 있다면 얘기가 달라지지 않을까요?"

윤 원장의 대답에 해일이 두 눈을 부릅떴다.

"황수길 말고, 그때 그 계집애? 그 첫 번째 고시생 이재영 얘기하는 거야?"

"이젠 이재영이 아니죠. 개명도 했고, 성전환 수술로 남자가 됐거든요."

윤 원장이 속주머니 깊숙이 감춰두었던 마지막 카드를 꺼냈다.

"그게 사실이야?"

"원장 자리는 제 겁니다. 거기까지 올라가면 집사람도 마음 돌리지 않겠어요?"

윤 원장이 비릿하게 웃으며 말했다.

*

해일을 등에 업은 윤 원장은 무난히 대평그룹 의료재단의 신임 원장으로 선출되었다. 경력과 학벌, 재력으로 중무장한 쟁쟁한 선배들을 우스울 정도로 압도해버린 윤 원장은 의미심장한 미소를 띠며 취임식에 참석했다. 취임식장 맨 앞줄에는 해일과 그의 어머니 김 여사가 앉아 있었다.

"이틀 뒤면 우리 엄마 영부인 되시네."

"영부인? 나 그런 자리 하나도 달갑지 않아. 타신이 경찰들하고 어울리며 왜 그렇게 설치는지 알아? 네 아버지한테 존재감 증명하려는 거야. 그이도 싫은 척하지만 속으론 핏줄이니 안쓰러울지도. 타신이 나중에 너 쳐내고 대평그룹에 숟가락 얹으면 어쩌니? 너희 외할아버지가 씨 뿌리고 거름 줘서 키운 회사를 어디 더러운 국물 튄 놈이 넘름대면!"

김 여사의 눈에 불꽃이 튀었다.

"뭐가 그렇게 걱정이세요. 윤 원장한테 형 앞으로 매주 우울증 처방전 써주라고 했어요. 형 본인이야 모르겠지만, 나중에 경찰이 의료 기록 뒤져보면 우울증 환자였다고 판단할 거 아냐. 자살 왕국 대한민국에서 그리 놀라운 일도 아니잖아요?"

해일 역시 큰 그림을 그리고 있었다. 타신이 사라지고 나면 표적수사대는 머지않아 완전 해체될 것이고, 두현은 미리 작업해놓은 대로 유학길에, 재경은 시골 구석 파출소로 발령을 내는 계획이었다. 미리 윤 원장에게 타신 이름으로 항우울제를 꾸준히 처방한 뒤, 조용히 세상에서 등을 떠밀면 그만이었다. 해일의 섬뜩한 계획을 알아차린 김 여사가 흐뭇한 미소를 지었다.

"누가 내 새끼 아니랄까 봐, 징그럽게 기특하네. 오, 내가 신임하는 신임 원장님이 이제야 납셨네. 다들 박수 칩시다."

김 여사가 단상을 향해 열렬히 박수를 쳤다. 윤 원장이 슈트를 차려입고 꾸벅 인사를 했다. 재단의 이사들과 임직원의 시선이 그를 향했다. 그 순간 바로 뒷자리에 앉았다 떠나는 두 사람이 있었다. 상복처럼 검은 드레스에 베일을 늘어뜨린 여자, 그리고 선글라스에 머플러로 얼굴을 반쯤 가린 남자. 매력과 설윤이었다.

행사장을 나온 설윤과 매력은 순댓국집에 마주 앉아 허탈하게 웃었다. 설윤이 물수건으로 손을 닦고, 눈에서 콘택트렌즈형 블랙박스를 빼냈다. 그는 핸드폰을 꺼내 재경에게 전화를 걸었다.

"누나, 음성 수신 잘됐어?"

재경은 설윤이 착용한 블랙박스로 영상을 확인하고, 음성은 매력의 손목시계에 장치한 도청 장치로 엿듣고 있었다.

"할 말이 없다. 타신 씨 앞으로 우울증 약 처방 기록 남기고 살해하겠다는 거잖아. 어머니는 달라도 형제는 형젠데…… 돈이 뭐라고."

재경이 침울한 목소리로 말했다.

"만에 하나 남해일이 대선 전에 검거되지 못하면 이 영상이랑 음성 공개해버리는 건 어때?"

설윤의 말에 재경이 고개를 가로저었다.

"너무 피상적인 대화야. 언제 무엇을 어떻게, 이런 중요한 게

다 빠져 있어. 자기들끼리만 알아듣게 얘기했으니 기소는 어려울 거야. 윤 원장 정도만 의료법 위반으로 처벌받겠지."

해일과 김 여사는 악당답게 조심성이 많았다. 쉽게 빌미를 제공하지 않았다. 표적수사대가 해일과 윤 원장을 검거하지 못한 채 남일웅이 대통령이 되면, 타신은 목숨이 위태로워질 터였다. 재경의 마음이 소리 없이 미어졌다.

"가장 시급한 건, 오늘 윤 원장과 남해일의 딜이 끝날 거라는 거야. 원하는 걸 줬으니, 대가를 치를 거 아냐. 곧 움직이겠지. 누나 당분간 집에 못 들어간다."

전화를 끊고 생각에 골몰한 설윤을 바라보며 매력이 숟가락을 쥐여주었다.

"아까 너 화장실 갔을 때, 나 지하 주차장에서 윤 원장 차에 들어갔다 왔어. 그 인간 자동차 문, 지문 인식이거든. 물론 내 지문도 인식하게 설정해놨고."

매력이 순댓국에 새우젓을 섞으며 말했다.

"위험하게 왜 그랬어요, 누나!"

설윤이 목에 핏대를 세웠다.

"혹시 작은 단서라도 흘리지 않았을까 싶어서. 다행히 노력이 헛되진 않은 것 같아."

매력이 식탁 위로 구겨진 카드 영수증을 올려놓았다.

"아까 낮에 진흥 휴게소에 있는 보스앤커피 체인점에서 발급한 영수증이네요. 아침부터 출장이라도 다녀온 걸까요?"

설윤이 카드 영수증을 들여다보며 매력에게 물었다.

"그 인간 본적지가 진흥시야. 어렸을 때 화재로 전소되었다는 얘길 들었어. 휴게소와 위치가 가까워."

매력이 대답했다.

"그곳에 뭔가 비밀이 있는 걸까요. 누난 지금 비상이라 옴짝달싹못하는데 어쩌죠?"

설윤은 사건 현장마다 발견되는 노끈과 뒤처리를 위해 사용된 약품 따위가 윤 원장의 본적지인 진흥시에 있을지도 모른다는 생각이 머리를 스쳤다.

"뭘 고민해? 우리도 뭔가 해야지. 윤 원장이 남해일하고 짝짜꿍하느라 바쁠 때 다녀오는 거야. 우린 거기서 단서를 찾고 재경이랑 두현인 현장에서 두 악당의 손목에 은팔찌 채우고. 아, 우리 설윤이는 경찰 특채도 노려보고."

매력이 싱긋 웃으며 순댓국에 밥을 말았다. 그녀는 코에 송골송골 땀을 맺어가며 열심히 밥을 먹었다.

"경찰 특채라…… 진짜 꿈같은 얘기네요. 근데 우리 둘이 가긴 좀 위험하지 않아요?"

"설마 너랑 나랑 단둘이 갈 거라고 생각했어? 노노, 나 절대 대책 없는 사람 아니거든. 내 친친 프로듀서한테 파일럿 프로그램 하나 찍자고 제안했어. 뭐가 됐든 카메라에 담아두면 건드리지 못할 테니까."

매력은 마지막 기회에 자신의 모든 것을 올인하기로 결심했다. 재경과 타신, 그리고 두현처럼.

이튿날 매력은 타신의 집에서 헤어와 메이크업을 하고, 미리 약속한 피디에게 진흥시에 위치한 윤 원장의 본적지 주소를 보냈다. 그러고는 설윤과 함께 진흥시로 향했다.

"진흥시는 경기도와 서울 사이에 위치한 중소도시로 약 25만 명이 거주하고 있으며 인구의 대부분은 최근 가동을 시작한 발전소와 자동차 공장 종사자들이다, 라고 향토백과에 쓰여 있네. 적힌 대로라면 토박이는 아주 드물다는 얘기이고 면적에 비해 인구가 적으니 외진 곳도 많은 거고."

매력이 핸드폰을 들여다보며 설윤에게 말했다.

"내비로 보니까 윤 원장의 본적지 부근은 전부 야산이에요. 진흥 휴게소에서 15킬로미터 떨어져 있고, 진입로도 비포장도로밖에 없고요."

물끄러미 차창을 바라보던 매력이 휴게소 표지판을 향해 손가락을 뻗었다.

"다 왔네."

진흥 휴게소로 들어선 두 사람은 곧장 보스앤커피 체인점으로 들어섰다. 윤 원장의 차에서 발견한 카드 영수증이 발급된 시간과 거의 엇비슷한 시각이었다. 노랗게 탈색한 단발머리에 갈색 서클렌즈를 낀 종업원이 주문대에서 인사를 건넸다.

"뜨거운 아메리카노 두 잔요."

매력이 주문을 하며 카드를 내밀었다.

"더 필요한 건 없으세요?"

종업원의 말에 그녀가 핸드폰을 뒤져 윤 원장의 프로필 사진을 액정에 띄웠다.

"이 사람이 제 남편인데 엊그제 여기서 지갑을 잃어버렸다던데 혹시 기억나요?"

매력의 질문에 종업원이 고개를 가로저었다.

"손님은 기억나는데, 그날 분실물 접수된 건 없습니다. 제 기억엔 지갑은 안주머니에 넣으셨는데 혹시 다른 곳에서 잃어버린 건 아니시고요?"

종업원이 난처한 표정을 지었다.

"그럴지도 모르죠. 손님을 일일이 다 기억하시나 봐요?"

매력이 물었다.

"아무래도 단골이시니까요. 매주 한 번씩은 들르세요. 대부분 현금 결제하시는데 그날은 현금이 없다고 카드를 내셔서 지갑 챙기신 기억이 났어요."

종업원의 말에 매력은 실소가 터져 나왔다. 지금껏 윤 원장과 함께 살아오며, 그에게서 진흥시에 다녀온다는 얘기는 들어본 적이 없었다. 카드 사용 내역을 확인해도 늘 병원 인근이었고, 종종 집에 들어오지 않는 날 전화를 걸면 응급실이거나 원장실에 있다는 대답만 들어왔다. 그런 그가 매주 남몰래 찾아온 곳이 진흥시였다는 사실이 매력에게는 충격으로 다가왔다.

"난 대체 누구랑 살았던 걸까. 내가 그에 대해 알고 있는 건 고

아로 자수성가한 신경외과 닥터라는 거 하나뿐이야. 그 껍데기 속에 심장이 뛰는지, 벌레가 꿈틀거리는지 궁금해하지 않았어. 미련했지. 내 젊음과 재능이 얼마나 가치 있는 줄 몰랐던 거야."

매력은 윤 원장의 조용한 성격과 열정적인 직업의식을 사랑했다. 그가 없는 시간은 파티와 쇼핑이 채워주었고, 때때로 서운한 일이 있으면 값비싼 선물이나 여행으로 보상받는다고 생각했다. 매력은 그의 껍데기 속에 뜨거운 심장이 뛰고 있었다고 믿었지만, 실은 야망을 먹고 자란 이름 모를 벌레들이 서로를 잡아먹느라 들썩거리고 있을 뿐이었다. 설윤은 종업원에게서 커피를 받아 매력과 함께 차로 돌아왔다. 이윽고 내비게이션이 20미터 앞에서 우회전하라는 안내를 했다. 두 사람의 표정에 긴장이 깃들었다.

매력과 설윤은 마른 장미 덩굴로 감싸인 2층 목조주택 앞에서 있었다. 마치 시간을 거슬러 올라가기라도 한 듯, 건물의 구조나 외견은 낡고 촌스러웠다. 윤 원장은 의사가 된 후, 전소한 고향집을 예전 모습 그대로 복원해냈다. 창문은 하나같이 커튼으로 가려져 있었고, 빛바랜 듯한 페인트와 목조주택 특유의 텁텁한 나무 냄새가 을씨년스러운 분위기를 자아냈다.

"매력 씨, 먼저 와 있었네?"

그녀와 프로그램을 촬영하기로 한 심 피디가 검정색 카니발에서 내렸다. 그의 뒤에 키가 크고 인형처럼 예쁘게 생긴 여자가 서 있었다.

"와일드오키드라고 걸 그룹 알지? 거기 보컬 윤봄 씨. 모델 출신이라 같이 찍으면 그림 나올 거 같아서. 둘이 멘토랑 멘티 느낌으로 가자."

윤봄은 타신과의 밀회설로 팬심을 잃고 한동안 방송 출연이 끊겼던 걸 그룹 멤버였다. 심 피디의 말에 윤봄이 꾸벅 인사하며 매력에게 팔짱을 끼었다.

"언니, 잘 부탁드려요. 완전 팬이었어요. 어쩜 10년 전이랑 몸매가 똑같을 수 있죠? 언니, 파데 뭐 쓰세요? 우리 스타일링팀 언니가 꼭 물어봐달래요. 옆에 선 분은 누구? 완전 미남이시다."

윤봄은 스캔들 탓에 공백기를 거치며 시크함을 고수해왔던 성격을 내팽개치기로 결심했다.

"하나씩 천천히 대답해줄게. 몸매 비결은 유전자, 파데는 여러 가지 섞어 써. 지금은 에스티랑 입생, 스트롭크림 팥알만큼. 이 미남은 내 미남이니 신경 끄시고, 우리 주변 산책 좀 할까?"

재치 있는 연예인이자 노련한 셀러브리티인 매력은 윤봄의 질문을 능청스럽게 받아넘겼다. 그녀는 윤봄과 설윤의 손을 꼭 잡고 느린 걸음으로 장미 덩굴 집을 향해 다가섰다. 행여 집 주변에 윤 원장이 있을지 몰라, 현관부터 열지 않고 주변의 동태를 먼저 살피기로 한 거였다.

"매력 씨, 오프닝 어떻게 갈까? 셋이 연예인 동호회 같은 걸로 만난 설정은 어때? 개 키우면 애견 동호회도 좋고, 요즘은 식도락 모임이나 종교 모임도 많잖아."

심 피디가 카메라를 어깨에 짊어지며 번죽거렸다.

"아, 제가 한 요리하니까 그쪽으로 살려보시면 어떨까요? 왜 요즘 냉장고 파먹기 요리쇼 많잖아요. 아마추어 셰프가 두 미녀를 위해 요리해주는 콘셉트도 좋고. 안에 뭐가 있을진 모르지만……. 괜찮죠, 형님?"

설윤이 특유의 사교성을 발휘해 심 피디에게 달라붙었다.

"이 친구 너무 괜찮다. 매력 씨, 어디서 데려왔어? 카메라발도 잘 받게 생겼고, 이빨도 좀 터네. 좋다. 친구, 이름이 뭐지?"

심 피디가 히죽 웃으며 물었다.

"민설윤이라고 합니다. 편하게 불러주세요."

설윤이 심 피디를 상대하는 동안 매력은 윤봄과 저택을 한 바퀴 돌았다.

"저, 언니. 카메라도 없는데 그만 걸으면 안 될까요? 제가 힐을 신어서."

윤봄이 무릎을 주무르며 배시시 웃었다. 매력이 손을 풀어 그녀를 놓아주었다.

"너 무지외반 있구나? 힐 오래 신지 마. 차에선 실내화 신고, 틈나면 족욕하고. 너 하루에 사과 한두 개로 버티지? 꼰대같이 들리겠지만 우린 몸이 재산이란다."

매력도 뭉근하게 당기는 허리를 펴며 저택 뒷마당에서 걸음을 멈췄다. 그녀의 눈이 2층으로 향했다. 유독 집 안에서 창문이 열려 있는 방 하나가 눈에 띄었다. 연주황 리넨 커튼 너머로 달과

별, 해 모양의 모빌이 흔들리고 있었다. 매력이 까치발을 하자 살구색 벽지와 피라미드 모양으로 동화책이 꽂힌 책장의 일부가 보였다.

"방 예쁘네요. 누구나 꿈꾸는 방이 있잖아요. 저는 어렸을 때 핑크 공주여서 벽지랑 커튼, 침구 같은 거 세트로 꾸민 독방을 갖고 싶었거든요. 근데 집이 가난했어요. 언니 둘이랑 복작대며 엄청 무거운 보라색 극세사 이불 덮고 컸어요."

윤봄의 말대로 그들이 보고 있는 방은 윤 원장이 꿈꾸던 유년의 한 시절일지 몰랐다. 그가 나고 자란 방은 부모에 의해 창문과 방문이 잠긴 일종의 수용소나 다름없었을 터였다. 그 방에 누워 어린 윤 원장은 가질 수 없는 것을 꿈꿨다. 상쾌한 공기와 바람 소리, 계절마다 바뀌는 새소리, 물소리. 그리고 살결처럼 따뜻한 색깔의 커튼과 벽지에 둘러싸여 만화 주제가를 부르는 소년의 환상이 거기 있었다.

"매력 씨, 냉장고부터 보자. 필요한 거 있으면 마트 가서 장봐와야 할 거 같지 않아? 별장이니 별것 없을 거 같은데."

심 피디가 매력과 윤봄을 향해 손짓했다. 언제 발이 아팠느냐는 듯, 윤봄은 가뿐한 걸음으로 낙엽을 밟으며 심 피디를 향해 달렸다. 매력도 입술을 앙다문 채, 그 뒤를 따랐다. 윤 원장의 천국과 지옥이 담긴 집이 그들을 향해 입을 벌려줄 때였다.

*

연락이 없는 재경이 내심 걱정된 타신은 임시 수사본부를 찾았다. 그가 현관문을 열었지만, 바짝 긴장한 대원들은 아무도 돌아보지 않았다.

"내일이 드디어 대선이야, 놈들은 반드시 오늘밤에 움직일 거다."

두현이 두통을 잠재우기 위해 진통제 두 알을 입에 털어놓고는 회의 테이블에 앉았다.

"이 형사님은 윤 원장을 맡고, 장 형사님이 남해일 뒤를 밟으세요. 덕후가 본부에서 모니터링하고, 팀장님과 제가 현장에 투입하겠습니다."

재경이 포지션을 정해주었다.

"콘택트렌즈형 블랙박스가 있긴 하지만, 놈은 거리에 있는 CCTV까지 컨트롤할 수 있죠. 차량용 블랙박스를 이용하는 건 어떨까요? 저희 집사람 발이 넓어서 동네 주민들 들쑤시면 골목골목에 차를 세워줄 겁니다. 일단 증거가 중요하니까요."

장 형사도 아이디어를 냈다.

"가만있어보자, 다음 주면 병자 월로 넘어가는데, 경감님이 신약한 기토니까 인성 조력 받으면서 한번 덤벼볼 만한데요? 그런데 편재 자수가 원국의 비겁 진토하고 바람이 나버리는 형국이니 청춘사업은……!"

안경을 꺼내 쓰고 핸드폰으로 만세력을 들여다보고 있던 이 형사가 쎄한 느낌에 고개를 들었다. 두현, 재경, 그리고 장 형사와 덕후, 그리고 언제부터 거기 있었는지 모를 타신이 그를 노려보고 있었다.

"야, 넌 꼭 잘나가다 사주로 빠지더라? 뭐 좀 도움이 될 만한 얘길 해야 할 거 아냐!"

장 형사가 둘둘 만 신문으로 이 형사의 머리를 툭툭 쳤다. 그도 그럴 것이 재경을 향한 타신의 눈빛이 깊어질수록 두현은 부쩍 쓸쓸해했다. 장 형사가 만류하는데도 전자 담배를 피웠고, 밤이 늦도록 잠들지 못하거나 먼 곳을 바라보는 일이 잦았다. 단둘이 있을 때, 이번 사건이 끝나면 프로파일링을 공부하러 유학을 떠나겠다는 말에서 장 형사는 곧 모두에게 이별의 순간이 찾아올 것임을 느꼈다. 가뜩이나 심란한 와중에 이 형사가 청춘사업 이야기를 꺼내자 두현의 표정이 한층 어두워졌고, 그걸 바라보는 장 형사의 마음이 무거워졌다.

"자자, 괜찮아. 아직 청춘이 긴데 뭘 미리 걱정해? 그놈 어떡해서든 반드시 붙잡을 거야. 그게 볼베르크와 그의 부모님, 내 후배 김인석, 그리고 무고한 희생자들을 위해 국가가 할 수 있는 최소한의 노력이다."

두현이 경직된 분위기를 풀며 빙긋 웃었다.

이로써 역할이 분담되었다. 그때 멀찍이 떨어져 서 있던 타신이 회의 테이블로 다가왔다.

"내가 한마디 거들지. 만약의 경우를 위해 퇴로를 차단해야 해. 거긴 내가 지키지."

타신의 말에 두현과 재경은 생각에 잠겼다. 범인 검거가 최우선이지만, 민간인을 작전에 투입시키는 것이 옳은 일인지 고민스러웠다.

"만약 작전에 실패하면 타신 형 입장이 너무 난처해져. 곤란할 거 같아."

긴 고심 끝에 두현이 말문을 열었다. 그러자 타신이 어깨를 들썩이며 웃기 시작했다.

"지금 누가 누구를 걱정하고 있나? 내가 여기 발을 담그는 건, 작전이 실패하고 아버지가 대선에 승리한 뒤에 너희가 살아남을 유일한 보험을 마련해주는 거야. 여기 있는 모두가 지켜야 할 가족과 직업이 있겠지. 하지만 난 모두 버렸어."

타신이 말을 맺으며 얼굴에서 웃음기를 지웠다. 만에 하나 작전에 실패했을 때 재경과 두현의 방패막이 되어주려면 남일웅의 장남인 타신이 가담해야 한다. 아니, 주도한 것으로 보여야만 한다. 누군가 책임져야 하는 상황이 왔을 때, 표적수사대의 헛발질이 아니라 타신과 해일 사이에 벌어진 사소한 오해와 시기, 질투로 포장한다면 가벼운 처벌로 일단락 지을 수 있다. 그렇게 해서라도 이들을 지켜주고 싶었다.

"팀장님, 그렇게 하시죠. 인력도 부족하고, 타신 씨 말도 일리 있고요."

처자식이 있는 장 형사가 머리를 긁적이며 입술을 뗐다. 그는 피아노를 잘 치는 딸과 공부 잘하는 아들의 뒷바라지를 떠올리며 얕은 한숨을 내쉬었다.

"우리 팀원들 다 인사 점수 바닥이라 한 발짝만 잘못 내디뎌도 좌천 아니면 실업자잖습니까. 저도 장 형사님이랑 뜻이 같습니다."

평소 타신을 마뜩지 않게 생각하던 이 형사도 거들고 나섰다.

"덕후 넌?"

두현이 씀벅한 눈을 손바닥으로 비비며 막내에게 물었다.

"든든해서 좋습니다."

그의 대답에 두현이 고개를 끄덕이며 자리에서 일어나 타신에게 손을 내밀었다.

"형, 잘 부탁할게."

시작이자 끝이 코앞에 다가왔다. 대원들 모두가 자신의 포지션을 향해 흩어졌다. 이 형사는 대평그룹 의료재단 앞에 도착해 윤 원장을 기다렸다.

"개새끼, 추워서 뒈지겠고만 더럽게도 안 나오네. 성질 같아선 내가 원장실로 쫓아가서 모가지를 비틀고 싶네."

이 형사가 투덜거리는 순간, 밤색 SUV 한 대가 주차장을 빠져나왔다. 운전자는 재경이 알려준 인상착의와 동일했다.

"어, 저놈이 윤 원장이구만."

이 형사가 윤 원장의 뒤를 따라붙었다. 밤색 SUV가 향하는 곳은 주유소였다. 차를 잠시 멈춘 이 형사가 고개를 갸웃했다. 차에서 내린 윤 원장은 주유원에게 현금을 건네며, 휘발유를 구매해 트렁크에 실었다.

"희한하네. 휘발유를 말통으로 사서 어따 쓰려고."

이 형사는 핸드폰으로 윤 원장의 사진을 찍어 재경에게 보냈다. 이윽고 윤 원장의 차가 다시 움직이기 시작했다. 그의 차가 도심을 벗어나 경기도 방면으로 향했다.

그 시각, 해일 역시 집을 나섰다. 그의 집 앞을 지키고 서 있던 장 형사가 모자를 깊숙이 눌러쓰고 뒤를 밟았다. 하지만 낡은 아반떼는 해일의 슈퍼카를 따라잡는 데 역부족이었다. 모두가 간과한 점이 있었다. 해일은 공공시설의 CCTV를 제멋대로 조작할 수 있는 만큼, 신호 위반 단속 카메라 또한 마찬가지였다. 그는 신호를 무시하고 과속을 즐기며 제멋대로 도시를 질주했다. 마음이 조급해진 장 형사가 결국 차를 멈추었다. 그의 눈에 상가 앞에 시동을 켠 채 세워놓은 중화요리 오토바이가 들어왔다. 해일을 놓치지 않기 위해선 피할 수 없는 선택이었다. 장 형사가 오토바이에 올라타, 속력을 올리기 시작했다. 그의 모자가 바람에 날라가고 선글라스마저 벗겨져 바퀴에 짓이겨졌다. 해일이 사이드미러로 뒤를 바짝 따르는 오토바이를 발견했다. 자신을 미행하는 사람이 장 형사란 사실을 곧바로 알아차렸다. 그는 핸드폰에서 서북산장이라 저장된 번호로 전화를 걸었다.

"나예요, 남해일. 요즘 한창 수렵철인데 손님 많죠? 공급이 수

요를 못 따라가면 재미없죠. 여기 산 멧돼지 한 마리 있는데, 가져가실래요? 건강한 수퇘지. 우리 회사 지하실에 가둬놓을 테니 데려가세요. 그리고 다음 시즌엔 저도 합류할게요."

해일이 전화를 끊고 씨익 웃었다. 그가 전화를 건 사람은 매년 수렵철마다 부유층들을 모아 사냥을 즐기게 하고 숙소를 제공하는 산장의 주인이었다. 물론 처음엔 노루나 꿩, 토끼 따위를 사냥했지만, 자극적인 쾌락을 추구하는 사람들은 금세 시들해져 발길을 끊곤 했다. 궁리 끝에 산장 주인은 산자락 끝 민간요양원 앞을 배회하는 치매 노인을 데려다 벌거벗겨 산에 풀어놓았다. 그러자 알음알음 소문을 들은 젊은 부유층들이 득달같이 달려와 총을 장전했다. 짐승처럼 우는 알몸의 노인을 향해, 그들은 쾌락의 비명을 지르며 다시 사냥의 기쁨을 만끽하게 되었다. 해일은 자신의 뒤를 쫓는 장 형사를 넌지시 바라보며, 저렇게 건강한 사냥감을 포획한 자신이 퍽이나 자랑스러웠다. 그가 사옥을 향해 핸들을 부드럽게 틀었다.

*

저택 문 앞에 선 매력은 도어록에 자신의 집 패스워드를 눌렀다. 예상대로 문은 저항 없이 열렸다.

"집 인테리어 한번 살벌하네. 매력 씨 남편 소유라고 했지? 역시 의사라 그런가?"

뒤따라 들어온 심 피디가 눈앞에 펼쳐진 살풍경을 보며 인상을 찌푸렸다. 그도 그럴 것이 80년대 풍으로 꾸며진 집 안 곳곳엔 해부도와 인체골격 모형이 놓여 있었고 옅은 알코올 냄새마저 났다.

"심 피디 카메라 켜줘."

매력이 거실 조명을 켜며 말했다.

"청소부터 하고 찍어야 하지 않아? 솔직히 치운다고 해도 방송에 내보낼 만한 집은 아닌 거 같은데."

심 피디는 이 을씨년스러운 집에서 촬영을 하기가 꺼려졌다.

"나도 이 정도일 줄은 몰랐어. 메이킹 필름이라 생각하고 카메라 돌려줘."

매력의 부탁을 거절하지 못한 심 피디가 결국 카메라 전원을 켰다.

"뭐야, 이거 귀곡산장 체험이잖아요. 어머, 저 텔레비전 옛날에 할머니 방에 있던 건데! 냉장고 저 사이즈 실화?"

불만 가득한 표정의 윤봄이 호들갑을 떨었다. 그녀의 말마따나 집 안에 있는 모든 가전제품은 80년대에 생산된 제품들이었다. 윤 원장이 이 집에 살았던 당시 모습이 그대로 옮겨져 있는 것이나 다름없었다. 벽에 걸린 가족사진 속엔 가운을 입은 부부가 서로를 바라보며 미소 짓고 있었다. 그들 사이에는 아이가 없었다. 집 안 어디에도 소년이 가지고 놀 만한 장난감이나 오락기구가 보이지 않았다.

"심 피디 계속 촬영하면서 나 따라와!"

매력이 걸음을 옮겼다. 벽에는 일본어로 적힌 학위증과 스크랩해놓은 신문 기사가 액자로 걸려 있었다. 스크랩된 기사는 윤 원장의 부모가 국내 최초로 감마나이프 뇌수술에 성공했다는 기사와 사진이었다. 설윤과 매력은 눈여겨보지 못했지만 액자와 못을 연결한 단단한 노끈은 전부 수험생 살인사건에 사용된 것과 동일했다.

"매력 씨 시부모님인가 보다. 대단하신 양반들이네."

매력의 뒤에서 심 피디가 말했다.

어떤 의미로 그 둘은 대단한 커플이었다. 생체 실험을 위해 자식을 낳아 감금하고, 종래에는 후천적 사이코패스를 만드는 데 성공했다.

"누나, 열린 방이 있고 닫힌 방이 하나 더 있어요. 옥탑도 잠겨 있고."

설윤이 2층 계단 끝에 서서 매력을 돌아보며 말했다. 열린 방은 매력과 윤봄이 저택 뒤편에서 보았던 소년의 침실이었다. 리넨 커튼과 동화책, 따뜻한 색감의 벽지, 포근해 보이는 침대 따위가 설윤의 눈에 들어왔다.

"먼저 닫힌 방으로 가야겠지?"

매력은 윤 원장의 소망적 사고로 꾸며진 가짜 세상이 아닌, 그의 음흉하고 잔혹한 현실의 세계를 두 눈 부릅뜨고 들여다보아야 했다.

"심장 쫄깃하긴 한데, 촬영분은 재미없겠다. 우리 펜션 같은 거 잡아서 촬영하면 안 될까요? 화장실도 가고 싶은데."

맨 뒤에 선 윤봄이 울상을 지었다. 그녀는 급한 용무부터 해결해주지 않으면 SNS에 무슨 글을 쓸지 모를 철딱서니였다.

"그럼 닫힌 문 앞에서 잠깐만 기다려. 화장실 다녀와서 같이 열자."

매력이 한숨을 내쉬고 설윤에게 속삭인 뒤 2층 소년의 방 옆에 있는 화장실로 걸음을 옮겼다.

"요새 아이돌 비위 맞추기가 이렇게 어렵다니까. 근데 매력 씬 뭐 하러 기다려달래? 저까짓 문이야 아무나 열면 그만이지."

심 피디는 촬영할 시간도 바듯한데 이토록 시간을 지체하는 매력과 설윤이 이해되지 않았다. 그는 설윤을 슬쩍 지나쳐 닫힌 문으로 향했다.

"형님, 안 돼요!"

설윤이 말릴 겨를도 없이 심 피디가 닫힌 문을 열어젖혔다.

"악! 이게 다 뭐야?"

심 피디가 뒷걸음질을 치며 설윤을 돌아보았다. 화장실 앞까지 다다랐던 매력과 윤봄도 심 피디의 격한 반응에 놀라 걸음을 돌렸다. 네 사람 앞에 펼쳐진 방은 수술실이었다. 수술용 침대와, 무영등. 방금 누군가 입고 벗어놓은 듯 무심히 걸린 초록색 가운, 그리고 벽에는 수백 장의 수술 사진이 걸려 있었다. 설윤이 수술실로 들어가 벽에 붙은 사진을 바라보았다. 새로 인화한 듯

광택이 도는 사진 속에는 어린 소년이 발가벗은 채 누워 있었다. 수술 과정을 하나씩 사진으로 남겨놓은 모양새였다. 소년의 머리는 동그란 틀에 들어가 나사로 조이기도 했고, 두개골이 열린 채로 회색 뇌를 드러낸 채 동그랗게 눈을 뜨고 있기도 했다. 심 피디는 이 그로테스크한 광경을 카메라에 담고, 윤봄은 매력의 팔짱을 단단히 끼고 몸을 떨었다.

"심 피디, 서프라이즈 미안해."

매력이 심 피디를 향해 무미건조하게 말하며 벽 한 면을 가득 채운 캐비닛으로 손을 가져갔다.

"언니, 그거 열지 마요. 안에 사람이라도 있으면 어떡해요."

윤봄이 겁에 질린 눈으로 매력을 바라보며 말했다.

"맞아, 누나. 내가 열게요. 뒤로 물러나세요!"

설윤 역시 안에 무엇이 들었을지 알 수 없었지만, 이 악몽 같은 집이라면 안에서 미라가 나온다 해도 놀라울 것이 없었다. 설윤은 매력을 뒤로 물러나게 한 뒤 캐비닛 문을 조심스럽게 열었다. 심 피디도 침을 꿀꺽 삼키며 카메라 포커스를 맞췄다. 그러나 예상보다 캐비닛에 든 것은 시시했다. 소독용 알코올과 테이프, 정체 모를 약물과 파우더, 노끈 한 뭉치와 청소 도구 등이 전부였다.

"누나, 혹시 안에 든 것들 말예요. 살인 현장을 청소하기 위한 도구 아닐까요?"

설윤이 매력의 귀에 대고 속삭였다.

그럼직했다. 보통 사람들의 눈으로는 가늠할 수 없지만, 매력이 좋아하는 미국 드라마 시리즈물 속 과학수사대들이 들고 다니는 것도 저런 액체와 파우더, 그리고 투명한 테이프였다. 혈흔과 지문을 찾아내 흔적을 지우는 도구일지 몰랐다.

윤 원장은 고향집으로 향하는 오솔길에서 낯선 자동차 바큇자국을 발견했다. 바퀴의 방향으로 보아 오솔길로 들어갔지만 나오지는 않은 모양새였다. 이 길 끝에는 윤 원장의 고향집 외엔 아무것도 없었다. 누군가 자신의 아지트를 침범했을 거란 생각이 들어 차를 세웠다. 그러고는 트렁크에서 휘발유를 꺼내 손에 들고 오솔길을 따라 걸었다. 그의 눈에 장미 덩굴로 감싸인 고향집이 서서히 모습을 드러내기 시작했다. 집 앞에 주차된 두 대의 승용차를 무심히 바라보던 그는 트렁크 툴박스에서 펜치를 꺼냈다. 그러고는 집으로 연결된 모든 통신선을 끊어내기 시작했다. 윤 원장은 집 안에 있는 물건들이 들통 났다면, 그걸 목격한 사람이 누구든 살아서 나오게 해선 안 된다고 생각했다. 그는 핸드폰을 꺼내 통신 장애 상태를 확인하고는 휘발유통 뚜껑을 열었다. 천천히 산책을 하듯 집 주변을 돌며 휘발유를 곳곳에 뿌렸다. 애당초 그가 고향집에 내려온 것은 증거가 될 만한 것들을 모두 없애기 위해서였다. 휘발유를 미리 준비한 이유였다.

집을 불태우고 나면 매일 밤 악몽으로 되살아나는 유년의 학대도 끝날지 모른다고 생각했다. 꼼꼼히 집에 휘발유를 뿌린 윤 원장은 라이터를 꺼내 불을 켠 뒤 멀찍이 떨어져서 불을 붙였다.

그러고는 유유히 자신의 차로 향했다. 그가 후진으로 오솔길을 빠져나올 즈음, 고향집은 불타기 시작했다. 윤 원장의 SUV가 다시 도로를 달리기 시작했다.

"저거, 그 인간 차잖아!"

윤 원장을 간발의 차로 놓치고 한참을 헤매던 이 형사가 눈에 익은 SUV를 발견했다. 그는 오솔길 앞에 다다라 차에서 내린 뒤, 전력을 다해 질주하기 시작했다. 멀리서 검은 연기가 무럭무럭 피어올랐다.

*

어둠이 짙어졌다. 뉴스에선 진흥시 외곽에서 일어난 방화사건이 보도되고 있었다. 방화 용의자는 현재 정직 중인 경찰관 이모 씨로 추정되었다. 네티즌들은 방화범이 스스로 소방서에 화재를 신고하고 구조를 도왔다는 사실을 의아해하면서도 흉악무도한 범인을 비난했다. 현장에서 구출된 사람 모두 의식을 잃은 채 인근 병원으로 옮겨져 치료 중이었고, 방화 용의자 이모 씨 또한 구조 과정에서 화상을 입어 긴급 후송되었다. 게다가 외부 침입자인 다섯 명 외에 옥탑방에 거주 중이던 신원 미상의 20대 여성도 구조되었다. 그러나 표적수사대 누구도 인터넷 뉴스를 바라볼 여력이 없었다.

밤이 깊자 장 형사의 발 넓은 아내의 부탁으로 빌라 주변에 낮선 차량들이 하나둘 주차되기 시작했다. 차량 블랙박스만이 유일하게 해일이 감시하거나 삭제할 수 없는 기록물이었다. 재경과 두현은 이재영과 마주 앉았다. 꼴깍 침 넘어가는 소리마저 들릴 만큼 정적이 감돌았다.

"오늘이죠?"

길게 목을 빼고 방바닥만 바라보던 이재영이 입을 열었다.

"네, 저희도 최선을 다하겠습니다. 저랑 민 경위는 바로 아래층에 있으니 너무 걱정하지 마세요."

두현의 말에 이재영이 고개를 끄덕였다.

"그 콘택트렌즈형 블랙박스는요?"

이재영이 질문하자 두현과 재경의 얼굴에 난처한 기색이 어렸다. 오후가 다 되어, 해일이 패스워드를 바꾸는 바람에 블랙박스의 쓸모가 사라졌다는 말을 차마 꺼내놓기 미안했다.

"가져오긴 했습니다."

재경이 호주머니에서 블랙박스 케이스를 꺼냈다.

"가져오긴 했다는 건, 쓸 수 있을지 없을지 모른다는 거 아닙니까? 이런 상태론 못 해요. 안에서 문 걸어 잠그고 있을 겁니다. 밖에선 절대 못 열어요. 도어록이 몇 갠데."

극도의 불안감을 느낀 이재영이 재경을 향해 워럭 화를 냈다.

"이재영 씨, 방금 빌라를 수색하다 계단 위 버려진 자전거에서 몰래카메라를 발견했습니다."

재경은 옥상부터 지하까지 빌라 전체를 꼼꼼히 수색했다. 수상한 사람이나 물건이 있지는 않은지 마지막으로 점검했다. 그 때 재경의 눈에 들어온 게 바람 빠진 자전거 위에 올려놓은 신발주머니였다. 며칠 전까지만 해도 본 적 없는 물건이었다. 신발주머니 안에서 나온 건, 소형 몰래카메라였다. 최근 빈집털이범들이 사용하는 수법이었다. 몰래카메라는 현관 근처에 설치해놓고 집주인이 도어록 비밀번호를 누르는 모습을 촬영해 범죄에 이용하는 지능적 범죄였다. 경비원이 없는 탓에 방문 포교를 하는 사람, 불법 전단지를 붙이는 사람, 음식 배달원이나 불량 청소년까지 무시로 드나들 수 있는 빌라였다. 그 수많은 얼굴들 속 누군가가 몰래카메라가 든 신발주머니를 놓고 갔으리라.

"문을 잠가도 소용없어요. 놈들은 어떻게 해서든 여길 찾아올 겁니다."

두현이 이재영을 향해 단호하게 말했다.

"그럼, 베란다나 옷장 속에 누가 숨어 있다 잡으면 안 되는 겁니까?"

이재영의 물음에 재경이 고개를 가로저었다.

"상대는 짐승 같은 후각을 갖고 있어요. 그 집안의 특별한 내력이죠. 최대한 블랙박스가 작동할 수 있게 조치해보겠습니다. 이제 물러날 곳이 없어요."

재경이 이재영의 손을 잡으며 간절하게 부탁했다. 어느덧 하늘이 어슴푸레해졌다. 살아남는 자가 승자인 밤이 서서히 다가오고 있었다.

표적수사대는 이재영을 설득해 콘택트렌즈형 블랙박스를 착용시켰지만, 호크아이시큐리티 비밀번호가 바뀐 만큼 다시 해킹을 시도해야 할 위기에 처해 있었다. 재경이 시름 가득한 얼굴로 덕후를 바라보았다. 그에게 이번 작전의 모든 것이 달려 있었다. 방화벽이 강화되어 해킹은 전보다 더욱 까다로워졌다. 연락을 준다던 친구는 내내 메신저에 접속하지 않았다.

"저 순찰 좀 하고 올게요. 이대로 아무것도 하지 않고 기다릴 수만은 없어요."

재경이 모자를 눌러쓰고 현관문을 열었다. 그녀가 집을 나서자마자 덕후가 주먹을 움켜쥐고 환호성을 내질렀다.

"오 형사, 뭐야? 혹시 된 거야?"

덕후의 환호성에 두현이 화색을 띠며 자리에서 일어섰다.

"네, 방금 친구가 로그인해서 파일 전송하고 있어요. 아직 늦은 거 아니겠죠?"

덕후의 말에 두현이 빙긋 웃어 보였다. 메신저 창에 덕후 친구의 메시지가 도착해 있었다.

—세계 최고는 우리가 먹는다. 평생 겹살이에 소주는 네가 쏴!

메시지를 읽으며 긴장이 풀렸는지 덕후가 눈물과 콧물을 쏟아냈다.

"오 형사, 정신 똑바로 차리자. 본게임은 지금부터야."

두현이 한 손으로 덕후의 어깨를 주무르며 기운을 북돋았다. 덕후가 해킹 프로그램 파일의 압축을 푸는 그 시각, 재경은 계단을 내려가며 묘한 기시감을 느꼈다. 계단마다 설치된 센서등이 켜지지 않고 있었다. 마치 인석과 마지막 인사를 나누고 집을 나오던 그날과 같았다. 순간 재경의 마음 깊숙이 눌러놓았던 두려움이 솟구쳐 오르기 시작했다. 그날로 돌아가기라도 한 것처럼 모든 감각이 예민해졌다.

어느 집에선가 풍기는 치킨 냄새, 마늘 빻는 소리, 주정 부리는 남편과 잔소리하는 아내, 소형견의 맹렬한 짖음. 모든 소리와 냄새가 그녀를 휘감아 벽으로 밀쳤다. 그리고 재경은 자신 앞에 서 있는 새카만 그림자 하나를 느꼈다.

탄탄한 근육으로 무장된 그림자는 여유를 부리듯 그녀 앞에서 물러서지 않았다. 그림자가 하얗게 이를 드러내며 웃었다. 하얀 이에서 검은 소용돌이가 휘돌고 있었다. 재경은 정신이 혼미해지기 시작했다. 놈이 돌아온 순간, 그녀는 스무 살 여름으로 돌아갔다. 시커먼 소용돌이가 두려워 무력하게 주저앉아버린 재경은 상대가 그 어떤 위협을 가하지 않았지만 발끝조차 뗄 수 없을 만큼 공포에 질려 있었다. 혼미해지는 의식 너머로 재경은 놈의 발소리를 들었다. 차분하게 계단을 밟고 오르는 검은 운동화. 10년을 준비해온 시간이 너무 쉽게 무너지고 있었다.

*

타신은 가죽 장갑을 끼고 모자를 눌러썼다.

"벌써 나가게?"

덕후 옆에서 모니터를 들여다보고 있던 두현이 물었다.

"여기까지 오기 전에 내 선에서 끝내면 더 좋은 거 아니겠어?"

그가 긴장된 얼굴로 현관문을 나섰다. 문을 닫고 돌아서는 순간 약품 냄새가 지독한 손수건 하나가 타신의 코와 입을 틀어막았다. 주범인 해일이 먼저 들어오고, 그 뒤를 공범 윤 원장이 따랐다. 타신의 힘없는 시선이 계단참에 웅크리고 있는 재경에게 닿았다. 희고 섬세한 손이 바닥에 주저앉은 타신의 몸을 가볍게 훑었다. 그러고는 오른팔 관절을 뒤로 꺾었다. 우드득, 관절이 어긋나는 소리가 조용한 빌라 복도를 울렸다. 두 사람을 간단히 제압한 그들은 이제 두려울 것이 없었다.

"왜 이렇게 조용하지?"

본부에 덕후와 둘만 남은 두현이 물었다.

"그러네요. 민 경위님한테는 연락이 없죠?"

"응. 지금으로선 놈들의 동선을 파악할 수가 없어."

두현이 생각에 잠겼다.

"발 달린 놈들이 어디로 가겠어요? 땅에서 솟거나 하늘에서 떨어지는 게 아니면……."

무심코 뱉은 덕후의 말에 두현이 자리에서 일어섰다. 땅에서 솟아날 리는 없지만 그들이 미처 염두에 두지 않은 장소가 있었다. 바로 옥상이었다.

"빌라와 다세대라 쭉 붙어 있어. 옥상에서 이웃 옥상 사이의 간격은 3미터 내외, 건장한 청년이 건너뛸 만하지 않을까?"
두현이 덕후에게 물었다.
"옥상이랑 베란다 창문은 다 잠가놨는데요?"
덕후가 고개를 갸웃했다.
"가스배관이 있잖아. 그걸 타고 내려와 현관으로 올라갈 수도 있겠지."
"아!"
"넌 여기 있어. 너무 조용한 게 아무래도 마음에 걸려."
두현이 현관문을 나서고 난 뒤, 덕후는 해킹 프로그램으로 해일이 변경한 패스워드를 찾아냈다. 그는 작은 눈을 반짝 빛내며 영상 서버에 접속했다. 그리고 콘택트렌즈형 블랙박스 영상이 전송되는 폴더에 들어갔다. 이재영의 눈꺼풀이 껌뻑대는 화면이 송출되기 시작했다.
"됐어!"
덕후가 주먹을 움켜쥐며 환호했다. 일단 한숨을 놓은 덕후가 커피머신으로 향했다. 에스프레소 추출 버튼을 누르고 기다리던 그가 잠시 후, 노트북 앞으로 돌아왔을 때 믿을 수 없는 광경이 펼쳐지고 있었다. 이재영이 응시하고 있는 건 현관이었다. 초콜릿 조각 케이크처럼 어둠 한 조각이 날카로운 예각을 세우며 현관으로 파고들었다. 누군가 조심스럽게 현관문을 열고 있다는 의미였다.
"대체 누구지? 아니, 다들 뭐하고 있는 거야!"

모니터 앞을 지켜야 하는 덕후는 발만 동동 구르며 검은 운동화 하나가 현관으로 다가서는 걸 바라보았다. 영상이 어룽거리기 시작했다. 이재영의 눈물이었다. 당장이라도 뛰어 올라가고 싶은 심정이었지만 만약 이재영 앞에 나타난 사람이 해일이라면, 공범인 윤 원장이 건물 어딘가에 숨어 있을지 모를 일이었다. 덕후는 노트북을 지켜야 하므로 임시본부를 떠날 수 없었다. 일촉즉발의 위기였다.

현관을 나선 두현은 자신의 불길한 예감이 적중했다는 걸 깨달았다. 불 꺼진 계단 한 구석에 재경이 몸을 웅크린 채 주저앉아 있었다. 행여 놈들에게 당한 건 아닐까 하는 마음에 심장이 철렁했지만 침착하게 마음을 가다듬었다. 빠르고 가벼운 걸음으로 계단을 올라간 그는 재경의 목덜미에 검지와 중지를 가져다 댔다. 툭툭, 맥박이 뛰고 있었다. 생존을 확인한 그는 한시름 내려놓고 다시 계단을 밟았다. 이번엔 타신의 모습이 눈에 들어왔다. 오른팔이 기괴하게 꺾인 상태로 바닥에 드러누운 상태였다. 두현은 타신을 반듯이 눕히고 꺾인 팔을 폈다.

"대체 무슨 일이 있었던 거야!"

두현이 타신의 뺨을 두드렸다.

"정두현, 위로……."

그때 타신이 힘겹게 눈꺼풀을 들어 올리며 입을 열었다.

"위에 놈이 와 있기라도 한 거야?"

두현의 성마른 질문에 타신은 받은 숨만 몰아쉴 뿐 더 이상 대답을 하지 못했다. 재경과 타신의 몰골로 미루어 범인은 방금 전 이 길을 지나갔으리라. 그때 철컥, 하고 현관문이 열렸다. 두현이 전광석화처럼 빠른 동작으로 현관을 향해 총을 겨누었다.

"해킹 성공했어요. 이재영 씨 지금 위급한 상황이에요."

모니터로 위층 상황을 지켜보던 덕후가 아무도 본부로 돌아오지 않자, 두려운 마음에 현관문을 연 것이었다.

"넌 모니터링 계속해. 내가 올라간다."

두현의 이마에 식은땀이 흘렀다.

"혼자 괜찮으시겠어요?"

덕후의 물음에 두현은 이미 대답 없이 계단을 올라가고 있었다. 그들 모두에겐 시민의 안전과 가족, 직장이 걸린 문제였다. 물러설 수 없을 땐 돌격하는 수밖에 없었다. 어금니를 꽉 깨물고 이재영의 집을 향해 계단을 밟아가는 두현의 앞에 짙은 그림자 하나가 다가왔다. 공범인 윤 원장이었다. 그는 해일이 마음껏 살육을 즐기는 동안 문 앞에서 보초를 서는 중이었다.

"쪼다 같은 연쇄살인범 따까리 새끼."

두현이 평소 그답지 않게 계단 끝에 선 윤 원장을 향해 욕설을 퍼부었다.

"그런 놈한테 당하면 더 자존심 상하실 텐데."

윤 원장이 싸락눈처럼 차갑게 말을 뱉어낸 뒤 전속력으로 달려드는 두현을 향해 발길질을 했다. 결과는 처참했다. 가슴팍을 걷어차인 두현은 계단을 굴러 난간에 부딪히며 손에 든 권총을 놓치고 말았다.

"좋아, 맨몸으로 붙어볼까? 와, 다 받아주지."

두현이 입에서 피 맛을 느끼며 몸을 일으켜 세웠다.

"저한텐 롤런드고릴라도 한 방에 나가떨어지게 할 만한 마취제가 충분합니다. 조용히 내려가시면 못 본 걸로 해드리죠."

윤 원장의 말에 두현의 투지가 끓어올랐다. 좀스러운 생김새도, 범죄자 주제에 말이 많은 것도, 경찰을 협박하는 것도 더 이상은 견딜 수 없었다. 두현은 난간을 단단히 붙잡고 점프하듯 하체를 날려 윤 원장의 얼굴을 걷어찼다. 뜻밖의 기습에 윤 원장이 낮은 신음을 흘렸다.

"어디서 경찰을 상대로 협상하려 들어!"

윤 원장에게 멋진 한 방을 날린 두현이 소매를 걷으며 놈에게 다가갔다. 그러고는 말아 쥔 주먹으로 윤 원장의 뺨을 퍽, 퍽, 소리 나게 갈겼다. 두현에게 주먹질을 당하면서도 윤 원장은 특유의 냉소적인 표정을 유지했다. 매를 맞으며 그의 손이 자신의 호주머니에 든 마취제 주사기로 향하는 걸 두현은 미처 눈치채지 못했다.

"안에서 무슨 일 일어나는지 다 지켜보고 있어. 너 일단 여기서 기다려. 남해일 붙잡고 너 체포한다."

신나게 윤 원장을 두들겨 팬 두현이 수갑을 꺼냈다. 난간과 난간 사이에 놈을 묶어놓고 현장으로 진입하려는 계획이었다.

"그게 니 맘대로 되겠습니까?"

수갑을 꺼내느라 시선을 옮긴 두현은 윤 원장의 섬뜩한 말에 고개를 돌렸다. 그사이 윤 원장은 호주머니에서 꺼낸 주사기를 두현의 목덜미에 꽂았다. 억, 하는 소리와 함께 두현이 경련을 일으키며 계단을 굴렀다. 얼굴이 만신창이가 된 윤 원장이 몸을 일으켜 처참하게 나자빠진 두현을 물끄러미 내려다보았다.

*

욕설과 격투 소리에 재경의 의식이 서서히 돌아오고 있었다. 10년 만에 다시 만났지만, 놈은 여전히 건재했다. 시커멓게 소용돌이치는 끔찍한 얼굴이 서서히 멀어지고 있었다. 재경은 욕지기를 느끼며 무의식의 세계를 벗어났다.

"그게 니 맘대로 되겠습니까?"

윤 원장의 목소리가 빌라 계단을 타고 재경의 귀에 다다랐다. 이윽고 누군가 계단에서 구르는 소음도 이어졌다. 재경은 상황이 긴박하다는 걸 깨달았다. 그녀는 자리에서 일어나 계단을 밟기 시작했다. 그녀가 표적수사대 임시본부 앞에 당도했을 때, 때마침 덕후가 부상당한 타신을 현관문 안으로 옮기고 있었다.

"민재경, 가지 마. 제발 올라가지 마."

타신의 시선이 재경의 허리춤 권총으로 향했다. 재경이 고개를 가로저은 뒤 허리춤에서 권총을 꺼냈다.

"미안해요. 당신 부탁 들어주지 못할 거 같아."

재경은 마음이 흔들리지 않게 타신으로부터 시선을 떼어냈다. 권총엔 두 발의 공포탄이 들어 있었다. 그걸 모두 써야 실탄이 발포된다.

탕! 탕!

재경이 계단 밑을 향해 두 발의 공포탄을 발사했다. 그녀는 실탄만 남은 권총을 손에 쥔 채 계단을 올랐다. 의식을 잃은 두현이 계단참에 쓰러져 있었다.

"선배, 금방 돌아올게. 버티고 있어요. 버텨야 해요."

재경은 두현을 뛰어넘어 이재영의 집 현관 앞 계단을 올랐다. 그러나 윤 원장은 어디에도 보이지 않았다. 재경은 주변을 두리번거리며 이재영의 집 현관으로 손을 뻗었다. 그녀가 현관문을 여는 순간, 한 층 위 계단에서 몸을 숨기고 있던 윤 원장이 메스를 들고 달려들었다. 그러나 재경은 호락호락하게 당하지 않았다. 작은 몸을 날렵하게 옮겨 윤 원장의 메스를 피하고, 그의 정강이를 걷어찼다. 윤 원장 또한 필사즉생의 심정으로 공격을 멈추지 않았다. 재경을 향해 메스를 휘두르며 멱살을 틀어쥐었다. 날카로운 메스가 재경의 뺨을 스치고 지나갔다. 뜨거운 피가 눈물처럼 그녀의 뺨을 적셨다. 윤 원장의 다음 목표는 재경의 경동맥이었다. 그 순간, 재경은 벽에 등을 지고 두 다리를 튕겨 윤 원장을 밀어낸 뒤 권총을 발사했다. 그의 오른쪽 귓불이 순식간에 날아가며 피가 솟구쳤다. 재경이 입술을 비틀어 웃으며 얼빠진 표정으로 주저앉은 윤 원장에게 다가갔다. 그녀는 메스를 든 윤 원장의 손을 밟으며 짓뭉갠 뒤, 수갑을 꺼내 난간과 묶어버렸다.

"쌍년!"

윤 원장의 입에서 욕설이 튀어나왔다.

재경은 윤 원장의 외투 호주머니에서 주사기 하나를 꺼내 그의 팔뚝에 꽂았다. 그의 얼굴이 시뻘겋게 달아오르며 팔다리에 경련이 일었고, 소변이 바지를 적셨다. 이제 어린 악마, 아니 이제는 완전체가 된 악마와 대적할 차례였다.

*

해일은 겁에 질린 이재영에게 다가갔다.

"우리 오랜만이죠?"

해일의 질문에 이재영은 뜨거운 눈물을 흘리며 자신의 침대로 파고들었다.

"왜 대답이 없어요? 사람을 보면 반가워하는 맛이 있어야지."

해일은 자신의 호주머니에서 노끈을 꺼냈다. 윤 원장의 부모가 일본에서 유학을 마치고 돌아온 짐 속에서 발견된 것이었다. 견고하고 질기며 손에 착 감기는 맛이 일품이어서 해일이 요긴하게 쓰고 있었다.

"당신들 곧 붙잡힐 거야. 경찰들이 지켜보고 있다고."

이재영이 용기를 내어 입술을 열었다. 그러나 해일은 피식 웃기만 했다.

"렌즈형 블랙박스를 그렇게 활용하고 있구나. 그런데 어쩌나, 아까 비번 바꿨는데."

재경과 두현이 정신을 잃었으니 이재영을 해치우고 창문으로 뛰어내리면 뒷수습은 윤 원장이 맡을 터였다. 해일은 여유롭게 노끈으로 올가미를 만들었다. 그 모습을 바라보는 이재영은 과호흡으로 숨이 가쁘고 눈앞에 희미해지며 심장이 두방망이질 쳤다. 공황장애였다. 해일은 새하얗게 질린 이재영의 목에 올가미를 씌웠다.

그 순간, 탕! 총성이 들렸다.

공포탄 두 발이 발사되었을 때 표적수사대 중 누군가가 접근하고 있다는 걸 직감했지만, 윤 원장이 뒤처리를 해주리라 믿었던 해일은 적이 당황했다. 계획에 차질이 생기자 해일의 얼굴이 노여움으로 벌겋게 달아올랐다. 시간이 촉박했다. 그는 온 힘을 다해 올가미를 당기며 현관을 응시했다. 이재영의 목이 자잘한 주름을 잡아가며 붉게 멍들기 시작했고, 벌어진 입과 부릅뜬 눈에선 체액이 흘러나왔다. 해일은 거추장스러운 모자를 벗고 무릎으로 이재영을 누르며 노끈을 잡은 손에 힘을 실었다. 그러나 이제 거의 끝났다 싶은 순간 현관문이 열렸다. 권총을 든 재경이었다.

해일을 바라보는 그녀의 눈엔 더 이상 두려움이 없었다. 모자를 벗어버린 해일의 얼굴엔 검은 소용돌이 대신 광기와 천박함이 이글거렸다.

"남해일 씨, 당신을 연쇄살인 혐의로 긴급 체포합니다. 형사소송법 제212조에 의해 영장 없이 체포함을 고지하며 변호사 선임 및 체포 적부심을 청구할 수 있습니다."

재경의 갑작스러운 등장에 해일은 으드득 이를 갈았다. 무능한 윤 원장이 원망스럽기만 했다.

"남해일, 피해자에게서 떨어져. 그렇지 않으면 발포한다."

재경이 성큼성큼 해일을 향해 다가오며 목소리를 높였다.

"생각보다 유능한 경찰이었네. 우리 형이 반할 만해."

해일은 이재영의 목을 조르던 노끈을 손에서 놓고 벽에 몸을 붙였다. 그는 재경과 눈싸움을 벌이며 주춤주춤 창가를 향해 몸을 움직였다.

"당신, 지금 뭐하는 개수작이야?"

해일의 수상한 움직임에 재경이 버럭 언성을 높이며 방아쇠를 당겼다. 그 순간, 해일은 팔꿈치로 창문을 깨고 허공을 향해 몸을 날렸다. 재경은 그가 몸을 던져 창문으로 달려가 골목을 내려다보았다. 운 좋게 자동차 위로 떨어진 해일이 어깨를 감싸 쥐고 몸을 일으켰다. 총알이 견갑골을 관통한 터였다. 재경은 잠시 갈등했다. 안전하게 계단을 이용할 것인지, 위험을 무릅쓰고 3층에서 몸을 던질 것인지. 하지만 시간이 없었다. 해일이 피를 흘리며 골목을 빠져나가고 있었다. 재경은 외투를 들어 올려 머리를 감싸고 등부터 바닥에 닿을 수 있도록 몸을 웅크린 채 창문에서 몸을 던졌다. 살을 저미는 듯한 고통이 재경의 작은 몸을 뒤흔

들었다. 그녀는 헉헉, 뜨거운 숨을 몰아쉬며 자신을 받치고 있는 자동차 보닛에서 몸을 일으켰다.

해일이 어둑한 골목을 내달리고 있었다. 큰길로 나가버리면 놓치고 만다. 다행히 놈은 재경과 타신이 약속한 골목길 방향으로 내달렸다. 꽤나 심한 부상을 당한 타신이 그곳에 나와 있을 가능성은 낮았다. 운명에 맡기는 수밖에 없었다. 재경은 아랫입술을 억세게 깨물며 뛰기 시작했다. 둘 사이의 거리가 점점 가까워졌다. 재경이 절룩거리는 해일을 향해 힘껏 몸을 던졌다. 그러고는 오른손으로 해일의 손목을 붙잡고 왼팔을 부상당한 어깨 사이로 강하게 후려쳐 제압했다. 합기도에선 일명 칼넣기라고 부르는 술기였다.

"윽!"

해일의 어깨에서 피가 치솟으며 바닥으로 떨어졌다. 타신이 이 순간을 함께했으면 좋았을 텐데.

"민재경, 이번엔 내 차례다."

재경이 그의 손목에 수갑을 채우려던 찰나, 골목 어귀에서 귀에 익은 목소리가 울렸다. 타신이 비틀거리는 걸음으로 겨우 따라온 것이었다. 재경은 동생을 용서할 수 없는 형과 형을 인정할 수 없는 동생에게 잠시 시간을 주기로 했다. 그녀는 해일의 몸에서 술기를 풀고 몸을 일으켜 세웠다.

"남해일 씨, 당신은 좀 더 고통스러워 해."

재경은 꼭 하고 싶었던 말을 해일의 귀에 속삭이곤 그의 등을 걷어차 타신이 버티고 선 골목으로 밀어 넣었다. 타신이 재경을 향해 입 모양으로 '굿잡'이라 말한 뒤 곧바로 해일에게 주먹을 내질렀다.

"형, 왜 이래? 뭐가 문제야? 우린 형제잖아. 조용히 덮자. 대평그룹은 형이 가져. 난 미국으로 떠날게. 오케이?"

해일이 비굴한 표정으로 타신에게 협상을 제안했다.

"늘 하는 말이지만 세상에서 가장 역겨운 냄새가 뭘 거 같아? 돈 냄새야. 바로 네놈에게서 풍기는 냄새지."

타신이 킬킬 웃으며 해일의 명치를 주먹으로 눌렀다.

"내 코도 형 못지않아. 왜 형이 조향사가 됐는지 맞혀볼까? 천한 냄새, 친엄마의 냄새를 지우고 싶었던 거야. 그것 때문에 아버지한테 미움받는다고 생각했지? 그래서 향수로 체취를 숨기며 사는 거잖아!"

해일은 타신의 가장 아픈 곳을 말로 가격했다. 타신은 살기 위해, 미움받지 않기 위해 자신의 체취를 가려야 했다. 그가 조향사의 길을 걷게 된 이유였다. 마치 꿈처럼 감각도 소리도 느껴지지 않는 싸움이 시작되었다. 해일의 발길질에 타신의 코가 부러지고, 콘크리트 바닥에 머리를 찧어 피가 흘러나왔지만 아픔도 슬픔도 느껴지지 않았다. 타신은 해일의 얼굴을 손아귀로 틀어쥐었다. 그러고는 몸을 날려 그의 가슴팍에 올라앉았다. 히죽히죽 웃는 해일의 입에서 피거품이 올라왔다.

"형, 나 죽여줄래? 난 어차피 죽을 거고, 형도 집안 몰락하면 끝이잖아. 나 대신 감옥 좀 가줘라. 응?"

해일의 능청스러운 말에 타신이 그의 목을 조르기 시작했다. 자신의 손으로 처단하지 않으면, 해일은 감옥에서 세금이나 축내다 자연사할 인간 쓰레기였다.

"그만둬요!"

타신이 온 힘을 다해 해일의 목을 누를 때, 재경이 타신에게 달려들어 매달렸다.

"왜? 왜 하지 말라는 거야!"

타신이 재경을 향해 성을 냈다.

"타신 씨, 당신은 지금껏 피해자였어요. 지금 동생을 죽여버리면 타신 씬, 피해자에서 가해자로 신분이 바뀌어요. 돌아가신 어머니와 실종된 효림 씨가 그걸 바랄까요?"

재경이 힘껏 타신을 끌어안고 소리쳤다. 사형제도는 사실상 폐지되었다. 사형수들은 가석방 없는 무기징역을 살고 있는 것이나 다름없었다.

"이런 버러지 같은 인간이 세상 어딘가에 살아 있게 내버려두란 말이야?"

타신이 울부짖었다.

"당신을 잃을 순 없어요."

재경이 흐느껴 울며 타신의 뺨에 자신의 뺨을 비비다 피 맺힌 입술을 입술로 덮었다. 그들이 서로의 뜨거운 입술을 느끼는 사이 멀리서 사이렌 소리가 들렸다.

*

그해 연말은 수많은 기적을 낳았다. 남해일과 윤 원장의 검거 소식에 수많은 사람들이 아연실색했고, 뒤이어 생존자인 이재영이 용기를 내어 기자회견을 자처해 엄벌을 촉구했다. 남해일과 윤 원장은 묵비권을 행사했지만, 이재영의 목에 남은 삭흔과 콘택트렌즈형 블랙박스에 담긴 그날의 상황이 혐의를 부인할 수 없게 했다. 이튿날 대선에서 남일웅은 낙선했다.

남일웅 테마주로 나왔던 종목들은 모두 하한가를 쳤고, 대표가 연쇄살인범 용의자가 된 호크아이시큐리티는 상장폐지 소문까지 나돌았다. 남일웅은 수많은 혐의를 안고 검찰에 소환되었다. 그와 남해일의 측근 중 한 명인 김 이사가 그간 조용히 수집해놓은 자료와 녹음파일을 들고 참고인을 자청했다.

*

덕후는 삼겹살이 지글지글 익어가는 불판을 바라보며 유령 친구를 기다렸다. 친구를 유령이라 부르게 된 건 그가 네이키드폭스에서 방출되면서 처절한 응징을 당한 탓이다. 네이키드폭스는 국가정보시스템에서 그에 대한 모든 정보를 삭제하고, 금융 계좌를 동결했다. 유령은 이제 자신 명의의 핸드폰이나 통장을 개통할 수도 없고, 연애나 취업 같은 평범하고 소소한 삶도 기대할 수 없었다. 그가 세상에서 영구 삭제된 데에는 덕후의 책임이 컸다. 고기가 다 타들어갔다. 어쩌면 유령이 나타나지 않을지도 모른다는 생각이 들었다.

"뭐해, 인마!"

그때 덕후의 앞에 비만한 사내가 다가와 의자를 빼고 앉았다. 유령이었다. 못 본 사이 체중도 늘고 안경은 더욱 두꺼워졌다. 유령이 집게를 들어 고기를 뒤집었다.

"너 안 오는 줄 알았잖아!"

덕후가 진짜 유령이라도 만난 것처럼 놀란 얼굴로 유령을 바라보았다.

"공무원이 밥 사준다는데 왜 안 나와? 아줌마, 여기 파절이 좀 많이 주세요. 콜라도요."

유령은 가위로 고기를 잘라 양념도 찍지 않은 채 입에 욱여넣었다.

"어떻게 살고 있어?"

덕후가 물었다.

"불법체류자들이랑 비슷하게 살아. 타이어 공장에서 일하는데 이젠 할 만해. 부탄에서 왔다니까 믿더라. 너희 팀은 어때?"

유령이 피식 웃었다.

"우리 팀은 해체됐어. 팀장님은 영국으로 유학 떠나게 됐고, 선배 한 분은 인간 사냥터 본진을 폭파해서 1계급 특진, 또 다른 분도 큰 불 속에서 증거물을 보존한 공로로 특진. 각자 팀 하나씩 말아 전출 갔지."

덕후의 입가에 미소가 피어올랐다.

"잘됐네. 넌?"

"난 사이버수사대로 발령 났어. 기다려라. 내가 네이키드폭스 아작 내서 네 이름이랑 주민번호 되찾아줄게."

덕후의 말에 유령이 엄지를 척 세웠다.

"아, 맞다! 팀장 말고 여자 경위도 한 명 있지 않아? 그 사람은 어떻게 됐는데?"

"밥 먹고 나랑 어디 좀 가자."

덕후의 제안에 유령이 고개를 끄덕였다. 일찍 찾아온 한파에 보일러조차 시원치 않은 자취방보다야 덕후와 콧바람이라도 쐬는 것이 훨씬 낫다.

덕후를 따라 유령은 여대가 있는 도심으로 향했다. 상표만 다를 뿐 디자인은 찍어낸 듯한 롱패딩 차림의 대학생들과 한겨울에도 반바지 아래 화려한 타투를 드러낸 청년들이 클론처럼 득실거리는 거리에서 덕후는 걸음을 멈추었다.

"네가 아까 궁금해한 여자 경위님이 저기 살고 계셔."

덕후가 손가락으로 가리킨 곳은 쇼윈도가 유럽 성당의 스테인드글라스처럼 여러 색으로 아롱거리는 향수 가게였다. 때마침 크레인으로 'Pheromone Boutique'라 적힌 간판이 올라가고 있었다.

"페로몬……보우티……퀴?"

유령의 말에 덕후가 킬킬 웃음을 터뜨렸다.
"페로몬 부티크. 들어가자!"
덕후가 유령의 소매를 끌어당겨 부티크로 향했다.
"좀 더 오른쪽으로 붙여. 너무 한가운데 있으면 촌스럽다고."
타신이 간판을 올려다보며 투덜거렸다.
"타신 씨, 웃자고 하는 소리죠? 누가 간판을 그렇게 달아요? 됐고, 이 간판 내가 돈 내는 거니까 내 맘대로 할 거예요."
재경이 야무지게 쏘아붙이고는 간판 위치를 확정했다. 그때 흰색 미니드레스를 입은 매력이 부티크 문을 열고 나왔다.
"손님 오셨는데, 너희들 계속 티격태격할래? 들어와요, 어서 들어와."
덕후와 유령이 머쓱하게 인사를 하며 부티크로 들어섰다.
"어서 와!"
이미 자리를 차지하고 있던 장 형사, 이 형사가 덕후에게 손짓을 했다.
"이 친구가 그때 우리 팀 도와준 유령입니다."
덕후의 소개에 두 형사가 반색하며 다가와 악수를 청했다. 그 순간, 부티크 문이 다시 열렸다. 말쑥하게 차려입은 두현이었다.
"선배!"
재경이 앞니를 환하게 드러내며 두현에게 다가갔다.
"자기 송별회에 제일 늦었네."
타신이 다정한 두 사람을 마뜩지 않게 흘기며 물었다.

"타신 형은 나 안 반갑나 보네."

두현이 아련하게 웃으며 타신에게 악수를 청했다. 타신도 그의 손을 뜨겁게 감아쥐었다. 그러고는 힘껏 그를 끌어당겨 가슴으로 안았다.

"넌 이제 간신히 꽃 한 송이를 피운 거야. 그 한 송이로 봄이 왔다고 생각하는 사람은 없어. 그걸 보고 다른 꽃들도 피어나야 진짜 봄이 오지. 민재경이 강력계에서 열심히 피워낼 거야. 네가 돌아올 땐 봄이었으면 좋겠군."

타신의 말에 두현이 고개를 끄덕거렸다.

"인수인계가 이제야 끝났네. 강력계로 발령 난 민재경이 천하의 트러블메이커 꽉 붙잡고 살 거 아냐? 형 인생은 이미 봄이네."

그들 모두에게 새로운 계절이 시작되고 있었다. 와인을 나누어 마시고, 각자 준비한 선물을 두현에게 건네며 이별의 포옹을 나누었다.

파티가 끝나고 재경과 타신 두 사람만 부티크에 남았다.

"타신 씨, 예전에 내 체취로 향수 만들었다고 하지 않았어요?"

재경이 의자를 치우며 물었다.

행주로 테이블을 닦던 타신이 향수 진열대로 다가가 투명한 향수 한 병을 가져왔다. 타신은 향수를 공기 중에 분무한 뒤 눈을 감았다. 젖은 흙과 풀냄새, 거친 돌 틈으로 흐르는 샘물, 나무껍질, 불에 탄 낙엽 냄새가 연상되는 향이었다.

"이게 내 냄새구나. 어떻게 이게 가능하지?"

"사람들은 서로 다른 페로몬을 가지고 있으니까. 난 그 냄새를 기억해두었다 향수로 만들지. 하지만 모든 사람들에게 가장 좋은 냄새는 내가 사랑하는 사람의 냄새지."

타신이 재경의 목덜미에 코를 들이밀고 기분 좋게 웃었다. 두 사람이 자연스레 서로의 뺨을 비비고 있던 그때, 숍 문을 노크하는 소리가 들렸다. 타신이 웃음기 가시지 않은 얼굴로 출입구를 향해 걸어갔다.

"미안하지만 오늘은……."

출입구에서 손님과 마주한 타신이 말을 멈추었다.

"혹시 저를 아시나요?"

문 밖에 선 손님은 긴 흑발에 물고기처럼 길고 큰 눈을 가진 20대 여성이었다. 동그란 이마와 날렵한 콧대, 얇은 듯한 입술을 한 그녀가 타신을 뚫어지게 바라보았다. 그 모습을 바라보던 재경이 천천히 걸음을 옮겨 타신에게 다가섰다.

"타신 씨, 아는 분이에요?"

재경이 손님을 바라보다 저도 모르게 헉, 숨을 들이켰다. 그녀는 놀랍도록 타신과 닮아 있었다.

"알다마다. 나는 너를 누구보다 잘 아는 사람이지."

타신의 목소리가 가늘게 떨리고 있었다. 여자는 효림이었다. 그녀는 기실 오션원더랜드 수련회에 참석하지 못했다. 짐을 꾸려 집을 나선 길, 어딘가 낯익은 청년에게 납치를 당해 좁고 낡은 집 옥탑방에서 긴 시간을 감금당했다. 물론 청년은 해일이었고, 그를 감금하고 감시한 사람은 윤 원장이었다. 아버지인 남일웅이 효림을 친자로 입양하려는 뜻을 비추자 이를 받아들이지 못한 김 여사가 사주한 일이었다.

"타신 오빠 맞지? 나 병원에서 엄마 냄새를 맡았어. 저 언니가 내 옆을 지나갔을 때 진하게 느껴졌거든. 퇴원하자마자 냄새를 쫓아 무작정 걸었어. 걷다 보니 여기가 나왔고. 너무 늦어서 걱정했지?"

효림이 타신의 가슴에 고개를 묻었다. 그해 일어난 마지막 기적이었다.

에필로그

푸아종(poison)

남일웅의 낙선 소식에 가장 실망한 사람은 제니였다. 해일과 윤 원장이 검거되었다는 건, 아버지인 안의성의 사망과 시신 유기까지 들통이 날 가능성을 얘기했다. 제니는 떨리는 손으로 언니인 제림에게 전화를 걸었다. 형부인 장일수 경찰청장이라면 제니와 제림이 엮일 만한 연결고리를 중간에서 끊어놓을 수 있지 않을까 기대했다.

"제니야, 그이가 긴급 체포됐어. 남해일에게 돈을 받았대. 그인 이게 다 정권이 잘못 들어서서 그런 거래. 남일웅이 대통령이 되어야 했어. 그렇지? 그렇잖아. 제니야, 나 이제 어떡하지? 하지만 네가 돌봐줄 거지? 응?"

수화기 너머에서 제림이 흐느꼈다. 믿었던 인맥마저 쓸모없어졌다는 생각에 제니는 잔뜩 성이 났다. 훌쩍거리며 매달리는 제림의 목소리를 차갑게 끊어낸 그녀는 캐리어에 짐을 싸기 시작했다. 당장 입을 옷과 화장품, 현금과 귀금속류만 챙긴 그녀는 다리에 매달려 끙끙대는 강아지를 걷어차고 아파트를 나섰다. 그녀는 자신의 차 트렁크에 서서 빰을 차체에 들이댔다.

"애당초 아빠는 죽고 싶어 했잖아. 빨리 엄마에게 가고 싶어 한 거 나 다 알아. 그래서 소원을 들어준 것뿐인데 서운하지 않지? 나야말로 태어날 때부터 피해자였다고!"

트렁크를 향해 새되게 소리 지른 제니가 눈물이 가득 고인 눈으로 주차장을 빠져나왔다. 머플러로 얼굴을 감싼 그녀가 향한 곳은 서울역이었다. 부산으로 향하는 표를 끊은 그녀는 때마침 대합실 TV에서 송출되는 뉴스를 바라보았다.

"속보입니다. 경찰은 수험생 연쇄살인사건의 조력자로 알려진 윤모 씨의 진술을 토대로 스타 셰프 안모 씨 부친 실종에 대한 단서를 포착했습니다. 안모 씨의 부친으로 알려진……."

제니는 운이 좋았다. 아직 아무도 그녀를 알아보지 못했고, 경찰의 불심검문 또한 없었다.

구마모토의 작은 항구. 낡은 어선 한 척에서 여자가 내렸다. 그녀는 어부에게 엔화가 든 두툼한 봉투를 건네고 캐리어를 끌었다. 헝클어진 머리에 땀과 먼지로 지저분한 얼굴이었지만, 눈빛은 그 어느 때보다 빛났다. 제니의 손에는 오려낸 신문 한 장이 들려 있었다. 쓰나미로 실종된 일본계 아내를 찾아 매년 도호쿠 지방을 방문하는 미국인 남편에 대한 기사였다. 남편인 라이언스톤은 거대 호텔 체인의 회장으로 당시 일본에 호텔 건설 부지를 참관하러 들렀다 변을 당했다. 기사에 소개된 실종자는 큼직한 이목구비에 피부가 가무잡잡한 단발머리의 30대 여성이었다. 제니는 택시를 기다리며 손거울을 꺼냈다. 태닝을 하고 머리를 자르면 비슷해 보일 것도 같았다. 실종자보다 그녀의 입술이 얇지만 필러 한 방이면 해결될 터였다.

제니 앞에 택시 한 대가 섰다. 그녀가 재빨리 선글라스를 썼다. 오래된 새 남편 라이언 스톤을 만나러 갈 시간이었다.

Thanks to...

지호,

이 소설을 쓰던 여름이 기억나. 우린 저녁마다 모니터 앞에 앉아 원고를 읽었지. 푸른 벽지를 바라보며 허튼 농담을 나누던 시간이 참 좋았어. 그러고는 맥주를 마시며, 까마득히 오래된 이야기를 주고받았지. 온전히 행복한 시간이었어.

이번에야 깨달았어. 여러 권의 책을 내며, 너에게 고맙다는 말을 쓴 적이 없다는 사실을.

지호, 나의 동생이자 친구.

언젠가 한 번은 독자들에게 너를 인사시키고 싶었어. 아마도 너는 나를 닮은 뺨을 붉히며 작고 동그란 입술을 모으고 웃겠지. 이 글을 쓰고 있는 지금도 네가 내 곁에 있다는 게 고마워.

2018년 초겨울, 강지영

페로몬 부티크

초판 1쇄 인쇄 2018년 11월 21일
초판 1쇄 발행 2018년 11월 28일

지은이 강지영
펴낸이 이상훈
편집인 김수영
본부장 정진항
기획편집 허유진 오혜영 이미아
마케팅 조재성 천용호 박신영 조은별 노유리
경영지원 이해돈 정혜진 이송이

펴낸곳 한겨레출판(주) www.hanibook.co.kr
등록 2006년 1월 4일 제313-2006-00003호
주소 04186 서울시 마포구 효창목길 6(공덕동) 한겨레신문사 4층
전화 02) 6383-1602~3 **팩스** 02) 6383-1610
대표메일 cine21@hanibook.co.kr

ISBN 979-11-6040-206-3 03810

• 책값은 뒤표지에 있습니다.
• 파본은 구입하신 서점에서 바꾸어 드립니다.